Jason Rekul

Schlafenszeit – Albträume erwachen,

JASON REKULAK

SCHLAFENSZEIT

ALBTRÄUME ERWACHEN, WENN DIESE TÜR SICH SCHLIESST

Thriller

Aus dem Amerikanischen von Peter Beyer

Mit Schwarz-Weiß-Abbildungen
von Will Staehle und Doogie Horner

PIPER

Mehr über unsere Autorinnen, Autoren und Bücher:
www.piper.de

Wenn Ihnen dieser Thriller gefallen hat, schreiben Sie uns unter Nennung des Titels »Schlafenszeit« an *empfehlungen@piper.de*, und wir empfehlen Ihnen gerne vergleichbare Bücher.

Unser Versprechen für mehr Nachhaltigkeit
Klimaneutrales Produkt
FSC®-zertifiziertes Papier
Hergestellt in Europa

FSC
www.fsc.org
MIX
Papier | Fördert gute Waldnutzung
FSC® C083411

ISBN 978-3-492-06458-3

Titel der amerikanischen Originalausgabe:
»Hidden Pictures«, Flatiron Books, 2022

Illustrationen: Will Staehle, Doogie Horner
Satz: psb, Berlin
Gesetzt aus der Sabon Next
Druck und Bindung: CPI Books GmbH, Leck
Printed in the EU

Für Julie

1

Als ich vor ein paar Jahren pleite war, stellte ich mich freiwillig für eine Forschungsstudie an der Universität von Pennsylvania zur Verfügung. Die Wegbeschreibung führte mich zur Klinik auf dem Campus in West Philly und schließlich in einen großen Hörsaal, in dem jede Menge Frauen saßen, alle zwischen achtzehn und fünfunddreißig.

Es waren nicht ausreichend Stühle vorhanden, und da ich eine der Nachzüglerinnen war, musste ich mich fröstelnd auf den Boden hocken. Es gab kostenlosen Kaffee und Schokodonuts, und auf einem großen Bildschirm lief *The Price Is Right*, aber die meisten glotzten auf ihre Handys. Die Stimmung glich der im Warteraum einer Zulassungsstelle, außer dass wir stundenweise bezahlt wurden und mehr oder weniger alle recht froh darüber zu sein schienen, den ganzen Tag warten zu müssen.

Irgendwann erhob sich dann eine Ärztin in einem weißen Laborkittel und stellte sich uns vor. Sie sagte, ihr Name sei Susan oder Stacey oder Samantha und sie sei Gastmitglied im Programm für klinische Forschung. Sie las uns die üblichen Haftungsausschlüsse und warnenden Hinweise vor und erinnerte uns daran, dass die Entlohnung in Form von Amazon-Geschenkgutscheinen erfolgen werde, nicht in Form von Schecks oder Bargeld. Hier und da kam Gemurre auf, aber mir war das egal, denn ich hatte einen Freund, der mir

Geschenkgutscheine für achtzig Cent pro Dollar abkaufte. Also war ich weiterhin bereit, teilzunehmen.

Alle paar Minuten rief Susan (ich glaube, sie hieß Susan?) einen Namen vom Zettel auf ihrem Klemmbrett auf, worauf eine von uns den Raum verließ. Niemand kam jemals zurück. Bald gab es reichlich freie Plätze, aber ich blieb auf dem Boden sitzen, weil ich befürchtete, mich bei der kleinsten Bewegung übergeben zu müssen. Mein ganzer Körper schmerzte, und ich hatte Schüttelfrost. Immerhin sprach sich irgendwann herum, dass man die Probanden nicht vorher untersuchte. Das hieß, niemand würde meinen Urin testen, meinen Puls messen oder sonst irgendwas tun, was mich aus dem Rennen geworfen hätte. Also schob ich mir eine 40er in den Mund und lutschte sie so lange, bis sich der wachsgelbe Überzug ablöste. Dann spuckte ich sie mir auf die Handfläche, zerdrückte sie mit dem Daumen und schnupfte etwa ein Drittel davon, gerade genug, um mich wieder auf Touren zu bringen. Den Rest wickelte ich in ein kleines Stück Folie für später. Danach hörte das Zittern auf, und auf dem Boden zu warten, war nicht mehr ganz so übel.

Etwa zwei Stunden später rief die Ärztin schließlich: »Quinn? Mallory Quinn?« Ich ging den Gang hinunter auf sie zu, wobei ich meinen schweren Winterparka hinter mir herschleifte. Falls sie bemerkte, dass ich high war, gab sie keinen Kommentar dazu ab. Sie fragte mich nur nach meinem Alter (neunzehn) und meinem Geburtsdatum (3. März) und verglich dann meine Antworten mit den Daten auf dem Zettel an ihrem Klemmbrett. Ich schätze mal, sie entschied, dass ich nüchtern genug war, denn sie führte mich durch ein Labyrinth von Fluren, bis wir zu einem kleinen, fensterlosen Raum gelangten.

In ihm saßen fünf junge Männer nebeneinander auf Klappstühlen. Da sie alle auf den Boden starrten, konnte ich ihre Gesichter nicht sehen. Ich ging davon aus, dass sie Medizinstudenten oder Assistenzärzte waren – sie trugen alle Krankenhauskittel, noch mit Bügelfalten und strahlend marineblau, als seien sie eben erst gekauft worden.

»In Ordnung, Mallory, bitte stellen Sie sich vorne in den Raum, mit dem Gesicht zu den Männern. Genau hier auf das X, perfekt. Bevor wir Ihnen eine Augenbinde anlegen, erkläre ich Ihnen kurz, was geschehen wird.« Ich sah, dass sie eine schwarze Augenmaske in der Hand hielt, so eine weiche aus Baumwolle, wie sie meine Mutter immer vor dem Schlafengehen aufsetzte.

Sie erklärte mir, dass die Männer im Moment alle auf den Boden starrten, in den nächsten Minuten jedoch meinen Körper ansehen würden. Meine Aufgabe sei es, die Hand zu heben, wenn ich das Gefühl hätte, einen »männlichen Blick« auf meinem Körper zu spüren. Ich solle meine Hand so lange erhoben halten, wie das Gefühl andauere, und sie wieder senken, wenn es verschwinde.

»Wir machen das fünf Minuten lang, aber wenn wir fertig sind, werden wir Sie vielleicht bitten, das Experiment zu wiederholen. Haben Sie noch irgendwelche Fragen, bevor wir beginnen?«

Ich fing an zu lachen. »Ja, habt ihr Typen *Fifty Shades of Grey* gelesen? Ich bin mir nämlich ziemlich sicher, dass das hier eine Szene aus Kapitel zwölf ist.«

Das war mein Versuch, die Sache mit ein wenig Humor aufzulockern. Susan lächelte, um höflich zu sein, aber keiner der Jungs achtete auf mich. Sie nestelten alle an ihren Klemmbrettern herum und synchronisierten ihre Stoppuhren. Die

Stimmung im Raum war rein wissenschaftlich. Susan setzte mir die Schlafmaske auf und stellte den Verschluss so ein, dass sie nicht zu eng anlag. »In Ordnung, Mallory, sitzen Sie bequem?«

»Klar doch.«

»Und sind Sie bereit, anzufangen?«

»Ja.«

»Dann zähle ich jetzt bis drei, und wir legen los. Meine Herren, halten Sie Ihre Uhren bereit. Und eins, zwei, drei.«

Es ist total schräg, fünf Minuten lang mit verbundenen Augen in einem mucksmäuschenstillen Raum reglos zu verweilen und dabei zu wissen, dass diese Kerle einem auf die Titten oder den Hintern oder was auch immer schauen. Es gab keinerlei Geräusche oder Anhaltspunkte, die mir hätten helfen können, zu erraten, was geschah. Aber ich spürte es definitiv, wenn sie mich anschauten. Ich hob und senkte meine Hand mehrmals, und die fünf Minuten fühlten sich wie eine Stunde an. Als wir fertig waren, bat Susan mich tatsächlich, das Experiment zu wiederholen, und wir machten alles noch einmal. Dann bat sie mich sogar, das Experiment ein weiteres Mal zu wiederholen! Als sie mir schließlich die Augenbinde abnahm, standen alle Kerle auf und begannen zu klatschen, als hätte ich gerade einen Oscar gewonnen.

Susan erklärte, sie hätten das Experiment schon die ganze Woche mit Hunderten Frauen durchgeführt. Ich sei jedoch die erste, die ein nahezu perfektes Ergebnis abgeliefert und die Blicke in den drei Runden mit 97 Prozent Genauigkeit gemeldet habe.

Sie sagte den Jungs, sie sollten eine Pause machen, führte mich in ihr Büro und begann, Fragen zu stellen. Und zwar: Woher wusste ich, dass die Männer mich anstarrten? Mir fehlten die Worte, um das zu erklären – ich hatte es einfach mitbekommen. Es war so ein flattriges Gefühl am Rande meiner Wahrnehmung – eine Art Spidey-Superhelden-Sinn. Bestimmt haben Sie es auch schon mal gehabt und wissen genau, wovon ich spreche.

»Außerdem war da noch so eine Art Geräusch.«

Nun riss sie die Augen auf. »Wirklich? Sie *hören* etwas?«

»Manchmal schon. Es ist so ein hoher Ton. Wie wenn eine Stechmücke ganz nah am Ohr summt.«

Sie griff so hektisch nach ihrem Laptop, dass sie ihn fast fallen gelassen hätte. Dann tippte sie auf der Tastatur herum und fragte mich schließlich, ob ich in einer Woche für weitere Tests wiederkommen würde. Ich sagte ihr, für zwanzig Dollar die Stunde würde ich so oft wiederkommen, wie sie nur wollte. Ich gab ihr meine Handynummer, und sie versprach, mich anzurufen, um einen Termin zu vereinbaren. Aber noch am selben Abend tauschte ich mein iPhone gegen fünf Oxy-80er Tabletten ein. Sie hatte also keine Möglichkeit, mich zu erreichen, und ich habe seitdem nie wieder von ihr gehört.

Jetzt, da ich clean bin, bereue ich eine Million Dinge, und mein iPhone eingetauscht zu haben, ist das geringste Problem. Aber manchmal erinnere ich mich an das Experiment und denke dann darüber nach. Ich habe versucht, die Ärztin im Internet aufzuspüren, aber ich kann mich ja nicht einmal mehr an ihren korrekten Namen erinnern. Eines Morgens nahm ich mal den Bus zur Uniklinik und versuchte, den Seminarraum zu finden, aber der Campus sieht heute ganz anders aus; da stehen jede Menge neuer Gebäude, und alles ist total zugebaut. Ich habe versucht, Begriffe wie »Blickwahrnehmung« bei Google zu suchen, aber jedes Ergebnis besagt, dass so ein Gespür kein nachweisbares Phänomen ist – es gibt keinen Beweis dafür, dass jemand »Augen im Hinterkopf« hat.

Ich schätze mal, ich habe mich damit abgefunden, dass das Experiment nicht wirklich stattgefunden hat. Es ist vermutlich eher eine der vielen nicht realen Erinnerungen, die mir dank meines Missbrauchs von Oxycodon, Heroin und anderen Drogen im Gedächtnis hängen geblieben sind.

Mein Sponsor, Russell, meint, derart falsche Erinnerungen seien unter Süchtigen weit verbreitet. Er sagt, das Gehirn eines Süchtigen »erinnere« sich an glückliche Fantasien, damit wir die echten Erinnerungen vermeiden können – all die beschämenden Dinge, die wir angerichtet haben, um high zu werden, all die beschissenen Lügen und Betrügereien, mit denen wir gute Menschen, die uns liebten, verletzt haben.

»Achte doch nur mal auf die Details deiner Geschichte«, gibt Russell zu bedenken. »Du kommst auf dem Campus einer renommierten Ivy-League-Universität an. Du bist zugedröhnt vom Kiffen, und niemand kümmert sich um dich. Du betrittst einen Raum mit gut aussehenden jungen Ärzten. Die starren dann fünfzehn Minuten lang auf deinen Körper – und brechen am Ende in stürmischen Applaus aus! Ich meine, nun komm schon, Mallory! Man muss nicht Sigmund Freud sein, um dahinterzukommen!«

Natürlich hat er recht. Bei der Rehabilitation für Suchtkranke ist es mit am schwersten, sich damit abzufinden, dass du deinen eigenen Erinnerungen nicht mehr trauen kannst. Du musst dir sogar darüber klar werden, dass dein eigenes Gehirn zu deinem schlimmsten Feind geworden ist. Es wird dich zu schlechten Entscheidungen verleiten, Logik und gesunden Menschenverstand außer Kraft setzen und deine am meisten geschätzten Erinnerungen zu abstrusen Fantasien verfälschen.

Aber hier mal ein paar Fakten, an denen es nichts zu rütteln gibt:

Ich heiße Mallory Quinn und bin einundzwanzig Jahre alt.

Ich bin seit achtzehn Monaten in der Reha und kann guten Gewissens von mir sagen, dass ich kein Verlangen verspüre, Alkohol oder Drogen zu mir zu nehmen.

Ich habe das Zwölf-Schritte-Programm durchlaufen und mich dem Glauben zugewandt. Sie werden mich zwar nicht gerade an Straßenecken stehen sehen, wo ich Bibeln verteile, aber ich bete jeden Tag dafür, clean zu bleiben, und bis zum jetzigen Zeitpunkt klappt das auch.

Ich lebe im Nordosten von Philadelphia im Safe Harbor, einem von der Stadt geförderten Heim für Frauen im fortgeschrittenen Reha-Stadium. Wir nennen es »Dreiviertel-offene Einrichtung«, weil wir alle bewiesen haben, dass es uns ernst ist mit dem Cleansein und wir uns eine Menge persönlicher Freiheiten verdient haben. Wir kaufen unsere eigenen Lebensmittel, kochen unsere eigenen Mahlzeiten und müssen nicht mehr Unmengen nerviger Regeln befolgen.

Montags bis freitags arbeite ich als Hilfslehrkraft in der Aunt Becky's Childcare Academy, einem von Mäusen befallenen Reihenhaus mit sechzig zukünftigen Schülerinnen und Schülern im Alter von zwei bis fünf. Ich verbringe einen Großteil meiner Zeit damit, Windeln zu wechseln, Goldfisch-Cracker zu verteilen und *Sesamstraßen*-DVDs abzuspielen. Nach der Arbeit gehe ich joggen und nehme anschließend an einem Meeting teil oder bleibe einfach im Safe Harbor mit meinen Mitbewohnerinnen. Wir schauen uns dann alle auf Hallmark Channel Filme wie *Sailing into Love* oder *Forever in My Heart* an. Lachen Sie ruhig, wenn Sie wollen, aber ich garantiere Ihnen, dass Sie in einem Film auf Hallmark niemals eine Prostituierte sehen werden, die weiße Pulverlinien schnupft. Ich will nämlich nicht, dass solche Bilder bei mir Erinnerungen wachrufen.

Russell hat sich bereit erklärt, mich zu betreuen, weil ich mal Langstreckenläuferin war; er hat viel Erfahrung im Trainieren von Läufern. Russell war Assistenztrainer des Teams USA bei den Olympischen Sommerspielen 1988. Später führte er die Uniteams von Arkansas und Stanford zu NCAA Leichtathletik-Meisterschaften. Noch später hat er dann unter dem Einfluss von Methamphetamin seinen Nachbarn überfahren. Russell verbüßte fünf Jahre wegen fahrlässiger Tötung und wurde danach zum Priester geweiht. Heute betreut er gleichzeitig fünf oder sechs Süchtige, die meisten von ihnen sind aus der Bahn geworfene Sportler wie ich.

Russell hat mich dazu inspiriert, wieder mit dem Training zu beginnen (er nennt es »Rennen für die Reha«), und er erarbeitet Woche für Woche auf mich zugeschnittene Trainingspläne: Langstreckenläufe, im Wechsel mit Windsprints entlang des Schuylkill River; dazu kommen noch Gewichtheben und Konditionstraining im YMCA. Russell ist achtundsechzig und hat eine künstliche Hüfte: Trotzdem stemmt er immer noch zweihundert Pfund und kommt an den Wochenenden vorbei, um Seite an Seite mit mir zu trainieren, mir Tipps zu geben und mich zu motivieren. Er erinnert mich ständig daran, dass Läuferinnen ihren Zenit nicht vor dem fünfunddreißigsten Lebensjahr erreichen und dass meine besten Jahre noch weit vor mir liegen.

Außerdem ermutigt er mich, Pläne für die Zukunft zu schmieden, einen Neuanfang in einer neuen Umgebung zu wagen, weit weg von alten Freunden und Gewohnheiten. Aus diesem Grund hat er für mich ein Vorstellungsgespräch bei Ted und Caroline Maxwell arrangiert – Freunde seiner Schwester, die kürzlich nach Spring Brook, New Jersey, gezogen sind. Die beiden suchen ein Kindermädchen, das auf ihren fünfjährigen Sohn Teddy aufpasst.

»Sie sind gerade aus Barcelona zurückgekommen. Der Vater arbeitet in der Computerbranche. Oder in der Wirtschaft? Irgendwas, das gut bezahlt wird, die Details habe ich vergessen. Jedenfalls haben sie sich hier niedergelassen, damit Teddy – das Kind, nicht der Vater – im Herbst eingeschult werden kann. Vorschule. Sie wollen also, dass du ihn bis September betreust. Aber wenn alles gut läuft – wer weiß? Vielleicht übernehmen sie dich ja.«

Russell besteht darauf, mich zum Vorstellungsgespräch zu fahren. Er gehört zu den Leuten, die ständig so aussehen, als wollten sie gleich ins Fitnessstudio, auch wenn sie gerade gar nicht trainieren. Heute trägt er einen schwarzen Adidas-Trainingsanzug mit weißen Streifen. Wir sitzen in seinem SUV, fahren auf der linken Spur über die Ben Franklin Bridge und überholen den langsam fließenden Verkehr, während ich mich am Angstgriff festklammere und auf meinen Schoß starre, bemüht, nicht auszuflippen. In Autos fühle ich mich nicht besonders wohl. Ich benutze sonst eigentlich immer den Bus oder die U-Bahn. Außerdem verlasse ich gerade seit fast einem Jahr zum ersten Mal Philadelphia. Wir fahren zwar nur zehn Meilen raus in die Randbezirke, aber es fühlt sich so an, als würde ich zum Mars fliegen.

»Was hast du denn?«, fragt Russell.

»Nichts.«

»Du bist verkrampft, Mallory. Mach dich locker.«

Wie soll ich denn entspannen, wenn uns gerade dieser riesige Bus rechts überholt? Er ist wie die *Titanic* auf Rädern und so nah, dass ich aus dem Fenster greifen und ihn berühren könnte. Ich warte, bis er vorbeigefahren ist und ich reden kann, ohne schreien zu müssen.

»Was ist mit der Mutter?«

»Caroline Maxwell. Sie ist Ärztin im Veteranenkrankenhaus, in dem auch meine Schwester Jeannie arbeitet. Von ihr weiß ich, dass sie jemanden suchen.«

»Wie viel weiß sie über mich?«

Er zuckt mit den Schultern. »Sie weiß, dass du seit achtzehn Monaten clean bist. Und ich habe dich ihr ohne Wenn und Aber empfohlen.«

»Das habe ich damit nicht gemeint.«

»Mach dir keine Sorgen. Ich habe ihr deine ganze Geschichte erzählt, und sie freut sich sehr darauf, dich kennenzulernen.« Ich muss eine skeptische Miene aufgesetzt haben, denn Russell legt nach: »Die Frau arbeitet beruflich mit Süchtigen. Und ihre Patienten sind altgediente Soldaten. Wir reden hier von Navy SEALs, von echt abgefuckten afghanischen Kriegstraumata. Nimm mir das nicht krumm, Mallory, aber im Vergleich zu denen klingt deine Geschichte gar nicht so dramatisch.«

Ein Arschloch in einem Jeep wirft eine Plastiktüte aus dem Fenster, und wir haben keinen Platz, um einen Schlenker zu machen, also knallen wir mit sechzig Meilen pro Stunde gegen das Ding, und es erklingt ein lauter Knall von zerberstendem Glas. Es hört sich an wie die Explosion einer Bombe. Russell greift einfach nach dem Regler der Klimaanlage und klickt sie auf zwei Stufen kühler. Ich halte den Blick auf meinen Schoß geheftet, bis ich höre, wie der Motor leiser wird, und spüre, wie wir die sanfte Kurve einer Ausfahrt nehmen.

Spring Brook ist eines dieser kleinen Käffer in South Jersey, die es schon zu Zeiten der Amerikanischen Revolution gab. Hier stehen jede Menge historischer Häuser im Kolonial- und im viktorianischen Stil, auf deren Veranden US-Flaggen flattern. Die Straßen sind ordentlich gepflastert, die Bürgersteige makellos sauber. Nirgends liegt auch nur ein Fitzelchen Müll herum.

Wir halten vor einer roten Ampel, und Russell fährt beide Fensterscheiben herunter.

»Hörst du das?«, fragt er.

»Ich höre gar nichts.«

»Genau. Es ist friedlich. Das ist genau das Richtige für dich.«

Die Ampel springt auf Grün, und wir fahren nun einen drei Häuserblock langen Straßenabschnitt mit Geschäften und Restaurants entlang – mit einem Thai, einem Smoothie-Laden, einer veganen Bäckerei, einer Hundetagesstätte und einem Yogastudio. Es gibt eine Nachmittagsschule namens »Mathe-Gymnasium« und einen kleinen Buchladen mit angeschlossenem Café. Und natürlich darf auch ein Starbucks mit hundert Teenagern und Jugendlichen davor, die allesamt auf ihren iPhones rumdaddeln, nicht fehlen. Sie sehen aus wie die Kinder in einem Werbefilm von Target. Sie tragen bunte Klamotten und brandneue Schuhe.

Dann biegt Russell in eine Seitenstraße ein, und wir fahren an einem makellosen Vorstadthaus nach dem anderen vorbei. Große, ausladende Bäume werfen lange Schatten auf die Bürgersteige und den Straßenzug. Auf Hinweisschildern steht in großen Buchstaben FUSS VOM GAS – HIER LEBEN KINDER!, und als wir an einer großen Kreuzung ankommen, winkt uns dort ein lächelnder Schülerlotse in einer neonfarbenen Sicherheitsweste durch. Alles ist bis ins kleinste Detail so perfekt, dass es sich anfühlt, als würden wir durch eine Filmkulisse fahren.

Schließlich fährt Russell an den Straßenrand und hält im Schatten einer Trauerweide an. »Also, Mallory, bist du bereit?«

»Ich weiß nicht.«

Ich klappe die Sonnenblende herunter und betrachte mein Spiegelbild. Auf Russells Anregung hin habe ich mich wie eine Betreuerin in einem Sommercamp gekleidet – grüner Rollkragenpullover, khakifarbene Shorts und makellos weiße Sneaker. Ich hatte immer lange Haare, die mir bis zur Taille reichten, aber gestern habe ich mir meinen Zopf abgeschnitten und die Haare einer Krebshilfe-Organisation gespendet. Geblieben ist nur noch ein sportlicher schwarzer Bob. Ich erkenne mich selbst kaum wieder.

»Hier noch zwei kostenlose Ratschläge«, sagt Russell. »Erstens, vergiss nicht zu erwähnen, dass das Kind begabt ist.«

»Wie soll ich das denn erkennen?«

»Das spielt keine Rolle. In dieser Stadt sind alle Kinder begabt. Bau das einfach irgendwie ins Gespräch mit ein.«

»Na gut. Und wie lautet der zweite Ratschlag?«

»Tja, wenn das Gespräch schlecht läuft? Oder wenn du glaubst, dass die beiden unentschlossen sind? Dann kannst du immer noch hiermit punkten.«

Er öffnet das Handschuhfach und zeigt mir etwas, das ich wirklich nicht mit ins Haus dieser beiden nehmen möchte.

»Oh, Russell, ich weiß nicht.«

»Nimm es, Mallory. Betrachte es als eine Art Trumpfkarte. Du musst sie nicht ausspielen, aber vielleicht brauchst du sie.«

Ich habe während der Reha genug Horrorgeschichten gehört, um zu wissen, dass er wahrscheinlich recht hat. Also nehme ich das blöde Ding und schiebe es tief in meine Tasche.

»Gut«, lenke ich ein. »Danke, dass du mich hergefahren hast.«

»Hör zu, ich werde beim Starbucks auf dich warten. Ruf mich an, wenn du fertig bist, dann fahre ich dich wieder zurück.«

Ich behaupte beharrlich, dass es mir gut geht, sage ihm, dass ich den Zug zurück nach Philadelphia nehmen kann, und dränge Russell, jetzt nach Hause zu fahren, bevor der Verkehr noch dichter wird.

»Also schön, aber ruf mich an, wenn du fertig bist«, erwidert er. »Ich möchte jedes Detail erfahren, okay?«

2

Als ich aus dem Wagen steige, empfängt mich ein heißer, schwüler Juninachmittag. Russell drückt auf die Hupe, als er losfährt, und ich fürchte, jetzt gibt es kein Zurück mehr. Das Haus der Maxwells ist ein großer, klassischer viktorianischer Bau mit drei Stockwerken, gelber Holzverkleidung und weißen Verzierungen. Auf der breiten, umlaufenden Veranda stehen Korbmöbel und Kübel voll mit gelben Blumen – Margeriten und Begonien. Das Grundstück grenzt an einen großen Wald, vielleicht ist es auch ein Park, lauter Vogelgesang schallt bis auf die Straße, und inmitten des Zwitscherns und Trillerns kann ich alle möglichen Insekten summen, brummen und zirpen hören.

Ich gehe den gepflasterten Weg zum Haus entlang und steige die Stufen zur Veranda hinauf. Ich läute an der Tür, und ein kleiner Junge macht mir auf. Er hat orangefarben-rötliche Haare, die abstehen, und erinnert mich an eine kleine Troll-Puppe.

Ich gehe in die Hocke, damit wir einander in die Augen sehen können.

»Ich wette, du bist Teddy.«

Der Junge schenkt mir ein scheues Lächeln.

»Ich bin Mallory Quinn. Ist dein …«

Er macht auf dem Absatz kehrt, sprintet die Treppe ins Obergeschoss hinauf und verschwindet aus meinem Blickfeld.

»Teddy?«

Ich bin mir nicht sicher, was ich tun soll. Vor mir befindet sich eine kleine Diele und ein Durchgang, der nach hinten in die Küche führt. Ich kann ein Esszimmer (auf der linken Seite) und ein Wohnzimmer (rechts) sehen, alles mit sehr hübschem Hartholzboden. Mir schlägt der frische, saubere Geruch der Luft aus einer Klimaanlage entgegen – vermischt mit einem Hauch von Reinigungsmittel; es riecht so, als hätte jemand die Böden gerade gründlich geschrubbt. Alle Möbel sehen modern und brandneu aus, als wären sie eben erst aus dem Ausstellungsraum von Crate & Barrel angeliefert worden.

Ich drücke noch einmal auf die Türklingel, aber sie gibt keinen Ton von sich. Ich versuche es noch drei weitere Male – Fehlanzeige.

»Hallo?«

Ganz hinten im Haus, in der Küche, sehe ich die Silhouette einer Frau, die sich umdreht und mich bemerkt.

»Mallory? Bist du das?«

»Ja! Hallo! Ich hab versucht zu klingeln, aber …«

»Ich weiß, tut mir leid. Wir lassen sie reparieren.«

Bevor ich mich fragen kann, woher Teddy wusste, dass ich vor der Tür stand, kommt sie zur Haustür, um mich zu begrüßen. Sie hat den anmutigsten Gang, den ich je gesehen habe, bewegt sich lautlos, als würden ihre Füße kaum den Boden berühren. Sie ist groß, schlank und blond, hat helle Haut und weiche Gesichtszüge, die zu zart für diese Welt zu sein scheinen.

»Ich bin Caroline.«

Ich reiche ihr meine Hand, aber sie begrüßt mich mit einer Umarmung. Sie ist einer dieser Menschen, die Wärme und Mitgefühl ausstrahlen, und sie hält mich einen Moment länger als nötig.

»Ich bin so froh, dass du hier bist. Russell hat uns so viele wunderbare Dinge erzählt. Bist du wirklich schon seit achtzehn Monaten clean?«

»Achtzehneinhalb.«

»Unglaublich. Nach allem, was du durchgemacht hast? Das ist einfach phänomenal. Du kannst wirklich stolz auf dich sein.«

Ich fürchte schon, gleich in Tränen auszubrechen, denn ich hatte nicht damit gerechnet, dass sie schon nach meiner Genesung fragt, kaum dass ich ihr Haus betrete. Aber es ist eine Erleichterung, es hinter mich zu bringen, gleich alle meine schlechtesten Karten auf den Tisch zu legen.

»Es war nicht leicht, aber es wird jeden Tag leichter.«

»Das ist genau das, was ich meinen Patienten auch immer sage.« Sie tritt zurück, mustert mich von Kopf bis Fuß und lächelt. »Und sieh dich einer an! Du siehst so gesund aus, du strahlst ja förmlich!«

Im Haus sind es angenehm frische zwanzig Grad – eine willkommene Zuflucht vor der schwülen Hitze draußen. Ich folge Caroline, vorbei am Treppenaufgang und unter den Treppenabsatz des Obergeschosses hindurch. Ihre Küche ist lichtdurchflutet und sieht aus wie das Set einer Kochshow auf Food Network. Dort stehen ein großer Kühlschrank, ein kleiner Kühlschrank und ein Gasherd mit acht Flammen. Die Spüle ist eine Art Trog, so breit, dass er zwei separate Wasserhähne erfordert. Dann sind da noch Dutzende von Schubladen und Schranktüren in allen möglichen Formen und Größen.

Caroline öffnet eine kleine Tür, und ich erkenne, dass dies ein dritter Kühlschrank ist, ein Minikühlschrank, gefüllt mit kalten Getränken. »Mal sehen, wir hätten Sprudelwasser, Kokosnusswasser, Eistee …«

»Sprudel wäre toll.« Ich drehe mich um und schaue staunend durch die Fensterfront auf den Garten hinter dem Haus. »Das ist eine wunderschöne Küche.«

»Riesig, nicht wahr? Eigentlich viel zu groß für drei Personen. Aber wir haben uns in das Haus verliebt, also haben wir es gekauft. Da ist ein Park direkt hinter unserem Grundstück, hast du das gesehen? Teddy liebt es, durch den Wald zu stromern.«

»Das klingt nach Spaß.«

»Aber wir müssen ihn ständig nach Zecken absuchen. Ich überlege schon, ob ich ihm ein Schutzband oder so etwas kaufen soll.«

Sie hält ein Glas unter den Eisspender, der daraufhin ein leises Klirren von sich gibt – wie das Windspiel auf ihrer Veranda –, als Dutzende winzige Eisperlen herauspurzeln. Mir ist, als wäre ich gerade Zeuge eines Zaubertricks geworden. Sie füllt das Glas mit sprudelndem Wasser und reicht es mir. »Wie wär's mit einem Sandwich? Kann ich dir etwas anbieten?«

Ich schüttle den Kopf, aber Caroline öffnet trotzdem den großen Kühlschrank, worauf eine riesige Auswahl an Lebensmitteln zum Vorschein kommt. Da stehen Kannen mit Vollmilch und Sojamilch, Kartons mit braunen Eiern aus Bodenhaltung, Becher mit Pesto, Hummus und Salsa. Es gibt Käseecken, Flaschen mit Kefir und weiße Netzsäckchen, die berstend voll sind mit grünem Blattgemüse. Und erst das Obst! Riesige Klappschachteln mit Erdbeeren und Blaubeeren, Himbeeren und Brombeeren, eine Wassermelone und eine Honigmelone. Caroline greift nach einem Beutel Babymöhren und einem Glas Hummus und schließt die Kühlschranktür dann mit dem Ellbogen. Ich bemerke, dass an der Tür eine

Kinderzeichnung hängt, ein primitives und ungeschickt angefertigtes Porträt eines Kaninchens. Ich frage, ob Teddy es gemalt hat, worauf Caroline nickt. »Sechs Wochen in diesem Haus, und schon deutet er an, dass er sich Haustiere wünscht. Ich habe ihm gesagt, dass wir erst einmal zu Ende auspacken müssen.«

»Er scheint begabt zu sein«, sage ich ihr. Augenblicklich befürchte ich, dass die Worte gezwungen klingen, dass ich zu früh zu weit gegangen bin.

Aber Caroline stimmt mir zu!

»Oh, auf jeden Fall. Er ist wirklich weit für sein Alter. Das sagen alle.«

Wir setzen uns an einen kleinen Esstisch in der Frühstücksecke, und sie reicht mir ein Blatt Papier. »Mein Mann hat ein paar Richtlinien verfasst. Nichts allzu Verrücktes, aber wir sollten sie gleich mal durchgehen.«

HAUSREGELN

1. Keine Drogen
2. Kein Alkohol
3. Nicht rauchen
4. Keine vulgären Ausdrücke
5. Keine Bildschirme
6. Kein rotes Fleisch
7. Kein Junkfood
8. Keine Besucher ohne vorherige Erlaubnis
9. Keine Fotos von Teddy in den sozialen Medien
10. Keine Religion, kein Aberglaube. Unterrichte Wissenschaft.

Unter der getippten Liste steht noch eine elfte Regel, handgeschrieben in graziler, weiblicher Schrift:

Hab Spaß! ☺

Caroline fängt schon an, sich für die Regeln zu entschuldigen, bevor ich sie überhaupt durchgelesen habe. »Nummer sieben ziehen wir nicht wirklich durch. Wenn du Muffins backen oder Teddy ein Eis kaufen willst, ist das in Ordnung. Nur keine Limonade. Und auf Nummer zehn hat mein Mann bestanden. Er ist Ingenieur. Er arbeitet in der Technologiebranche. Wissenschaft ist also sehr wichtig in unserer Familie. Wir sprechen keine Gebete, und wir feiern Weihnachten nicht. Wenn jemand niest, sagen wir nicht einmal ›God Bless You‹.«

»Was sagt ihr denn *dann*?«

»Das deutsche ›Gesundheit‹. Oder ›Zum Wohl‹. Das bedeutet das Gleiche.«

In ihrer Stimme schwingt ein entschuldigender Ton mit, und ich sehe, dass sie einen Blick auf das winzige Goldkreuz wirft, das an einer Kette um meinen Hals hängt – ein Geschenk meiner Mutter zu meiner Erstkommunion. Ich versichere Caroline, dass ihre Hausregeln kein Problem für mich sein werden. »Teddys religiöse Erziehung ist eure Sache, nicht meine. Ich bin nur hier, um ihm ein sicheres, liebevolles und fürsorgliches Umfeld zu verschaffen.«

Sie wirkt erleichtert. »Und Spaß zu haben, ja? Das ist Regel elf. Wenn du also mal einen besonderen Ausflug planen willst, ins Museum oder in den Zoo – ich übernehme die Kosten dafür gerne.«

Wir sprechen eine Weile über den Job und meine Aufgaben, aber Caroline stellt mir kaum persönliche Fragen. Ich erzähle ihr, dass ich in South Philly aufgewachsen bin, in der Shunk Street, gleich nördlich der Stadien. Ich lebte mit meiner Mutter und meiner jüngeren Schwester zusammen und habe für alle möglichen Familien in meinem Viertel als Babysitterin gearbeitet. Ich ging auf die Central High School und hatte gerade ein Sportstipendium für die Penn State erhalten, als mein Leben aus den Fugen geriet. Den Rest muss Russell

Caroline erzählt haben, denn sie nötigt mich nicht, die ganzen unschönen Dinge wieder aufzuwärmen.

Stattdessen sagt sie nur: »Sollen wir mal schauen, wo Teddy steckt? Mal sehen, wie ihr zwei miteinander auskommt?«

Das Wohnzimmer der Familie befindet sich direkt neben der Küche. Es ist ein gemütlicher, zwanglos eingerichteter Raum mit einer Couchgarnitur, einer Truhe voller Spielzeug und einem flauschigen Zottelteppich. Die Wände sind gesäumt mit Bücherregalen und gerahmten Postern der New Yorker Metropolitan Oper – *Rigoletto, Pagliacci* und *La Traviata*. Caroline erklärt, dies seien die drei Lieblingsinszenierungen ihres Mannes, und früher, bevor Teddy kam, hätten sie immer das Lincoln Center besucht.

Der Junge selbst liegt ausgestreckt auf dem Teppich, vor sich einen spiralgebundenen Block und gelbe HB-Bleistifte. Als wir hereinkommen, schaut er auf, wirft mir kurz ein verschmitztes Lächeln zu und widmet sich dann sofort wieder seinem Werk.

»Na, hallo noch mal. Malst du gerade ein Bild?«

Er zuckt übertrieben stark mit den Schultern, ist immer noch zu schüchtern, um mir eine Antwort zu geben.

»Liebling, Schatz«, wirft Caroline ein. »Mallory hat dich gerade etwas gefragt.«

Er zuckt wieder mit den Schultern und rückt mit seinem Gesicht dann näher an das Papier heran, bis seine Nase mehr oder weniger die Zeichnung berührt, so als würde er versuchen, darin zu verschwinden. Dann greift er mit der linken Hand nach einem Bleistift.

»Oh, du bist Linkshänder!«, sage ich zu ihm. »Das bin ich auch!«

»Viele Weltpolitiker sind Linkshänder«, erklärt Caroline.

»Barack Obama, Bill Clinton, Ronald Reagan – alles Linkshänder.«

Teddy verlagert seinen Körper so, dass ich nicht über seine Schultern sehen, nicht erkennen kann, was er da gerade zeichnet.

»Du erinnerst mich an meine kleine Schwester«, sage ich. »Als sie so alt war wie du, hat sie für ihr Leben gerne gezeichnet. Sie hatte einen riesige Tupperbox voll mit Buntstiften.«

Caroline langt unter das Sofa und holt eine riesige Box voller Buntstifte hervor. »So was wie das hier?«

»Genau!«

Caroline hat ein unbeschwertes, angenehmes Lachen. »Ich erzähle dir mal eine lustige Geschichte: Die ganze Zeit, als wir in Barcelona lebten, konnten wir Teddy nicht dazu bewegen, einen Bleistift auch nur in die Hand zu nehmen. Wir haben ihm Marker, Fingerfarben und Wasserfarben gekauft, aber er zeigte keinerlei Interesse daran, irgendetwas damit zu zeichnen. Aber in dem Moment, als wir in die USA zurückkehren und in dieses Haus einziehen, mutiert er plötzlich zu einem Pablo Picasso. Mittlerweile malt er wie verrückt.«

Caroline hebt die Platte des Couchtischs an, und ich sehe, dass er gleichzeitig als eine Art Aufbewahrungskiste fungiert. Sie zieht einen Stapel Papiere heraus, der zwei, drei Zentimeter dick ist. »Mein Mann zieht mich damit auf, dass ich alle Bilder aufhebe, aber ich kann einfach nicht anders. Willst du sie sehen?«

»Unbedingt.«

Unten auf dem Boden liegend, lässt Teddy den Bleistift zwischen seinen Fingern verharren. Sein ganzer Körper hat sich angespannt. Ich merke, dass er aufmerksam zuhört und sich ganz auf meine Reaktion konzentriert.

»Oooh, das erste ist wirklich schön«, sage ich zu Caroline. »Ist das ein Pferd?«

»Ja, ich glaube schon.«

»Nein, nein, nein!«, ruft Teddy, springt vom Boden auf und tritt neben mich. »Das ist eine Ziege, denn sie hat Hörner auf dem Kopf, siehst du? Und einen Bart. Pferde haben keine Bärte.« Dann klettert er auf meinen Schoß, blättert die Seite um und lenkt meine Aufmerksamkeit auf die nächste Zeichnung.

»Ist das die Trauerweide da draußen?«

»Ja, genau. Wenn man raufklettert, kann man in ein Vogelnest sehen.«

Ich blättere weiter, und es dauert nicht lange, bis Teddy sich in meinen Armen entspannt und seinen Kopf an meine Brust lehnt. Mir ist, als würde ich einen großen Welpen umarmen. Sein Körper ist warm, und er riecht wie Wäsche, die frisch aus dem Trockner kommt. Caroline sitzt neben uns und beobachtet unsere Interaktion. Sie scheint zufrieden zu sein.

Die Zeichnungen sind alle ziemlich typisch für Kinder – jede Menge Tiere, jede Menge lächelnde Menschen an sonnigen Tagen. Teddy beobachtet meine Reaktion auf jede Zeichnung und saugt mein Lob auf wie ein Schwamm.

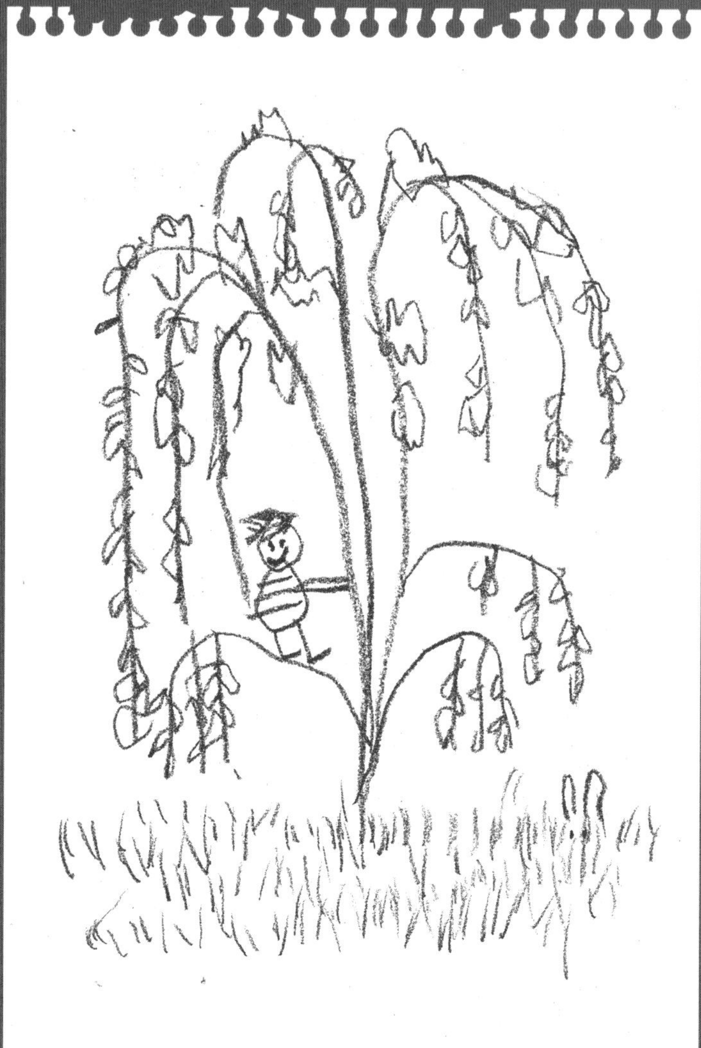

Caroline wirkt überrascht, das letzte Bild in dem Stapel zu finden. »Dieses hier wollte ich eigentlich beiseitelegen«, sagt sie, aber jetzt bleibt ihr nichts anderes übrig, als es zu kommentieren. »Das ist ein Bild von Teddy und seiner, äh, besonderen Freundin.«

»Anya«, sagt Teddy. »Sie heißt Anya.«

»Richtig, Anya«, bestätigt Caroline und zwinkert mir zu, um mich zu ermutigen, das Spiel mitzuspielen. »Wir alle mögen Anya, weil sie mit Teddy spielt, wenn Mommy und Daddy arbeiten.«

Mir geht auf, dass Anya eine Art seltsame imaginäre Spielkameradin sein muss, und ich bemühe mich, etwas Nettes zu sagen. »Bestimmt ist es toll, Anya hier zu haben. Besonders, wenn man ein kleiner Junge in einer neuen Stadt ist und noch keine anderen Kinder kennengelernt hat.«

»Genau!« Caroline ist erleichtert, dass ich die Situation so schnell erfasst habe. »Genauso ist es.«

»Ist Anya jetzt hier? Ist sie bei uns im Zimmer?«

Teddy schaut sich um. »Nein.«

»Wo ist sie denn dann?«

»Ich weiß es nicht.«

»Wirst du sie heute Abend noch sehen?«

»Ich sehe sie jede Nacht«, erklärt Teddy. »Sie schläft unter meinem Bett, damit ich hören kann, wenn sie singt.«

Dann höre ich, wie die Haustür geöffnet wird und wieder ins Schloss fällt. Eine Männerstimme ruft: »Hallo?«

»Im Wohnzimmer!«, ruft Caroline zurück und schaut Teddy an. »Daddy ist nach Hause gekommen!«

Teddy springt von meinem Schoß und rennt zu seinem Vater, um ihn zu begrüßen. Ich gebe Caroline die Zeichnungen zurück. »Die sind … interessant.«

Sie schüttelt den Kopf und lacht. »Er ist nicht besessen, das schwöre ich. Es ist einfach nur eine echt seltsame Phase. Und viele Kinder haben imaginäre Freunde. Meine Kollegen in der Pädiatrie sagen, dass diese Fälle sehr häufig auftreten.«

Sie klingt, als wäre es ihr peinlich, und hastig versichere ich ihr, das sei völlig in Ordnung. »Bestimmt liegt das am Umzug. Er hat sie erfunden, damit er jemanden zum Spielen hat.«

»Ich wünschte nur, sie sähe nicht so komisch aus. So etwas kann ich doch nicht an den Kühlschrank hängen!« Caroline dreht das Bild um und verbirgt es dann im Stapel der anderen Zeichnungen. »Die Sache ist die, Mallory: Wenn du erst einmal hier arbeitest, vergisst er sie bestimmt. Er wird viel zu viel Spaß mit seiner neuen Babysitterin haben!«

Ich freue mich darüber, wie sie das sagt – als sei das Vorstellungsgespräch schon gelaufen, ich hätte den Job und wir müssten jetzt nur noch Kleinigkeiten absprechen. »Sicher wimmelt es auf den Spielplätzen hier nur so von Kindern«, sage ich ihr. »Ich werde dafür sorgen, dass Teddy lauter richtige Freunde findet, bevor die Schule anfängt.«

»Perfekt«, sagt Caroline. Im Flur hört man Schritte näher kommen, worauf sie sich zu mir vorbeugt. »Ich wollte dich auch noch vor meinem Mann warnen. Er fühlt sich nicht wirklich wohl, was deine Vorgeschichte angeht. Wegen der Drogen. Also wird er nach Gründen suchen, um dich abzuwimmeln. Aber mach dir keine Sorgen.«

»Was soll ich …«

»Und nenn ihn Mr Maxwell. Nicht Ted. Das wird ihm gefallen.«

Bevor ich noch fragen kann, was das alles zu bedeuten hat, weicht Caroline zurück, und ihr Mann kommt herein.

Er trägt den grinsenden Teddy auf der Hüfte. Ted Maxwell ist älter, als ich erwartet hatte, gute zehn oder fünfzehn Jahre älter als Caroline, groß und schlank, graue Haare, dunkle Brille und Bart. Er trägt Designerjeans, abgewetzte Oxford Schuhe und ein Sportsakko über einem T-Shirt mit V-Ausschnitt – die Art Outfit, die lässig aussieht, aber zehnmal mehr kostet, als man sich vorstellen kann.

Caroline begrüßt ihn mit einem Kuss.

»Schatz, das ist Mallory.«

Ich stehe auf und schüttle ihm die Hand. »Hallo, Mr Maxwell.«

»Tut mir leid, dass ich so spät dran bin. Auf der Arbeit kam etwas dazwischen.« Er und Caroline tauschen einen Blick aus, und ich frage mich, ob bei ihm oft etwas dazwischenkommt. »Wie läuft das Vorstellungsgespräch?«

»Sehr gut«, sagt Caroline.

»Sehr, *sehr* gut!«, ruft Teddy. Er löst sich aus der Umarmung seines Vaters und hüpft wieder auf meinen Schoß, als wäre ich der Weihnachtsmann und er wollte mir verraten, was alles auf seiner Wunschliste steht. »Mallory, magst du Versteckspielen?«

»Ich *liebe* Verstecken«, gestehe ich ihm. »Besonders in großen, alten Häusern mit vielen Zimmern.«

»Das ist wie bei uns!« Teddy schaut sich mit vor Begeisterung weit aufgerissenen Augen um. »Wir wohnen in einem großen, alten Haus! Mit vielen Zimmern!«

Ich drücke ihn ein wenig. »Perfekt!«

Ted scheint sich unwohl damit zu fühlen, wie sich das Gespräch entwickelt. Er nimmt seinen Sohn bei der Hand und bringt ihn dazu, von meinem Schoß zu klettern. »Hör mal, Kumpel, das hier ist ein Vorstellungsgespräch. Das ist ein sehr ernstes Gespräch zwischen Erwachsenen. Mommy und Daddy müssen Mallory ein paar wichtige Fragen stellen. Deshalb musst du jetzt nach oben gehen, okay? Geh Lego spielen oder …«

»Schatz, wir sind schon alles durchgegangen«, unterbricht ihn Caroline. »Ich möchte mit Mallory nach draußen gehen und ihr das Cottage für Gäste zeigen.«

»Ich habe meine eigenen Fragen. Gib mir fünf Minuten.«

Ted gibt seinem Sohn einen kleinen Schubs und schickt ihn auf den Weg. Dann knöpft er sein Sakko auf und setzt sich mir gegenüber. Mir fällt auf, dass er doch nicht ganz so schlank ist, wie ich dachte – er hat einen kleinen Bauch –, aber die zusätzlichen Kilos stehen ihm. Er sieht gut genährt und gut gepflegt aus.

»Hast du eine zusätzliche Kopie deines Lebenslaufs dabei?«

Ich schüttle den Kopf: »Nein. Tut mir leid.«

»Kein Problem. Ich habe ihn irgendwo.«

Er öffnet seine Aktentasche und zieht eine Mappe heraus, die vollgestopft ist mit Dokumenten. Während er in der Mappe blättert, sehe ich, dass sie lauter Briefe und Lebensläufe von anderen Bewerberinnen enthält. Es müssen um die fünfzig Stück sein.

»Da haben wir ihn, Mallory Quinn.« Als er meinen Lebenslauf aus dem Stapel herauszieht, sehe ich, dass er mit handschriftlichen Notizen versehen ist.

»Central High School, aber kein College, richtig?«

»Noch nicht«, bestätige ich.

»Wirst du dich im Herbst immatrikulieren?«

»Nein.«

»Nächsten Frühling?«

»Nein, aber hoffentlich irgendwann einmal.«

Ted schaut auf meinen Lebenslauf, kneift dann die Augen zusammen und legt den Kopf schief, als könne er sich keinen Reim darauf machen. »Hier steht nicht, ob du eine Fremdsprache sprichst.«

»Nein, tut mir leid. Ich meine, außer man zählt den South Philly Slang dazu. ›*Do youse guys wanna jawn of that wooder-ice?*‹«

Caroline lacht. »Oh, das ist lustig!«

Ted fügt seinen Notizen einfach ein kleines schwarzes X hinzu.

»Wie sieht es mit Musikinstrumenten aus? Spielst du Klavier oder Geige?«

»Nein.«

»Bildende Kunst? Malerei, Zeichnen, Bildhauerei?«

»Nein.«

»Bist du viel gereist? Warst du im Ausland?«

»Wir waren mal in Disneyland, als ich zehn war.«

Er fügt meinem Lebenslauf ein weiteres X hinzu.

»Und jetzt arbeitest du für deine Tante Becky?«

»Das ist nicht meine Tante. So heißt bloß die Kita: Aunt Becky's Childcare. Wegen ABC, verstehen Sie?«

Er geht seine Notizen weiter durch. »Richtig, jetzt erinnere ich mich. Das ist ein Arbeitsplatz für ehemalige Suchtkranke. Weißt du, wie viel der Staat für deine Beschäftigung zahlt?«

Caroline runzelt die Stirn. »Schatz, ist das denn von Belang?«

»Ich bin nur neugierig.«

»Kein Problem, ich kann das beantworten«, sage ich. »Der Staat Pennsylvania zahlt ein Drittel meines Gehalts.«

»Wir würden allerdings alles bezahlen«, sagt Ted und fängt

damit an, Zahlen an den Rand meines Lebenslauf zu kritzeln und irgendeine komplizierte Berechnung anzustellen.

»Ted, hast du sonst noch Fragen?«, drängt ihn Caroline. »Mallory ist nämlich schon lange hier. Und ich wollte ihr noch den Garten zeigen.«

»In Ordnung. Ich weiß alles, was ich wissen wollte.« Ich komme nicht umhin, zu bemerken, dass er meinen Lebenslauf ganz nach unten in den Stapel schiebt. »Es war schön, dich kennenzulernen, Mallory. Danke fürs Vorbeikommen.«

»Mach dir nichts aus Ted«, beruhigt mich Caroline nur wenige Augenblicke später, als wir durch die Schiebetür in der Küche hinaus auf die Terrasse gehen. »Mein Mann ist hochintelligent. In Sachen Computer ist er ein Genie. Aber was das Zwischenmenschliche angeht, ist er unbeholfen, und von Suchtreha hat er keinen blassen Schimmer. Er denkt, du stellst ein zu hohes Risiko dar. Er will eine Studentin von der Pennsylvania University einstellen, so ein Wunderkind mit sechzehnhundert SAT-Punkten. Aber ich werde ihn davon überzeugen, dass du eine Chance verdient hast. Mach dir keine Sorgen.«

Hinter dem Haus der Maxwells ist ein großer Garten mit einer saftig grünen Rasenfläche, umgeben von hohen Bäumen, Sträuchern und Beeten mit vielen bunten Blumen. Herzstück des Gartens ist ein umwerfender Swimmingpool, um den Terrassenstühle und Sonnenschirme stehen, wie man sie in einem Casino in Las Vegas sehen könnte.

»Das ist ein Traum!«

»Unsere private Oase«, sagt Caroline. »Teddy liebt es, hier draußen zu spielen.«

Wir gehen über den Rasen, und das Gras fühlt sich straff und federnd an wie die Oberfläche eines Trampolins. Caroline deutet auf einen kleinen Pfad an der Außengrenze des Gartens und erklärt mir, dass er zu Hayden's Glen hinunterführt, einem hundertzwanzig Hektar großen Naturschutzgebiet, das von Wanderwegen und Wasserläufen durchzogen wird. »Wegen der Bäche lassen wir Teddy nicht allein dort herumstromern. Aber du kannst ihn gerne mitnehmen, so oft du willst. Pass nur auf den Giftefeu auf.«

Wir haben den Garten fast durchquert, als ich endlich das Gästecottage entdecke. Es steht halb verdeckt hinter den Bäumen, als wäre der Wald dabei, es zu überwuchern. Das Cottage erinnert mich an das Lebkuchenhaus aus dem Märchen *Hänsel und Gretel* – es ist ein winziges, chaletähnliches Gebäude mit rustikaler Holzverkleidung, das aussieht, als bestehe es nur aus einem Dach. Wir steigen drei Stufen zu einer winzigen Veranda hinauf, und Caroline schließt die Eingangstür auf. »Der Vorbesitzer hatte hier drinnen seinen Rasenmäher abgestellt. Er hat es als Geräteschuppen benutzt. Aber ich habe es für dich hergerichtet.«

Das Cottage besteht aus nur einem Zimmer, klein, aber blitzsauber. Die Wände sind weiß gestrichen, und die Dachsparren liegen frei, dicke braune Balken durchkreuzen die Decke. Die Holzböden sind so makellos, dass ich mich genötigt fühle, meine Turnschuhe abzustreifen. Auf der rechten Seite befindet sich eine kleine Kochnische; auf der linken das am gemütlichsten aussehende Bett, das ich je gesehen habe, mit einer flauschigen weißen Steppdecke und vier riesigen Kissen.

»Caroline, das ist echt toll!«

»Ich weiß, es ist ein bisschen beengt, aber ich dachte, wenn du den ganzen Tag mit Teddy zusammen warst, würdest du die Privatsphäre zu schätzen wissen. Und das Bett ist brandneu. Probier es doch mal aus.«

Ich setze mich auf die Kante der Matratze und lege mich zurück; es ist, als würde man in eine Wolke sinken. »O mein Gott.«

»Das ist eine Brentwood-Bio-Latex-Matratze. Mit dreitausend Mikrospulen, die deinem Körper Halt bieten. Ted und ich haben die gleichen in unserem Schlafzimmer.«

Auf der gegenüberliegenden Seite befinden sich zwei Türen. Hinter einer verbirgt sich ein flacher Schrank mit Regalen, hinter der anderen das kleinste Badezimmer der Welt mit Dusche, Toilette und Standwaschbecken. Ich gehe hinein und stelle fest, dass ich gerade klein genug bin, um mich unter den Duschkopf stellen zu können, ohne mich ducken zu müssen.

Der gesamte Rundgang dauert nicht länger als eine Minute, aber ich fühle mich verpflichtet, noch etwas mehr Zeit damit zu verbringen, alles zu inspizieren. Caroline hat das Häuschen mit Dutzenden von kleinen, durchdachten Einrichtungsgegenständen ausgestattet: eine Leselampe am Bett, ein klappbares Bügelbrett, ein USB-Ladegerät für Handys und einen Deckenventilator, durch den ein Luftzug entsteht. Die Küchenschränke sind mit der Grundausstattung bestückt: Teller und Gläser, große Tassen und Silberbesteck, alles die gleichen hochwertigen Sachen, die sie auch im Haupthaus benutzen. Außerdem gibt es ein paar Grundnahrungsmittel zum Kochen: Olivenöl, Mehl, Backpulver, Salz und Pfeffer. Caroline fragt, ob ich gerne koche, und ich antworte, dass ich mich noch im Lernprozess befinde. »Ich auch«, gesteht sie und lacht. »Gemeinsam kriegen wir das schon hin.«

Dann höre ich schwere Schritte auf der Veranda, und Ted Maxwell öffnet die Tür. Er hat sein Sakko gegen ein aquamarinfarbenes Poloshirt getauscht, aber selbst in seiner Freizeitkleidung wirkt er immer noch einschüchternd. Ich hatte gehofft, das Vorstellungsgespräch beenden zu können, ohne ihn noch einmal zu sehen.

»Teddy braucht dich mal«, sagt er zu Caroline. »Ich kann sie weiter herumführen.«

Das ist mir unangenehm, weil ich alles, was es hier zu sehen gibt, schon gezeigt bekommen habe. Aber Caroline ist bereits aus der Tür, bevor ich etwas sagen kann. Ted steht einfach nur da und beobachtet mich, als ob er denkt, ich könnte die Laken und Handtücher mitgehen lassen.

Ich lächle. »Hier ist es wirklich schön.«

»Es ist ein Ein-Personen-Cottage. Keine Besucher ohne vorherige Erlaubnis. Und definitiv keine Übernachtungsgäste. Das würde Teddy zu sehr verwirren. Ist das ein Problem?«

»Nein, ich bin mit niemandem zusammen.«

Er schüttelt den Kopf, irritiert darüber, dass ich nicht verstanden habe, worum es ihm geht. »Wir können dir von Rechts wegen nicht verbieten, mit jemandem zusammen zu sein. Ich will nur nicht, dass Fremde auf meinem Grundstück übernachten.«

»Ich verstehe. Das ist in Ordnung.« Ich möchte glauben, dass das ein Fortschritt ist, so als wären wir gerade einen winzigen Schritt näher an eine funktionierende Beziehung herangekommen. »Haben Sie noch andere Bedenken?«

Er grinst. »Wie viel Zeit hast du?«

»So viel Zeit, wie nötig ist. Ich hätte diesen Job wirklich sehr gerne.«

Er geht zum Fenster und deutet auf eine kleine Kiefer draußen. »Ich erzähle dir mal eine Geschichte. An dem Tag, an dem wir in dieses Haus eingezogen sind, haben Caroline und Teddy ein Vogelküken unter diesem Baum gefunden. Es muss aus seinem Nest gefallen sein. Vielleicht wurde es auch verstoßen, wer weiß? Jedenfalls hat meine Frau ein großes, riesengroßes Herz, also hat sie einen Schuhkarton genommen, ihn mit geschreddertem Papier gefüllt und das Vogelküken mit Zuckerwasser aus einer Pipette gefüttert. In der Zwischenzeit stehen die Möbelpacker in der Einfahrt, und ich bin damit beschäftigt, im ganzen Haus alles auszupacken, damit wir einen gemeinsamen neuen Lebensabschnitt beginnen können. Währenddessen erzählt Caroline Teddy, wie sie das Vögelchen wieder gesund pflegen werden und dass es sich eines Tages hoch über die Baumwipfel erheben wird. Natürlich ist Teddy von dieser Vorstellung hellauf begeistert. Er tauft den Vogel Robert und sieht jede Stunde nach dem Rechten, behandelt den Vogel, als wäre er sein kleines Brüderchen. Aber innerhalb von achtundvierzig Stunden ist Robert tot. Und ich schwöre dir, Mallory, Teddy hat eine Woche lang geweint. Er war am Boden zerstört. Wegen eines kleinen Vögelchens. Der Punkt ist also, wir müssen besonders vorsichtig sein, wen wir dazu einladen, mit uns hier zu wohnen. Und angesichts deiner Vergangenheit befürchte ich, dass du ein zu großes Risiko darstellst.«

Wie könnte ich ihm widersprechen? Der Job wird gut bezahlt, und Ted hat eine ganze Mappe voller Bewerbungen von Frauen, die noch nie drogenabhängig waren. Er könnte eine frischgebackene Krankenpflegeschülerin anheuern, die in Herz-Lungen-Reanimation ausgebildet ist, oder eine fünffache Großmutter aus Honduras, die Spanischunterricht gibt und währenddessen selbst gemachte *enchiladas verdes* zubereitet. Warum sollte er bei solchen Alternativen ein Risiko mit mir eingehen?

Mir geht auf, dass meine letzte Chance jetzt darin besteht, meine Trumpfkarte auszuspielen – mein Last-minute-Geschenk von Russell, bevor ich aus seinem Auto stieg.

»Ich glaube, ich habe eine Lösung.« Ich greife in meine Tasche und hole etwas heraus, das aussieht wie eine Kreditkarte aus Papier mit fünf Baumwolllaschen unten. »Das ist eine Drogentest Dip-Karte. Die kosten bei Amazon einen Dollar pro Stück, und ich bezahle sie gerne von meinem eigenen Lohn. Sie testen auf Meth, Opiate, Amphetamine, Kokain und THC. Das Ergebnis kann nach fünf Minuten abgelesen werden, und ich werde mich freiwillig jede Woche testen lassen, und zwar an zufälligen Tagen Ihrer Wahl, damit Sie beide sich keine Sorgen machen müssen. Würden Sie sich damit wohler fühlen?«

Ich reiche Ted die Karte. Doch er hält sie weit von sich, als würde er sich vor ihr ekeln, als würde bereits warmer, gelber Urin von ihr tröpfeln. »Nein, siehst du, das ist das Problem«, antwortet er. »Du scheinst ein netter Mensch zu sein. Ich wünsche dir alles Gute, ganz ehrlich. Aber ich will ein Kindermädchen, das nicht jede Woche in einen Becher pinkeln muss. Das verstehst du doch, oder?«

Ich warte in der Diele des Haupthauses, während sich Ted und Caroline in der Küche zanken. Worüber genau sie sich unterhalten, kann ich nicht verstehen, aber es liegt auf der Hand, worum es bei dem Streit geht. Carolines Stimme klingt geduldig und flehend, Teds Antworten fallen kurz, harsch und stakkatoartig aus. Es ist, als würde man einem Konzert mit einer Geige und einem Presslufthammer lauschen.

Als sie schließlich in die Diele zurückkehren, sind ihre Gesichter gerötet. Caroline ringt sich ein Lächeln ab. »Es tut uns leid, dass wir dich haben warten lassen«, sagt sie. »Wir werden unsere Unterhaltung fortsetzen und bleiben in Kontakt, ja?«

Und wir alle wissen, was das bedeutet, nicht wahr?

Ted öffnet die Tür und schubst mich mehr oder weniger in die glühende Sommerhitze hinaus. Vor dem Haus ist es viel wärmer als hinten im Garten. Mir ist, als stünde ich an der Grenze zwischen dem Paradies und der realen Welt. Ich setze eine tapfere Miene auf und bedanke mich bei den beiden für das Gespräch. Ich versichere ihnen, dass ich mich total darüber freuen würde, für die Stelle in Betracht gezogen zu werden, und dass es mir ein wirkliches Vergnügen sein würde, für ihre Familie zu arbeiten. »Wenn ich etwas tun kann, damit Sie sich wohler fühlen, dann bitten Sie mich hoffentlich darum.«

Als sie gerade die Tür schließen wollen, zwängt sich der kleine Teddy durch die Beine seiner Eltern hindurch und reicht mir ein Blatt Papier. »Mallory, ich habe dir ein Bild gemalt. Als Geschenk. Du darfst es mitnehmen.«

Caroline beugt sich vor, schaut sich das Bild an und zieht hörbar die Luft ein.

»Meine Güte, Teddy, das ist ja wunderschön!«

Klar, es sind bloß Strichmännchen, aber die Zeichnung hat so etwas Heimeliges an sich, dass sie mich wirklich berührt. Ich gehe in die Hocke und schaue Teddy direkt in die Augen, und dieses Mal zuckt er nicht zurück oder nimmt Reißaus. »Ich liebe diese Zeichnung, Teddy. Sobald ich bei mir zu Hause bin, hänge ich sie mir an die Wand. Vielen Dank!« Ich breite die Arme aus, um ihn rasch in die Arme zu schließen, und er umarmt mich seinerseits, schlingt seine Ärmchen ganz fest um meinen Hals und vergräbt das Gesicht an meiner Schulter. Das ist der innigste Körperkontakt, den ich seit Monaten hatte, und ich merke, wie ich von meinen Gefühlen überwältigt werde. Eine Träne läuft mir die Wange hinab, und ich wische sie weg und lache. Vielleicht glaubt Teddys Vater nicht an mich. Vielleicht denkt er, ich sei nur einer dieser Junkies, die zum Rückfall verdammt sind, aber sein süßer kleiner Junge hält mich für einen Engel. »Danke, Teddy. Danke, danke, danke.«

Für den Weg zum Bahnhof lasse ich mir Zeit. Ich schlendere auf den schattigen Bürgersteigen entlang, vorbei an kleinen Mädchen, die mit Kreide aufs Pflaster malen, an Teenagern, die in Einfahrten Körbe werfen, vorbei an Rasensprengern, die *fitz-fitz-fitz* machen. Ich laufe durch das kleine Einkaufsviertel, vorbei an dem Smoothie-Laden und der Traube von Teenagern, die sich vor dem Starbucks herumdrücken. Ich stelle mir vor, wie schön es sein muss, in Spring Brook aufzuwachsen – in einer Stadt, in der jeder genug Geld verdient, um seine Rechnungen bezahlen zu können, und in der nie etwas Schlimmes passiert. Und ich wünschte, ich müsste hier nicht weg.

Ich gehe in den Starbucks und bestelle mir eine Erdbeerlimonade. Als ehemalige Süchtige in der Rehaphase habe ich beschlossen, jede Art von psychoaktiven Stimulanzien zu meiden, auch Koffein (aber ich bin auch nicht zu streng; bei Schokolade mache ich schon noch eine Ausnahme, denn die enthält nur ein paar Milligramm). Ich bohre gerade meinen Strohhalm durch den Deckel, als ich auf der anderen Seite des Sitzbereichs Russell erspähe. Er hockt dort, trinkt schwarzen Kaffee und schmökert in den Sportseiten des *Philadelphia Inquirer*. Er ist wahrscheinlich der letzte Mensch in Amerika, der noch eine gedruckte Zeitung kauft.

»Du hättest nicht warten brauchen«, sage ich.

Er faltet die Zeitung zusammen und lächelt. »Ich hatte geahnt, dass du hier vorbeikommen würdest. Und ich will wissen, wie es gelaufen ist. Erzähl mir alles.«

»Es war das nackte Grauen.«

»Was ist passiert?«

»Deine Trumpfkarte hat sich als Katastrophe erwiesen. Sie hat nicht funktioniert.«

Russell fängt an zu lachen. »Mallory, die Mutter hat mich schon angerufen. Vor zehn Minuten. Gleich nachdem du ihr Haus verlassen hattest.«

»Echt jetzt?«

»Sie hat Sorge, dass eine andere Familie sich schneller für dich entscheiden könnte. Sie will, dass du so schnell wie möglich anfängst.«

3

Meine Sachen zu packen dauert bloß zehn Minuten, denn übermäßig viel Habseligkeiten besitze ich nicht, bloß ein paar Klamotten, Toilettenartikel und eine Bibel. Russell schenkt mir einen alten Koffer, damit ich nicht alles in einer großen Plastiktüte mit mir rumschleppen muss. Meine Mitbewohner im Safe Harbor veranstalten eine triste kleine Abschiedsfeier für mich, mit Essen vom Chinesen und einem Blechkuchen aus dem Supermarkt. Und nur drei Tage nach meinem Vorstellungsgespräch reise ich aus Philadelphia ab und kehre ins Fantasyland zurück, bereit, mein neues Dasein als Kindermädchen zu beginnen.

Wenn Ted Maxwell immer noch Bedenken hat, mich einzustellen, dann gelingt es ihm hervorragend, sie zu verbergen. Er und Teddy holen mich am Bahnhof ab, und Teddy überreicht mir einen Blumenstrauß. »Die habe ich selbst ausgesucht«, erklärt er, »aber Daddy hat sie bezahlt.«

Sein Vater besteht darauf, meinen Koffer zum Auto zu tragen, und auf der Fahrt zum Haus zeigen sie mir kurz die Gegend. Sie weisen dabei auf die Pizzeria, den Buchladen und eine alte Schienentrasse hin, die bei Läufern und Radfahrern beliebt ist. Keine Spur mehr vom alten Ted Maxwell – dem Ingenieur mit ernster Miene, der mich in Sachen Fremdsprachen und Auslandsreisen in die Mangel genommen hat. Der neue Ted Maxwell ist jovial und ungezwungen (»Bitte, sag doch Ted zu mir!«), und sogar seine Kleidung wirkt zwanglos. Er trägt ein FC-Barcelona-Trikot, Dad-Jeans und makellose Sneaker.

Am Nachmittag hilft Caroline mir beim Auspacken und beim Einrichten des Cottage. Dabei frage ich sie nach Teds plötzlichem Sinneswandel. Sie lacht. »Ich habe dir ja gleich gesagt, dass er sich wieder einkriegen wird. Er bekommt mit, wie sehr Teddy schon an dir hängt. Mehr als an all den anderen, die sich bei uns vorgestellt haben. Es war die einfachste Entscheidung, die wir je getroffen haben.«

Wir essen alle zusammen auf der gefliesten Terrasse im Garten hinter dem Haus. Ted bereitet am Spieß gebratene Shrimps und Jakobsmuscheln zu, die wohl seine Spezialität sind. Caroline serviert selbst gemachten Eistee, und Teddy dreht sich wie ein Wirbelwind auf der Wiese im Kreis, immer noch erstaunt darüber, dass ich jetzt bei ihnen wohnen werde, jeden Tag, den ganzen Sommer lang. »Ich kann's nicht glauben, ich kann's nicht glauben!«, ruft er und lässt sich dann, außer sich vor Freude, auf den Rasen plumpsen.

»Ich kann es auch kaum glauben«, sage ich zu ihm. »Ich bin so froh, hier sein zu dürfen.«

Noch vor dem Nachtisch fühle ich mich bereits wie ein Mitglied der Familie. Caroline und Ted legen eine sanfte und entspannte Zuneigung füreinander an den Tag. Sie beenden die Sätze des anderen und stibitzen sich Leckerbissen vom Teller des anderen. Gemeinsam erzählen sie mir die bezaubernde Geschichte, wie sie sich vor fünfzehn Jahren im Barnes & Noble im Lincoln Center kennengelernt haben. Während der Erzählung wandert Teds Hand reflexartig zum Knie seiner Frau, und sie legt ihre Hand auf seine, und die beiden verschränken ihre Finger ineinander.

Selbst ihre Meinungsverschiedenheiten sind irgendwie lustig und charmant. Irgendwann im Verlauf des Essens verkündet Teddy, er müsse auf die Toilette. Ich stehe auf, um ihn zu begleiten, aber Teddy winkt ab. »Ich bin doch schon fünf Jahre alt«, hält er mir vor. »Das Badezimmer ist Privatsache.«

»Bravo, mein Junge«, lobt ihn Ted. »Vergiss aber nicht, dir hinterher die Hände zu waschen.«

Ich setze mich wieder auf meinen Platz und komme mir blöd vor, aber Caroline sagt, ich solle mir keine Sorgen machen. »Das ist eine neue Phase, in der Teddy jetzt steckt. Er demonstriert seine Unabhängigkeit.«

»Und er will nicht im Gefängnis landen«, fügt Ted hinzu.

Caroline scheint sich über die witzige Bemerkung zu ärgern, die ich gar nicht kapiert hatte. Also erklärt sie es mir.

»Vor einigen Monaten gab es einen Vorfall. Teddy hat sich vor ein paar anderen Kindern zur Schau gestellt, also, er hat sich entblößt. Das ist zwar ein typisches Verhalten für kleine Jungen, aber für mich war das neu, daher habe ich womöglich überreagiert.«

Ted lacht. »Du hast es vielleicht sogar sexuelle Nötigung genannt.«

»Wäre er ein erwachsener Mann, dann wäre es sexuelle Nötigung gewesen. Darauf wollte ich hinaus, Ted.« Caroline wendet sich mir zu. »Aber ich gebe zu, ich hätte meine Worte etwas sorgfältiger wählen können.«

»Der Junge kann sich nicht einmal selbst die Schuhe zubinden«, sagt Ted, »und schon ist er ein Sexualstraftäter.«

Mit einer überzogenen Geste nimmt Caroline die Hand ihres Mannes von ihrem Knie. »Der Punkt ist, dass Teddy seine Lektion gelernt hat. Geschlechtsteile sind intim. Man entblößt sie nicht vor Fremden. Als Nächstes werden wir ihm etwas über Einvernehmlichkeit und unangemessene Berührungen beibringen, weil es wichtig ist, dass er diese Dinge lernt.«

»Ich stimme dir voll und ganz zu«, pflichtet ihr Ted bei. »Ich verspreche dir, Caroline, er wird der aufgeklärteste Junge in seiner Klasse sein. Du brauchst dir keine Sorgen zu machen.«

»Er ist wirklich süß«, versichere ich Caroline. »So, wie ihr ihn großzieht, wird bestimmt ein guter Mensch aus ihm.«

Caroline nimmt die Hand ihres Mannes und legt sie sich wieder aufs Knie. »Ich weiß ja, dass du recht hast. Aber ich mache mir trotzdem Sorgen um ihn. Ich kann nicht anders!«

Bevor das Gespräch weitergehen kann, kommt Teddy zurück an den Tisch geeilt, atemlos, mit wildem Blick, bereit zu spielen.

»Wenn man vom Teufel spricht!«, sagt Ted und lacht.

Als wir mit dem Nachtisch fertig sind und Poolzeit ansteht, muss ich gestehen, dass ich gar keinen Badeanzug besitze und seit der Highschool auch nicht mehr schwimmen war. Und so gibt mir Ted schon am nächsten Tag einen Vorschuss von fünfhundert Dollar auf mein künftiges Gehalt, und Caroline fährt mich zum Einkaufszentrum, damit ich mir einen Badeanzug kaufen kann. Nachmittags kommt sie dann mit einem Dutzend Kleidern auf Bügeln bei mir im Cottage vorbei, alles echt schöne Kleider und Oberteile von Burberry, Dior und DKNY. Allesamt neu oder kaum getragen. Sie sagt, sie sei bereits aus den Sachen herausgewachsen, habe sich an Größe acht herangearbeitet und ich könne die Kleider gerne haben, bevor sie diese Goodwill spendet.

»Im Übrigen wirst du mich jetzt für paranoid halten, aber ich habe dir einen von diesen hier gekauft.« Sie reicht mir eine winzige rosafarbene Taschenlampe, aus deren Spitze zwei Metallstifte herausragen. »Für den Fall, dass du spätabends joggen gehst.«

Ich schalte sie ein, worauf das Ding ein lautes elektrisches Knistern von sich gibt. Ich bin so erschrocken, dass ich das Ding prompt fallen lasse und es mit einem klappernden Geräusch auf dem Boden aufschlägt.

»Tut mir leid! Ich dachte, es wäre …«

»Nein, nein, ich hätte dich warnen müssen. Das ist eine Vipertek Mini. Mach sie an deinem Schlüsselbund fest.« Sie hebt den Elektroschocker vom Boden auf und demonstriert dann seine Funktionen. Er hat Buttons mit der Aufschrift LICHT und BETÄUBUNG, zudem einen Sicherheitskippschalter zum Ein- und Ausschalten. »Er feuert zehntausend Volt ab. Ich habe meinen an Ted getestet, nur um mal zu sehen, ob er funktioniert. Er meinte, es fühle sich an, als würde man vom Blitz getroffen.«

Es überrascht mich nicht, dass Caroline eine Waffe zur Selbstverteidigung trägt. Sie hatte erwähnt, dass viele ihrer Patienten im Veteranenkrankenhaus psychische Probleme haben. Aber warum ich einen Elektroschocker brauche, um in Spring Brook zu joggen, übersteigt meine Vorstellungskraft.

»Gibt es hier denn viele Verbrechen?«

»So gut wie gar keine. Aber vor zwei Wochen wurde ein Mädchen in deinem Alter Opfer von Carjacking. Direkt auf dem Parkplatz von Wegmans. Ein Typ zwang sie, zu einem Geldautomaten zu fahren und dreihundert Dollar abzuheben. Also dachte ich mir, Vorsicht ist besser als Nachsicht. Verstehst du?«

Sie schaut mich erwartungsvoll an, und ich begreife, dass sie erst Ruhe geben wird, wenn ich meinen Schlüsselbund heraushole und das Gerät am Schlüsselring befestige. Es fühlt sich so an, als würde meine Mutter wieder auf mich aufpassen.

»Ich finde es toll«, sage ich zu Caroline. »Danke.«

Der Job selbst ist ziemlich einfach, und ich gewöhne mich schnell an meine neue Routine. Ein typischer Arbeitstag sieht ungefähr so aus:

6:30 Uhr – Ich wache früh auf, einen Wecker brauche ich nicht, denn aus dem Wald erklingt Vogelgezwitscher. Ich ziehe mir einen Bademantel an, mache mir Tee und Haferbrei, setze mich auf die Veranda und schaue mir den Sonnenaufgang über dem Swimmingpool an. Ich beobachte alle möglichen wilden Tiere am Rand des Gartens: Eichhörnchen und Füchse, Kaninchen und Waschbären, ab und zu auch mal ein Reh. Ich komme mir vor wie Schneewittchen in einem alten Zeichentrickfilm. Ich mache es mir zur Gewohnheit, Teller mit Blaubeeren und Sonnenblumenkernen draußen hinzustellen, um die Tiere zu ermutigen, mir beim Frühstück Gesellschaft zu leisten.

7:30 Uhr – Ich gehe durch den Garten und betrete das Haupthaus durch die Schiebetüren auf der Terrasse. Ted fährt früh zur Arbeit, er ist also schon weg. Caroline besteht jedoch darauf, ihrem Sohn noch ein warmes Frühstück zu servieren. Teddy hat eine Vorliebe für selbst gemachte Waffeln; sie backt sie für ihn in einem speziellen Gerät in einer Mickymaus-Form. Ich räume die Küche auf, während Caroline sich für die Arbeit fertig macht. Wenn es dann schließlich Zeit ist, dass Mommy das Haus verlässt, folgen Teddy und ich ihr nach draußen bis zur Einfahrt und winken ihr zum Abschied hinterher.

8 Uhr – Bevor Teddy und ich den Tag richtig beginnen können, müssen wir erst noch ein paar kleinere Aufgaben erledigen. Zuerst muss ich Teddy Kleidung herauslegen, aber das ist kein Ding, weil er immer das Gleiche trägt. Der Junge hat einen riesigen Kleiderschrank voll mit süßen Klamotten von GapKids, besteht jedoch darauf, immer das gleiche lila gestreifte Hemd zu tragen. Als Caroline es satthatte, es ständig zu waschen, fuhr sie noch einmal zurück zum Geschäft und kaufte das gleiche Oberteil noch fünf Mal. Sie ist gewillt, ihn zu verwöhnen, hat mich jedoch gebeten, ihn »sanft zu anderen Entscheidungen zu ermutigen«. Wenn ich seine Kleidung herauslege, soll ich ihm immer ein paar andere Möglichkeiten anbieten, aber letztendlich entscheidet er sich doch für die gleichen lila Streifen. Danach helfe ich ihm beim Zähneputzen und warte vor dem Bad, während er aufs Töpfchen geht. Danach sind wir bereit, unseren Tag zu beginnen.

8:30 Uhr – Ich versuche, am Vormittag immer eine größere Aktivität oder einen Ausflug einzubauen. Wir gehen zu Fuß in die Bücherei, um eine Märchenstunde zu besuchen, oder wir gehen in den Supermarkt und kaufen Zutaten, um Kekse zu backen. Teddy ist leicht zufriedenzustellen und sträubt sich nie gegen meine Vorschläge. Wenn ich ihm sage, dass ich in die Stadt muss, um Zahnpasta zu kaufen, reagiert er, als würden wir in den Freizeitpark fahren. Es macht Spaß, mit ihm Zeit zu verbringen; er ist klug, anhänglich und stellt jede Menge verblüffende Fragen: Was ist das Gegenteil von quadratisch? Warum haben Mädchen so lange Haare? Ist alles auf der Welt »echt«? Ich werde nie müde, ihm seine Fragen zu beantworten. Er ist wie der kleine Bruder, den ich nie hatte.

12 Uhr – Nach unserer vormittäglichen Aktivität bereite ich ein einfaches Mittagessen zu – Makkaroni mit Käse, Pizzabrötchen oder Chicken Nuggets. Anschließend zieht sich Teddy in sein Zimmer zurück, um dort »Ruhezeit« zu verbringen, und auch ich nehme mir eine Stunde für mich, lese ein Buch oder höre über Kopfhörer einen Podcast. Manchmal lege ich mich auch einfach nur auf die Couch und mache ein zwanzigminütiges Nickerchen. Irgendwann kommt Teddy dann runter, rüttelt mich wach und zeigt mir ein oder zwei neue Zeichnungen. Häufig illustriert er unsere Lieblingsaktivitäten – seine Zeichnungen zeigen uns beim Spaziergang durch den Wald, beim Spielen im Garten oder beim Rumlungern vor dem Cottage. Ich hänge mir diese Zeichnungen an meine Kühlschranktür – eine Galerie seiner künstlerischen Fortschritte.

14 Uhr – Das ist normalerweise die heißeste Tageszeit, also bleiben wir drinnen und spielen Gesellschaftsspiele wie Mausefalle. Danach cremen wir uns mit Sonnencreme ein und gehen raus zum Pool. Teddy kann noch nicht schwimmen (und ich selbst bin auch nicht besonders sicher darin), also achte ich darauf, dass er sich Schwimmflügelchen anzieht, bevor wir ins Wasser gehen. Im Anschluss daran spielen wir Fangen oder liefern uns einen Schwertkampf mit den Poolnudeln.

Oder wir klettern auf das große aufblasbare Floß und spielen Fantasiespiele wie Castaway oder Titanic.

17:00 Uhr – Caroline kommt nach Hause, und ich berichte ihr kurz von meinem Tag mit Teddy, während sie das Abendessen zubereitet. Danach gehe ich eine Runde joggen, zwischen drei bis acht Meilen, je nachdem, was Russell mir empfiehlt. Ich komme dabei immer an allen möglichen Anwohnern vorbei, die draußen auf dem Bürgersteig stehen oder ihren Rasen sprengen. Alle nehmen an, dass auch ich meinen festen Wohnsitz in Spring Brook habe. Einige Nachbarn winken oder rufen mir sogar zu, als würde ich schon mein ganzes Leben hier wohnen, als müsste ich wohl die Tochter von jemandem sein, die in den Sommerferien vom College nach Hause gekommen ist. Und ich liebe das Gefühl, das dabei in mir aufkommt, ein Gemeinschaftsgefühl, als wäre ich endlich an dem Ort angekommen, wo ich hingehöre.

19 Uhr – Nach dem Joggen dusche ich kurz im kleinsten Badezimmer der Welt und bereite mir in der winzigen Küche des Cottage ein einfaches Essen zu. Ein oder zwei Mal pro Woche gehe ich in die Innenstadt, um mich in den örtlichen Geschäften und Restaurants umzusehen. Oder ich besuche ein offenes Meeting im Untergeschoss der Kirche Our Lady the Redeemer. Die Diskussionsleiter sind sehr gut und die Teilnehmer freundlich, aber ich bin immer mindestens zehn Jahre jünger als alle anderen, also gehe ich nicht davon aus, hier haufenweise neue Freunde zu finden. Jedenfalls bleibe ich nicht bis zum anschließenden »Treffen nach dem Treffen«, bei dem alle den Block hinunter zu Panera Bread gehen, um über ihre Kinder, ihre Hypotheken, ihre Jobs usw. zu jammern.

Nach nur zwei Wochen bei den Maxwells, sicher abgeschirmt von allen Versuchungen, bin ich mir nicht einmal mehr sicher, ob ich überhaupt noch Treffen brauche. Ich denke, ich kann die Dinge jetzt allein regeln.

21 Uhr – Um diese Zeit liege ich normalerweise im Bett, lese ein Buch aus der Bibliothek oder schaue mir auf dem Handy einen Film an. Als Geschenk an mich selbst schließe ich ein Abo für den Hallmark Channel ab, damit ich für 5,99 Dollar im Monat unbegrenzt Liebesfilme streamen kann. Das ist die perfekte Art und Weise, um am Ende des Tages zu entspannen. Wenn ich das Licht ausmache und meinen Kopf auf das Kissen sinken lasse, schwelge ich in märchenhafter Behaglichkeit bis ans Ende meiner Tage und träume von wiedervereinten Familien, von Schurken, die zum Teufel gejagt werden, von Schätzen, die entdeckt werden, und von Ehre, die wiederhergestellt wird.

Vielleicht klingt das jetzt alles langweilig. Ich weiß, ich arbeite nicht mit am Bau einer Rakete. Mir ist klar, dass ich weder die Welt verändern noch ein Mittel gegen Krebs finden werde. Aber nach all meinen Schwierigkeiten habe ich doch das Gefühl, einen großen Schritt nach vorne gemacht zu haben. Und ich bin stolz auf mich. Ich habe eine eigene Wohnung und ein festes Einkommen. Ich koche nahrhafte Mahlzeiten und lege zweihundert Dollar pro Woche auf die hohe Kante. Ich habe das Gefühl, dass meine Arbeit mit Teddy wichtig ist. Und ich fühle mich bestätigt durch Ted und Carolines absolutes Vertrauen in mich.

Vor allem durch Ted. Tagsüber bekomme ich ihn nicht oft zu Gesicht, denn er fährt jeden Morgen um halb sieben ins

Büro. Aber manchmal sehe ich ihn abends, wenn ich vom Laufen zurückkomme. Er sitzt dann mit seinem Laptop und einem Glas Wein auf der Terrasse oder zieht im Pool seine Bahnen. Dann winkt er mich zu sich und stellt mir Fragen über meinen Lauf. Oder er fragt mich, wie mein Tag mit Teddy war. Oder er bittet mich um meine Meinung zu irgendeiner Verbrauchermarke – Nike, PetSmart, Gillette, L.L.Bean und dergleichen. Ted erklärt mir, dass seine Firma »Back-End-Software« für große Unternehmen auf der ganzen Welt entwickelt und er ständig auf der Suche nach neuen Geschäftsbeziehungen ist. »Was hältst du von Urban Outfitters?«, fragt er mich beispielsweise oder: »Hast du jemals in einem Cracker Barrel gegessen?« Meine Antworten hört er sich dann immer *wirklich* genau an, als ob meine Meinung seine Geschäftsentscheidungen beeinflussen könnte. Und wenn ich ehrlich bin, schmeichelt mir das. Abgesehen von Russell, habe ich noch nicht so viele Leute kennengelernt, die sich dafür interessieren, was ich denke. Deshalb freue ich mich immer, Ted zu sehen, und bin immer ein klein wenig aufgeregt, wenn er mit mir sprechen möchte.

Ironischerweise ist die Einzige, die mir in meinem neuen Job Probleme bereitet, eine Person, die gar nicht existiert: Anya. Teddys imaginäre beste Freundin hat die nervige Angewohnheit, meine Anweisungen zu untergraben. Zum Beispiel bat ich Teddy letztens, seine schmutzigen Klamotten zu holen und in den Wäschekorb zu legen. Zwei Stunden später komme ich wieder in sein Zimmer, und die Kleidung liegt immer noch auf dem Boden verstreut herum. »Anya sagt, Mami soll das machen«, erklärt er mir. »Anya sagt, das ist *ihre* Aufgabe.«

Ein anderes Mal brate ich gerade knusprige Tofuwürfel

für das Mittagessen, und Teddy bittet mich um einen Hamburger. Ich sage ihm, dass er keinen bekommen kann, und erinnere ihn daran, dass seine Familie kein rotes Fleisch isst, weil es schlecht für die Umwelt ist, denn Rinder gehören zu den größten Produzenten von Treibhausgasen. Also serviere ich ihm einen Teller mit Tofu und weißem Reis, aber Teddy schiebt das Essen mit seiner Gabel bloß hin und her. »Anya meint, ich würde echt gerne Fleisch essen«, erklärt er. »Anya denkt, Tofu ist Mist.«

Ich bin zwar kein Experte für Kinderpsychologie, aber ich verstehe, was Teddy tut, nämlich Anya als Ausrede zu benutzen, um seinen Willen durchzusetzen. Ich frage Caroline um Rat, und sie sagt, wir müssten einfach geduldig sein und das Problem werde sich irgendwann von selbst erledigen. »Es wird schon besser bei ihm«, beharrt sie. »Wenn ich von der Arbeit nach Hause komme, heißt es immer nur ›Mallory dies‹ und ›Mallory das‹. Anyas Namen habe ich seit einer Woche nicht mehr gehört.«

Ted hingegen drängt mich, eine härtere Gangart einzuschlagen. »Anya ist eine Nervensäge. Nicht sie stellt hier die Regeln auf, sondern wir. Wenn sie das nächste Mal ihre Meinung durch ihn mitteilt, erinnere Teddy daran, dass Anya nicht real ist.«

Ich entscheide mich für eine Herangehensweise, die irgendwo dazwischen liegt. An einem Nachmittag, als Teddy gerade oben Ruhezeit verbringt, backe ich ein Blech mit seinen Lieblingszimtplätzchen. Und als er mit einer neuen Zeichnung nach unten kommt, lade ich ihn ein, sich an den Tisch zu setzen. Ich serviere ihm die Plätzchen und zwei Gläser kalte Milch und bitte ihn beiläufig, mir mehr über Anya zu erzählen.

»Wie meinst du das?«, fragt er, sofort misstrauisch geworden.

»Wo habt ihr euch kennengelernt? Was ist ihre Lieblingsfarbe? Wie alt ist sie?«

Teddy zuckt mit den Schultern, als ließen sich all diese Fragen unmöglich beantworten. Sein Blick wandert in der Küche umher, als sträube er sich plötzlich dagegen, Blickkontakt herzustellen.

»Hat sie einen Job?«

»Weiß nicht.«

»Was macht sie denn den ganzen Tag?«

»Ich bin mir nicht sicher.«

»Kommt sie jemals aus deinem Zimmer heraus?«

Teddy wirft einen Blick über den Tisch auf einen leeren Stuhl.

»Manchmal.«

Ich schaue auf den Stuhl.

»Ist Anya jetzt hier? Sitzt sie mit uns hier am Tisch?«

Er schüttelt den Kopf. »Nein.«

»Möchte sie auch einen Keks?«

»Sie ist nicht hier, Mallory.«

»Worüber redest du mit Anya?«

Teddy lässt seine Nase in Richtung seines Tellers sinken, bis sein Gesicht nur noch wenige Zentimeter über seinen Keksen schwebt. »Ich weiß, dass sie nicht echt ist«, flüstert er. »Du musst mir das nicht beweisen.«

Er klingt traurig und enttäuscht, und plötzlich fühle ich mich schuldig – als hätte ich gerade einen Fünfjährigen so lange unter Druck gesetzt, bis er zugibt, dass es keinen Weihnachtsmann gibt.

»Hör zu, Teddy, meine kleine Schwester Beth hatte auch

eine Freundin wie Anya. Sie hieß Cassiopeia. Ist das nicht ein schöner Name? Tagsüber arbeitete Cassiopeia für eine Disney on Ice Show, die durch die ganze Welt tourte. Aber jede Nacht kam sie zurück in unser Reihenhaus in South Philly und schlief auf dem Boden in unserem Zimmer. Ich musste aufpassen, dass ich nicht auf sie trete, denn sie war unsichtbar.«

»Hat Beth geglaubt, dass Cassiopeia echt war?«

»Wir haben so *getan*, als wäre Cassiopeia echt. Und das hat gut geklappt, denn Beth hat Cassiopeia nie als Ausrede benutzt, um Regeln zu brechen. Verstehst du, worauf ich hinauswill?«

»Ich schätze schon«, sagt Teddy und verlagert dann seine Position auf dem Stuhl, als hätte er plötzlich Seitenstiche. »Ich muss mal auf die Toilette. Ich muss Groß machen.« Er steigt von seinem Stuhl herunter und eilt aus der Küche.

Er hat seinen Snack nicht angerührt. Ich decke die Kekse mit Frischhaltefolie ab und stelle sein Glas Milch für später in den Kühlschrank. Dann gehe ich zur Spüle und wasche das Geschirr ab. Als ich endlich fertig bin, ist Teddy immer noch im Badezimmer. Ich setze mich an den Tisch und merke, dass ich noch gar nicht dazu gekommen war, seine letzte Zeichnung zu bewundern. Also greife ich nach dem Blatt Papier und drehe es zu mir herum.

4

Teddys Eltern haben strenge Regeln für die Bildschirmzeit aufgestellt, deshalb hat er nie *Star Wars*, *Toy Story* oder sonst einen der Filme gesehen, die Kinder so sehr lieben. Er darf nicht einmal *Sesamstraße* gucken. Stattdessen treffen sich die Maxwells einmal pro Woche in ihrem Familienzimmer zum gemeinsamen Filmabend. Caroline macht dann Popcorn, und Ted streamt einen Film mit »echtem künstlerischen Wert«, was normalerweise bedeutet, dass er alt ist oder fremdsprachige Untertitel hat. Ich versichere Ihnen, dass der einzige, von dem Sie je gehört haben, *Der Zauberer von Oz* ist. Teddy liebt die Geschichte und behauptet, es sei für alle Zeiten sein Lieblingsfilm.

Jedenfalls spielen wir, wenn wir draußen im Swimmingpool baden, oft ein Fantasiespiel namens *Land of Oz*. Dabei klammern wir uns an das aufblasbare Rettungsfloß, Teddy spielt Dorothy und ich alle anderen Rollen aus dem Film – Toto, die Vogelscheuche, die böse Hexe und die ganzen Munchkins. Ich will ja nicht angeben, aber ich ziehe sämtliche Register: Ich singe und tanze, schlage mit meinen Fliegende-Affen-Flügeln, als wäre es ein Premierenabend am Broadway. Es dauert fast eine Stunde, bis wir ans Ende der Geschichte gelangt sind und sich das Rettungsfloß in einen Heißluftballon verwandelt, mit dem Teddy/Dorothy zurück nach Kansas fliegt. Als wir fertig sind und uns verbeugen, friere ich derart, dass mir die Zähne klappern und ich rausmuss aus dem Wasser.

»Nein!«, ruft Teddy.

»Tut mir leid, Teddybär, ich friere.«

Ich breite ein Handtuch auf dem Betondeck am Rand des Pools aus und lege mich zum Trocknen in die Sonne. Die Temperatur ist mittlerweile auf fast 35° gestiegen – die Sonne ist heiß und brennt mein Frösteln schnell weg. Teddy planscht weiter. Sein neues Spiel besteht darin, sich den Mund mit Wasser zu füllen und es dann wieder auszuspucken, als wäre er ein geflügelter Engel in einem Brunnen.

»Tu das lieber nicht«, rate ich ihm. »Da ist Chlor drin.«

»Werde ich davon krank?«

»Wenn du genug davon schluckst, ja.«

»Und würde ich dann sterben?«

Plötzlich ist er sehr besorgt. Ich schüttle den Kopf.

»Wenn du den ganzen Pool austrinkst, ja vielleicht, dann würdest du wahrscheinlich sterben. Aber trink trotzdem nicht mal ein bisschen, okay?«

Teddy erklimmt das Floß und paddelt damit zum Beckenrand, sodass wir beide parallel nebeneinanderliegen – Teddy auf dem Floß, ich auf dem Deck.

»Mallory?«

»Ja?«

»Was passiert, wenn Menschen sterben?«

Ich schaue zu ihm hinüber. Er starrt hinunter ins Wasser.

»Wie meinst du das?«

»Ich meine, was passiert mit der Person *im* Körper?«

Natürlich habe ich gefestigte Ansichten zu diesem Thema. Ich glaube an Gottes Geschenk des ewigen Lebens. Ich schöpfe viel Kraft aus dem Wissen, dass meine kleine Schwester Beth von Engeln umgeben ist. Und ich weiß, dass wir eines Tages, wenn ich Glück habe, im Himmel wiedervereint sein werden. Aber das alles erzähle ich Teddy nicht. Ich erinnere mich noch an mein Vorstellungsgespräch und an Regel Nummer zehn: keine Religion, kein Aberglaube. Unterrichte Wissenschaft.

»Ich denke, diese Fragen solltest du deinen Eltern stellen.«

»Warum kannst du es mir nicht sagen?«

»Ich bin mir nicht sicher, ob ich die Antwort weiß.«

»Ist es möglich, dass manche Menschen sterben, aber am Leben bleiben?«

»Wie Geister?«

»Nein, nichts Gruseliges.« Er ringt um Worte – so wie wir wohl alle um Worte ringen, wenn wir über diese Dinge sprechen. »Bleibt *irgendein* Teil der Person am Leben?«

»Das ist eine wichtige und komplizierte Frage, Teddy. Ich denke wirklich, du solltest mit deinen Eltern darüber sprechen.«

Er ist frustriert von meiner ausweichenden Antwort, scheint sich jedoch damit abgefunden zu haben, dass ich ihm nicht weiterhelfen werde. »Also, können wir dann wieder *Land of Oz* spielen?«

»Wir sind doch gerade erst fertig!«

»Nur die Schmelzszene«, sagt er. »Nur das Ende.«

»Gut. Aber ich komme nicht wieder ins Wasser.«

Ich stehe auf, schlinge mir mein Handtuch um die Schultern und halte es wie einen Hexenumhang. Ich krümme meine Finger zu Krallen und kichere wie eine Verrückte. »Ich werde dich kriegen, mein Hübscher, und deinen kleinen Hund auch!« Teddy bespritzt mich mit Wasser, und ich schreie so laut, dass ich damit die Vögel von den Bäumen aufschrecke. »Oh, du verfluchte Ratte! Oh, sieh nur, was du angerichtet hast!« Mit unglaublichem dramatischem Talent sacke ich auf der Terrasse zusammen, fuchtle mit den Armen herum und winde mich wie von Schmerzen gepeinigt. »Ich schmelze! Ich schmelze! Oh, was für eine Welt, was für eine Welt!« Teddy lacht und applaudiert, als ich zusammenbreche, auf dem Rücken liegen bleibe, die Augen schließe und die Zunge herausstrecke. Ich zucke noch ein paarmal mit den Beinen, dann verharre ich reglos.

»Äh, Miss?«

Ich schlage die Augen auf.

Kaum anderthalb Meter von mir entfernt steht ein junger Mann auf der anderen Seite des Poolzauns. Er ist drahtig, aber gut gebaut, trägt eine grasbefleckte Khakihose, ein T-Shirt mit dem Emblem der Rutgers University und Arbeitshandschuhe. »Ich bin von Lawn King. Die Landschaftsgärtner.«

»*Hola*, Adrian!«, ruft Teddy.

Adrian zwinkert ihm zu. »*Hola*, Teddy. *¿Cómo estás?*«

Ich versuche meinen Körper mit dem Handtuch zu verdecken, aber dummerweise liege ich darauf, sodass ich letztendlich strample und fuchtle wie ein Käfer, der auf dem Rücken liegt.

»Ich komme gleich mit dem großen Mäher vorbei, wenn das okay ist. Ich wollte euch nur vorwarnen. Er ist ziemlich laut.«

»Danke«, sage ich. »Wir können auch reingehen.«

»Nein, wir müssen zuschauen!«, widerspricht Teddy.

Adrian geht los, um den Rasenmäher zu holen, und ich schaue Teddy an. »Warum müssen wir zuschauen?«

»Weil ich den großen Mäher liebe! Er ist toll!«

Ich höre ihn schon heranrattern, bevor ich ihn sehe;

der Lärm des Benzinmotors durchbricht die Stille unseres Zufluchtsorts im Garten. Schließlich kommt Adrian auf einer Maschine sitzend, halb Traktor, halb Gokart, um die Hausecke gerast. Er sitzt hinten auf dem Ding, lehnt sich über das Lenkrad, als wäre er mit einem Quad unterwegs, und hinterlässt bei seiner Fahrt Streifen kurz gemähten Grases. Teddy klettert aus dem Pool und rennt zum Zaun, damit er besser sehen kann. Der Landschaftsgärtner zieht eine Show ab, biegt viel zu schnell ab, fährt rückwärts und zieht sich sogar seinen Hut über die Augen, damit er blind fährt. Das ist zwar nicht gerade das beste Vorbild für ein kleines Kind, aber Teddy ist wie gebannt; er schaut staunend und mit offenem Mund zu, als würde er eine Aufführung des Cirque du Soleil betrachten. Für sein großes Finale legt Adrian den Rückwärtsgang ein, schaltet auf Drive und rast, nur auf den Hinterrädern fahrend, auf uns zu; er hält den Mäher drei schreckliche Sekunden lang in der Luft, damit wir die rasend schnell rotierenden Klingen sehen können. Dann kommt die ganze Maschine mit lautem Krachen nur wenige Zentimeter vor dem Poolzaun zum Stehen.

Adrian steigt mit einer eleganten Bewegung seitlich ab und hält Teddy die Schlüssel entgegen. »Willst du mal eine Runde drehen?«

»Wirklich?« fragt Teddy.

»Nein!«, eröffne ich den beiden. »Das wird definitiv nicht passieren.«

»Vielleicht, wenn du sechs bist«, sagt Adrian und zwinkert ihm zu. »Willst du mich nicht deiner neuen Freundin vorstellen?«

Teddy zuckt mit den Schultern. »Das ist meine Babysitterin.«

»Mallory Quinn.«

»Freut mich, dich kennenzulernen, Mallory.«

Er zieht einen Arbeitshandschuh aus und streckt mir seine Hand entgegen. Diese Geste hat etwas seltsam Förmliches an sich – vor allem, da ich einen Badeanzug trage, der mit Schlammspritzern und Grasschnitt übersät ist. Ich bekomme den Verdacht, dass mehr in ihm stecken könnte, als man auf Anhieb vermutet. Die Innenfläche seiner Hand fühlt sich schwielig an wie Leder.

Plötzlich fällt Teddy etwas ein, und er beginnt damit, an der Kindersicherung am Tor des Pools herumzufummeln, um es zu öffnen.

»Wo willst du denn hin?«

»Ich habe Adrian ein Bild gemalt«, erwidert er. »Es ist drinnen. Oben in meinem Zimmer.«

Ich hebe den Riegel an, damit er rauskann, und Teddy sprintet über den Rasen. »Du hast noch nasse Füße!«, rufe ich ihm hinterher. »Sei vorsichtig auf der Treppe!«

»Okay!«, ruft er zurück.

Bis Teddy zurückkommt, unterhalten Adrian und ich uns gezwungenermaßen etwas verlegen. Es ist wirklich schwer, sein Alter einzuschätzen; er hat den Körper eines Erwachsenen – groß, schlank, braun gebrannt, muskulös –, aber sein Gesicht ist immer noch jungenhaft und wirkt ein bisschen schüchtern. Er könnte siebzehn, aber auch fünfundzwanzig sein.

»Ich liebe diesen Jungen«, sagt Adrian. »Er hat in Barcelona ein bisschen Spanisch gelernt, also bringe ich ihm neue Vokabeln bei. Passt du in Vollzeit auf ihn auf?«

»Nur den Sommer über. Er wird im September eingeschult.«

»Was ist mit dir? Auf welche gehst du?«

Mir wird klar, dass er mich für eine Kommilitonin hält.

Er denkt wohl, dass ich eine Nachbarin bin, dass ich hier in Spring Brook wohne, wo alle jungen Frauen vier Jahre lang Colleges und Universitäten besuchen. Ich mache Anstalten, die Sache richtigzustellen, weiß aber nicht, wie ich »Ich gehe auf gar keine« antworten soll, ohne mich dabei wie eine Versagerin anzuhören. Sicher, ich könnte ihm meine ganze schreckliche Vorgeschichte erzählen, aber des Small Talks wegen widerspreche ich seiner Vermutung nicht. Ich tue so, als wäre mein Leben nicht aus den Fugen geraten, sondern als wäre alles nach Plan verlaufen.

»Penn State. Ich laufe im Cross-Team der Frauen mit.«

»Im Ernst! Du bist Athletin in den Big Ten?«

»Eigentlich schon. Aber das Footballteam heimst den ganzen Ruhm ein. Du wirst uns nie im Fernsehen auf ESPN sehen.«

Ich weiß, dass es ein Fehler ist, zu lügen. Ein großer Teil der Reha, wahrscheinlich der wichtigste, dreht sich darum, dass man seine Vergangenheit akzeptiert und sich alle Fehler eingesteht, die man gemacht hat. Aber ich muss zugeben, dass es sich ziemlich gut anfühlt, ihm ein Fantasieleben vorzugaukeln und so zu tun, als wäre ich immer noch ein normaler Teenager mit normalen Teenagerträumen.

Adrian schnippt mit den Fingern, als hätte er plötzlich eine Verbindung hergestellt.

»Gehst du abends joggen? Hier in der Gegend?«

»Ja, das mache ich.«

»Dann habe ich dich trainieren sehen! Du bist wirklich schnell!«

Ich frage mich, was Landschaftsgärtner nach Einbruch der Dunkelheit noch immer hier in der Gegend zu tun haben, aber ich habe keine Zeit zu fragen, denn nun kommt Teddy mit einem Blatt Papier in der Hand quer durch den Garten auf uns zugerannt. »Hier ist es!«, sagt er außer Atem. »Ich habe es für dich aufgehoben.«

»Oh, Kumpel, das ist unglaublich!«, lobt ihn Adrian. »Jetzt sieh dir mal diese Sonnenbrille an! Ich sehe ziemlich cool aus, oder?« Er zeigt mir das Bild, und ich muss lachen. Er sieht aus wie das Strichmännchen aus Hangman.

»Sehr hübsch«, stimme ich zu.

»*Muy guapo*«, sagt Adrian zu Teddy. »Das ist deine neue Vokabel für diese Woche. Es bedeutet supergut aussehend.«

»*Muy guapo?*«

»*Bueno!* Das ist perfekt!«

Auf der anderen Seite des Gartens kommt ein älterer Mann um das Haus der Maxwells herum. Er ist klein, hat runzelige braune Haut und kurz geschnittene graue Haare. Er ruft Adrians Namen, und es wird deutlich, dass er nicht glücklich ist. »*¿Qué demonos estás haciendo?*«

Adrian winkt ihm zu und wirft dann einen amüsierten Blick in unsere Richtung. »Das ist El Jefe. Ich muss los. Aber ich komme in zwei Wochen wieder, Teddy. Vielen Dank für das Bild. Und viel Erfolg bei deinem Training, Mallory. Ich werde auf ESPN nach dir Ausschau halten, in Ordnung?«

»*Prisa!*«, schreit der alte Mann. »*Ven aqui!*«

»Okay, okay!«, schreit Adrian zurück. Er springt auf den Rasenmäher, wirft ihn an und durchquert den Garten im Nullkommanichts. Ich kann hören, wie er sich auf Spanisch entschuldigt, aber der alte Mann brüllt ihn an, und die beiden streiten weiter, während sie um die Ecke des Hauses verschwinden. Ich kann Spanisch rudimentär aus Highschoolzeiten verstehen – ich weiß noch, dass *el jefe* »der Boss« bedeutet –, aber sie reden zu schnell, als dass ich ihnen wirklich folgen könnte.

Teddy scheint besorgt zu sein. »Steckt Adrian in Schwierigkeiten?«

»Ich hoffe nicht.« Dann schaue ich mich im Garten um und staune darüber, dass das frisch gemähte Gras – trotz Adrians rasantem Draufgängertum – fantastisch aussieht.

Die Maxwells haben eine kleine Außendusche an der Rückseite ihres Hauses, unter der sie sich nach dem Schwimmen abbrausen können. Sie besteht aus einer winzigen Holzkabine, ungefähr so groß wie eine altmodische Telefonzelle, und Caroline stattet sie mit absurd teuren Shampoos und Duschlotionen aus. Teddy geht als Erster rein, und ich gebe ihm durch die Tür lautstark Anweisungen, mit denen ich ihn daran erinnere, sich die Haare auszuspülen und seine Badeshorts auszuschütteln. Als er fertig ist, kommt er, mit einem Strandtuch eng um den Körper gewickelt, nach draußen geschlurft. »Ich bin ein Veggie-Burrito!«

»Du siehst süß aus«, sage ich zu ihm. »Geh und zieh dich an, wir treffen uns dann oben.«

Ich hänge gerade mein Handtuch auf und mache Anstalten, die Kabine zu betreten, als ich eine Frau meinen Namen rufen höre. »Du bist Mallory, richtig? Die neue Babysitterin?«

Ich drehe mich um und sehe die Nachbarin der Maxwells über den Rasen auf mich zukommen, eine kleine alte Frau mit breiten Hüften und einem wackeligen Gang. Caroline hat mich gewarnt, sie sei sehr exzentrisch und verlasse nur noch selten ihr Haus. Und doch steht sie nun hier, bekleidet mit einem aquamarinblauen, wallenden Designerkleid und überhängt mit Schmuck: goldene Halsketten mit Kristallanhängern, große Kreolen, klimpernde Armbänder und Ringe mit Edelsteinen an den Fingern und Zehen. »Ich bin Mitzi, Liebes, ich wohne nebenan. Und da du neu hier in der Gegend bist, gebe ich dir einen gut gemeinten Rat: Wenn diese Landschaftsgärtner kommen, solltest du nicht draußen am Pool liegen und alles zeigen, was du hast.« Sie deutet auf meinen Oberkörper. »Das ist, wie wir es früher genannt haben, Provokation.«

Sie kommt näher, und mir schlägt ein stinktierartiger Geruch entgegen. Entweder braucht sie ein Bad, oder sie ist total high, vielleicht auch beides. »Wie bitte?«

»Du hast eine gute Figur, und ich verstehe, dass du sie zur Geltung bringen willst. Und wir leben in einem freien Land. Ich bin Freidenkerin, ich sage immer, mach, was sich gut für dich anfühlt. Aber wenn diese Mexikaner durchkommen, solltest du ein wenig Besonnenheit zeigen. Ein bisschen gesunden Menschenverstand. Zu deiner eigenen Sicherheit. Verstehst du, was ich meine?« Ich will antworten, aber sie redet weiter: »Das mag jetzt rassistisch klingen, aber es ist nun mal wahr. Diese Männer haben schon einmal das Gesetz gebrochen, als sie die Grenze überquert haben. Wenn ein Krimineller also ein hübsches Mädchen erblickt, ganz allein in einem Garten, was hält ihn dann noch auf?«

»Ist das Ihr Ernst?«

Sie ergreift mein Handgelenk, um ihre Bemerkungen zu unterstreichen, und ihre Hand zittert. »Prinzessin, ich meine es todernst. Du musst dir dein Popöchen bedecken.«

Über uns ruft Teddy durch das Fliegengitter seines offenen Zimmerfensters: »Mallory, können wir Eis am Stiel essen?«

»Nachdem ich geduscht habe!«, rufe ich ihm zu. »Gib mir fünf Minuten.«

Mitzi winkt Teddy zu, und er duckt sich außer Sichtweite. »Er ist ein niedlicher Junge. So ein süßes Gesicht. Allerdings bin ich kein großer Fan seiner Eltern. Ein bisschen hochnäsig für meinen Geschmack. Verstehst du, was ich meine?«

»Nun ...«

»An dem Tag, an dem sie eingezogen sind, habe ich eine Lasagne gebacken. Als gute Nachbarin, verstehst du? Ich bringe sie ihnen an die Haustür, und weißt du, was sie zu mir sagt? Sie sagt: ›Tut mir leid, aber wir können Ihr Geschenk nicht annehmen.‹ Wegen des Hackfleischs!«

»Vielleicht ...«

»Tut mir leid, Liebes, aber so verhält man sich *nicht* in so einer Situation. Man lächelt, bedankt sich, nimmt es mit rein und *wirft es weg*. Man lässt den anderen nicht so abblitzen. Das ist unhöflich. Und der Vater ist noch schlimmer! Er muss dich doch in den Wahnsinn treiben.«

»Eigentlich ...«

»Ach, du bist noch ein Kind. Du kannst die Menschen noch nicht durchschauen. Ich bin ein warmherziger, sehr einfühlsamer Mensch, ich lese beruflich Auren. Du wirst mitbekommen, dass den ganzen Tag Klienten an meine Tür klopfen, aber keine Sorge, da geht nichts Zwielichtiges vor sich. Nach meiner Hysterektomie habe ich jedes Interesse verloren.« Sie zwinkert mir zu. »Aber wie gefällt dir das Gästehaus? Macht dich das manchmal nervös, so ganz allein da drin zu schlafen?«

»Warum sollte ich nervös werden?«

»Wegen der Geschichte.«

»Was denn für eine Geschichte?«

Zum ersten Mal in unserem Gespräch fehlen Mitzi die Worte. Sie greift nach einer Locke ihres Haars und zwirbelt sie so lange mit den Fingern, bis sie eine einzelne Strähne isoliert hat. Dann reißt sie sie mitsamt Wurzeln aus und wirft sie sich über die Schulter. »Du solltest die Eltern danach fragen.«

»Die sind gerade erst hergezogen. Sie wissen doch nichts. Wovon reden Sie?«

»Als ich Kind war, nannten wir dein Cottage das Teufelshaus. Wir haben uns gegenseitig dazu angestachelt, durch die Fenster zu spähen. Mein Bruder bot mir einen Vierteldollar an, wenn ich mich auf die Veranda stellen und bis hundert zählen würde, aber ich habe immer gekniffen.«

»Warum?«

»Eine Frau wurde ermordet. Annie Barrett. Sie war Künstlerin, Malerin, und sie hat dein Häuschen als Atelier benutzt.«

»Sie wurde in dem Cottage ermordet?«

»Nun, man hat ihre Leiche nie gefunden. Das ist lange her, kurz nach dem Zweiten Weltkrieg.«

Teddys Gesicht taucht wieder hinter der Fensterscheibe im Obergeschoss auf. »Sind die fünf Minuten jetzt um?«

»Fast«, antworte ich ihm.

Als ich wieder in Mitzis Richtung schaue, ist sie schon auf dem Rückweg durch den Garten. »Lass den kleinen Engel nicht warten. Geht und genießt euer Eis.«

»Warten Sie. Wie endet die Geschichte?«

»Es gibt kein Ende der Geschichte. Nachdem Annie starb – oder verschwunden ist, wer weiß –, hat ihre Familie das Cottage nur noch als Geräteschuppen genutzt. Sie ließen niemanden dort übernachten. Und so ist es seitdem geblieben, seit über siebzig Jahren. Bis jetzt.«

Caroline kommt mit einem Minivan voller Lebensmittel nach Hause, also helfe ich ihr beim Ausladen und Auspacken der ganzen Tüten. Teddy ist oben in seinem Zimmer und zeichnet, sodass ich die Gelegenheit nutze, um nach Mitzis Geschichte zu fragen.

»Ich habe dir doch gesagt, dass sie spinnt«, sagt Caroline. »Sie glaubt, dass der Postbote die Briefe mit ihren Visa-Abrechnungen über Wasserdampf öffnet, um ihre Kreditwürdigkeit herauszufinden. Sie ist paranoid.«

»Sie hat mir erzählt, eine Frau sei ermordet worden.«

»Vor achtzig Jahren. Das hier ist ein sehr altes Viertel, Mallory. Über jedes dieser Häuser gibt es irgendeine Schauergeschichte.« Caroline öffnet den Kühlschrank und füllt das Gemüsefach mit Spinat, Grünkohl und einem Bund Radieschen, an deren Wurzeln noch Erde haftet. »Außerdem haben die Vorbesitzer vierzig Jahre lang hier gelebt, also hatten sie offensichtlich kein Problem damit.«

»Stimmt, das ist wahr.« Ich greife in eine Einkaufstasche und ziehe ein Sechserpack Kokosnusswasser heraus. »Bloß haben sie das Cottage nur noch als Geräteschuppen benutzt, oder? Niemand hat da draußen übernachtet.«

Caroline wirkt verärgert. Ich spüre, dass sie einen langen Tag in der Veteranenklinik hinter sich hat und es nicht gerade schätzt, mit Fragen überhäuft zu werden, sobald sie zur Tür reinkommt. »Mallory, diese Frau hat wahrscheinlich mehr Drogen genommen als alle meine Patienten zusammen. Ich weiß nicht, wieso sie noch am Leben ist, aber ihr Verstand hat definitiv gelitten. Sie ist ein nervöses, zappeliges, paranoides Etwas. Und als jemand, der sich darum sorgt, dass du clean bleibst, rate ich dir dringend, den Kontakt zu ihr einzuschränken, okay?«

»Ja, ich verstehe schon«, versuche ich sie zu beschwichtigen. Ich fühle mich schlecht, weil Caroline noch nie so nah daran war, mich anzuschreien. Schließlich sage ich gar nichts mehr, öffne bloß die Speisekammer und packe Kisten aus, in denen sich Reis, Couscous und Vollkorncracker befinden. Ich lagere eine Tüte nach der anderen mit kernigen Haferflocken, rohen Mandeln, türkischen Datteln und seltsamen, verschrumpelten Pilzen ein. Als alles verstaut ist, sage ich Caroline, dass ich mich auf den Weg mache. Sie muss spüren, dass ich immer noch durcheinander bin, denn sie geht auf mich zu und legt mir eine Hand auf die Schulter.

»Hör zu, wir haben ein tolles Gästezimmer im Obergeschoss. Wenn du ins Haupthaus ziehen willst, würden wir uns sehr freuen, dich bei uns zu haben. Teddy würde ausflippen. Was hältst du davon?«

Da sie bereits einen Arm um mich gelegt hat, wird daraus eine lockere Umarmung. »Mir geht's gut da draußen«, sage ich. »Ich mag es, einen Ort für mich alleine zu haben. Das ist eine gute Übung für die echte Welt.«

»Wenn du deine Meinung änderst, sag einfach Bescheid. Du bist *immer* willkommen in diesem Haus.«

An diesem Abend ziehe ich meine guten Sneaker an und gehe eine Runde joggen. Ich warte bis nach Einbruch der Dunkelheit, aber es ist immer noch eklig schwül. Aber ich fühle mich gut dabei, mich zu verausgaben und über den Schmerz hinwegzulaufen. Russell hat eine Redensart, die ich liebe – er sagt, wir wissen erst, wie viel unser Körper aushalten kann, wenn wir ihn bis über seine Grenzen hinaus fordern. Nun, heute Abend fordere ich ihm eine Menge ab. Ich laufe Wiederholungssprints die Gehwege in unserem Viertel rauf und runter, renne durch Schatten von Straßenlaternen und Schwärme von Glühwürmchen, vorbei am allgegenwärtigen Brummen der Klimaanlagen. Ich schaffe 5,2 Meilen in achtunddreißig Minuten und gehe völlig erschöpft nach Hause.

Dort dusche ich noch einmal – dieses Mal in dem kleinen, beengten Badezimmer im Cottage, und danach bereite ich mir ein einfaches Abendessen zu; ich wärme eine Tiefkühlpizza im Tischbackofen auf und genehmige mir anschließend eine halbe Portion Ben & Jerry's zum Nachtisch. Ich finde, das habe ich mir verdient.

Als ich alles vertilgt habe, ist es schon nach 21 Uhr. Ich

mache alle Lichter aus bis auf die Lampe auf meinem Nachttisch. Mit meinem Handy lege ich mich auf das große, weiße Bett und lasse einen Hallmark-Film namens *Winter Love Story* anlaufen. Es fällt mir allerdings schwer, mich darauf zu konzentrieren. Ich kann nicht mit Sicherheit sagen, ob ich den Film vielleicht schon mal gesehen habe oder ob die Geschichte einfach identisch mit einem Dutzend anderer Hallmark-Filme ist. Außerdem ist es ein bisschen stickig im Cottage, also stehe ich auf und ziehe die Vorhänge auf.

Neben der Eingangstür befindet sich ein großes Fenster, über meinem Bett ein kleineres, und nachts lasse ich beide offen, um einen Durchzug zu erzeugen. Der Deckenventilator dreht sich in langsamen, trägen Kreisen. Draußen im Wald zirpen die Grillen, und manchmal kann ich leise Schritte von kleinen Tieren hören, die im Wald über trockenes Laub stapfen.

Ich lege mich wieder ins Bett und starte den Film erneut. So ungefähr jede Minute klatscht eine Motte gegen das Fliegengitter, vom Licht angezogen. An der Wand hinter meinem Bett macht es *Klopf-Klopf-Klopf*, aber ich weiß, dass es nur ein Ast ist; an drei Seiten des Cottage wachsen dicht an den Wänden Bäume, und jedes Mal, wenn der Wind auffrischt, schaben die Äste daran. Ich werfe einen Blick auf die Tür, um mich zu vergewissern, dass sie verschlossen ist. Das ist sie, aber das Schloss ist leicht zerbrechlich und nichts, was einem entschlossenen Eindringling Einhalt gebieten würde.

Dann höre ich das Geräusch. Es ist ein hochfrequentes Zirpen, als würde eine Stechmücke ganz nah an meinem Ohr fliegen. Ich scheuche das Ding mit einer Handbewegung weg, aber nach ein paar Sekunden ist es wieder da, ein gräuliches Flattern, das um mein peripheres Sichtfeld huscht, immer ganz knapp außerhalb meiner Wahrnehmung. Mit einem Mal fällt mir wieder die Ärztin der Universität von Pennsylvania ein und das Forschungsexperiment, das nicht wirklich stattgefunden hat.

Und zum ersten Mal habe ich hier abends das Gefühl, dass ich womöglich beobachtet werde.

5

Meine Wochenenden verlaufen ziemlich ruhig. Caroline und Ted unternehmen dann oft etwas als Familie – sie fahren an die Küste, um einen Tag am Strand zu verbringen, oder besuchen mit Teddy ein Museum in der Stadt. Sie laden mich jedes Mal dazu ein, mitzukommen, aber das tue ich nie, weil ich ihre Familienzeit nicht stören will. Stattdessen werkle ich irgendwie im Cottage herum und versuche mich zu beschäftigen, denn Müßiggang ist aller Laster Anfang und so weiter. Samstagabends, während Millionen junger Menschen in ganz Amerika trinken, flirten, lachen und Sex haben, knie ich mich mit einer Sprühflasche Clorox-Bleiche vor meine Toilette und schrubbe die Fugen zwischen den Bodenfliesen. An Sonntagen sieht es auch nicht viel besser aus. Ich habe alle örtlichen Kirchen abgeklappert, aber bis jetzt hat es noch nirgends gefunkt. Ich bin überall zwanzig Jahre jünger als die Jüngsten, und ich hasse es, wenn mich die restlichen Gemeindemitglieder anstarren, als wäre ich eine Art zoologische Kuriosität.

Manchmal bin ich versucht, wieder in die sozialen Medien zu gehen, um meine Konten bei Instagram und Facebook zu reaktivieren. Aber alle meine NA-Berater haben mich gewarnt, ich solle die Finger davonlassen. Sie sagen, diese Seiten bergen ein Suchtrisiko in sich und schaden dem Selbstwertgefühl eines jungen Menschen. Also versuche ich, mich mit einfachen Vergnügungen in der realen Welt zu beschäftigen: laufen, kochen, spazieren gehen.

Aber am glücklichsten bin ich immer, wenn das Wochenende vorbei ist und ich endlich wieder arbeiten kann. Als ich Montagmorgen ins Haupthaus komme, spielt Teddy gerade unter dem Küchentisch mit Bauernhoftieren aus Plastik.

»Hallo, Teddybär! Wie geht es dir?«

Er hält eine Plastikkuh hoch und macht Muuuuh.

»Im Ernst, du hast dich in eine Kuh verwandelt? Nun, ich schätze, dann bin ich heute wohl Kuhsitterin! Wie aufregend!«

Caroline flitzt mit ihren Autoschlüsseln, ihrem Handy und mehreren Ordnern mit Dokumenten unterm Arm durch die Küche. Sie bittet mich, einen Moment zu ihr in die Diele zu kommen. Sobald wir sicher sein können, dass Teddy uns nicht hören kann, erklärt sie mir, dass er ins Bett gemacht hat und seine Laken in der Waschmaschine sind. »Könntest du sie in den Trockner stecken, wenn die Maschine fertig ist? Ich habe sein Bett schon neu bezogen.«

»Klar. Geht es ihm gut?«

»Ihm geht es gut. Es ist ihm nur peinlich. Das passiert in letzter Zeit oft. Der Umzugsstress.« Sie holt ihre Handtasche aus dem Schrank im Flur und hängt sie sich über die Schulter. »Erwähne nur nicht, dass ich etwas gesagt habe. Er will nicht, dass du davon erfährst.«

»Ich werde kein Sterbenswörtchen sagen.«

»Danke, Mallory. Du bist eine große Hilfe!«

Teddys Lieblingsbeschäftigung an den Vormittagen ist die Erkundung des »Zauberwalds«, der an das Grundstück seiner Familie angrenzt. Die Bäume bilden einen dichten Baldachin über unseren Köpfen, sodass es selbst an den wärmsten Tagen im Wald angenehm kühl ist. Die Pfade sind nicht gekennzeichnet und haben keine Namen, also haben wir uns welche für sie ausgedacht. Die Gelbe Backsteinstraße ist der flache, festgetretene Weg, der hinter dem Cottage beginnt und parallel zu allen Häusern der Edgewood Street verläuft. Wir folgen ihm bis zu einem großen, grauen Felsbrocken namens Drachenei und biegen dann auf den Drachenpass ab, einen kleineren Pfad, der sich durch dichtes Dornengestrüpp schlängelt. Wir müssen im Gänsemarsch gehen, die Arme eng an den Körper gelegt, um keine Kratzer davonzutragen. Dieser Pfad führt uns hinunter ins Tal zum Königlichen Fluss (einem übel riechenden und langsam fließenden Bach, kaum hüfttief) und zur Moosbrücke, einem großen, verrottenden Baumstamm, der quer über dem Wasserlauf liegt und mit Algen und seltsamen Pilzen bewachsen ist. Wir gehen auf Zehenspitzen über den Baumstamm und folgen dem Pfad bis zur Riesenbohnenstange – dem höchsten Baum des Waldes, dessen Äste den Himmel berühren.

Zumindest behauptet Teddy das gerne. Während unseres Fußmarschs überlegt er sich wohldurchdachte Geschichten und erzählt die Abenteuer von Prinz Teddy und Prinzessin Mallory, tapferen Geschwistern, die von der königlichen Familie getrennt wurden und nun versuchen, einen Weg zurück nach Hause zu finden. Manchmal wandern wir den ganzen Morgen, ohne einer einzigen Menschenseele zu begegnen. Ab und zu treffen wir mal ein, zwei Hundebesitzer mit ihren Vierbeinern. Aber nur selten irgendwelche Kinder, und ich frage mich, ob es Teddy deshalb so gut gefällt.

Caroline gegenüber erwähne ich diese Theorie allerdings nicht.

Nachdem wir zwei Stunden durch den Wald gestromert sind, haben wir Lust auf Mittagessen bekommen, also kehren wir zurück zum Haus, und ich mache gegrillten Käse für uns. Dann geht Teddy nach oben, um dort seine Ruhezeit zu verbringen. Dabei fällt mir ein, dass seine Bettlaken noch im Trockner sind, also gehe ich nach oben in die Waschküche.

Als ich an Teddys Zimmertür vorbeigehe, höre ich, wie er Selbstgespräche führt. Ich bleibe stehen und presse ein Ohr an die Tür, kann aber nur einzelne Worte und Wortfetzen verstehen. Es ist, als würde ich nur eine Seite eines Telefongesprächs hören, bei dem die andere Person den größten Teil des Gesprächs übernimmt. Es entstehen Pausen zwischen all seinen Äußerungen – manche länger als andere.

»Vielleicht? Aber ich …«

».............«

»Ich weiß es nicht.«

».............«

»Wolken? Große? Bauschig?«

»......................«

»Es tut mir leid. Ich verstehe ni…«

»...................................«

»Sterne? Okay, Sterne!«

»...................................«

»Viele Sterne, verstanden.«

»...................................«

Ich bin derart neugierig, dass ich versucht bin, anzuklopfen, aber in diesem Moment klingelt unten das Festnetztelefon, also gehe ich von der Tür weg und eile die Treppe hinunter.

Ted und Caroline haben beide ein Handy, bestehen jedoch darauf, dass es einen Festnetzanschluss für Teddy geben muss, damit er den Notruf wählen kann. Ich gehe ran, und die

Anruferin gibt sich als Schulleiterin der Spring Brook Grundschule zu erkennen. »Spreche ich mit Caroline Maxwell?«

Ich erkläre ihr, dass ich die Babysitterin bin, und sie versichert, es sei nichts Dringendes. Sie sagt, sie rufe an, um die Maxwells persönlich zu begrüßen. »Ich spreche gerne mit allen Eltern vor dem Tag der Einschulung. Sie machen sich oft eine Menge Sorgen.«

Ich schreibe ihren Namen und ihre Nummer auf und verspreche, die Nachricht an Caroline weiterzugeben. Kurz darauf kommt Teddy mit einer neuen Zeichnung in die Küche geschlendert. Er legt sie mit der Vorderseite nach unten auf den Tisch und klettert auf einen Stuhl. »Kann ich eine grüne Paprika haben?«

»Na klar.«

Grüne Paprikaschoten sind Teddys Lieblingssnack, deshalb kauft Caroline sie im Dutzend. Ich nehme eine aus dem Kühlschrank, spüle sie unter kaltem Wasser ab und löse den Stiel heraus. Dann schneide ich den oberen Teil ab, sodass eine Art Ring entsteht, und teile den Rest der Paprika in mundgerechte Streifen.

Wir sitzen am Tisch, und Teddy knabbert fröhlich an seiner Paprika, während ich mir seine neueste Zeichnung anschaue. Darauf zu sehen ist ein Mann, der rückwärts durch einen dichten, verschlungenen Wald geht. Er zerrt eine Frau an den Knöcheln und schleift ihren leblosen Körper über den Boden. Im Hintergrund, zwischen den Bäumen, sieht man eine Mondsichel und viele kleine, funkelnde Sterne.

»Teddy? Was hast du denn da gemalt?«

Er zuckt mit den Schultern. »Es ist ein Spiel.«

»Was für ein Spiel?«

Er beißt in einen Paprikastreifen und antwortet kauend: »Anya spielt eine Geschichte vor, und ich zeichne sie.«

»Wie bei Pictionary?«

Teddy prustet los und spuckt dabei kleine grüne Paprikastückchen über den ganzen Tisch. »Pictionary?!?« Hysterisch lachend lässt er sich in seinen Stuhl zurückplumpsen, während ich mir ein Papierhandtuch schnappe, um die Bescherung aufzuwischen, die er angerichtet hat. »Anya kann nicht *Pictionary* spielen!«

Ich bringe ihn sanft dazu, sich zu beruhigen und einen Schluck Wasser zu trinken.

»Erzähl doch noch mal ganz von vorne«, ermuntere ich ihn, bemüht, dabei meinen unbeschwerten Ton beizubehalten. Ich will nicht so klingen, als wäre ich kurz davor, auszuflippen. »Erklär mir mal, wie das Spiel funktioniert.«

»Ich habe es dir doch gesagt. Anya spielt die Geschichte vor, und ich muss sie malen. So geht das Spiel.«

»Und wer ist der Mann?«

»Ich weiß es nicht.«

»Hat der Mann Anya wehgetan?«

»Woher soll ich das wissen? Aber das ist kein Pictionary! Anya kann keine Brettspiele spielen!«

Dann lässt er sich wieder in seinen Stuhl zurückfallen, wird erneut von einem Lachanfall geschüttelt, diese Art glückseliges, unbeschwertes Lachen, wie es nur Kinder können. Es ist so fröhlich und ungekünstelt, dass es meine sämtlichen Bedenken vom Tisch fegt. Offenkundig ist da nichts, was Teddy möglicherweise quält. Er scheint so glücklich zu sein wie jedes andere Kind, das ich kenne. Er hat sich also eine seltsame imaginäre Freundin ausgedacht, und sie spielen seltsame imaginäre Spiele zusammen. Was soll's?

Er fuchtelt noch immer wild mit den Armen auf seinem Stuhl sitzend herum, als ich aufstehe und die Zeichnung durch die Küche trage. Caroline hat einen Ordner in der Schublade für Rechnungen und hatte mich gebeten, dort Teddys Werke abzuheften, damit sie alle Bilder einscannen und in ihrem Computer archivieren kann.

Aber Teddy sieht, was ich tue.

Er hört auf zu kichern und schüttelt den Kopf.

»Dieses da ist nicht für Mommy oder Daddy. Anya sagt, sie will, dass *du* sie bekommst.«

Seit der Schule hatte ich schon keinen Computer mehr und bin die letzten vier Jahre mit einem Handy ausgekommen. Aber am Abend laufe ich eine Meile zu Fuß zu dem großen Einkaufszentrum und investiere einen Teil meines Gehalts, um mir ein billiges Tablet zu kaufen. Um acht bin ich zurück im Cottage. Ich schließe die Tür ab, ziehe meinen Pyjama an und lege mich dann mit meinem neuen Spielzeug ins Bett. Es dauert nur ein paar Minuten, um das Tablet einzurichten und mit dem WLAN-Netzwerk der Maxwells zu verbinden.

Meine Suche nach »Annie Barrett« liefert sechzehn Millionen Treffer: Hochzeitslisten, Architekturbüros, Etsy-Shops, Yoga-Tutorials und Dutzende von LinkedIn-Profilen. Ich suche erneut, diesmal nach »Annie Barrett + Spring Brook« und »Annie Barrett + Künstlerin« und »Annie Barrett + tot + ermordet«, aber keiner der Suchbegriffe fördert etwas Hilfreiches zutage. Im Internet gibt es nichts, was auf ihre Existenz hinweist.

Draußen, direkt über meinem Kopf, klatscht etwas gegen das Fliegengitter. Ich weiß, dass es eine der fetten braunen Motten ist, die überall im Wald herumschwirren. Sie haben die Farbe und die Struktur von Baumrinde und sind daher gut getarnt – aber von meiner Seite des Fensters aus sehe ich nur ihren ekligen, segmentierten Hinterleib, drei Beinpaare und zwei zuckende Fühler. Ich rüttle am Fliegengitter und schüttle sie ab, aber sie fliegen daraufhin bloß ein paar Sekunden herum und kommen dann wieder zurück. Ich befürchte, dass sie ein Loch im Fliegengitter finden und sich hindurchquetschen könnten, um dann meine Nachttischlampe zu umschwärmen.

Neben der Lampe liegt die Zeichnung, auf der Anya durch den Wald geschleift wird. War es ein Fehler, sie aufzuheben? Vielleicht hätte ich sie Caroline geben sollen, als sie zur Tür hereinkam. Oder noch besser, ich hätte sie zerknüllen und in die Wertstofftonne werfen können. Ich hasse es, wie Teddy ihr Haar gezeichnet hat, diese obszön langen schwarzen Zöpfe, die wie Eingeweide hinter ihrem Körper hergeschleift werden. Etwas auf meinem Nachttisch macht ein schrilles Geräusch, und ich springe aus dem Bett, bevor mir klar wird, dass es nur mein Handy ist – ein eingehender Anruf, und der Klingelton ist auf volle Lautstärke gestellt.

»Mallory!«, meldet sich Russell. »Rufe ich zu spät an?«

Das ist eine typische Frage für Russell. Es ist gerade mal 20:45 Uhr, aber er ist der Meinung, dass jeder, der es mit Fitness ernst meint, um halb zehn im Bett sein und das Licht ausmachen sollte.

»Alles im grünen Bereich«, versichere ich ihm. »Was gibt's?«

»Ich rufe wegen deiner Oberschenkelmuskulatur an. Neulich hast du gesagt, sie sei verspannt.«

»Es geht schon wieder besser.«

»Wie weit bist du heute Abend gelaufen?«

»Vier Meilen. Einunddreißig Minuten.«

»Erschöpft?«

»Nein, mir geht es gut.«

»Bist du bereit, noch ein bisschen mehr Gas zu geben?«

Ich kann meinen Blick nicht von der Zeichnung lösen, von dem Gewirr schwarzer Zöpfe, das hinter dem Körper der Frau hergeschleift wird.

Was für ein Kind malt so etwas?

»Mallory?«

»Ja … tut mir leid.«

»Alles in Ordnung?«

Ich höre eine Stechmücke summen und verpasse mir einen kräftigen Klaps auf die rechte Gesichtshälfte. Dann schaue ich auf meine Handfläche, in der Hoffnung, zermalmte schwarze Überreste zu sehen, aber meine Haut ist sauber.

»Mir geht's gut. Nur ein bisschen erschöpft.«

»Gerade hast du gesagt, du wärst *nicht* erschöpft.«

Seine Stimme verändert sich ein wenig, als ob er plötzlich merkt, dass da etwas nicht in Ordnung ist.

»Wie behandelt dich die Familie?«

»Sie sind fantastisch.«

»Und der Junge? Tommy? Tony? Toby?«

»Teddy. Er ist süß. Wir haben viel Spaß miteinander.«

Einen kurzen Moment überlege ich, ob ich Russell von der Situation mit Anya erzählen sollte. Aber ich weiß nicht, wo ich anfangen sollte. Wenn ich direkt auf den Punkt komme und ihm die Wahrheit sage, denkt er wahrscheinlich, ich wäre wieder auf Drogen.

»Hast du Aussetzer?«, will er wissen.

»Was für Aussetzer?«

»Gedächtnislücken? Vergesslichkeit?«

»Nein. Nicht, dass ich mich daran erinnern könnte.«

»Ich meine es ernst, Mallory. Unter den gegebenen Umständen wäre das normal. Der Stress wegen eines neuen Jobs, eine neue Lebenssituation.«

»Mein Gedächtnis ist in Ordnung. Ich habe diese Probleme schon lange nicht mehr.«

»Gut, gut, gut.« Jetzt kann ich hören, wie er auf der Tastatur seines Computer herumhackt und wahrscheinlich neue Werte in meine Trainingstabelle eingibt. »Und die Maxwells haben einen Swimmingpool, richtig? Darfst du ihn benutzen?«

»Klar doch.«

»Weißt du, wie lang er ist? Grob geschätzt?«

»Vielleicht zehn Meter?«

»Ich schicke dir ein paar YouTube-Videos. Es sind Schwimmübungen. Dazu leichtes, wenig anstrengendes Cross-Training. Zwei- oder dreimal die Woche, in Ordnung?«

»Klar.«

In meiner Stimme schwingt immer noch ein Unterton mit, der ihm nicht so recht gefällt. »Und ruf mich an, wenn du etwas benötigst, okay? Ich bin nicht in Kanada. Ich bin bloß vierzig Minuten entfernt.«

»Keine Sorge, Coach. Mir geht's gut.«

6

Ich bin eine ziemlich lausige Schwimmerin. In meiner Kindheit gab es in unserem Wohnviertel zwar ein öffentliches Schwimmbad, aber im Sommer ging es dort immer zu wie in einem Zoo; Hunderte von kreischenden, schreienden Kindern, dicht an dicht stehend in einem Meter hohen, mit einem Ölfilm bedeckten Wasser. Man konnte keine Bahnen ziehen, und es gab kaum genug Platz, um sich auf dem Rücken treiben zu lassen. Meine Mutter warnte mich und meine Schwester davor, mit dem Kopf unter Wasser zu tauchen, weil sie Angst davor hatte, dass wir eine ansteckende Bindehautentzündung bekämen.

Ich bin also nicht gerade hellauf begeistert von Russells neuen Schwimmübungen. Es ist schon nach 22 Uhr am nächsten Abend, als ich endlich hinaus zum Pool gehe. Der Garten der Maxwells ist nach Einbruch der Dunkelheit ein seltsamer Ort. Wir sind zwar nur einen Katzensprung von Philadelphia entfernt, aber um diese Zeit fühlt es sich an, als befänden wir uns irgendwo in der tiefsten Pampa. Das Mondlicht und das Glitzern der Sterne sind neben den Halogenlampen, die am Boden des Pools leuchten, die einzige Beleuchtung. Das Wasser sieht unheimlich aus. Seine Oberfläche schimmert neonblau, wie radioaktives Plasma, und es wirft seltsame Schatten auf die Rückseite des Hauses.

Es ist ein warmer Abend, und es fühlt sich gut an, in das kühle Wasser einzutauchen. Aber als ich auftauche, um Luft zu holen, und die Augen öffne, könnte ich schwören, der Wald wäre ein Stück nach vorn gerückt und alle Bäume hätten sich irgendwie näher herangeschlichen. Auch das allgegenwärtige Zirpen der Grillen scheint intensiver. Ich weiß, es ist bloß Einbildung. Der Blickwinkel verfälscht meine Tiefenwahrnehmung und lässt die sechs, sieben Meter Grasfläche zwischen Poolzaun und der Baumgrenze schrumpfen. Aber es ist trotzdem befremdlich.

Ich halte mich am Beckenrand fest und wärme mich mit fünf Minuten Beinkicks auf. Drüben, im Haupthaus, leuchten noch alle Lampen im Erdgeschoss, und ich kann in die Küche sehen, aber von Ted und Caroline fehlt jede Spur. Wahrscheinlich sitzen sie in ihrem Familienzimmer, trinken Wein und lesen Bücher, denn so verbringen sie die meisten Abende.

Nachdem ich mich aufgewärmt habe, stoße ich mich mit den Füßen vom Poolrand ab und beginne mit unkoordiniertem Freistilschwimmen. Ich habe mir vorgenommen, zehn Bahnen über die Länge des Beckens zu schwimmen, hin und zurück. Aber als ich die dritte halb hinter mich gebracht habe, wird mir klar, dass ich es nicht schaffen werde. Meine Deltamuskeln und mein Trizeps brennen vor Schmerz. Mein gesamter Oberkörper ist hoffnungslos außer Form. Sogar meine Waden verkrampfen allmählich. Ich lege mich schwer ins Zeug, um wenigstens die vierte Bahn zu beenden, aber nach der Hälfte der fünften muss ich aufgeben. Nach Luft ringend, klammere ich mich an den Beckenrand.

Plötzlich vernehme ich aus dem Wald ein leises Knacken.

Es ist das Geräusch eines Menschen, der sein ganzes Gewicht auf einen trockenen Ast verlagert und diesen so lange fest nach unten drückt, bis das Holz splittert. Ich wende mich den Bäumen zu und schaue mit zusammengekniffenen

Augen in die Dunkelheit, kann aber nichts erkennen. Stattdessen höre ich etwas oder jemanden – gedämpfte Schritte, mit denen jemand über trockenes Laub tapst und in Richtung meines Cottage geht …

»Wie ist das Wasser?«

Ich drehe mich um, und da steht Ted und macht gerade das Tor zum Pool auf. Er hat kein Hemd an, trägt nur eine Badehose und hat sich ein Handtuch über die Schultern gelegt. Er trainiert zwar mehrmals in der Woche abends im Pool, aber so spät habe ich ihn noch nie gesehen. Ich paddele zur Leiter hinüber und sage: »Ich wollte gerade raus.«

»Nicht nötig. Es ist genug Platz für uns beide da. Du fängst da unten an, und ich fange hier an.«

Er wirft sein Handtuch auf einen Stuhl, tritt dann über den Rand des Pools hinaus und springt ins Wasser, ohne mit der Wimper zu zucken. Dann, auf sein Zeichen, fangen wir an, parallel zueinander von den gegenüberliegenden Enden des Beckens aus zu schwimmen. Theoretisch sollten wir uns nur einmal pro Bahn passieren, und zwar in der Mitte, aber Ted ist pfeilschnell und überrundet mich nach einer Minute. Er ist in hervorragender Verfassung, bleibt fast die gesamte Beckenlänge mit dem Gesicht unter Wasser, sodass ich nicht einmal mitbekomme, wenn er Luft holt. Er bewegt sich wie ein Hai, fast lautlos, während ich wie ein betrunkener Kreuzfahrtpassagier, der gerade über Bord gegangen ist, mit Armen und Beinen strample. Ich schaffe noch mit Ach und Krach drei Bahnen, bevor ich aufgebe. Ted krault weiter, zieht noch sechs Bahnen durch und hört dann neben mir auf.

»Du bist echt gut«, sage ich zu ihm.

»In der Highschool war ich besser. Wir hatten einen großartigen Trainer.«

»Da bin ich aber neidisch. Ich lerne mit YouTube-Videos.«

»Darf ich dir einen ungebetenen Rat geben? Du atmest zu häufig. Du solltest nur bei jedem zweiten Zug Luft holen. Immer entweder auf der linken oder der rechten Seite, was immer sich natürlicher für dich anfühlt.«

Er ermutigt mich, es zu versuchen, also stoße ich mich vom Rand ab und durchpflüge das Becken so, wie er es vorgeschlagen hat. Das Ergebnis ist sofort sichtbar. Ich hole halb so viel Luft und bewege mich doppelt so schnell.

»Besser, oder?«

»Viel besser. Hast du sonst noch Tipps?«

»Nein, ich habe dir nur meinen besten Rat gegeben. Schwimmen ist der einzige Sport, wo die Trainer dich anschreien, wenn du Luft holst. Aber Übung macht den Meister.«

»Danke.«

Ich ergreife die Sprossen der Leiter und klettere heraus, um für heute Feierabend zu machen. Dabei rutscht mein Badeanzug ein wenig hoch, und ich greife nach unten, um ihn wieder runterzuziehen, aber anscheinend bin ich nicht schnell genug.

»Hey, go Flyers!«, sagt er. Damit spielt er auf das kleine Tattoo unterhalb meiner Hüfte an. Es zeigt die wild blickenden Augen von Gritty, dem pelzigen, orangefarbenen Maskottchen des NHL-Teams von Philadelphia. Ich hatte darauf geachtet, es vor den Maxwells zu verbergen. Jetzt bin ich wütend auf mich, weil mir dieses Missgeschick unterlaufen ist.

»Es war ein Fehler«, teile ich ihm mit. »Sobald ich das Geld zusammenhabe, lasse ich es mir weglasern.«

»Aber du magst Eishockey?«

Ich schüttle den Kopf. Ich habe es nie gespielt, mir noch

nie auch nur ein Spiel angesehen. Aber vor zwei Jahren hatte ich mich mit einem älteren Mann angefreundet, der ein dauerhaftes Interesse an dieser Sportart hatte – und leichten Zugang zu verschreibungspflichtigen Medikamenten. Isaac war achtunddreißig Jahre alt, und sein Vater hatte in den Siebzigerjahren für die Flyers auf dem Eis gestanden. Er hatte eine Menge Geld verdient, war jung gestorben, und Isaac war jetzt dabei, sein Vermögen nach und nach zu verprassen. Ein paar von uns wohnten in Isaacs Wohnung, pennten bei ihm auf dem Boden und teilten gelegentlich sein Bett mit ihm. Im Grunde ließ ich mir das Tattoo stechen, um Eindruck bei ihm zu schinden. Ich hoffte darauf, dass er mich deswegen für cool halten und mich weiter bei ihm abhängen lassen würde. Aber der Plan ging voll in die Hose. Ich musste fünf Tage warten, bis ich den Verband entfernen konnte, und in dieser Zeit wurde Isaac wegen Drogenbesitzes verhaftet, und sein Vermieter warf uns alle auf die Straße.

Ted wartet immer noch auf eine Erklärung von mir.

»Es war eine Dummheit«, erzähle ich ihm. »Ich war nicht bei klarem Verstand.«

»Nun, du bist mit so etwas nicht allein. Caroline hat auch ein Tattoo, das sie loswerden will. Sie hatte auf dem College eine künstlerische Phase.«

Das ist zwar nett gemeint, aber ich fühle mich dadurch nicht unbedingt besser. Bestimmt ist Carolines Tattoo total geschmackvoll, wahrscheinlich eine Rose oder eine Mondsichel oder ein bedeutungsschweres chinesisches Zeichen – und nicht so ein freakiges, glotzäugiges Monster. Ich frage Ted, wo sie es verbirgt, aber in diesem Moment werde ich von einem weiteren lauten Knacken unterbrochen.

Wir wenden uns beide in Richtung Wald um.

»Da draußen ist jemand«, sage ich ihm. »Ich habe vorhin gehört, wie jemand herumschleicht.«

»Wahrscheinlich ein Kaninchen«, mutmaßt er.

Ein weiteres Knacken ertönt, dann ein schnelles, panikartiges Zappeln, das Geräusch eines kleinen Tiers, das durch den Wald flitzt.

»*Das* war ein Kaninchen. Aber vorhin, bevor du rauskamst, war das Geräusch lauter. Es hörte sich an wie ein Mensch.«

»Vielleicht waren es Teenager. Ich bin mir sicher, dass dieser Wald bei Highschool-Kids beliebt ist.«

»Nachts ist es noch schlimmer. Manchmal liege ich in meinem Bett, und es klingt, als ob sie direkt vor meinem Fenster stünden.«

»Wahrscheinlich hilft es auch nicht gerade, dass Mitzi dir seltsame Geschichten in den Kopf setzt.« Er zwinkert. »Caroline hat mir von eurer Begegnung erzählt.«

»Sie ist ein interessanter Mensch.«

»Ich würde mich von ihr fernhalten, Mallory. Diese Sache mit den sogenannten Energielesungen? Fremde, die in ihrer Einfahrt parken und an ihre Hintertür klopfen? In bar zahlen? Das kommt mir fragwürdig vor. Ich traue ihr nicht.«

Ich spüre, dass Ted nicht viel Zeit in der Gesellschaft von Menschen mit übersinnlichen Fähigkeiten verbracht hat. Als ich groß wurde, hatte ich eine Nachbarin, Mrs Guber, die im Hinterzimmer der örtlichen Pizzeria Tarotkarten legte. Legendär war ihre Vorhersage, eine der Kellnerinnen würde hunderttausend Dollar mit einem Rubbellos gewinnen. Außerdem beriet sie bei Heiratsanträgen, fremdgehenden Freunden und anderen Herzensangelegenheiten. Meine Freundinnen und ich nannten sie das Orakel, und wir vertrauten ihr mehr als dem Titelblatt des *Inquirer*.

Aber ich erwarte nicht, dass Ted das auch nur im Ansatz versteht. Der Typ erkennt ja nicht einmal die Existenz der Zahnfee an. Vor ein paar Abenden spuckte Teddy einen lockeren Backenzahn aus, und Ted griff einfach in seine Brieftasche und zog einen Dollar heraus – kein Geheimnis, kein Tamtam, kein spätabendliches Auf-Zehenspitzen-ins-Schlafzimmer-Gehen, um nicht bemerkt zu werden.

»Sie ist harmlos.«

»Ich glaube, sie dealt«, sagt Ted. »Beweisen kann ich es nicht, aber ich beobachte sie. Du musst in ihrer Nähe vorsichtig sein, okay?«

Ich hebe die rechte Hand. »Pfadfinderehrenwort.«

»Ich meine es ernst, Mallory.«

»Ich weiß. Und ich weiß das zu schätzen. Ich werde auf der Hut sein.«

Ich öffne gerade das Tor zum Pool, um zu gehen, als ich bemerke, dass Caroline durch den Garten auf uns zukommt. Sie trägt immer noch ihre Arbeitskleidung und hat ihr Notizbuch und einen Bleistift in der Hand. »Mallory, warte mal. Hast du gestern einen Anruf angenommen? Von Teddys Schule?«

Sofort wird mir klar, dass ich Mist gebaut habe. Ich erinnere mich an den Anruf und weiß auch noch, dass ich die Nummer der Schulleiterin auf einem Zettel notiert habe. Aber dann kam Teddy mit seiner schrägen Zeichnung in die Küche, und davon habe ich mich wohl ablenken lassen.

»Ja … die Schulleiterin«, sage ich zu ihr. »Ich habe den Zettel mit der Nachricht in meinem Cottage. Er steckt wahrscheinlich noch in meinen Shorts. Ich hole ihn gleich …«

Caroline schüttelt den Kopf. »Hat sich erledigt. Sie hat mir gerade gemailt. Aber ich hätte die Nachricht gern schon gestern gehabt.«

»Ich weiß. Es tut mir leid.«

»Wenn wir auch nur einen einzigen Stichtag verpassen, verliert Teddy seinen Platz. Seine Klasse in der Vorschule hat eine Warteliste mit dreißig Namen darauf.«

»Ich weiß, ich weiß …«

»Hör auf, ›ich weiß‹ zu sagen«, unterbricht sie mich. »Wenn du es *wirklich* wüsstest, hättest du mir die Nachricht zukommen lassen. Sei das nächste Mal achtsamer.«

Sie dreht sich um und kehrt zurück ins Haus. Ich bin schockiert. Es ist das erste Mal, dass sie mich wirklich angeschrien hat. Ted eilt aus dem Pool und legt mir eine Hand auf die Schulter. »Hör zu, mach dir keine Sorgen.«

»Es tut mir leid, Ted, ich fühle mich schrecklich.«

»Sie ist wütend auf die Schule, nicht auf dich. Die überschütten uns mit Papierkram. Impfungen, Allergien, Verhaltensprofile – diese blöde Vorschulbewerbung hat mehr Seiten als meine Steuererklärung.«

»Ich habe wirklich einen Fehler gemacht«, räume ich ihm gegenüber ein. »Ich habe die Telefonnummer aufgeschrieben, wurde dann aber durch etwas abgelenkt, das Teddy mir gegeben hat.« Ich bin derart verzweifelt, dass ich anfange, ihm die Zeichnung zu beschreiben. Aber Ted redet einfach über mich hinweg. Er scheint es eilig zu haben, zurück ins Haus zu kommen. Ich kann Carolines Silhouette in der Glasschiebetür sehen. Sie beobachtet uns.

»Sie wird sich schon wieder einkriegen, keine Sorge«, sagt er. »Morgen wird sie sich nicht einmal mehr daran erinnern.«

Seine Stimme klingt locker, doch er geht eilig davon. Während er den Garten durchquert, ist seine Gestalt bald nur noch eine Silhouette. Als er Caroline erreicht, legt er seine Arme um sie. Sie greift nach dem Lichtschalter, und danach kann ich nichts mehr sehen.

Ein leichter Wind kommt auf, und ich fange an zu frösteln. Ich wickle mir das Handtuch um die Taille und gehe zurück zum Cottage. Ich schließe die Tür ab und ziehe gerade meinen Schlafanzug an, als ich erneut Schritte höre, gedämpfte Schritte auf weichem Gras – nur dieses Mal direkt vor meinem Fenster. Ich ziehe die Vorhänge zurück und versuche, nach draußen zu spähen, aber alles, was ich durch das Fliegengitter sehe, sind die ekligen, sich windenden Motten.

Ein Reh, rede ich mir ein. Es ist nur ein Reh.

Ich ziehe die Vorhänge wieder zu, schalte das Licht aus, lege mich ins Bett und ziehe mir die Decke bis zum Kinn hoch. Draußen bewegt sich das Ding direkt hinter der Wand an meinem Bett – ich kann hören, wie es sich auf der anderen Seite der Wand bewegt und das Cottage inspiziert, es umkreist, als würde es nach einem Weg hinein suchen. Ich balle meine Finger zu einer Faust und schlage gegen die Wand, in der Hoffnung, dass ein lautes Geräusch es verscheucht.

Stattdessen taucht es unter dem Cottage ab, kratzt in der Erde herum und quetscht sich unter die Dielen. Ich weiß nicht, wie irgendetwas da unten reinpassen kann. Das Gebäude steht kaum einen halben Meter über dem Boden. Auf keinen Fall handelt es sich um ein Reh, aber es hört sich trotzdem irgendwie groß an, so als hätte es die Größe eines Rehs. Ich setze mich im Bett auf und stampfe mit den Füßen vergeblich auf den Boden. »Geh weg!«, rufe ich, darauf hoffend, dass der Krach es verscheucht.

Stattdessen gräbt sich das Ding immer tiefer ein und buddelt sich bis unter die Mitte des Zimmers. Ich stehe auf und schalte das Licht an. Dann gehe ich auf alle viere und lausche, bemüht, dem Geräusch zu folgen. Ich ziehe den Teppich zurück und entdecke einen quadratischen Umriss, der in die Dielen geschnitten ist – ein Deckel, groß genug, dass ein Mensch durch die Öffnung hindurchklettern kann. Er hat weder Scharniere noch Griffe, nur zwei ovalförmige Schlitze, durch die man den Deckel greifen und anheben kann.

Wäre es früher am Abend – und wäre Caroline nicht ohnehin schon sauer auf mich –, würde ich vielleicht die Maxwells rufen und um Hilfe bitten. Aber ich bin fest entschlossen, das Problem selbst zu lösen. Ich gehe in die Küche und fülle einen Plastikkrug mit Wasser. Dieses Ding, was auch immer es ist, kann nicht so groß sein, wie es sich anhört. Ich weiß, dass Geräusche täuschen können, besonders im Dunkeln, besonders spätabends. Ich knie mich auf den Boden und versuche, den Deckel anzuheben, aber er gibt nicht nach. Durch die Feuchtigkeit des Sommers hat sich das Holz verzogen, und der Deckel hat sich verklemmt. Also wende ich meine ganze Kraft auf einer Seite an und ziehe mit beiden Händen daran, ignoriere den Schmerz in meinen Fingern und das scharfe, trockene Holz, das mir in die weiche Haut schneidet. Schließlich springt der Deckel mit einem lauten Knall und einer grauen Staubwolke aus dem Dielenboden, so wie ein Korken aus einer Sektflasche schießt. Ich greife ihn und halte ihn mir wie einen Schutzschild dicht vor die Brust. Dann beuge ich mich nach vorne und schaue in das Loch hinunter.

Es ist zu dunkel, um etwas zu erkennen. Die Erde in dem Loch ist trocken und staubig wie Asche nach einem Lagerfeuer. Im Cottage ist es still. Die Kreatur, was auch immer es sein mag, ist verschwunden. Da unten gibt es nichts zu sehen, nur graue Staubhügelchen, die mit schwarzen Flecken übersät sind. Mir wird bewusst, dass ich die Luft angehalten habe, und nun atme ich erleichtert aus. Der ganze Lärm beim Aufreißen des Deckels muss das Vieh verscheucht haben.

Doch plötzlich bewegt sich die Asche, und die schwarzen Flecken blinzeln, und ich merke, dass ich das Ungetüm selbst anstarre. Plötzlich bäumt es sich auf und zeigt seine hässlichen rosafarbenen Krallen und seine langen scharfen Zähne. Ich schreie auf, stoße aus tiefster Kehle einen gellenden Schrei aus, der die Nacht durchdringt. Dann schleudere ich den Deckel nach unten und werfe mich darauf, um die Öffnung mit meinem ganzen Körpergewicht zu verbarrikadieren. Ich hämmere mit den Fäusten auf die Kanten, will das verzogene Holz wieder an seinen Platz zwingen, aber es passt nicht mehr.

Caroline steht in weniger als einer Minute vor meinem Cottage und schließt die Tür mit ihrem Schlüssel auf. Sie hat ein Nachthemd an, und Ted steht direkt hinter ihr, ohne Hemd und in einer Pyjamahose. Sie hören die Geräusche unter meinem Cottage, das Kratzen und Scharren unter den Dielen.

»Es ist nur eine Ratte«, sage ich ihnen, über alle Maße erleichtert, dass sie hier sind und ich nicht mehr allein bin. »Es ist die größte Ratte, die ich je gesehen habe.«

Ted nimmt den Plastikkrug mit Wasser und trägt ihn nach draußen, während Caroline mir beruhigend eine Hand auf die Schulter legt und mir versichert, dass alles wieder gut ist. Gemeinsam drehen wir den Deckel um 90°, damit er wieder in die Aussparung passt, und ich drücke ihn hinunter, während Caroline die Ecken mit dem Fuß wieder an ihre ursprüngliche Stelle stampft. Selbst als wir fertig sind, habe ich Angst, mich von der Stelle zu bewegen, weil ich befürchte, dass der Deckel aus dem Boden herauskatapultiert wird. Caroline steht neben mir und hält mich fest, bis wir durch das offene Fenster Wasser plätschern hören.

Im nächsten Moment kommt Ted mit einem leeren Krug zurück. »Ein Opossum«, verkündet er und grinst. »Keine Ratte. Es hat sich ziemlich schnell bewegt, aber ich habe ihm eine kalte Dusche verpasst.«

»Warum war es unter dem Cottage?«

»Da ist ein Loch im Gitter. An der westlichen Wand. Sieht aus, als wäre ein kleiner Teil verrostet.« Caroline runzelt die Stirn und will etwas sagen, aber Ted ist ihr weit voraus. »Ich weiß, ich weiß. Ich werde es morgen reparieren. Ich fahre zum Baumarkt.«

»Gleich morgen früh, Ted. Dieses Ding hat Mallory zu Tode erschreckt! Was, wenn sie gebissen worden wäre? Was, wenn es Tollwut hat?«

»Mir geht es gut«, versichere ich ihr.

»Ihr geht es gut«, wiederholt Ted. Doch Caroline ist nicht überzeugt. Sie starrt auf den Deckel im Boden. »Was, wenn es zurückkommt?«

Obwohl es schon fast Mitternacht ist, besteht Caroline darauf, dass Ted seinen Werkzeugkasten aus dem Haupthaus holt. Sie besteht darauf, dass er Nägel durch den Deckel in die Dielen schlägt, damit nichts und niemand mehr den Deckel von unten öffnen kann. Während wir darauf warten, dass er sein Werk beendet, kocht sie Wasser auf meinem Herd und macht Kamillentee für uns drei. Danach bleiben die Maxwells noch ein paar Minuten länger als nötig, nur um sicherzugehen, dass ich mich ruhig, entspannt und sicher fühle. Wir drei sitzen nebeneinander auf meiner Bettkante, reden, erzählen Geschichten und lachen zu guter Letzt. Und es ist, als wäre ich wegen des Telefonats nie ausgeschimpft worden.

7

Der nächste Tag ist ein heißer und schwüler 4. Juli, der Unabhängigkeitstag, und ich zwinge mich dazu, einen langen Lauf zu absolvieren: acht Meilen in einundsiebzig Minuten. Auf dem Heimweg komme ich an einem Haus vorbei, das Teddy und ich das Blumenschloss getauft haben. Es steht drei Blocks vom Haus der Maxwells entfernt und ist eine riesige weiße Villa mit einer u-förmigen Auffahrt und einem Garten, der vor bunten Blumen nur so strotzt: Chrysanthemen, Geranien, Taglilien und dergleichen mehr. Ich bemerke ein paar mir unbekannte orangefarbene Blüten an einer Kletterpflanze, die an einem Spalier im Vorgarten emporrankt. Also gehe ich ein paar Schritte die Einfahrt hinauf, um sie genauer zu betrachten. Die Blumen sind so seltsam und eigenartig – sie sehen aus wie winzige Verkehrshütchen –, dass ich Fotos mit meinem Handy davon mache. Plötzlich geht die Haustür auf, und ein Mann tritt heraus. Aus den Augenwinkeln heraus sehe ich, dass er einen Anzug trägt, und ich ahne schon, dass er mich von seinem Grundstück jagen und mich wegen unerlaubten Betretens zur Rede stellen wird.

»Hey!«

Ich ziehe mich auf den Bürgersteig zurück und mache eine lahme Geste der Entschuldigung, aber es ist zu spät. Der Kerl ist schon aus der Tür und geht auf mich zu.

»Mallory!«, ruft er. »Wie geht's dir?«

Erst jetzt geht mir auf, dass ich ihn schon einmal gesehen habe. Es sind weit über 30°, aber Adrian scheint sich in seinem hellgrauen Anzug pudelwohl zu fühlen; er sieht darin aus wie diese Typen in der Ocean's-Eleven-Trilogie. Unter dem Jackett trägt er ein blütenweißes Hemd und dazu eine königsblaue Krawatte. Da er keine Kappe trägt, sehe ich, dass er einen dichten, dunklen Wuschelkopf hat.

»Tut mir leid«, sage ich. »Ich habe dich nicht erkannt.«

Er schaut an sich hinunter, als hätte er ganz vergessen, was für ein Outfit er trägt. »Oh, richtig! Wir haben heute Abend eine Verabredung. Im Golfclub. Mein Vater bekommt einen Preis verliehen.«

»Du wohnst hier?«

»Meine Eltern. Ich bin den Sommer über zu Hause.«

Die Haustür geht erneut auf, und seine Eltern kommen heraus. Seine Mutter ist groß und elegant gekleidet in einem königsblauen Kleid, sein Vater trägt einen klassischen schwarzen Smoking mit silbernen Manschettenknöpfen. »Ist das El Jefe?«

»Er ist der Lawn King. Wir bearbeiten die Hälfte aller Rasenflächen in South Jersey. Im Sommer beschäftigt er immer eine Crew von achtzig Leuten, aber ich schwöre dir, Mallory, ich bin der Einzige, den er anschreit.«

Seine Eltern gehen bereits auf einen schwarzen BMW zu, der in der Einfahrt steht, doch Adrian winkt sie zu uns herüber. Ich wünschte wirklich, er hätte das nicht getan. Sie kennen doch diese ganzen Läuferinnen in der Tampax-Werbung, die ihr Training mit strahlendem Teint und laufstegtauglichen Frisuren beenden? Nach acht Meilen bei 30° Celsius sehe ich nicht im Geringsten so aus wie sie. Mein Shirt ist schweißnass, meine Haare sind ein strähniges, fettiges Durcheinander, und auf meiner Stirn haften wahrscheinlich jede Menge tote Mücken.

»Mallory, das sind meine Mutter Sofia und mein Vater Ignacio.« Ich wische mir die Handfläche an meiner Hose ab, bevor ich ihnen die Hand schüttle. »Mallory ist Babysitterin bei den Maxwells. Die neu zugezogene Familie an der Edgewood. Sie haben einen kleinen Jungen, Teddy.«

Sofia sieht mich argwöhnisch an. Sie ist so elegant gekleidet und so perfekt frisiert, dass ich mir nicht vorstellen kann, dass sie in den vergangenen dreißig Jahren jemals ins Schwitzen geraten ist. Ignacio hingegen begrüßt mich mit einem freundlichen Lächeln. »Du musst eine sehr passionierte Athletin sein, wenn du bei dieser Luftfeuchtigkeit joggst!«

»Mallory ist Langstreckenläuferin an der Penn State«, erklärt Adrian. »Sie ist im Cross-Team.«

Weil ich diese Lüge schon wieder vergessen hatte, zucke ich zusammen. Wären Adrian und ich unter uns, würde ich reinen Tisch machen und es ihm beichten – aber jetzt kann ich es nicht richtigstellen, nicht, während seine Eltern mich anstarren.

»Ich bin sicher, du bist schneller als mein Sohn«, sagt Ignacio. »Er braucht den ganzen Tag, um zwei Gärten zu mähen!« Dann lacht er schallend über seinen eigenen Scherz, während Adrian verlegen von einem Bein auf das andere tritt.

»Das ist der Humor eines Landschaftsgärtners. Mein Vater hält sich für einen Bühnenkomiker.«

Ignacio grinst. »Es ist lustig, weil es wahr ist!«

Sofia mustert meine äußere Erscheinung, und ich bin überzeugt, dass sie mich durchschaut. »In welchem Studienjahr bist du?«

»Im letzten. Ich bin so gut wie fertig.«

»Ich auch!«, sagt Adrian. »Ich gehe auf die Rutgers, in New Brunswick, Ingenieurwesen. Was ist dein Hauptfach?«

Ich habe keine Ahnung, was ich auf diese Frage antworten soll. Meine ganze College-Planung drehte sich ausschließlich um Trainer, Scouts und Frauensportförderprogramme. Darüber, was ich eigentlich studieren könnte, habe ich nie nachgedacht. Betriebswirtschaft? Jura? Biologie? Keine dieser Antworten scheint glaubwürdig zu sein – aber gerade brauche ich zu lange für meine Antwort, und sie starren mich alle an. Ich muss etwas sagen, irgendetwas …

»Unterrichten«, sage ich.

Sofia schaut skeptisch drein. »Du meinst Pädagogik?«

Sie spricht das Wort langsam aus – Pä-da-go-gik, so als vermutete sie, dass ich es zum ersten Mal höre.

»Genau. Für kleine Kinder.«

»Grundschullehrerin?«

»Genau.«

Adrian ist begeistert. »Meine Mom unterrichtet Viertklässler! Sie hat ebenfalls im Hauptfach Pädagogik studiert.«

»Echt jetzt?« Nur gut, dass ich durch das Laufen einen roten Kopf habe, denn ich bin mir sicher, dass meine Wangen glühen.

»Es ist der edelste aller Berufe«, sagt Ignacio. »Du hast eine wunderbare Wahl getroffen, Mallory.«

Jetzt möchte ich unbedingt das Thema wechseln und etwas sagen, *irgendetwas*, das keine Lüge ist. »Ihre Blumen sind wunderschön«, sage ich zu ihnen. »Ich laufe jeden Tag an Ihrem Haus vorbei, um sie zu sehen.«

»Und jetzt kommt die Millionen-Dollar-Frage«, sagt Ignacio. »Welche ist deine Lieblingsblume?«

Adrian erklärt, dass dies ein Spiel ist, das seine Eltern mit

Besuchern spielen. »Die Idee dahinter ist, dass deine Lieblingsblume etwas über deine Persönlichkeit aussagt. Wie ein Horoskop.«

»Sie sind alle so schön«, weiche ich aus.

Aber so leicht lässt mich Sofia nicht vom Haken. »Du musst dir schon eine aussuchen. Welche auch immer dir am besten gefällt.«

Also zeige ich auf die orangefarbenen Blumen, die gerade aufgegangen sind und die sich am Spalier emporranken. »Ich weiß nicht, wie sie heißen, aber sie erinnern mich an kleine, orangefarbene Verkehrshütchen.«

»Klettertrompeten«, sagt Adrian.

Ignacio wirkt begeistert. »Niemand hat sich bis jetzt die Klettertrompete ausgesucht! Sie ist eine wunderschöne Blume, sehr vielseitig und pflegeleicht. Man gönnt ihr ein wenig Sonne und gibt ihr ein wenig Wasser – nicht zu viel Aufmerksamkeit –, dann kümmert sie sich um sich selbst. Sehr unabhängig.«

»Aber auch eine Art Unkraut«, fügt Sofia hinzu. »Ein bisschen schwer zu kontrollieren.«

»Das nennt man Vitalität!«, sagt Ignacio. »Das ist gut!«

Adrian wirft mir einen Blick zu, der Verzweiflung zum Ausdruck bringen soll – siehst du, was ich mitmachen muss? –, und seine Mutter erinnert die beiden nun daran, dass sie schon sehr spät dran sind und losfahren müssen. Also verabschieden wir uns alle hastig, und ich setze meinen Weg nach Hause fort.

Wenig später fährt der schwarze BMW an mir vorbei, und Ignacio drückt auf die Hupe, während Sofia ihren Blick nach vorne gerichtet hält. Adrian winkt mir durch das Heckfenster zu, und ich erhasche einen Blick auf den kleinen Jungen, der er einmal war, unterwegs mit seinen Eltern auf dem Rücksitz ihres Autos oder mit dem Fahrrad auf den schattigen Bürgersteigen. Und diese wunderschönen, von Bäumen gesäumten Straßen nahm er dabei als Selbstverständlichkeit hin. Ich habe das Gefühl, dass seine Kindheit perfekt war und dass er sein Leben ohne jedes Bedauern gelebt hat.

Irgendwie habe ich es hinbekommen, einundzwanzig zu werden, ohne jemals in einer richtigen Beziehung gewesen zu sein. Ich meine, ich war durchaus schon mit Männern zusammen – wenn du eine halbwegs normal aussehende drogenabhängige Frau bist, gibt es immer einen todsicheren Weg, an mehr Drogen zu kommen –, aber so etwas wie eine herkömmliche Beziehung hatte ich noch nicht einmal im Entferntesten.

Aber in der Hallmark-Channel-Filmversion meines Lebens – in einer alternativen Realität, in der ich in Spring Brook bei netten, wohlhabenden und gebildeten Eltern wie Ted und Caroline aufgewachsen bin – wäre mein idealer Freund jemand wie Adrian. Er ist süß, er ist witzig, er arbeitet hart. Während ich weitergehe, fange ich an auszurechnen, wann zwei ganze Wochen vorbei sind und er wieder im Garten der Maxwells arbeiten wird.

In Spring Brook wimmelt es nur so von kleinen Kindern, aber ich hatte bisher noch kein Glück damit, Teddy mit irgendeinem von ihnen bekannt zu machen. Am Ende unseres Blocks ist ein großer Spielplatz voller Schaukeln, Kreiseln und schrill kreischender, brüllender Fünfjähriger, aber Teddy will nichts mit ihnen zu tun haben.

Am nächsten Montagmorgen sitzen wir auf einer Parkbank und beobachten eine Gruppe kleiner Jungs, die ihre Hot Wheels eine Rutsche hinunter»fahren« lassen. Ich dränge

Teddy dazu, sich ihnen anzuschließen und mit ihnen zu spielen, doch er sagt: »Ich habe kein Hot Wheels.«

»Frag sie, ob sie dir eines abgeben wollen.«

»Ich will nicht teilen.«

Genervt hockt er mit hängenden Schultern neben mir auf der Bank.

»Teddy, bitte.«

»Ich will mit dir spielen. Nicht mit denen.«

»Du brauchst Freunde in deinem Alter. In zwei Monaten fängst du mit der Schule an.«

Aber er lässt sich nicht überzeugen. Wir verbringen den Rest des Vormittags damit, im Haus mit Legosteinen zu spielen, dann isst er zu Mittag und geht nach oben, um seine Ruhezeit zu verbringen. Ich weiß, ich sollte meine Auszeit nutzen, um die Küche zu putzen, aber es fällt mir schwer, die Energie dafür aufzubringen. Ich habe in der Nacht zuvor nicht gut geschlafen, das Feuerwerk am 4. Juli begann ziemlich spät – und wegen des Streits mit Teddy fühle ich mich niedergeschlagen.

Ich beschließe, mich ein Weilchen aufs Sofa zu legen. Doch ehe ich michs versehe, steht Teddy über mir und rüttelt mich wach.

»Können wir jetzt schwimmen gehen?«

Ich setze mich auf und bemerke, dass sich das Licht im Zimmer verändert hat. Es ist fast 15 Uhr. »Ja, natürlich, zieh dir deine Badeshorts an.«

Er reicht mir eine Zeichnung und rennt aus dem Zimmer. Es ist der gleiche dunkle, dichte Wald wie auf dem vorherigen Bild – nur dieses Mal schaufelt der Mann Erde in ein großes Loch, und Anyas Körper liegt zusammengekrümmt in der Grube.

Teddy kehrt in Badeshorts ins Familienzimmer zurück. »Fertig?«

»Warte mal, Teddy. Was ist das?«

»Was ist was?«

»Wer ist diese Person? Da unten in der Grube?«

»Anya.«

»Und wer ist der Mann?«

»Ich weiß es nicht.«

»Vergräbt er sie?«

»In einem Wald.«

»Warum?«

»Weil er Anyas kleines Mädchen gestohlen hat«, sagt Teddy. »Kann ich vor dem Schwimmen noch etwas Wassermelone haben?«

»Klar, Teddy, aber warum …«

Zu spät. Er hüpft schon in die Küche und reißt die Kühlschranktür auf. Ich folge ihm und sehe, wie er sich auf die Zehenspitzen stellt und auf dem obersten Regal nach einer reifen roten Melonenhälfte langt. Ich helfe ihm, sie auf den Beistelltisch zu tragen, und schneide dann mit dem Messer eine Scheibe ab. Ohne erst auf einen Teller zu warten, schnappt Teddy sie sich und fängt an zu mampfen.

»Teddybärchen, hör zu, was hat Anya sonst noch zu dir gesagt? Über die Zeichnung?«

Er hat den Mund voll mit Melone, und roter Saft tropft ihm das Kinn hinunter. »Der Mann hat ein Loch gegraben, damit niemand sie findet«, sagt er und zuckt mit den Achseln. »Aber ich schätze mal, sie ist rausgekommen.«

8

An diesem Abend geht die ganze Familie zum Abendessen aus. Caroline lädt mich ein, mitzukommen, aber ich erwidere, ich müsse laufen, und warte vor dem Cottage, bis ich höre, wie ihr Auto aus der Einfahrt zurücksetzt.

Dann laufe ich über den Rasen zum Haus nebenan.

Mitzi bewohnt eines der kleinsten Häuser an der Straße, einen Bungalow aus rotem Backstein mit einem Metalldach. Die Jalousien an allen Fenstern sind geschlossen. Ihr Haus würde bestens in mein altes Viertel in South Philadelphia passen, aber hier, im wohlhabenden Spring Brook, ist es ein Schandfleck. Die rostigen Regenrinnen hängen durch, Unkraut sprießt aus den Ritzen des Bürgersteigs, und der verwilderte Garten könnte Hilfe von Lawn King gebrauchen. Caroline hat mehr als einmal gesagt, sie könne es gar nicht erwarten, dass Mitzi wegzieht, damit ein Bauunternehmer das Haus abreißt und dort ein neues errichtet.

An der Eingangstür klebt ein kleiner handgeschriebener Zettel: KLIENTEN WILLKOMMEN. BITTE HINTEREINGANG BENUTZEN. Ich muss dreimal klopfen, bis Mitzi endlich an die Tür kommt. Sie lässt die Kette eingerastet und späht durch den schmalen Türspalt. »Ja?«

»Ich bin's, Mallory. Von nebenan.«

Sie entriegelt die Kette und öffnet die Tür. »Um Gottes willen, du hast mich zu Tode erschreckt!« Sie trägt einen lilafarbenen Kimono und umklammert eine Pfefferspraydose. »Was denkst du dir eigentlich, so spät an die Tür zu hämmern?«

Es ist gerade mal ein paar Minuten nach 19 Uhr, und die kleinen Mädchen aus der Nachbarschaft sind immer noch draußen und spielen auf dem Gehweg Himmel und Hölle. Ich reiche ihr einen kleinen Teller mit Keksen, die ich mit Frischhaltefolie abgedeckt habe. »Teddy und ich haben Ingwerkekse gebacken.«

Sie macht große Augen. »Ich setze Kaffee auf.«

Dann fasst sie mich am Handgelenk und zieht mich in ihr abgedunkeltes Wohnzimmer. Ich kneife die Augen zusammen, um mich an die Dunkelheit zu gewöhnen. Im Haus ist es schmutzig, und es riecht unangenehm muffig, teils nach Cannabis, teils wie im Umkleideraum einer Highschool-Sporthalle. Sofa und Sessel sind mit durchsichtigen Schonbezügen aus Plastik verhüllt, aber ich sehe eine Schmutzschicht auf den Oberflächen, als wären sie schon seit Monaten nicht mehr abgewischt worden.

Mitzi führt mich in die Küche. Der hintere Bereich ihres Hauses wirkt auf mich ein wenig einladender. Hier sind die Jalousien offen, und die Fenster gewähren einen Blick auf den Wald. Spinnenpflanzen hängen in Ampeln von der Decke herab, und ihre langen Blattranken ragen über die Seiten hinaus. Schränke und Haushaltsgeräte stammen aus den Achtzigerjahren, und alles fühlt sich vertraut und gemütlich an, wie in den Küchen meiner damaligen Nachbarn in South Philly. Auf dem Küchentisch liegen Zeitungsseiten und auf diesen diverse geölte schwarze Metallteile, darunter eine Feder, ein Bolzen und ein Zielfernrohr. Mir geht auf, dass, wenn jemand diese Teile in der richtigen Reihenfolge zusammensetzen würde, eine Schusswaffe dabei herauskommen würde.

»Du hast mich beim Reinigen erwischt«, erklärt Mitzi und schiebt mit einer ausladenden Bewegung ihres Arms alles auf eine Seite des Tisches, wobei sämtliche Teile durcheinandergeraten. »Wie trinkst du deinen Kaffee?«

»Haben Sie koffeinfreien?«

»Igitt, nein, natürlich nicht. Das ist nur Chemie in einer Tasse. Heute Abend trinken wir den guten alten aus Folgers-Bohnen.«

Ich will ihr nicht auf die Nase binden, dass ich mich in der Reha-Phase befinde, also sage ich einfach nur, dass ich sehr empfindlich auf Koffein reagiere. Mitzi sichert mir zu, dass mir ein Tässchen schon nicht schaden wird, und ich denke mir, dass sie wahrscheinlich recht hat.

»Ich nehme etwas Milch, wenn Sie welche haben.«

»Wir trinken Half-Caff. Er hat einen volleren Geschmack.«

An der Wand hängt eine alte Uhr in Form einer Katze, die schelmisch grinst, während ihr Schwanz hin und her pendelt. Mitzi steckt den Stecker einer uralten Kaffeemaschine in die Steckdose in der Wand und füllt den Behälter mit Wasser. »Wie läuft's denn so nebenan? Gefällt dir der Job?«

»Er ist gut.«

»Diese Eltern müssen dich doch in den Wahnsinn treiben.«

»Sie sind in Ordnung.«

»Ehrlich gesagt, weiß ich nicht, warum die Frau arbeitet. Bestimmt verdient ihr Mann reichlich. Und man weiß ja, dass das Veteranenkrankenhaus so gut wie nichts zahlt. Warum also nicht zu Hause bleiben? Wen will sie denn beeindrucken?«

»Vielleicht …«

»Meiner Meinung nach wollen manche Frauen keine Mütter sein. Sie wollen Kinder, sie wollen süße Bilder auf Facebook posten. Aber wollen sie auch die echte *Erfahrung* des Mutterseins erleben?«

»Nun …«

»Ich sag dir eines: Der kleine Junge ist entzückend. Ich könnte ihn verschlingen. Ich würde umsonst auf ihn aufpassen, wenn sie mich nett darum bitten würden, wenn sie mir auch nur ein klein wenig Höflichkeit entgegenbringen würden. Aber das ist das Problem mit den Millennials! Sie haben überhaupt keine Werte!«

Während wir darauf warten, dass der Kaffee durchläuft, redet sie in einem fort und erzählt von ihrer Frustration über Whole Foods Market (überteuert), #metoo-Opfer (weinerlich und privilegiert) und die Sommerzeit (steht nirgendwo in der Verfassung). Allmählich frage ich mich, ob es ein Fehler war, hierherzukommen. Ich muss mit jemandem reden, und ich bin mir nicht sicher, ob Mitzi gut zuhören kann. Ich bin dabei, eine Theorie über Teddys Zeichnungen zu entwickeln, aber ich will Russell nicht beunruhigen. Und den Maxwells kann ich es auf keinen Fall sagen; die beiden sind derart überzeugte Atheisten, dass sie meine Ideen niemals in Betracht ziehen würden. Mitzi ist meine letzte Hoffnung.

»Können Sie mir mehr über Annie Barrett erzählen?«

Diese Frage lässt sie innehalten.

»Warum fragst du?«

»Ich bin bloß neugierig.«

»Nein, Prinzessin, das ist eine sehr spezielle Frage. Und verzeih mir, wenn ich das sage, aber du siehst auch nicht so gut aus. Alles in Ordnung?«

Ich nehme Mitzi das Versprechen ab, niemandem etwas

davon zu erzählen – vor allem nicht den Maxwells –, und dann lege ich Teddys neuestes Werk auf den Tisch.

»Teddy malt ungewöhnliche Bilder. Er behauptet, eine imaginäre Freundin würde ihm die Ideen dazu einflüstern. Er nennt sie Anya, und sie besucht ihn in seinem Zimmer, wenn niemand anders dabei ist.«

Mitzi schaut sich die Zeichnungen an, und ein Schatten legt sich über ihr Gesicht. »Und warum fragst du nach Annie Barrett?«

»Nun, es ist bloß so, dass die Namen einander so ähnlich sind. Anya und Annie. Ich weiß, es ist nicht ungewöhnlich, dass Kinder imaginäre Freunde haben. Viele Kinder haben welche. Aber Teddy behauptet, Anya habe ihn angeleitet und ihm gesagt, er solle diese Bilder malen. Ein Mann schleift eine Frau durch einen Wald. Ein Mann vergräbt die Leiche einer Frau. Und dann trug Anya Teddy auf, er solle mir diese Bilder geben.«

Stille breitet sich in der Küche aus – die längste Stille, die ich je in Mitzis Gegenwart erlebt habe. Ich vernehme nur noch das Glucksen der Kaffeemaschine und das ständige Ticken der Katzenwanduhr. Mitzi studiert die Illustrationen sorgfältig – fast so, als würde sie versuchen, durch sie *hindurchzusehen*, hinter die Bleistiftstriche und in die Fasern des Papiers. Ich bin mir nicht sicher, ob sie ganz versteht, worauf ich hinauswill, daher erkläre ich es ihr:

»Ich weiß, das klingt jetzt verrückt. Aber ich frage mich, ob Anyas Geist irgendwie an das Grundstück gebunden ist. Ob sie versucht, mithilfe von Teddy zu kommunizieren.«

Mitzi steht auf, geht hinüber zur Kaffeekanne und füllt zwei Becher. Mit zittrigen Händen trägt sie beide zurück zum Tisch. Ich gieße etwas Sahne in meinen und nehme einen

Schluck. Es ist der stärkste, bitterste Kaffee, den ich je gekostet habe. Aber ich trinke ihn trotzdem. Ich will sie nicht beleidigen. Ich suche verzweifelt nach jemandem, der sich meine Theorie anhört und mir sagt, dass ich nicht total verrückt geworden bin.

»Ich habe etwas darüber gelesen«, sagt Mitzi schließlich. »Im Verlauf der Geschichte hat sich herausgestellt, dass Kinder schon immer empfänglicher für die Gesellschaft der Geister waren. Der Verstand eines Kindes hat nicht diese ganzen Barrieren, die wir Erwachsenen aufstellen.«

»Es wäre also möglich?«

»Kommt darauf an. Hast du seinen Eltern gegenüber etwas erwähnt?«

»Sie sind Atheisten. Sie denken …«

»Oh, ich weiß, sie denken, sie sind schlauer als alle anderen.«

»Ich möchte erst einmal recherchieren, bevor ich mich mit ihnen zusammensetze. Ich will versuchen, einen Zusammenhang herzustellen. Vielleicht überschneidet sich das, was auf diesen Bildern dargestellt wird, mit Annie Barretts Geschichte.« Ich beuge mich über den Tisch und spreche schneller. Schon jetzt kann ich spüren, wie das Koffein mein zentrales Nervensystem wachrüttelt. Meine Gedanken sind schärfer, mein Puls beschleunigt sich. Der bittere Geschmack stört mich nicht mehr, und ich nehme einen weiteren Schluck. »Teddy zufolge hat der Mann auf diesen Zeichnungen Anyas kleines Mädchen entführt. Wissen Sie, ob Annie Kinder hatte?«

»Das ist eine wirklich interessante Frage«, sagt Mitzi. »Vielleicht löst sich das Rätsel, wenn ich von Anfang an erzähle.« Sie lehnt sich in ihrem Stuhl zurück, macht es sich bequem und schiebt sich einen Keks in den Mund. »Aber bedenke, Annie Barrett ist gestorben, bevor ich auf die Welt kam. Das sind also Geschichten, die ich als Kind gehört habe, und ich kann nicht garantieren, dass sie wirklich wahr sind.«

»Das ist in Ordnung.« Ich genehmige mir noch einen Schluck Kaffee. »Erzählen Sie mir alles.«

»Der ursprüngliche Besitzer des Hauses war ein Mann namens George Barrett. Er arbeitete als Ingenieur bei der Chemiefirma DuPont oben in Gibbstown. Er hatte eine Frau und drei Töchter, und seine Cousine Annie kam 1946 hierher, direkt nach dem Zweiten Weltkrieg. Sie zog in euer Gästehäuschen und nutzte es als eine Art Atelier. Sie war ungefähr in deinem Alter und sehr hübsch, hatte lange schwarze Haare und sah einfach umwerfend aus. Und dann kommen diese ganzen Soldaten aus Europa zurück nach Hause und sind ganz verrückt nach ihr, vergessen darüber ihre Liebschaften aus der Highschool. Sie kommen Tag und Nacht zu Georges Haus und fragen, ob seine Cousine Zeit für ein Schwätzchen hat. Aber Annie ist schüchtern, still, bleibt für sich. Sie tanzt nicht, geht nicht ins Kino, lehnt alle Einladungen ab. Sie geht nicht einmal in die Kirche, was damals ein großes Tabu war. Sie bleibt einfach im Cottage und malt. Oder sie spaziert durch Hayden's Glen und sucht Motive zum Skizzieren. Und nach und nach wendet sich die ganze Stadt gegen sie. Es spricht sich herum, dass sie eine ledige Mutter ist, dass sie ihr Kind zur Adoption freigegeben hat und in Schande nach Spring Brook gezogen ist. Dann werden die Gerüchte noch übler. Die Leute behaupten, sie sei eine Hexe und locke alle verheirateten Männer in den Wald, um Sex mit ihnen zu haben.« Mitzi lacht über die Absurdität dieser Vorstellung. »So reden Frauen einfach, weißt du? Ich bin mir sicher, dass alle Moms in dieser Straße das Gleiche über mich tratschen!«

Sie nimmt einen weiteren Schluck Kaffee und fährt fort: »Jedenfalls geht George Barrett eines Tages zum Cottage, klopft an die Tür, und niemand öffnet ihm. Er geht hinein, und überall ist Blut. Überall auf dem Bett, überall an den Wänden. ›Bis hinauf zu den Dachsparren‹, hat er meinem Vater erzählt. Aber es gibt keine Leiche. Keine Spur von Annie. George ruft die Polizei, und die ganze Stadt durchkämmt den Wald, sie gehen sämtliche Pfade entlang, ziehen Netze durch den Bach, Suchhunde, das volle Programm. Und weißt du, was sie gefunden haben? Nichts. Sie ist verschwunden. Ende der Geschichte.«

»Hat seit den Vierzigerjahren jemand in dem Cottage gewohnt?«

Mitzi schüttelt den Kopf: »Nein. Meine Eltern sagten, George hätte es um ein Haar abgerissen. Um die Erinnerung an die Tragödie auszulöschen. Stattdessen hat er einen Werkzeugschuppen daraus gemacht. Und wie ich schon sagte, als ich in den Fünfziger- und Sechzigerjahren groß wurde, nannten wir es das Teufelshaus. Wir hatten alle Angst davor. Aber es war nur ein Märchen, eine lokale Legende. Ich habe nie etwas gesehen, das mir wirklich Angst eingeflößt hätte.«

»Was ist mit den nächsten Besitzern? Nachdem George gestorben war?«

»Nun, nachdem George gestorben war, verkaufte seine Frau das Haus an Butch und Bobbie Hercik. Sie waren vierzig Jahre lang meine Nachbarn. Sie haben den Pool gebaut, in dem du und Teddy schwimmen gehen. Wir waren sehr enge Freunde.«

»Hatten sie Kinder?«

»Drei Mädchen, zwei Jungen und null Probleme. Und ich hatte eine gute Beziehung zu Bobbie. Hätten ihre Kinder Leichen gezeichnet, hätte sie mir davon erzählt.« Mitzi nimmt noch einen Schluck von ihrem Kaffee. »Natürlich waren sie so vernünftig, die Finger von dem Cottage zu lassen. Als die Maxwells es renovieren ließen, haben sie vielleicht etwas aufgeschreckt. Eine Art feindselige Energie freigesetzt.«

Ich stelle mir vor, wie ich auf Ted und Caroline zugehe und sie warne, sie hätten einen bösartigen Geist aus der Flasche gelassen. Ich bin mir ziemlich sicher, dass sie dann auf Craigslist nach einem neuen Babysitter suchen würden. Und was würde ich dann tun? Wohin würde ich dann gehen? Mein Herzschlag beschleunigt sich wie ein Motor, der im Leerlauf auf Touren kommt, und ich lege eine Hand auf meine Brust.

Ich muss mich entspannen.

Ich muss mich beruhigen.

Ich muss aufhören, Kaffee zu trinken.

»Dürfte ich mal Ihre Toilette benutzen?«

Mitzi zeigt mir den Weg zurück ins Wohnzimmer. »Die erste Tür links. Da hängt eine Schnur zum Lichtanmachen, du wirst sie schon sehen.«

Das Bad ist klein und eng. Ein Duschvorhang aus Vinyl hängt vor einer altmodischen Krallenfußwanne. Kaum mache ich das Licht an, huscht ein Silberfischchen über den gefliesten Boden und verschwindet durch einen Riss in einer Fuge. Ich beuge mich über das Waschbecken, drehe den Wasserhahn auf und bespritze mein Gesicht mit kaltem Wasser. Mein Herzklopfen lässt nach, und ich greife nach einem Gästehandtuch, muss aber feststellen, dass alle Handtücher mit einer feinen Staubschicht überzogen sind, als wären sie seit Jahren nicht mehr benutzt worden. Ein rosafarbener Frotteebademantel hängt an der Innenseite der Tür, und ich benutze seinen Ärmel, um mir das Gesicht trocken zu tupfen.

Dann öffne ich Mitzis Medizinschrank und werfe einen kurzen Blick hinein. Damals, in Highschool-Zeiten, habe ich ständig in Badezimmern herumgeschnüffelt. Sie wären baff über die ganzen verschreibungspflichtigen Medikamente, die die Leute da einfach so rumstehen lassen; ich konnte Tabletten und manchmal ganze Fläschchen mitgehen lassen, ohne dass jemand Verdacht schöpfte. Und da mein Herz rast und meine Beine zittrig sind, fühle ich mich wieder wie damals in der Highschool. Mitzis Arzneischränkchen ist ausgestattet wie eine verdammte Apotheke: vier brechend volle Regale mit Wattestäbchen, Wattebäuschen, medizinischen Pads und Vaseline, Pinzetten, Säureblockern und halb abgeflachten Tuben mit Monistat und Hydrocortison. Außerdem ein Dutzend orangefarbene verschreibungspflichtige Fläschchen, von Lipitor und Synthroid bis hin zu Amoxicillin und Erythromycin. Und ganz, ganz, gaaanz hinten, versteckt hinter allem anderen, entdecke ich meinen alten Freund Oxycodon. Ich hatte geahnt, dass ich welches finden würde. Heutzutage hat fast jeder Oxy im Haus, eine angebrochene Flasche Pillen, die von einem kleinen chirurgischen Eingriff übrig geblieben sind. Und nur wenige kriegen es mit, wenn diese Pillen verschwinden …

Ich schraube den Deckel ab und spähe in die Flasche: leer. Plötzlich klopft Mitzi an die Tür, und ich lasse vor Schreck beinahe alles ins Waschbecken fallen. »Achte darauf, dass du den Griff gedrückt hältst, wenn du spülst, okay? Ich habe ein Problem mit dem Spülkasten.«

»Klar«, sage ich ihr. »Kein Problem.«

Mit einem Mal bin ich wütend auf mich selbst, weil ich hier

herumgeschnüffelt habe und weil ich in meine alten Verhaltensmuster zurückgefallen bin. Ich habe das Gefühl, als hätte Mitzi mich auf frischer Tat ertappt. Ich gebe dem Kaffee die Schuld – ich hätte ihn nie trinken dürfen. Ich stelle das Fläschchen zurück, drehe den Wasserhahn auf und trinke große Schlucke kaltes Wasser, in der Hoffnung, die Gifte in meinem Organismus zu verdünnen. Ich schäme mich dafür, neunzehn Monate clean zu sein und dann in der Hausapotheke einer alten Frau herumzuschnüffeln. Was, zum Teufel, ist mit mir los? Ich betätige die Toilettenspülung und halte den Hebel so lange gedrückt, bis alles Wasser im Kasten durchgelaufen ist.

Als ich in die Küche zurückkehre, erwartet mich Mitzi am Tisch mit einem Holzbrett, das mit lauter Buchstaben und Zahlen überzogen ist. Es ist eine Art Ouija-Board, sieht aber ganz anders aus als die minderwertigen Pappsets, an die ich mich von Pyjamapartys in der Kindheit erinnere. Sie besitzt eine dicke Ahornholzplatte, in die geheimnisvolle Symbole eingeritzt sind. Es sieht weniger aus wie ein Spielzeug, sondern eher wie ein Hackbrett.

»Ich sage dir jetzt mal, was ich denke«, sagt Mitzi. »Wenn dieser Geist dir etwas mitteilen will, dann lass uns den Mittelsmann weglassen – Teddy umgehen und sie direkt kontaktieren.«

»Wie bei einer Séance?«

»Ich bevorzuge den Begriff ›Zusammenkunft‹. Aber nicht hier. Bei dir im Cottage werden wir bessere Ergebnisse erzielen. Wie wär's mit morgen?«

»Ich muss auf Teddy aufpassen.«

»Sicher, ich weiß, wir müssen Teddy mit einbeziehen. Dieser Geist hat sich an ihn geheftet. Wenn Teddy uns Gesellschaft leistet, haben wir eine viel bessere Chance, mit ihm zu kommunizieren.«

»Auf keinen Fall, Mitzi. Das kann ich nicht tun.«

»Warum nicht?«

»Seine Eltern würden mich umbringen.«

»Ich werde mit ihnen reden.«

»Nein, nein, nein!«, sage ich, und Panik schwingt in meiner Stimme mit. »Sie haben versprochen, ihnen nichts zu sagen. Bitte, Mitzi, ich darf diesen Job nicht verlieren.«

»Warum bist du so besorgt?«

Ich erzähle ihr von den Hausregeln aus meinem Vorstellungsgespräch, davon, dass ich eingestellt wurde, um Wissenschaft zu unterrichten, nicht Religion oder Aberglauben. »Ich kann Teddy nicht zu einer Séance mitnehmen. Wenn er niest, darf ich nicht einmal ›Bless You‹ sagen.«

Mitzi tippt mit ihrem Finger auf die Zeichnungen. »Diese Bilder sind nicht normal, Schätzchen. Irgendetwas Seltsames geht in diesem Haus vor.«

Ich nehme die Zeichnungen wieder an mich, stecke sie in meine Tasche und bedanke mich bei Mitzi für den Kaffee. Mein Puls beschleunigt sich wieder – stärkeres Herzklopfen. Ich danke Mitzi für ihren Rat und öffne die Hintertür, um zu gehen. »Sagen Sie den beiden einfach nichts, okay? Ich vertraue Ihnen, dass Sie dieses Geheimnis für sich behalten.«

Sie zieht eine Hülle aus schwarzem Samt über ihr Holzbrett. »Mein Angebot steht, falls du deine Meinung änderst. Und ich garantiere dir mehr oder weniger, dass du darauf zurückkommen wirst.«

Um 20 Uhr bin ich zurück im Cottage, und um 4 Uhr morgens liege ich immer noch wach. Schlafen ist unmöglich. Kaffee zu trinken war ein großer Fehler. Ich versuche es mit allen üblichen Tricks – tiefe Atemzüge, ein Glas warme Milch, eine lange, heiße Dusche –, aber nichts davon hat die gewünschte Wirkung. Die Moskitos sind unerbittlich, und die einzige Möglichkeit, sie verstummen zu lassen, besteht darin, mir die Decke über den Kopf zu ziehen und meine nackten Füße bloßzulegen. Ich bin so enttäuscht von mir selbst. Ich kann nicht glauben, dass ich ihren verdammten Medizinschrank durchsucht habe. Ich wälze mich hin und her, grüble über meine zwei Minuten in Mitzis Badezimmer nach und versuche, den genauen Moment zu lokalisieren, in dem mein Gehirn auf Autopilot geschaltet hat. Ich dachte, ich hätte meine Sucht in den Griff bekommen, aber offenbar bin ich noch immer die Mallory, die bereit ist, für Drogen alles zu tun, die Medikamentenschränke nach Pillen durchstöbert, um high zu werden.

Als ich um 7 Uhr vom Klingeln meines Weckers aufgeweckt werde, fühle ich mich zerschlagen und beschämt – und bin entschlossen, nicht wieder in meine alten Verhaltensmuster zurückzufallen.

Kein Kaffee mehr, niemals.

Kein zwanghaftes Grübeln über Zeichnungen mehr.

Und kein Gerede mehr über Annie Barrett.

Als ich ins Haupthaus komme, gibt es zum Glück eine brandneue Krise als Ablenkung. Teddys Lieblingskohlestifte sind verschwunden, er kann sie nirgends finden. Wir gehen ins Bastelgeschäft, um eine neue Packung zu kaufen, und sobald wir wieder zu Hause sind, eilt er nach oben, um seine Ruhezeit auszukosten. Ich bin immer noch völlig geschlaucht von meiner schlaflosen Nacht, also gehe ich ins Familienzimmer und breche auf dem Sofa regelrecht zusammen.

Eigentlich will ich die Augen nur für ein paar Minuten schließen, werde aber erneut von Teddy wachgerüttelt.

»Du schläfst ja schon wieder!«

Ich springe auf die Füße. »Tut mir leid, Teddybär.«

»Gehen wir schwimmen?«

»Unbedingt. Zieh deine Badeshorts an.«

Ich fühle mich um Längen besser. Das Nickerchen war gerade lange genug, um meine Akkus aufzuladen und mich wieder einzuordnen. Teddy rennt los, um seine Badeshorts zu holen. Ich sehe, dass er auf dem Couchtisch eine neue Zeichnung verkehrt herum liegen gelassen hat. Und ich weiß, dass ich sie dort liegen lassen sollte. Soll sich doch seine Mutter oder sein Vater damit herumschlagen! Aber ich kann nicht anders – die Neugierde übermannt mich. Ich drehe die Zeichnung um, und sie ist so ziemlich der letzte Tropfen, der das Fass zum Überlaufen bringt.

Hören Sie, ich weiß, dass es jede Menge Arten von Eltern gibt – liberale und konservative Eltern, atheistische und religiöse, Helikopter-Eltern, Workaholic-Eltern und total toxische Eltern. Ich weiß auch, dass alle diese verschiedenen Eltern völlig unterschiedliche Vorstellungen davon haben, wie man Kinder am besten großzieht. Aber wenn ich dieses Bild genauer betrachte und darauf sehe, wie Anya die Augen zukneift und sich ihr zwei Hände fest um den Hals gelegt haben – tja, dann denke ich, alle Eltern werden mir zustimmen, dass das echt abgefuckt ist.

9

Caroline kommt um 17:30 Uhr von der Arbeit nach Hause, und ich widerstehe der Versuchung, sie schon mit meinem Anliegen zu überfallen, kaum dass sie eingetreten ist. Sie ist beschäftigt, ist abgelenkt, muss ihren Sohn begrüßen und das Abendessen zubereiten. Als sie mich nach unserem Tag fragt, lächle ich daher nur und sage ihr, alles sei bestens.

Ich gehe joggen, bin aber immer noch zerschlagen von der schlaflosen Nacht und breche nach dreißig Minuten ab. Ich gehe am Blumenschloss vorbei, aber dort ist keine Spur von Adrian oder seiner Familie zu sehen. Daraufhin gehe ich nach Hause und dusche, mache mir einen tiefgefrorenen Burrito in der Mikrowelle heiß und versuche, mich mit einem Hallmark-Film abzulenken. Aber mir geht zu viel durch den Kopf, als dass ich mich darauf konzentrieren könnte. Meine Gedanken kreisen immer wieder um diese letzte Zeichnung, um das Bild mit den Händen, die sich fest um Anyas Hals gekrallt haben.

Ich warte bis 21 Uhr, bis ich sicher bin, dass Teddy in seinem Zimmer schläft. Dann sammle ich die drei letzten Zeichnungen ein und gehe nach draußen. Der Wind trägt Stimmengeflüster zu mir, und ich erkenne zwei Gestalten, die draußen am Pool sitzen. Ted und Caroline tragen weiße Bademäntel und teilen sich eine Flasche Wein. Sie sehen aus wie eines dieser glücklichen Paare, die man in einer Werbung für Kreuzfahrten sieht – als wären sie gerade an Bord gegangen, um einen siebentägigen Ausflug mit der Royal Caribbean zu unternehmen. Caroline liegt auf dem Rücken in Teds Schoß, und er massiert ihr sanft die Schultern.

»Nur ein kurzes Bad«, sagt er. »Um dich zu entspannen.«

»Ich bin schon entspannt.«

»Sollen wir dann nach oben gehen?«

»Was ist mit Teddy?«

»Was soll mit Teddy sein? Er schläft.«

Ich gehe leichten Schrittes über das weiche, federnde Gras und bin schon auf halbem Weg durch den Garten, als ich mit der Ferse auf einen Sprinklerkopf trete. Mein Knöchel knickt um, und ich falle auf das Steißbein, während mein Ellbogen auf den Boden knallt. Unwillkürlich schreie ich vor Schmerz laut auf.

Caroline und Ted kommen durch den Garten auf mich zugerannt. »Mallory? Alles in Ordnung?« Ich presse meine Handfläche auf den Ellbogen – der Schmerz ist so heftig und brennend, dass ich davon überzeugt bin, zu bluten. Aber als ich meine Finger anhebe, um nachzusehen, sehe ich, dass die Haut zwar gequetscht ist, aber nicht eingerissen.

»Mir geht's gut. Ich bin bloß gestolpert.«

»Schauen wir dich mal im Hellen an«, sagt Ted. »Kannst du aufstehen?«

»Ich brauche nur einen Moment.«

Ted wartet nicht ab, sondern schiebt seinen Arm unter meine Knie, steht dann auf und trägt mich wie ein Kind. Er geht mit mir zurück zum Pool und lässt mich sanft in einen Terrassenstuhl daneben sinken.

»Mir geht es gut«, sage ich den beiden. »Wirklich.«

Caroline inspiziert trotzdem meinen Ellbogen. »Was hast du im Garten gemacht? Brauchst du etwas?«

»Das kann warten.«

Bei allem, was passiert ist, ist es mir gelungen, die drei Zeichnungen nicht fallen zu lassen. Caroline sieht sie. »Hat Teddy die gemalt?«

An diesem Punkt beschließe ich, dass ich nichts mehr zu verlieren habe. »Er bat mich, sie euch nicht zu zeigen. Aber ich denke, ihr solltet sie ansehen.«

Caroline betrachtet die Bilder genau und macht ein betroffenes Gesicht. Dann drückt sie die Papiere ihrem Mann in die Hände.

»Das ist *deine* Schuld«, sagt sie.

Ted sieht das erste Bild und lacht. »Oje. Wird diese Person erdrosselt?«

»Ja, Ted, sie wird ermordet, und ihre Leiche wird durch einen Wald geschleift, und ich frage mich, warum unser süßer, sanfter kleiner Junge von all diesen schrecklichen Fantasien heimgesucht wird.«

In einer gespielten Geste der Kapitulation hebt Ted beide Hände. »Gebrüder Grimm«, erklärt er. »Ich lese ihm jeden Abend eine andere Geschichte vor.«

»Und zwar nicht die Disney-Versionen«, erklärt Caroline, an mich gewandt. »Die Originalgeschichten sind viel gewalttätiger. Du kennst doch die Szene in Aschenputtel, wo die böse Stiefschwester den gläsernen Schuh anprobiert? Im Original schneidet sie sich die Zehen ab, damit er passt. Der Schuh füllt sich mit Blut. Es ist grauenhaft!«

»Er ist ein Junge, Caroline. Jungs lieben so etwas!«

»Das ist mir egal. Es ist nicht gut für ihn. Morgen gehe ich in die Bücherei und besorge ein paar Disney-Bilderbücher. Kein Erdrosseln, keine Morde, einfach nur guter, sauberer, jugendfreier Spaß.«

Ted nimmt die Weinflasche und schenkt sich einen extragroßen Schluck ein. »Tja, das ist *meine* Vorstellung von Horror«, sagt er. »Aber was weiß ich denn schon? Ich bin ja nur der Vater des Jungen.«

»Und ich bin die ausgebildete Psychiaterin.«

Sie sehen mich so an, als würden sie darauf warten, dass ich mich für eine Seite entscheide und erkläre, welches Elternteil denn nun recht hat.

»Ich glaube nicht, dass das hier die Szene eines Märchens darstellen soll«, sage ich. »Teddy sagt, er bekommt die Ideen von Anya zugeflüstert, sie instruiere ihn, was er zeichnen soll.«

»Natürlich tut er das«, sagt Caroline. »Teddy weiß ganz genau, dass wir diese Bilder nicht gutheißen. Er weiß, dass es falsch ist, Frauen zu zeichnen, die gewürgt, ermordet und verscharrt werden. Aber wenn Anya sagt, dass es okay ist, dann hat er die Erlaubnis, weiterzumachen. Er kann eine Art kognitive Dissonanz zustande bringen.«

Ted nickt seiner Frau zu, als würde das alles vollkommen Sinn ergeben. Ich hingegen habe keinen blassen Dunst, wovon sie spricht. Kognitive Dissonanz?

»Teddy sagt, er zeichne Anyas Geschichte. Er sagt, der Mann auf den Bildern hätte Anyas kleine Tochter entführt.«

»Das ist typisch für die Gebrüder Grimm«, erklärt Ted. »Jedes zweite ihrer Märchen handelt von verschwundenen Kindern. Hänsel und Gretel, der Rattenfänger von Hameln, der Gevatter Tod …«

»Gevatter Tod?« Caroline schüttelt den Kopf. »Bitte, Ted. Diese Märchen sind zu viel für ihn. Du musst damit aufhören, ihm so etwas vorzulesen.«

Ted wirft noch einmal einen Blick auf die Zeichnungen und gibt sich schließlich geschlagen.

»In Ordnung, gut. Von jetzt an halte ich mich an Dr. Seuss. Oder Richard Scarry. Aber diese schnulzigen Geschichten aus dem Bärenland werde ich ihm nicht vorlesen. Da ziehe ich die Grenze.« Er legt einen Arm um Caroline und tätschelt ihre Schulter. »Du hast gewonnen, Schatz, okay?«

Damit tut er so, als wäre die Sache erledigt, als sollten wir jetzt alle schlafen gehen. Aber ich mache mir Sorgen, dass, wenn ich meine Frage jetzt nicht stelle, ich vielleicht nie wieder Gelegenheit dazu bekomme. »Mir fällt gerade eine andere Möglichkeit ein«, sage ich. »Was, wenn Anya Annie Barrett ist?«

Caroline ist verwirrt. »Wer?«

»Die Frau, die in meinem Cottage ermordet wurde. In den Vierzigerjahren. Was, wenn Teddy in sein Zimmer geht und während seiner Ruhezeit mit ihrem Geist kommuniziert?«

Ted lacht, als ob ich einen Witz gemacht hätte – und Caroline wirft ihm erneut einen wütenden Blick zu. »Was denn, ernsthaft? Du meinst ein Geist?«

Jetzt gibt es kein Zurück mehr. Ich muss meine Theorie darlegen: »Die Namen ähneln sich sehr. Annie und Anya. Außerdem hast du gesagt, dass Teddy in Barcelona nie gerne gezeichnet hat. Aber als ihr wieder in die Staaten gezogen seid – sobald ihr auf *dieses Grundstück* gezogen seid – an den Ort, an dem Annie Barrett verschwand –, fing er wie verrückt an zu zeichnen. Das waren genau deine Worte: ›wie verrückt‹.«

»Ich wollte damit nur sagen, dass er eine lebhafte Fantasie hat.«

»Aber er redet zu jemandem. In seinem Zimmer. Ich stand vor seiner Tür und hörte, dass er lange Gespräche führt.«

Carolines Augen werden zu Schlitzen. »Hörst du den Geist

etwa auch? Hörst du die traurige, unheilvolle Stimme von Annie Barrett, die meinem Sohn künstlerische Anweisungen einflüstert?« Ich räume ein, dass dies nicht der Fall ist, und Caroline reagiert darauf so, als ob das irgendetwas beweisen würde. »Weil er Selbstgespräche führt, Mallory. Das ist ein Zeichen von Intelligenz. Begabte Kinder tun das ständig.«

»Aber was ist mit seinen anderen Problemen?«

»Probleme? Teddy hat Probleme?«

»Er macht ins Bett. Er trägt jeden Tag das gleiche gestreifte Hemd. Er weigert sich, mit anderen Kindern zu spielen. Und jetzt malt er auch noch Bilder von einer Frau, die ermordet wird. Wenn du das alles zusammennimmst, Caroline – ich weiß nicht. Ich mache mir Sorgen. Ich denke, er sollte mal zu einem Arzt gehen.«

»Ich *bin* Ärztin«, entgegnet Caroline, und viel zu spät merke ich, dass ich einen wunden Punkt getroffen habe.

Ted greift nach ihrem Weinglas und schenkt es randvoll nach.

»Schatz, hier.«

Sie winkt ab. »Ich bin durchaus in der Lage, die geistige Gesundheit meines Kindes zu beurteilen.«

»Ich weiß …«

»Tatsächlich? Du scheinst nicht wirklich davon überzeugt zu sein.«

»Ich mache mir nur Sorgen. Teddy ist so ein süßer, sanfter, unschuldiger Junge. Aber diese Zeichnungen kommen mir vor, als kämen sie von einer ganz anderen Seite an ihm. Sie kommen mir schmutzig vor. Unrein. Mitzi denkt …«

»Mitzi? Du hast Mitzi diese Bilder gezeigt?«

»Sie denkt, dass ihr vielleicht etwas gestört habt. Als ihr das Cottage renoviert habt.«

»Du hast mit *Mitzi* gesprochen, bevor du damit zu uns kamst?«

»Weil ich wusste, dass du so reagieren würdest!«

»Wenn du damit rational meinst, dann ja, du hast recht, ich glaube dieser Frau kein Wort. Und das solltest du auch nicht. Sie ist ein Junky, Mallory. Sie ist eine zugedröhnte, abgefuckte Chaotin!«

Die Worte bleiben zwischen uns in der Luft hängen. Ich habe noch nie gehört, dass Caroline flucht. Ich habe auch noch nie gehört, dass sie solche Worte benutzt, um eine Süchtige zu beschreiben.

»Hör zu«, schaltet sich Ted ein. »Wir wissen deine Besorgnis zu schätzen, Mallory.« Er legt eine Hand auf das Knie seiner Frau. »Nicht wahr, Schatz? Wir glauben fest an offene Kommunikation.«

»Aber wir werden Teddys Bettnässen *nicht* Geistern in die Schuhe schieben«, sagt Caroline. »Das verstehst du doch, oder? Wenn ich diese Meinung vertreten würde, könnte mir der Staat meine Zulassung entziehen. Bettnässen ist normal. Schüchtern sein ist normal. Eine imaginäre Spielkameradin zu haben, ist normal. Und diese Bilder …«

»Mommy?«

Wir drehen uns alle um, und da steht Teddy auf der anderen Seite des Poolzauns. Er hat seinen Feuerwehrpyjama an und hält seine Godzilla-Puppe in der Hand. Ich habe keine Ahnung, wie lange er schon da steht und wie viel er mitbekommen hat.

»Ich kann nicht einschlafen.«

»Geh zurück in dein Zimmer, und versuch es noch einmal«, sagt Caroline.

»Es ist schon spät, mein Junge«, sagt Ted.

Ihr Sohn schaut auf seine nackten Füße hinunter. Das Licht aus dem Pool taucht seinen Körper in einen trüben blauen Schimmer. Er sieht ängstlich aus, so als ob er vielleicht nicht allein zurückgehen will.

»Geh schon mal vor«, sagt Caroline. »Ich schaue in zwanzig Minuten nach dir. Aber du musst es allein versuchen.«

»Oh, und Kumpel?« ruft Ted. »Keine Bilder mehr von Anya, okay? Du machst Mallory Angst.«

Teddy wendet sich mir zu – verletzt, seine weit aufgerissenen Augen spiegeln meinen Verrat wider.

»Nein, nein, nein!«, sage ich zu ihm. »Es ist in Ordnung …«

Ted hält die drei Zeichnungen hoch. »Niemand will die hier sehen, Kumpel. Sie sind zu gruselig. Zeichne von jetzt an nur noch schöne Dinge, okay? Pferde, Sonnenblumen, so etwas.«

Teddy dreht sich um und rennt über den Rasen davon.

Caroline sieht ihren Mann böse an. »Was du jetzt gesagt hast, war *nicht* das Richtige.«

Ted zuckt mit den Schultern und genehmigt sich einen weiteren Schluck Wein. »Der Junge muss es früher oder später kapieren. Er wird in zwei Monaten eingeschult. Denkst du, seine Lehrer werden nicht die gleichen Bedenken haben?«

Sie steht auf. »Ich gehe rein.«

Ich stehe ebenfalls auf. »Caroline, es tut mir leid. Ich wollte dich nicht beleidigen. Ich mache mir nur Sorgen.«

Sie bleibt nicht stehen und dreht sich auch nicht um, sondern marschiert über den Rasen auf das Haus zu. »Schon gut, Mallory. Gute Nacht.«

Aber es ist offensichtlich nicht gut für sie. Dieser Streit ist sogar noch schlimmer als der letztes Mal, als sie mich angeschrien hat. Jetzt ist sie so wütend, dass sie mich nicht einmal mehr anschaut. Und ich komme mir dumm vor, weil ich nun weine, aber ich kann nicht anders.

Warum musste ich auch Mitzi ins Gespräch bringen?

Warum konnte ich nicht einfach die Klappe halten?

Ted zieht mich an sich und lässt mich meinen Kopf an seine Brust legen. »Hör zu, es ist okay, du warst nur ehrlich. Aber wenn es um Kindererziehung geht, hat die Mutter immer recht. Selbst dann, wenn sie unrecht hat. Verstehst du, was ich meine?«

»Ich mache mir nur Sorgen …«

»Überlass das Sorgenmachen Caroline. Sie wird sich genug Sorgen für euch beide machen. Sie ist sehr darauf bedacht, Teddy zu beschützen, ist dir das nicht aufgefallen? Wir haben lange darum kämpfen müssen, ihn zu bekommen. Es war viel Mühe. Und diese Tortur – ich schätze, es hat sie verunsichert. Jetzt geht sie obendrein auch noch wieder zur Arbeit – noch ein Grund, sich schuldig zu fühlen! Wenn also etwas schiefzulaufen scheint, nimmt meine Frau es jedes Mal sehr persönlich.«

Daran hatte ich nicht gedacht, aber alles, was Ted sagt, klingt glaubhaft. Morgens, wenn Caroline aus der Tür hastet, um zur Arbeit zu fahren, scheint sie immer ein schlechtes Gewissen zu haben, weil sie das Haus verlässt. Vielleicht ist sie sogar eifersüchtig, dass ich diejenige bin, die zu Hause bleiben und mit Teddy Muffins backen darf.

Ich war so damit beschäftigt, Caroline zu bewundern, dass es mir nie auch nur in den Sinn kam, sie könnte neidisch auf mich sein.

Endlich sind meine Tränen versiegt, und ich bin wieder zu Atem gekommen. Ted scheint es kaum erwarten zu können, wieder ins Haus zu gehen, um nach seiner Frau zu sehen.

Bevor er geht, habe ich noch eine Bitte an ihn. Um mich von jeglicher Verantwortung zu entbinden, übergebe ich ihm die drei Zeichnungen. »Würdest du die bitte an dich nehmen? Damit ich sie nicht mehr ansehen muss?«

»Natürlich.« Ted faltet die Seiten in der Mitte zusammen und reißt sie dann in Stücke. »Du wirst diese Bilder nie wieder ansehen müssen.«

10

Ich schlafe schlecht, und als ich aufwache, fühle ich mich schrecklich. Caroline Maxwell hat mich besser behandelt, als ich es verdiene – sie hat mich in ihrem Haus willkommen geheißen, sie hat mir ihr Kind anvertraut, sie hat mir alles gegeben, was ich brauche, um ein neues Leben zu beginnen – und ich kann es nicht ertragen zu wissen, dass sie wütend auf mich ist. Während ich im Bett liege, stelle ich mir hundert verschiedene Möglichkeiten vor, wie ich mich bei ihr entschuldigen kann. Irgendwann kann ich es nicht länger aufschieben, ich muss aufstehen und ihr gegenübertreten.

Als ich im Haupthaus ankomme, spielt Teddy unter dem Küchentisch im Schlafanzug mit seinen Bauklötzen. Caroline steht an der Spüle und wäscht das Frühstücksgeschirr ab, worauf ich ihr anbiete, das für sie zu übernehmen. »Außerdem wollte ich mich bei dir entschuldigen.«

Caroline stellt das Wasser ab. »Nein, Mallory, *mir* tut es leid. Ich hatte zu viel Wein getrunken, und es war falsch, dich so anzufahren. Das ärgert mich schon den ganzen Morgen.«

Sie breitet die Arme aus, und wir umarmen uns und entschuldigen uns beide gleichzeitig. Prompt müssen wir lachen, und ich weiß, dass alles wieder gut werden wird.

»Du bist hier im Haupthaus nach wie vor willkommen«, erinnert sie mich. »Du könntest das Zimmer neben Teddys beziehen. Ich würde nur einen Tag brauchen, um es herzurichten.«

Aber ich will ihr nicht noch mehr Unannehmlichkeiten bereiten. »Das Cottage ist perfekt«, versichere ich ihr. »Ich liebe es da draußen.«

»Okay, aber wenn du deine Meinung änderst …«

Ich nehme ihr das Geschirrtuch aus der Hand und deute mit dem Kopf auf die Uhr am Mikrowellenherd. Es ist 7:27 Uhr, und ich weiß, dass Caroline gerne um 7:35 Uhr unterwegs ist, bevor der Verkehr zu dicht wird. »Lass mich das fertig machen«, biete ich ihr an. »Fahr du los und hab einen schönen Tag.«

Caroline verlässt also das Haus und fährt zur Arbeit, und ich schreite zur Tat. Es gibt eigentlich gar nicht so viel zu spülen – nur ein paar Tassen und Müslischalen und die Weingläser vom Vorabend. Nachdem ich fertig bin, krabble ich auf Händen und Knien unter den Küchentisch. Teddy hat aus den Bauklötzen ein zweistöckiges Bauernhaus errichtet, und jetzt stellt er winzig kleine Plastiktiere drum herum.

»Was spielen wir?«

»Sie sind eine Familie. Sie leben zusammen.«

»Kann ich das Schwein sein?«

Er zuckt mit den Schultern. »Wenn du willst.«

Ich schiebe das Schwein um die anderen Tiere herum und lasse es tuut-tuut-tuut machen wie eine Autohupe. Normalerweise liebt Teddy diesen Scherz. Er liebt es, wenn ich Tiere hupen lasse wie ein Lastwagen oder *tschu-tschu* machen lasse wie eine Dampflokomotive. Aber heute Morgen kehrt er mir einfach den Rücken zu. Und ich weiß natürlich, was ihn bedrückt.

»Teddy, hör zu. Ich möchte über gestern Abend reden. Ich glaube, dein Daddy hat mich missverstanden. Denn ich liebe *alle* deine Zeichnungen. Sogar die mit Anya. Ich freue mich auch immer darauf, deine Bilder zu sehen.«

Teddy schiebt eine Plastikkatze an einem Tischbein hoch, als würde sie auf einen Baum klettern. Ich versuche, mich in sein Blickfeld zu schieben und ihn dazu zu zwingen, Blickkontakt mit mir herzustellen, aber er wendet sich ab. »Ich möchte, dass du mir deine Zeichnungen weiter zeigst, okay?«

»Mommy sagt Nein.«

»Aber ich sage, du darfst. Es ist in Ordnung.«

»Sie sagt, es geht dir nicht gut, und gruselige Bilder könnten dich wieder krank machen.«

Ich setze mich so schnell auf, dass ich mit dem Kopf gegen die Unterseite des Tischs knalle. Der Schmerz ist stechend, und einen Moment lang bin ich nicht imstande, mich zu bewegen. Ich kneife einfach die Augen zu und halte meine Hand auf meinen Brummschädel.

»Mallory?«

Als ich die Augen öffne, merke ich, dass ich nun endlich seine Aufmerksamkeit habe. Er sieht erschrocken aus. »Mir geht es gut«, versichere ich ihm. »Und hör mir jetzt genau zu. Es gibt nichts, was du tun könntest, was mich krank machen würde. Du musst dir keine Sorgen machen. Mir geht es hundertprozentig gut.«

Teddy lässt ein Pferd an meinem Bein hinaufgaloppieren und stellt es auf meinem Knie ab. »Ist dein Kopf in Ordnung?«

»Meinem Kopf geht es gut«, sage ich ihm, obwohl er wie verrückt pocht und ich spüre, wie sich eine Beule unter der Kopfhaut bildet. »Ich muss nur Eis drauflegen.«

Die nächsten Minuten verbringe ich damit, mir am Küchentisch einen Gefrierbeutel mit Eiswürfeln auf den Schädel zu pressen. Unten, zu meinen Füßen, spielt Teddy mit seinen Bauernhoftieren. Jede Figur hat ihre eigene Stimme und Persönlichkeit. Da wäre der störrische Herr Ziege und die herrische Mama Henne, ein tapferer schwarzer Hengst und ein albernes Entenbaby, insgesamt mehr als ein Dutzend Charaktere.

»Ich will meine Hausarbeit nicht machen«, sagt das Pferd.

»Aber Regeln sind Regeln«, hält Mama Henne ihm vor. »Wir müssen uns alle an die Regeln halten!«

»Das ist nicht fair!«, beschwert sich Herr Ziege.

So geht es weiter und weiter – das Gespräch verlagert sich von Hausarbeit über Mittagessen bis hin zu einem geheimen Schatz, der im Wald hinter der Scheune vergraben liegt. Ich bin beeindruckt von Teddys Fähigkeit, sich all die verschiedenen Figuren und ihre Stimmen zu merken. Aber das ist natürlich das, was Ted und Caroline schon die ganze Zeit gesagt haben: Ihr Sohn hat eine äußerst lebhafte Fantasie. Schluss, aus, Ende.

Später am Nachmittag geht Teddy in sein Zimmer und verbringt seine Ruhezeit. Ich warte ein paar Minuten und folge ihm dann die Treppe hinauf. Als ich mein Ohr an seine Zimmertür presse, ist er schon mitten in einem Gespräch.

»... oder wir könnten eine Festung bauen.«

»................«

»Oder Fangen spielen.«

»................«

»Nein, das kann ich nicht. Das darf ich nicht.«

»..........................«

»Sie haben gesagt, ich darf nicht.«

»..«

»Es tut mir leid, aber ...«

»...

....«

»Das verstehe ich nicht.«

»......................«

Dann lacht er, als hätte sie etwas Lächerliches vorgeschlagen. »Ich denke, wir könnten es versuchen?«

»..«

»Wie machen wir ... okay. Genau.«

»...

....«

»Oh, ist das kalt!«

Danach wird nicht mehr gesprochen. Aber als ich angestrengt lausche, was da vor sich geht, nehme ich eine Art Flüstern wahr – es ist das Geräusch eines Kohlestifts, der kratzend über Papier gleitet.

Zeichnen?

Zeichnet er wieder?

Ich gehe nach unten, setze mich an den Küchentisch und warte.

Normalerweise dauert seine Ruhezeit nicht viel länger als eine Stunde, doch heute bleibt Teddy doppelt so lange in seinem Zimmer. Und als er dann endlich wieder herunter in die Küche kommt, steht er mit leeren Händen da.

Ich lächle ihn an. »Da bist du ja!«

Er klettert auf einen Küchenstuhl. »Hallo.«

»Keine Zeichnung heute?«

»Kann ich Käse und Cracker haben?«

»Klar.«

Ich gehe zum Kühlschrank und richte ihm einen Teller her. »Und, was hast du oben gemacht?«

»Kann ich Milch haben?«

Ich schenke ihm eine kleine Tasse Milch ein und trage

dann alles zum Küchentisch hinüber. Als er nach einem Cracker greift, bemerke ich, dass seine Handflächen und Finger mit schwarzen Flecken bedeckt sind. »Vielleicht solltest du dir vorher die Hände waschen«, schlage ich vor. »Es sieht so aus, als hättest du Kohlestiftspuren darauf.«

Er eilt zum Spülbecken und wäscht sich wortlos die Hände. Dann kehrt er an den Tisch zurück und fängt an, die Cracker zu mampfen. »Willst du mit Legosteinen spielen?«

Die nächsten Tage verläuft alles ziemlich normal. Teddy und ich verbringen unsere Zeit mit Legosteinen und Puppentheater, Spielknete, Malbüchern und endlosen Fahrten zum Lebensmittelgeschäft. Er ist ein mutiger, abenteuerlustiger Esser und liebt es, ihm unbekannte und exotische Lebensmittel zu probieren. An manchen Tagen gehen wir zu Fuß zu Wegmans und kaufen Jicama oder eine Kumquat, nur um zu kosten, wie sie schmecken.

Er ist eines der neugierigsten Kinder, die mir je begegnet sind, und er liebt es, mich mit unberechenbaren Fragen zu fordern: Warum gibt es Wolken? Wer hat Kleidung erfunden? Wie beschäftigen sich Schnecken? Ich greife ständig nach meinem Handy, um bei Wikipedia nachzuschauen. Eines Nachmittags im Pool zeigt Teddy auf meine Brust und fragt, warum ich Beulen im Badeanzug habe. Ich mache da keine große Sache draus, erwidere einfach, dass sie ein Teil meines Körpers sind und das kalte Wasser sie hart werden lässt.

»Du hast sie auch«, sage ich ihm.

Er lacht. »Nein, habe ich nicht!«

»Natürlich hast du sie! Jeder hat welche.«

Später, als ich mich in der Außenduschkabine abspüle, höre ich ihn an die Holztür klopfen.

»Hey, Mallory?«

»Ja?«

»Kannst du unten *sehen,* ob du ein Mädchen bist?«

»Was meinst du damit?«

»Wenn du nach unten schaust? Kannst du da was sehen?«

»Das ist schwer zu erklären, Teddy. Nicht wirklich.«

Eine lange Pause kommt auf.

»Woher weißt du dann, dass etwas da ist?«

Ich bin froh, dass eine Tür zwischen uns ist und er nicht sieht, dass ich lache. »Ich weiß es einfach, Teddy. Es ist definitiv etwas da.«

An diesem Abend erzähle ich Caroline davon, doch anstatt zu lachen, scheint sie beunruhigt zu sein. Am nächsten Tag kommt sie mit einem riesigen Stapel Bilderbücher nach Hause, mit Titeln wie *Das ist ganz normal!* und *Woher komme ich eigentlich?* Sie sind viel freizügiger als die Bücher, die ich als Heranwachsende hatte. In ihnen finden sich detaillierte Begriffserklärungen von Anal- und Oralverkehr, Cunnilingus und Genderqueere-Ausdrucksformen. Mit farbigen Zeichnungen und allem. Ich gebe zu bedenken, dass mir das alles ein bisschen viel für ein fünfjähriges Kind zu sein scheint, aber Caroline ist anderer Ansicht. Sie sagt, es handle sich um grundlegende Humanbiologie und sie wolle, dass Teddy die Fakten schon in frühem Alter erfährt, damit er von seinen Freunden keine falschen Informationen bekommt.

»Ich verstehe schon, aber Oralsex? Er ist fünf.«

Caroline wirft einen Blick auf das Kreuz, das an meinem Hals hängt, als ob *das* irgendwie das Problem wäre. »Wenn er das nächste Mal Fragen hat, schick ihn einfach zu mir. Ich werde sie ihm beantworten.«

Ich will ihr versichern, dass ich durchaus in der Lage bin,

Teddys Fragen zu beantworten, aber sie macht mir deutlich, dass das Gespräch beendet ist. Sie ist schon dabei, Küchenschränke zu öffnen, und holt unter lautem Geklapper Töpfe und Pfannen heraus, um das Abendessen zuzubereiten. Es ist der erste Abend seit einer Weile, an dem sie mich nicht dazu einlädt, noch zu bleiben und mit ihnen zu essen.

Zwei Stunden für die Ruhezeit werden immer üblicher, und ich weiß nicht, wie Teddy diese Zeit verbringt. Manchmal lausche ich an seiner Tür und höre zu, wie er mit sich selbst spricht, vernehme seltsame, unsinnige Gesprächsfetzen. Oder ich höre, wie er Bleistifte anspitzt oder Seiten aus seinem spiralgebundenen Skizzenblock reißt. Offenkundig malt er immer noch – und verbirgt irgendwie seine Arbeiten vor mir und seinen Eltern.

Also beschließe ich am Freitagnachmittag, ein bisschen herumzuschnüffeln. Ich warte, bis Teddy loszieht, um Groß zu machen, denn ich weiß, dass ich dann gute zehn oder fünfzehn Minuten Zeit haben werde (er blättert dann immer lange in Bilderbüchern). Sobald ich höre, dass er die Tür abschließt, eile ich die Treppe hinauf ins Obergeschoss.

Teddy hat ein helles, sonniges Zimmer, das jedoch immer ein wenig nach Urin riecht. Zwei große Fenster gewähren einen Blick auf den Garten hinter dem Haus, und Caroline hat mich angewiesen, sie den ganzen Tag über offen zu lassen, selbst wenn die Klimaanlage läuft, denn sie glaubt, das hilft, den Geruch zu lindern. Die Wände sind in einem fröhlichen Himmelblau gestrichen und geschmückt mit Postern von Dinosauriern, Haien und Figuren aus dem Lego-Film. Das Mobiliar in seinem Zimmer besteht aus einem Bett, einem kleinen Bücherregal und einer Kommode; man könnte also meinen, dass eine Suche nicht sehr lange dauern würde. Aber ich weiß so einiges über das Verstecken von Sachen. Während meines ersten Jahrs auf OxyContin wohnte ich noch zu Hause und hatte überall in meinem Zimmer kleine Verstecke mit Pillen an Stellen verborgen, an denen zu suchen meine Mutter nie auf die Idee gekommen wäre.

Ich rolle seinen Teppich zurück, blättere alle seine Bilderbücher durch, ziehe die Schubladen der Kommode heraus und spähe in die leeren Hohlräume. Ich schüttle die Vorhänge aus und stelle mich auf sein Bett, um die Volants sorgfältig unter die Lupe zu nehmen. Ich durchstöbere einen Berg von Plüschtieren, die sich in einer Ecke seines Zimmers hoch aufstapeln – ein rosafarbener Delfin, ein zerfledderter grauer Esel, ein Dutzend Beanie Babies. Ich ziehe das Laken von seiner Matratze, greife unter die Matratzenauflage und hebe schließlich die gesamte Matratze vom Rahmen hoch und drehe sie auf die Seite, damit ich freie Sicht auf den Boden habe.

»Mallory?«, schreit Teddy durch die Tür des Badezimmers im Erdgeschoss. »Kannst du mir Klopapier bringen?«

»Einen Augenblick!«

Ich bin noch nicht fertig, muss noch den Inhalt des Kleiderschranks durchgehen. Ich durchstöbere all die bezaubernden Outfits, zu denen wir Teddy nie überreden können – wunderschöne Hemden mit Kragen, Miniatur-Khakis und Designer-Jeans, winzige Ledergürtel in Größe sechsundfünfzig. Ich erspähe drei Brettspiele auf dem obersten Regal des Schranks – Cluedo, Mausefalle und Sorry! – und bin mir schon sicher, dass ich seine Schatzkiste gefunden habe. Aber dann öffne ich die Schachteln und schüttle die Bretter aus, stoße aber bloß auf Spielsteine und Spielkarten. Keine Zeichnungen.

»Mallory? Hast du mich gehört?«

Ich lege die Spiele zurück in den Schrank, schließe die Tür und achte darauf, dass das Zimmer mehr oder weniger in dem Zustand ist, in dem ich es vorgefunden hatte.

Dann schnappe ich mir eine Rolle Toilettenpapier aus der Waschküche und eile die Treppe hinunter zum Badezimmer im Erdgeschoss. »Hier, bitte«, sage ich zu ihm. Er öffnet die Tür einen Spalt, gerade so weit, dass ich ihm die Rolle reichen kann.

»Wo warst du?«, will er wissen.

»Ich räume nur auf.«

»Alles klar.«

Er schiebt die Tür zu, und ich höre das Klicken des Schlosses.

Ich verbringe das Wochenende in der Überzeugung, paranoid zu sein. Ich habe keinen Beweis dafür, dass Teddy immer noch Bilder malt. Die kratzenden Geräusche aus seinem Zimmer könnten alles Mögliche sein. Der schwarze Dreck an seinen Fingern könnte Schmutz von unserer Gartenarbeit sein oder die normalen schmutzigen Finger, die ein Fünfjähriger nun mal hat. Alles andere scheint in Ordnung zu sein. Worüber also mache ich mir Sorgen?

Am Montagmorgen weckt mich der Lärm auf, den die Müllwagen veranstalten, während sie im Schneckentempo die Edgewood Street entlangrumpeln. Sie kommen zweimal in der Woche – montags für die Wertstofftonne und donnerstags für den Restmüll. Schlagartig erinnere ich mich an den einen Ort, den zu überprüfen ich vergessen habe, nämlich den Papierkorb in Teds Arbeitszimmer im Obergeschoss. Teddy muss direkt an ihm vorbeigehen, wenn er die Treppe hinuntergeht. Es wäre ein Leichtes für ihn, seine Zeichnungen dort zu entsorgen, wenn er aus seinem Zimmer kommt.

Ich springe aus dem Bett, dankbar dafür, dass ich in Laufshorts und T-Shirt schlafe, und sprinte aus meiner Tür und über den Rasen. Das Gras ist noch nass vom Morgentau, und als ich um das Haus herumlaufe, fliege ich fast hin. Der Müllwagen ist drei Türen weiter, also habe ich nur eine Minute Zeit. Ich renne ans Ende der Einfahrt, wohin Ted jeden Sonntagabend die blauen Container schleppt – einen für Metalle und Glas, der andere für Papier und Pappe. Ich versenke meine Hände tief hinein, vorbei an Fetzen von Werbepost und Rechnungen von Versorgungsunternehmen, Speisekarten von Imbissbuden und Kreditkartenabrechnungen sowie einem Stapel von Versandhauskatalogen: Title Nine, Lands End, L. L.Bean, Vermont Country Store, sie kommen jeden Tag im Dutzend an.

Der Recycling-Lkw hält auf meiner Höhe an, und ein dünner Mann mit Arbeitshandschuhen lächelt mich an. Um seinen Bizeps schlängelt sich ein Drachentattoo.

»Was verloren?«

»Nein, nein!«, versichere ich ihm. »Sie können sie mitnehmen.«

Doch dann greift er nach der Tonne, und ihr Inhalt verschiebt sich, worauf ein riesiger Ball aus zerknülltem Papier mit den gleichen Lochrändern zum Vorschein kommt, wie Teddys Zeichnungen sie aufweisen.

»Warten Sie!«

Er hält mir die Tonne entgegen, damit ich das Knäuel herausnehmen kann, und verschwinde damit die Auffahrt hinauf wieder Richtung Cottage.

Drinnen angekommen, setze ich Wasser auf und mache mir einen Becher Tee. Dann setze ich mich hin und studiere die Blätter. Es ist ein bisschen so, als schälte man eine Zwiebel. Insgesamt sind es neun Seiten, deren Falten ich mit der flachen Hand glatt streiche. Die ersten Zeichnungen sehen nach gar nichts aus, sind nur Kritzeleien. Aber je mehr ich anschaue, desto mehr Routine und Details kann ich erkennen. Die Gestaltungsweise verbessert sich. Es gibt Licht und Schatten. Es ist wie ein Skizzenbuch für eine seltsame, im Werden begriffene Arbeit; einige Seiten sind voller Zeichnungen, viele von ihnen nur halb fertig.

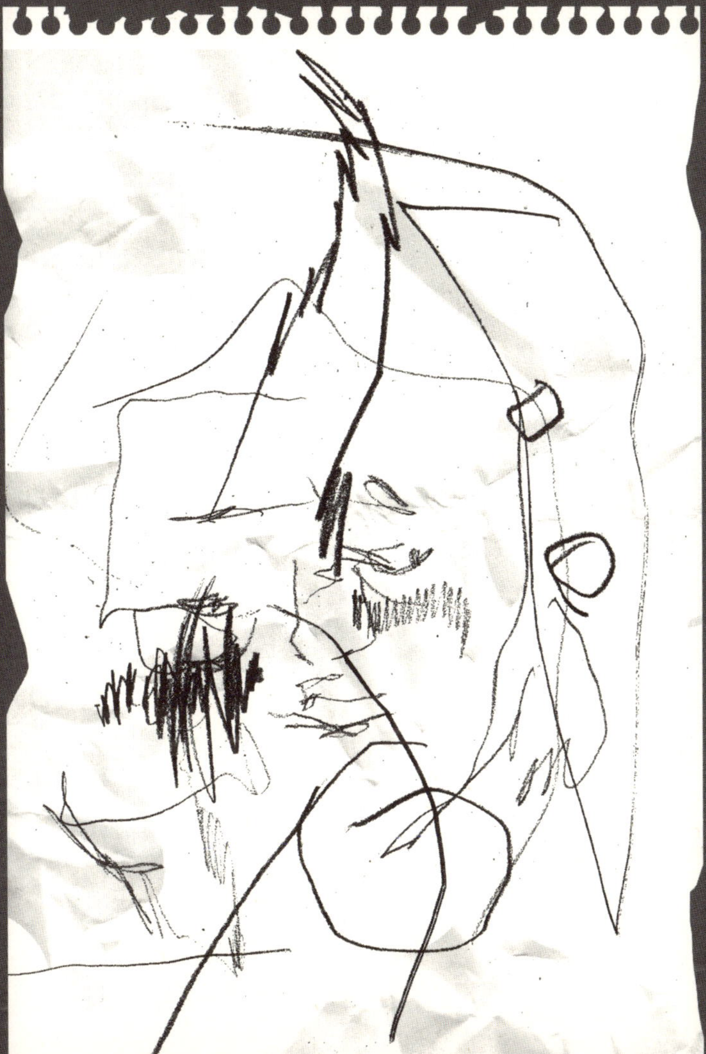

11

Tut mir leid, aber diese Bilder kann Teddy unmöglich gemalt haben. So gut zeichnen können die meisten Erwachsenen nicht, geschweige denn ein fünfjähriger Junge, der mit Stofftieren schläft und nicht weiter als bis neunundzwanzig zählen kann.

Aber wie sonst sind sie in die Wertstofftonne gelangt?

Hat Ted sie gezeichnet? Caroline?

Üben die Maxwells in ihrer Freizeit zu illustrieren?

Alle meine Fragen werfen nur immer neue Fragen auf, und schon bald wünschte ich mir, ich wäre nie aus dem Bett gestiegen. Ich wünschte, ich hätte die Müllabfuhr diese Anhaltspunkte einfach abtransportieren lassen, damit ich mir nicht den Kopf darüber zerbrechen muss, was sie zu bedeuten haben.

Der Montag vergeht wie im Flug – Legosteine, Makkaroni mit Käse, Ruhezeit, Pool –, und bei Einbruch der Dunkelheit bin ich bereit, ernsthafte Nachforschungen anzustellen. Ich dusche, wasche mir die Haare und ziehe eines der schönsten Outfits an, die ich von Caroline bekommen habe, ein luftiges blaues Midikleid mit hübschen weißen Blumen. Dann gehe ich eine Meile zu Fuß in die Stadt zu The Raconteur, Spring Brooks unabhängigem Buchladen.

Ich bin überrascht, dass er an einem Montagabend so gut besucht ist. Ein Autor aus dem Viertel hat gerade eine Lesung beendet, und die Stimmung ist gesellig wie bei einer Party.

Die Leute trinken Wein aus Plastikbechern und essen Blechkuchen von winzigen Papptellern. Ich muss mir einen Weg durch die Anwesenden bahnen, um in die Abteilung mit der Literatur für Eltern zu gelangen. Doch ich bin dankbar für diese ganze Ablenkung, denn ich will nicht, dass mir irgendwelche Verkäufer anbieten, mir bei der Suche nach bestimmten Büchern zu helfen. Würden sie mitkriegen, was ich gerade recherchiere, würden sie mich für verrückt erklären.

Ich suche mir ein paar Bücher aus und gehe durch die Hintertür in einen großen, aus Ziegeln gemauerten Innenhof – ein gut besuchtes Café, das mit glitzernden Weihnachtslichtern beleuchtet ist. Dort gibt es eine kleine Bar, an der Snacks und Getränke verkauft werden; ein sehr ernst wirkendes Mädchen im Teenageralter in einer Latzhose sitzt mit einer Akustikgitarre auf einem Barhocker und singt *Tears in Heaven*. Dieses Lied kann ich nicht hören, ohne an die Trauerfeier meiner Schwester zu denken; es war Teil einer Playlist, die sich ständig wiederholte. Das Lied schleicht sich fortwährend in Supermärkten und Restaurants an mich heran, und selbst nach tausendmaligem Hören besitzt es immer noch die Kraft, mich zum Weinen zu bringen. Die Version dieses Mädchens klingt jedoch heiterer als das Original von Eric Clapton. Da sie noch so jung ist, hat ihre Interpretation etwas an sich, das das Lied fast hoffnungsvoll klingen lässt.

Ich gehe hinüber zum Tresen und bestelle einen Becher Tee und ein Stück Gebäck, nur um dann festzustellen, dass ich gar nicht genug Hände habe, um alles zu tragen. Außerdem sind sämtliche Tische besetzt, und niemand erweckt den Eindruck, als wolle er gleich gehen. Also kann ich mein Glück kaum fassen, als ich Adrian allein an einem Tisch für zwei Personen sitzen sehe, wo er in einen *Star Wars*-Roman vertieft ist.

»Darf ich mich zu dir setzen?«

Es ist lustig – dieses Mal erkennt *er mich* nicht, jedenfalls nicht sofort, nicht in Carolines hinreißendem 500-Dollar-Kleid. »Ja, auf jeden Fall! Mallory! Wie geht es dir?«

»Ich dachte nicht, dass es hier so voll sein würde.«

»Hier ist immer viel los«, erklärt Adrian. »Das ist die dritt-heißeste Location in Spring Brook.«

»Welches sind die anderen beiden?«

»Nummer eins ist natürlich die Cheesecake Factory. Nummer zwei ist das Hot-Food-Buffet im Wegmans-Supermarkt.« Er zuckt mit den Schultern. »Es gibt in unserer Gegend kein ausschweifendes Nachtleben.«

Das Mädchen mit der Gitarre beendet *Tears in Heaven* unter schwachem Applaus. Adrian hingegen klatscht lange und laut, worauf sie einen genervten Blick in unsere Richtung wirft. »Das ist meine Cousine Gabriella«, erklärt er. »Sie ist erst fünfzehn. Ist das zu fassen? Sie marschiert hier mit einer Gitarre rein und bekommt einen Job.«

Gabriella beugt sich näher zum Mikrofon vor und kündigt an, sie werde nun ein Stück von den Beatles spielen. Dann singt sie eine süße Coverversion von *Blackbird*. Ich schaue auf das Buch, das Adrian liest. Auf dem Cover ist ein Bild von Chewbacca, der mit einer Laserpistole auf eine Armee von Robotern feuert, und der Titel ist in riesigen Silberfolienbuchstaben gedruckt: *Wookiee Vengeance*.

»Taugt das was?«

Adrian zuckt mit den Schultern. »Es steht nicht im Einklang mit dem Original. Also nehmen sie sich eine Menge Freiheiten. Aber wenn du *Ewok Vengeance* mochtest, wirst du dieses Buch lieben.«

Ich kann nicht anders – ich muss lachen. »Du bist mir

schon einer. Du siehst aus wie ein Landschaftsgärtner: Du bist sonnengebräunt, als lebtest du in Florida, und du hast Erde unter den Fingernägeln. Aber wie sich herausstellt, bist du ein Country Club Kid *und* ein *Star Wars*-Nerd.«

»Ich verbringe meinen ganzen Sommer damit, Unkraut zu jäten. Ich brauche wirklichkeitsferne Unterhaltung.«

»Ich verstehe. Aus demselben Grund gucke ich den Hallmark Channel.«

»Echt jetzt?«

»Kein Scherz. Ich habe alle fünf Krimifolgen von *Murder, She Baked* gesehen. Und ich teile diese Information nicht mit vielen, also vertraue ich dir, dass du sie für dich behältst.«

Adrian formt mit den Fingern ein X über seinem Herz. »Dein Geheimnis ist bei mir sicher«, verkündet er. »Welche Bücher liest du?« Ich muss die Frage gar nicht beantworten, denn meine Bücher liegen schon auf dem Tisch, und Adrian kann die Titel auf den Buchrücken lesen: *Psychologie des abnormalen Kindes* und *Die Enzyklopädie übernatürlicher Phänomene*. »Mit so etwas schaltest du also nach einem langen Tag als Babysitterin ab?«

»Wenn ich dir verraten würde, warum ich diese Bücher lese, würdest du mich mit ziemlicher Wahrscheinlichkeit für verrückt erklären.«

Adrian klappt *Wookiee Vengeance* zu, legt das Buch beiseite und schenkt mir seine volle und ungeteilte Aufmerksamkeit. »Mit dieser Warnung beginnen alle meine Lieblingsgeschichten«, sagt er. »Erzähl mir alles.«

»Das ist eine echt lange Geschichte.«

»Ich werde nirgendwo erwartet.«

»Ich warne dich. Der Buchladen könnte schließen, bevor ich fertig bin.«

»Fang von vorne an, und lass keine Details aus«, rät er mir. »Du weißt nie, was später noch von Bedeutung sein kann.«

Und so erzähle ich ihm von meinem Vorstellungsgespräch bei den Maxwells, von dem Gästehäuschen und meinem Tagesablauf mit Teddy. Ich beschreibe, wie sich Teddys Zeichnungen entwickelt haben, und berichte ihm von den eigenartigen Gesprächen, die ich vor seiner Zimmertür mitgehört habe. Ich erzähle ihm von meinen Gesprächen mit Mitzi und den Maxwells. Ich frage ihn, ob er die Geschichte von Annie Barrett kennt, und er versichert mir, jedes Kind in Spring Brook kenne die Geschichte von Annie Barrett. Anscheinend wurde diese Frau zu so etwas wie dem örtlichen Boogeymann stilisiert, immer auf der Lauer nach Kindern, die sich nach Einbruch der Dunkelheit im Wald verirren.

Und nachdem ich fast eine Stunde erzählt habe (und nachdem seine Cousine ihre Gitarre eingepackt hat und nach Hause geht, nachdem sich alle Tische ringsum geleert haben und nur noch ich und Adrian übrig geblieben sind und das Personal des Cafés damit beginnt, die Tische abzuwischen), greife ich in meine Tasche und ziehe meine neuesten Entdeckungen hervor – die Zeichnungen aus der Wertstofftonne.

Adrian blättert erstaunt durch die Bilder. »Willst du damit sagen, dass Teddy das gemalt hat? Der fünf Jahre alte Teddy?«

»Diese Seiten stammen aus Teddys Skizzenblock. Und ich kann hören, wie er in seinem Zimmer malt. Wenn er rauskommt, hat er überall Spuren von Kohlestift an den Fingern. Das Einzige, was ich mir vorstellen kann, ist…« Ich klopfe auf die *Enzyklopädie der übernatürlichen Phänomene.* »Vielleicht beschwört er jemanden herauf. Vielleicht ist es der Geist von Annie Barrett.«

»Du glaubst, Teddy ist besessen?«

»Nein. Nicht so wie im Film *Der Exorzist*. Annie versucht nicht, Teddys Seele zu zerstören oder seinen Körper zu übernehmen. Sie borgt sich vielleicht nur seine Hand aus. Sie benutzt sie während der Ruhezeit, wenn er allein in seinem Zimmer ist. Und den Rest des Tages lässt sie ihn in Ruhe.«

Ich lege eine Pause ein, damit Adrian losprusten oder sich über mich lustig machen kann. Doch er gibt keinen Ton von sich. Also lege ich ihm auch noch den Rest meiner Theorie dar: »Annie Barrett ist eine gute Künstlerin. Zeichnen kann sie bereits. Allerdings ist dies das erste Mal, dass sie mit *dem Arm von jemand anderem* zeichnet. Ihre ersten Versuche sind also stümperhaft. Es sind nur Kritzeleien. Nach ein paar Skizzen wird sie dann besser. Sie gewinnt die Kontrolle, und die Zeichnungen werden detailreicher. Textur, Licht und Schatten. Sie beherrscht ihr neues Werkzeug – Teddys Hand.«

»Wieso sind diese Seiten dann im Müll gelandet?«

»Vielleicht hat Anya sie dort reingelegt. Oder vielleicht war es Teddy, ich bin mir nicht sicher. Er ist sehr verschlossen geworden, was seine Zeichnungen angeht.«

Adrian geht die Bilder noch einmal durch, betrachtet sie dieses Mal genauer. Er dreht einige der Zeichnungen auf den Kopf und sucht die Kritzeleien nach einer tieferen Bedeutung ab. »Weißt du, woran sie mich erinnern? An diese Bilderrätsel in der Zeitschrift *Highlights*. Bei denen der Künstler Dinge im Hintergrund versteckt. Zum Beispiel ist das Dach des Hauses in Wirklichkeit ein Stiefel oder eine Pizza oder ein Hockeyschläger. Kannst du dich daran erinnern?«

Ich kenne die Rätsel, die er beschreibt – meine Schwester und ich haben sie geliebt –, aber ich glaube, diese Bilder hier sind längst nicht so komplex. Ich zeige auf die Zeichnung der Frau, die schmerzerfüllt schreit. »Ich glaube, das ist ein Selbstporträt. Ich glaube, Annie malt die Geschichte ihrer Ermordung.«

»Tja, es gäbe da einen einfachen Weg, das herauszufinden. Besorgen wir uns ein Foto von der echten Annie Barrett. Und dann vergleichen wir ihre äußere Erscheinung mit der dieser Frau auf dem Bild. Dann schauen wir, ob sie sich ähneln.«

»Ich habe schon nachgesehen. Online ist nichts zu finden.«

»Du hast Glück, meine Mutter arbeitet im Sommer in der Leihbibliothek in Spring Brook. Die haben da ein riesiges Archiv zur Stadtgeschichte. Der ganze Keller ist voll mit Materialien. Wenn es ein Foto von Annie Barrett gibt, dann dort.«

»Kannst du sie fragen? Meinst du, sie sucht danach?«

»Machst du Witze? Sie lebt für so etwas. Sie ist Lehrerin und Teilzeit-Bibliothekarin. Wenn ich ihr sage, dass du über lokale Geschichte recherchierst, wird sie deine neue beste Freundin sein.«

Er verspricht, sie gleich am nächsten Morgen zu fragen, und jetzt, da ich von meinen Problemen erzählt habe, fühle ich mich um Längen besser. »Danke, Adrian. Ich bin froh, dass du mich nicht für verrückt hältst.«

Er zuckt mit den Schultern. »Ich denke, wir müssen jede Möglichkeit in Betracht ziehen. ›Wenn du das Unmögliche ausschließt, muss das, was übrig bleibt, egal wie unwahrscheinlich es ist, die Wahrheit sein.‹ Das sagt Spock in *Star Trek VI*, wobei er damit Sherlock Holmes' Worte paraphrasiert.«

»Mein Gott«, sage ich zu ihm. »Du bist wirklich ein Nerd.«

Wir gehen im Dunkeln nach Hause und haben den Gehweg ganz für uns. Diese Gegend fühlt sich sicher, ruhig und friedlich an. Adrian spielt den Fremdenführer und weist auf die

Häuser seiner berüchtigtsten Highschool-Klassenkameraden, zum Beispiel wie »Der Typ, der den SUV seiner Eltern schrottete« und »Das Mädchen, das nach einem skandalösen TikTok-Video die Schule wechseln musste«. Allmählich bekomme ich das Gefühl, dass er jeden und alle in Spring Brook kennt und dass seine Highschool-Jahre wie ein prächtig inszeniertes Netflix-Teenagerdrama waren, eine dieser albernen Seifenopern, in denen alle bildhübsch aussehen und der Ausgang eines Footballspiels an der Uni lebensverändernde Konsequenzen mit sich bringt.

Schließlich deutet er auf ein Haus an der Ecke und berichtet mir, es sei das Haus, in dem Tracy Bantam aufgewachsen sei.

»Sollte ich wissen, wer das ist?«

»Die Aufbauspielerin bei den Lady Lions. Penn State's Frauenbasketballteam. Ich dachte, ihr kennt euch untereinander.«

»Die Penn State ist riesig«, gebe ich zurück. »Es gibt fünfzigtausend Studenten.«

»Ich weiß. Ich dachte nur, alle Sportler gehen auf dieselben Partys.«

Ich antworte Adrian nicht sofort. Er gibt mir die perfekte Gelegenheit, reinen Tisch zu machen. Ich sollte ihm gegenüber zugeben, dass es nur ein dummer Scherz war, ein Spiel, das ich mit Fremden spiele. Ich sollte ihm reinen Wein einschenken, bevor wir uns besser kennenlernen. Ich habe das Gefühl, er würde es verstehen.

Aber ich kann Adrian nicht einen Teil der Wahrheit gestehen, ohne ihm die ganze Wahrheit zu verklickern. Wenn ich ihm sage, dass ich nie auf dem College war, muss ich ihn auch darüber aufklären, wie ich die letzten Jahre verbracht habe – und ich bin auf keinen Fall dazu bereit, mich darauf einzulassen. Nicht jetzt und nicht, da wir gerade so ein nettes Gespräch führen. Also wechsle ich einfach das Thema.

Als wir am Blumenschloss ankommen, schlägt Adrian vor, mich nach Hause zu begleiten, und ich habe nichts dagegen einzuwenden. Er fragt mich, wo ich herkomme, und ist überrascht zu erfahren, dass ich in South Philly aufgewachsen bin und von meinem Zimmerfenster aus den Citizens Bank Park sehen konnte. »Du hörst dich nicht so an, als kämst du aus der Stadt.«

Ich gebe ihm eine Kostprobe meiner besten Imitation von Rocky Balboa: *»Yo, Adrian! You tink we all tawk like dis?«*

»Es ist nicht deine Stimme. Es ist die Art, wie du dich gibst. Du bist so positiv. Du bist nicht so abgestumpft wie alle anderen.«

Oh, Adrian, denke ich mir. Du hast echt keinen blassen Schimmer.

Er fragt: »Leben deine Eltern noch in South Philly?«

»Nur meine Mom. Die beiden haben sich getrennt, als ich noch klein war, und mein Vater zog dann nach Houston. Ich kenne ihn kaum.«

Das entspricht alles der Wahrheit, also denke ich, dass meine Antwort ziemlich überzeugend klingt. Aber dann fragt Adrian, ob ich Geschwister habe.

»Nur eine Schwester. Beth.«

»Älter oder jünger?«

»Jünger. Sie ist dreizehn.«

»Kommt sie zu deinen Laufwettbewerben?«

»Andauernd. Das sind drei Stunden Autofahrt pro Weg, aber wenn es ein Lauf in der Nähe ist, kommen meine Mutter und meine Schwester immer.« Meine Stimme stockt – ich weiß nicht, warum ich mir das alles ausdenke. Ich will ehrlich zu ihm sein, eine echte Beziehung führen, aber stattdessen häufe ich den Berg von Lügen nur noch mehr an.

Aber es ist so einfach, mich der Fantasie hinzugeben, während ich mit diesem süßen, gut aussehenden Typ über die mondbeschienenen Bürgersteige schlendere. Meine echte Vergangenheit fühlt sich an, als wäre sie eine Million Meilen entfernt.

Als wir endlich das Haus der Maxwells erreichen, ist es schon dunkel. Es ist nach halb elf, und alle dürften schon im Bett liegen. Wir folgen dem kleinen Plattenweg um das Haus herum, und dort hinten ist es noch dunkler, nur das schimmernde blaue Licht des Pools weist uns den Weg.

Adrian schaut mit zusammengekniffenen Augen durch den Garten und sucht zwischen den Bäumen nach den Umrissen des Häuschens. »Wo ist denn dein Cottage?«

Auch ich kann es noch nicht sehen. »Irgendwo dahinten zwischen den Bäumen. Ich habe das Licht auf der Veranda angelassen, aber ich schätze mal, die Birne ist durchgebrannt.«

»Hmm. Seltsam.«

»Findest du?«

»Nach all den Geschichten, die du mir gerade erzählt hast? Ich weiß nicht.«

Wir gehen über den Rasen zum Cottage, und während ich die Stufen zur Veranda hinaufsteige, wartet Adrian auf dem Gras. Ich will die Tür aufmachen, aber sie ist immer noch verschlossen, also greife ich nach meinem Schlüssel. Plötzlich bin ich Caroline dankbar dafür, dass sie darauf bestanden hat, dass ich mir den Elektroschocker am Schlüsselbund befestige. »Vielleicht schaue ich einfach mal kurz rein. Macht es dir etwas aus, kurz zu warten?«

»Kein Problem.«

Ich schließe die Tür auf, lange hinein und lege den Kippschalter des Verandalichts um – Fehlanzeige. Das Innenlicht hingegen funktioniert einwandfrei, und das Cottage selbst sieht noch genauso aus, wie ich es verlassen habe. Weder in der Küche noch im Bad ist irgendwas Auffälliges. Ich gehe sogar auf die Knie und werfe einen kurzen Blick unter das Bett.

»Alles in Ordnung?«, ruft Adrian.

Ich gehe wieder nach draußen. »Alles in Ordnung. Ich brauche nur eine neue Glühbirne.«

Adrian verspricht, mich anzurufen, wenn er mehr Informationen über Annie Barrett hat. Ich schaue ihm hinterher, während er den Garten durchquert, seitlich um das Haus herumgeht und schließlich aus meinem Blickfeld verschwindet.

Als ich mich umdrehe, um das Cottage zu betreten, streift mein Fuß einen grauen Stein, etwa so groß wie ein Tennisball. Ich schaue nach unten und merke, dass ich auf Papier stehe, drei Blatt Papier mit gerissenen Rändern, und der Stein beschwert sie. Ich greife hinunter und hebe sie auf.

Dann gehe ich hinein, schließe die Tür hinter mir ab, setze mich auf den Bettrand und blättere eine Seite nach der anderen um. Sie ähneln den drei Zeichnungen, die Ted in kleine Schnipsel gerissen hat – die drei Zeichnungen, von denen er schwor, dass ich sie nie wiedersehen würde. Nur dass diese hier von einer anderen Hand gezeichnet wurden. Diese Zeichnungen sind dunkler und detaillierter. Sie sind mit derart viel Bleistift und Kohlestift gezeichnet, dass sich das Papier verzogen und verformt hat. Ein Mann hebt eine Grube aus. Eine Frau wird durch einen Wald geschleift. Und jemand blickt vom Grund eines sehr tiefen Lochs nach oben.

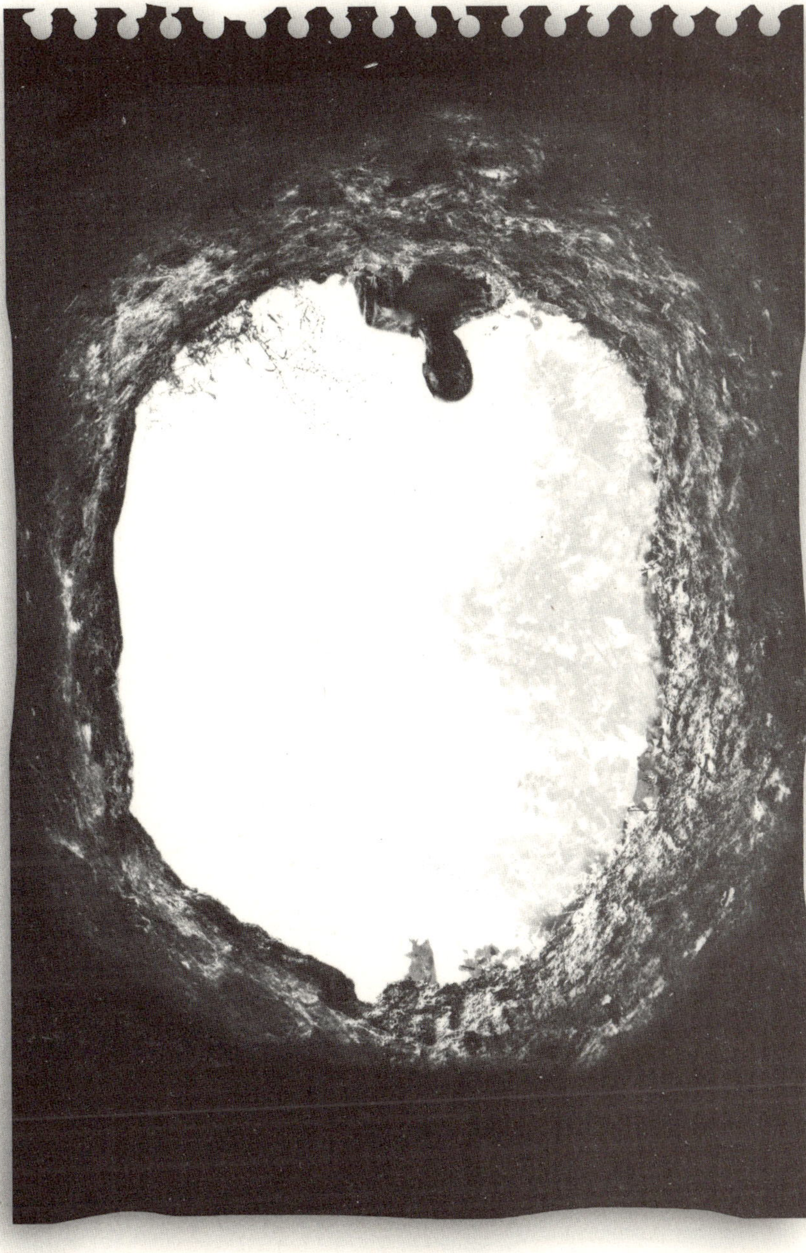

12

Als ich am nächsten Morgen zum Haupthaus hinübergehe, erwartet Teddy mich schon an der Glasschiebetür, in der Hand einen kleinen Notizblock und einen Bleistift. »Guten Morgen und willkommen in meinem Restaurant«, begrüßt er mich. »Wie viele Personen sind in Ihrer Gruppe?«

»Ich bin allein, Monsieur.«

»Hier entlang, bitte.«

Alle seine Stofftiere sitzen auf Stühlen um den Küchentisch herum. Teddy führt mich zu einem freien Platz zwischen Godzilla und Blue Elephant. Er zieht einen Stuhl heran und reicht mir eine Papierserviette. Oben höre ich Caroline hektisch durch das Schlafzimmer laufen. Es scheint so, als würde sie wieder zu spät aus dem Haus kommen.

Teddy steht geduldig an meiner Seite, Bleistift gezückt und Notizblock in der Hand, bereit, meine Bestellung aufzunehmen. »Eine Speisekarte haben wir eigentlich nicht«, sagt er. »Wir können aber alles zubereiten, was Sie wollen.«

»Wenn das so ist, nehme ich Rührei. Mit Speck und Pfannkuchen und Spaghetti und Eiscreme.« Das lässt ihn lachen, also schlachte ich den Scherz aus, so gut es nur geht. »Und Karotten, Hamburger, Tacos und Wassermelone.«

Er krümmt sich vor Lachen. Der Junge bringt mich dazu, dass ich mir vorkomme wie Kate McKinnon auf *SNL*, als wäre alles, was ich tue, Comedy Gold. »Wenn Sie das sagen!«, sagt er und watschelt zu seiner Spielzeugkiste hinüber, um meinen Teller mit Plastikessen zu füllen.

Das Festnetztelefon klingelt, und Caroline ruft nach unten: »Lass das bitte auf den AB gehen, ich habe jetzt keine Zeit!«

Nach dreimaligem Klingeln springt der Anrufbeantworter an, und ich höre die Nachricht, die aufgezeichnet wird: »Guten Morgen! Hier ist Diana Farrell von der Spring Brook Grundschule …«

Es ist die dritte Nachricht der Schule innerhalb einer Woche, und Caroline kommt in die Küche hinuntergeschossen und beeilt sich, die Anruferin noch zu erwischen, bevor sie auflegt. »Hallo, hier ist Caroline.« Sie wirft mir einen entnervten Blick zu – *kannst du dieses verdammte Schulsystem fassen?* – und geht mit dem Telefon ins Familienzimmer. Währenddessen serviert Teddy mir einen Teller, auf dem sich jede Menge Plastikessen stapelt: Plastikeier, Plastikspaghetti und diverse Kugeln Plastikeiscreme. Kopfschüttelnd mime ich Entrüstung. »Ich bin mir eigentlich sicher, dass ich Speck bestellt habe!«

Teddy lacht, rennt quer durch den Raum zu seiner Spielzeugkiste und kommt mit einem Streifen Plastikspeck zurück. Ich versuche, Carolines Telefonat zu belauschen, aber sie sagt nicht gerade viel. Es ist wie bei den Gesprächen, die sich während der Ruhezeit in Teddys Zimmer abspielen und bei denen die andere Person die meiste Zeit redet. Sie sagt bloß: »Genau, genau« und »Natürlich« und »Nein, ich danke *Ihnen*«.

Ich tue so, als würde ich mich mit Plastikfutter vollstopfen wie ein fettes Schwein am Trog. Dabei gebe ich jede Menge schnüffelnde und schnaubende Geräusche von mir, und Teddy brüllt vor Lachen. Caroline betritt die Küche mit dem schnurlosen Telefon und legt es zurück auf seine Station.

»Das war deine neue Schulleiterin«, sagt sie zu Teddy. »Sie kann es kaum erwarten, dich kennenzulernen!«

Dann umarmt sie ihn, gibt ihm einen Kuss und eilt zur Tür hinaus, denn es ist schon 7:38 Uhr, und sie ist wahnsinnig spät dran.

Nachdem ich mein Frühstück »aufgegessen« habe, bezahle ich meine Rechnung mit Spielgeld und frage Teddy, wozu er Lust hat. Und ich schätze, dass er wirklich in der Stimmung ist, etwas zu spielen, denn er will wieder in den Zauberwald.

Wir folgen der Gelben Backsteinstraße und dem Drachenpass hinunter zum Königlichen Fluss und klettern dann die Äste der Riesenbohnenstange hoch, bis wir uns drei Meter über dem Boden befinden. In einem der Äste gibt es eine kleine Aushöhlung, und Teddy füllt sie pflichtbewusst mit kleinen Steinen und spitzen Stöcken – ein Waffenarsenal, für den Fall, dass wir von Kobolden angegriffen werden.

»Kobolde können nicht auf Bäume klettern, weil sie zu kurze Arme und Beine haben«, erklärt Teddy. »Also können wir uns zwischen diesen Ästen verstecken und mit Steinen nach ihnen werfen.«

Den ganzen Vormittag über tauchen wir in ein Spiel ein aus unaufhörlichem Einfallsreichtum und Improvisation. Im Zauberwald ist alles möglich, nichts ist tabu. Teddy bleibt am Ufer des Königlichen Flusses stehen und fordert mich auf, von dem Wasser zu trinken. Er sagt, der Fluss habe magische Kräfte, die uns davor bewahren, gefangen genommen zu werden.

»Ich habe schon ein paar Liter in meinem Cottage«, erkläre ich ihm. »Ich gebe dir davon ab, wenn wir zu Hause sind.«

»Perfekt!«, ruft er aus.

Dann hüpft er den Pfad entlang und geht voraus zur nächsten Entdeckung.

»Übrigens«, rufe ich ihm hinterher. »Ich habe die Bilder gefunden, die du für mich hinterlassen hast.«

Teddy schaut sich um und lächelt, darauf wartend, dass ich es ihm genauer erkläre.

»Die Bilder, die du auf meine Veranda gelegt hast.«

»Von den Kobolden?«

»Nein, Teddy, die Bilder, auf denen Anya begraben wird. Sie sind wirklich gut gemacht. Hat dir jemand dabei geholfen?«

Jetzt sieht er mich verwirrt an, so als hätte ich die Regeln unseres Spiels abrupt geändert, ohne es mit ihm zu besprechen.

»Ich zeichne Anya nicht mehr.«

»Ist schon gut. Ich bin nicht sauer.«

»Aber ich habe es nicht getan.«

»Du hast die Zeichnungen auf meiner Veranda liegen lassen. Mit einem Stein beschwert.«

Entnervt wirft er die Hände in die Luft. »Können wir einfach wieder normal Zauberwald spielen? Bitte? Ich mag die andere Art nicht.«

»Klar doch.«

Mir wird bewusst, dass ich das Thema vielleicht zum falschen Zeitpunkt angeschnitten habe. Nachdem wir zum Mittagessen ins Haus gegangen sind, will ich aber nicht mehr damit anfangen. Ich mache uns Chicken Nuggets, dann geht Teddy nach oben, um Ruhezeit zu verbringen. Ich warte ein Weilchen, dann folge ich ihm nach oben und lege ein Ohr an seine Zimmertür. Tatsächlich höre ich das Geräusch, das sein Stift verursacht, während er sich über das Blatt bewegt – *kratz kratz kratz*.

Später am Nachmittag ruft Russell an und lädt mich zum Essen ein. Ich bin noch geschlaucht von der Nacht zuvor, also schlage ich vor, es zu verschieben. Doch Russell sagt, er fährt für zwei Wochen in den Urlaub – es muss also heute Abend sein. »Ich habe ein Restaurant in der Nähe von dir entdeckt. Eine Cheesecake Factory.«

Ich muss fast lachen, weil Russell eigentlich immer ein hartnäckiger Verfechter gesunder Ernährung ist. Er ernährt sich fast ausschließlich von pflanzlicher Kost und Proteinen – ohne Zuckerzusatz und kaum Kohlenhydrate, nur ab und zu ein Löffelchen Johannisbrotchips und Bio-Honig.

»Käsekuchen? Ist das dein Ernst?«

»Ich habe schon einen Tisch für uns reserviert. Um 19:30 Uhr.«

Als Caroline nach Hause kommt, gehe ich duschen und ziehe mir ein Kleid an. Auf dem Weg nach draußen greife ich nach dem Stapel von Teddys neuesten Zeichnungen. Dann aber bleibe ich in der Tür stehen und zögere. Nachdem ich Adrian im Buchladen die ganze Geschichte erzählt habe, ist mir klar, dass ich mindestens eine Stunde brauchen würde, um alles durchzugehen. Also beschließe ich, die Zeichnungen zu Hause zu lassen. Ich möchte, dass Russell stolz auf mich ist. Ich möchte ihm das Bild einer starken, tüchtigen Frau vermitteln, der es in ihrer Genesungsphase gut geht. Ich möchte ihn nicht mit meinen ganzen Sorgen behelligen. Also lege ich die Zeichnungen in die Schublade meines Nachttischs.

Das Restaurant ist groß und brummt vor Gästen – eine typische Cheesecake Factory eben. Die Bedienung führt mich zu dem Tisch, an dem Russell wartet. Er trägt einen marineblauen Trainingsanzug und seine Lieblingslaufschuhe, die er beim New York City Marathon getragen hat. »Da bist du ja!«

Er umarmt mich und mustert mich dann von oben bis unten. »Was ist passiert, Mallory? Du siehst ja total erledigt aus.«

»Danke, Coach. Du siehst auch gut aus.«

Wir lassen uns auf unseren Plätzen nieder, und ich bestelle ein Selterswasser.

»Ich meine es ernst«, sagt er. »Schläfst du nicht gut?«

»Mir geht's gut. Im Cottage ist es nachts ein bisschen laut. Aber ich komme zurecht.«

»Hast du es den Maxwells gesagt? Vielleicht können sie etwas dagegen unternehmen.«

»Sie haben mir ein Zimmer im Haupthaus angeboten. Aber wie schon gesagt, es geht mir gut.«

»Du kannst nicht trainieren, wenn du nicht ausgeruht bist.«

»Es war nur eine einzige schlechte Nacht. Ich schwöre es.«

Ich versuche den Fokus auf die Speisekarte zu lenken, auf der unter jedem Gericht Kalorienzahl und Nährwertangaben aufgeführt werden. »Hast du gesehen – Pasta Napolitano? Die hat zweitausendfünfhundert Kalorien.«

Russell bestellt einen gemischten grünen Salat mit Vinaigrette-Dressing und gegrilltem Hähnchen. Ich nehme den Glamburger mit gegrillten Süßkartoffeln als Beilage. Wir unterhalten uns ein wenig über seinen bevorstehenden Urlaub – zwei Wochen in Las Vegas mit seiner Freundin Doreen, die als Personal Trainerin in seinem YMCA arbeitet. Aber ich merke, dass er noch immer beunruhigt ist. Als wir mit dem Essen fertig sind, lenkt er das Gespräch wieder auf mich.

»Also, wie geht es in Spring Brook? Wie laufen die NA-Meetings?«

»Dort ist ein älteres Publikum, Russell. Nichts für ungut.«

»Gehst du einmal pro Woche hin?«

»Brauche ich nicht. Ich bin stabil.«

Ich merke, dass ihm diese Antwort nicht schmeckt, aber er insistiert nicht weiter.

»Was ist mit Freunden? Triffst du dich mit Leuten?«

»Gestern Abend bin ich mit jemandem ausgegangen.«

»Wo hast du sie kennengelernt?«

»*Er* studiert an der Rutgers und ist den Sommer über zu Hause.«

Mein Sponsor kneift besorgt die Augen zusammen. »Es ist noch ein bisschen früh fürs Daten, Mallory. Du bist erst seit achtzehn Monaten clean.«

»Wir sind nur Freunde.«

»Er *weiß* also, dass du clean bist?«

»Ja, Russell, das war unser allererstes Gesprächsthema. Ich habe ihm erzählt, dass ich auf dem Rücksitz eines Uber-Fahrzeugs fast eine Überdosis genommen hätte. Direkt danach sprachen wir dann über die Nächte, in denen ich am Bahnhof geschlafen habe.«

Er zuckt mit den Schultern, als wären das stinknormale Dinge, über die man mal eben so plaudern könnte.

»Ich habe schon viele College-Kids unterstützt, Mallory. So ein Campus – diese Studentenverbindungen, das Komasaufen, das sind Brutstätten für Süchtige.«

»Wir haben einen sehr ruhigen Abend in einem Buchladen verbracht. Wir haben Wasser getrunken und Musik gehört. Dann hat er mich noch zurück zum Haus der Maxwells begleitet. Es war schön.«

»Wenn du ihn das nächste Mal siehst, solltest du ihm die Wahrheit sagen. Das ist Teil deiner Identität, Mallory, du musst sie akzeptieren. Je länger du wartest, desto schwieriger wird es.«

»Hast du mich deshalb hierher eingeladen? Um mich zu schulmeistern?«

»Nein, ich habe dich hierher eingeladen, weil Caroline mich angerufen hat. Sie macht sich Sorgen um dich.«

Das ist eine unliebsame Überraschung. »Ernsthaft?«

»Sie meinte, du hättest einen tollen Start hingelegt. Sie nannte dich ein Energiebündel, Mallory. Sie war wirklich zufrieden mit deiner Leistung. Aber in den letzten paar Tagen hätte sie eine Veränderung bemerkt, sagt sie. Und immer, wenn ich dieses Wort höre …«

»Ich nehme nichts, Russell.«

»Gut, okay, das ist gut.«

»Hat sie *behauptet*, ich nähme Drogen?«

»Sie sagte, du würdest dich seltsam verhalten. Sie hat dich um 7 Uhr morgens draußen vor der Tür gesehen, wie du ihre Mülltonnen durchwühlt hast. Was, zum Teufel, hast du da getan?«

Mir wird bewusst, dass Caroline mich durch ihr Schlafzimmerfenster erspäht haben muss. »Gar nichts. Ich hatte aus Versehen etwas weggeworfen. Ich musste es zurückholen. Kein Ding.«

»Sie sagt, du redest von Geistern. Du denkst, ihr Sohn ist vielleicht besessen?«

»Nein, das habe ich nie behauptet. Sie hat mich missverstanden.«

»Sie sagt, du freundest dich mit einer Drogensuchtigen an, die nebenan wohnt.«

»Meinst du Mitzi? Ich habe zwei Mal mit Mitzi gesprochen. In vier Wochen. Sind wir damit jetzt beste Freundinnen für immer?«

Russell bedeutet mir mit einer Geste, leiser zu sprechen.

Selbst in dem überfüllten, lauten Restaurant drehen einige unserer Sitznachbarn die Köpfe und starren zu uns herüber. »Ich bin hier, um dir zu helfen, okay? Gibt es etwas, worüber du reden möchtest?«

Kann ich es ihm wirklich sagen? Kann ich ihm wirklich alle meine Gedanken über Annie Barrett erläutern? Nein, kann ich nicht. Denn ich weiß, dass sich alle meine Sorgen lächerlich anhören. Und ich will doch nur, dass mein Sponsor stolz auf mich ist.

»Reden wir über den Nachtisch. Ich denke da an Schoko-Haselnuss-Käsekuchen.« Ich reiche ihm eine laminierte Speisekarte rüber, aber er nimmt sie nicht entgegen. »Wechsle nicht das Thema. Du brauchst diesen Job. Wenn du gefeuert wirst, gibt es keinen Weg zurück ins Safe Harbor. Die Warteliste dort ist ellenlang.«

»Ich gehe nicht zurück ins Safe Harbor. Ich werde einen tollen Job machen. Caroline wird all ihren Nachbarn von mir vorschwärmen, und wenn der Sommer vorbei ist, behält sie mich bestimmt. Oder ich arbeite dann für eine andere Familie in Spring Brook. Das ist der Plan.«

»Was ist mit dem Vater? Wie ist Ted so?«

»Was soll mit ihm sein?«

»Ist er nett?«

»Ja.«

»Ist er *zu* nett? Grapscht er vielleicht ein bisschen?«

»Hast du da gerade wirklich das Wort *grapschen* in den Mund genommen?«

»Du weißt, wovon ich spreche. Manchmal überschreiten diese Typen Grenzen. Oder sie sehen die Grenze, und es ist ihnen gleichgültig.«

Ich denke an meine Trainingsstunde im Pool vor zwei

Wochen zurück, an den Abend, als Ted mir ein Kompliment wegen meines Tattoos machte. Ich schätze, er hatte seine Hand auf meine Schulter gelegt, aber es ist ja nicht so, als hätte er mich am Hintern gepackt. »Er grapscht nicht, Russell. Mit ihm ist alles in Ordnung. Mit mir ist alles in Ordnung. Mit uns allen ist alles in Ordnung. Können wir jetzt bitte den Nachtisch bestellen?«

Diesmal nimmt er die Speisekarte widerwillig entgegen. »Welchen hast du ins Auge gefasst?«

»Schoko-Haselnuss.«

Er blättert auf die Rückseite der Speisekarte, wo alle Nährwertangaben aufgelistet sind.

»Vierzehnhundert Kalorien? Willst du mich verarschen?«

»Und zweiundneunzig Gramm Zucker.«

»Großer Gott, Mallory! In diesem Restaurant müssen jede Woche Menschen sterben. Sie müssen einen Herzinfarkt bekommen, wenn sie hinaus zu ihren Autos gehen. Auf dem Parkplatz sollten Sanitäter bereitstehen, um sie wiederzubeleben.«

Unsere Kellnerin sieht, dass Russell sich die Desserts auf der Karte ansieht. Sie ist ein Teenager, lächelt fröhlich. »Sieht so aus, als würde jemand an Käsekuchen denken!«

»Auf keinen Fall«, sagt er. »Aber meine Freundin wird welchen essen. Sie ist gesund und stark und hat ihr ganzes Leben noch vor sich.«

Nach dem Dessert besteht Russell darauf, mich zurück zu den Maxwells zu fahren, damit ich nicht bei Dunkelheit den Highway überqueren muss. Es ist fast halb zehn, als wir vor dem Haus halten.

»Danke für den Käsekuchen«, sage ich. »Ich hoffe, du hast einen tollen Urlaub.«

Ich öffne die Autotür, aber Russell hält mich auf. »Hör mal, bist du sicher, dass es dir gut geht?«

»Wie oft willst du mich das noch fragen?«

»Sag mir einfach, warum du zitterst.«

Warum ich zittere? Weil ich nervös bin. Ich habe Angst, dass ich gleich zum Cottage gehe und dort noch mehr Zeichnungen auf der Veranda finde – deshalb zittere ich. Aber das werde ich Russell jetzt nicht auf die Nase binden.

»Ich habe gerade fünfzig Gramm gesättigte Fette gegessen. Mein Körper fällt in einen Schockzustand.«

Er wirkt skeptisch. Das ist das klassische Dilemma eines Sponsors: Du musst deinen Schützlingen vertrauen, musst zeigen, dass du an sie glaubst und Vertrauen in ihre Genesung hast. Aber wenn sie anfangen, sich seltsam zu verhalten, wenn sie an lauen Sommerabenden zu zittern beginnen, dann musst du der Bösewicht sein und unangenehme Fragen stellen.

Ich öffne sein Handschuhfach – es ist immer noch voll mit Dip-Karten für den Schnelltest. »Willst du mich testen?«

»Nein, Mallory. Natürlich nicht.«

»Du bist offensichtlich besorgt.«

»Das bin ich, aber ich vertraue dir. Diese Karten sind nicht für dich bestimmt.«

»Lass es mich trotzdem tun. Lass mich beweisen, dass es mir gut geht.«

Er hat einen Schlauch mit Pappbechern, die während der Fahrt immer auf dem Boden vor dem Rücksitz herumgerollt sind, also beuge ich mich herunter und schnappe mir einen. Russell holt eine Dip-Karte aus dem Handschuhfach, und wir steigen beide aus. Mehr als alles andere will ich einfach Begleitung auf dem Weg zum Cottage. Ich habe Angst davor, allein nach Hause zu gehen.

Der Garten liegt wieder einmal im Dunkeln. Ich habe immer noch nicht die Glühbirne auf meiner Veranda ersetzt.

»Wohin gehen wir?«, fragt Russell. »Wo ist das Cottage, in dem du wohnst?«

Ich deute in Richtung der Bäume. »Dort hinten. Du wirst es gleich sehen.«

Wir kommen näher, und allmählich kann ich die Umrisse ausmachen. Ich habe bereits meine Schlüssel in der Hand und gebe einen Testschuss mit der Viper ab. Sie gibt ein lautes, knisterndes Geräusch von sich und erleuchtet den Garten hinter dem Haus wie ein Blitz.

»Mein Gott!«, entfährt es Russell. »Was, zum Teufel, war das denn jetzt?«

»Caroline hat mir einen Elektroschocker gegeben.«

»In Spring Brook gibt es kein Verbrechen. Wozu brauchst du einen Elektroschocker?«

»Sie ist eine Mom, Russell. Sie macht sich Sorgen um Dinge. Ich habe ihr versprochen, dass ich das Ding an meinem Schlüsselbund trage.«

An der Viper ist eine winzige LED-Taschenlampe integriert, die ich nun benutze, um die Veranda vor dem Cottage abzusuchen. Keine neuen Steine, keine neuen Bilder. Ich schließe die Tür auf, schalte das Licht an und führe Russell ins Cottage. Sein Blick wandert durch den Raum – er bewundert, wie ich mich eingerichtet habe, aber Russell ist ein altgedienter Sponsor, und ich weiß, dass er den Raum auch nach Anzeichen auf Ärger absucht. »Hier ist es wirklich schön, Mallory. Hast du das alles selbst gemacht?«

»Nein, die Maxwells haben vor meinem Einzug renoviert.« Ich nehme ihm den Plastikbecher aus der Hand. »Gib mir eine Minute. Fühl dich wie zu Hause.«

Man sollte meinen, dass es eklig ist, von einem schönen Abendessen nach Hause zu kommen und in einen Pappbecher zu pinkeln und diesen Becher dann einem engen Freund vor die Nase zu halten, damit er den Inhalt analysieren kann. Aber wenn man einige Zeit in der Reha verbringt, gewöhnt man sich ziemlich schnell daran. Ich gehe ins Bad und tue, was ich tun muss. Dann wasche ich mir die Hände und komme mit der Probe zurück.

Russell wartet schon ungeduldig. Da mein Wohnzimmer auch mein Schlafzimmer ist, fühlt er sich scheinbar ein bisschen unwohl, so als hätte er eine Art Protokoll als Sponsor verletzt. »Ich mache das nur, weil du es angeboten hast«, erinnert er mich. »Ich mache mir eigentlich keine Sorgen.«

»Ich weiß.«

Er taucht die Karte in den Becher und hält sie fest, bis die Streifen vollgesogen sind. Dann legt er sie quer über den Becher, und wir warten auf das Ergebnis. Wie plaudern noch ein bisschen über seinen Urlaub, seine Hoffnung, bis zur Sohle des Grand Canyon zu wandern, wenn seine Knie mitspielen. Wir müssen aber nicht allzu lange warten. Der Test zeigt einzelne Linien für negative und Doppellinien für positive Ergebnisse – und negative Ergebnisse tauchen immer schnell auf.

»Absolut clean, genau wie du gesagt hast.«

Er nimmt den Becher, geht mit ihm zurück in mein Badezimmer und spült den Urin die Toilette hinunter. Dann zerknüllt er ihn und schiebt ihn mitsamt Testkarte tief in meinen Papierkorb. Schließlich wäscht er sich geduldig und systematisch die Hände unter warmem Wasser. »Ich bin stolz auf dich, Mallory. Ich rufe dich an, wenn ich wieder zurück bin. In zwei Wochen, okay?«

Nachdem er gegangen ist, schließe ich die Tür ab und ziehe meinen Schlafanzug an, den Bauch voll mit köstlichem Käsekuchen und ziemlich stolz auf mich. Ich habe mein Tablet zum Aufladen in die Kochnische gelegt, und da es noch früh ist, denke ich, ich könnte mir einen Film ansehen. Aber als ich um den Küchentresen herumgehe, um das Tablet zu holen, sehe ich die Zeichnungen, vor denen ich mich gefürchtet habe – nicht mit einem Stein beschwert auf meiner Veranda, sondern mit Magneten an meinen Kühlschrank gepinnt.

Ich reiße die Zeichnungen vom Kühlschrank, worauf die Magnete klappernd auf den Boden poltern. Die Seiten sind feucht und weich und ein wenig warm, so als kämen sie gerade aus einem Ofen. Ich lege sie mit der Vorderseite nach unten auf den Küchentresen, damit ich sie nicht ansehen muss.

Dann eile ich hastig im Cottage herum und schließe beide Fenster. Die kommende Nacht wird warm und stickig werden und möglicherweise schlaflos, aber nach meiner Entdeckung gehe ich kein Risiko mehr ein. Ich rolle den Teppich zurück und kontrolliere die Luke im Boden – sie ist immer noch fest zugenagelt. Dann zerre ich mein Bett quer durch das Cottage und verbarrikadiere damit die Tür. Sollte jemand versuchen, sie zu öffnen, wird die Tür gegen das Fußende knallen und mich damit wach machen.

So wie ich es sehe, gibt es drei Möglichkeiten, wie diese Zeichnungen an meinem Kühlschrank gelandet sind.

#1: Die Maxwells. Sie haben einen Schlüssel zum Cottage. Möglicherweise haben Ted oder Caroline diese Bilder gezeichnet, und dann – während ich mit Russell zu Abend aß – hat einer der beiden mein Cottage betreten und die Zeichnungen an meinem Kühlschrank festgepinnt. Aber warum? Mir fällt kein einziger plausibler Grund ein, warum einer von ihnen das getan haben sollte. Ich bin für die Sicherheit und das Wohlergehen ihres Kindes verantwortlich. Warum mich in den Wahnsinn treiben, mir das Gefühl geben, dass ich verrückt werde?

#2: Teddy. Vielleicht hat dieser süße Fünfjährige seinen Eltern den Ersatzschlüssel stibitzt, sich aus seinem Zimmer und durch den Garten hinter dem Haus geschlichen und die Zeichnungen in mein Cottage gebracht. Aber um diese Theorie zu verfechten, muss man auch davon überzeugt sein, dass

Teddy eine Art magisches künstlerisches Talent hat – dass er von Strichmännchen zu vollkommen realistischen, dreidimensionalen Illustrationen mit überzeugender Licht- und Schattenführung übergegangen ist – und das in nur wenigen Tagen.

#3: Anya. Ich habe keine Ahnung, was während der Ruhezeit in Teddys Zimmer passiert – aber was, wenn Anya ihn wirklich kontrolliert? Wenn sie Besitz ergreift von seinem Körper und seine Hand benutzt, um diese Bilder zu malen? Und diese fertigen Zeichnungen dann irgendwie ins Cottage »trägt«?

Ich weiß, ich weiß: Das klingt verrückt.

Aber wenn ich alle drei Theorien durchdenke, sie gegeneinander abwäge? Dann scheint mir die aberwitzigste Erklärung die wahrscheinlichste zu sein.

In dieser Nacht, während ich mich im Bett hin- und herwälze, bemüht, endlich einzuschlafen, überlege ich mir, wie ich beweisen kann, dass ich recht habe.

13

Am nächsten Tag gehe ich vor dem Mittagessen in den Keller der Maxwells und fange an, Kisten zu durchstöbern. Der Keller steht voll mit Umzugskartons, die sie noch nicht ausgepackt haben, und ich muss nur drei öffnen, bevor ich finde, wonach ich suche. Ich war mir sicher, dass die Maxwells ein Babyfon besitzen, und zu meiner Freude sieht es ziemlich modern aus. Der Sender ist eine HD-Kamera mit Infrarot-Nachtsicht und einem Zoomobjektiv von Normal bis Weitwinkel. Der Empfänger ist ein Bildschirm in der Größe eines Taschenbuchs. Ich verstaue alles in einem kleinen Schuhkarton und trage ihn die Treppe hinauf. Als ich in die Küche zurückkehre, erwartet mich Teddy dort schon.

»Was hast du im Keller gemacht?«

»Ich habe mich nur ein bisschen umgesehen«, beteuere ich. »Komm, wir machen dir Ravioli.«

Ich warte, bis er mit dem Essen beschäftigt ist, und schleiche mich dann die Treppe hoch in sein Zimmer, um ein Versteck für die Kamera ausfindig zu machen. Mir ist klar geworden, dass, wenn ich wissen will, woher die Bilder kommen, ich *sehen* muss, woher sie kommen. Ich muss also während seiner Ruhezeit beobachten können, was in seinem Zimmer vor sich geht.

Aber es ist nicht einfach, die Kamera zu verstecken. Sie ist groß, klobig und schwer zu verbergen. Schlimmer noch, sie muss an eine Steckdose angeschlossen werden. Aber ich finde ein Versteck in Teddys Berg von Stofftieren – ich verstecke die Kamera so sorgfältig, dass nur noch das Objektiv zwischen Snoopy und Pu der Bär hervorlugt. Ich vergewissere mich, dass die Kamera angeschlossen und auf *Senden* eingestellt ist, und dann küsse ich das Kreuz, das an meinem Hals hängt, darauf hoffend, dass Teddy nichts Ungewöhnliches bemerkt.

Ich kehre zurück in die Küche und setze mich zu Teddy, während der sein Mittagessen beendet. Er ist heute Morgen sehr gesprächig. Er beschwert sich über den anstehenden Besuch beim Friseur – Teddy verabscheut es, zum Friseur zu gehen – und sagt, er will seine Haare lang wachsen lassen wie ein Löwe –, aber ich höre kaum zu, bin zu nervös. Ich werde gleich Antworten auf viele meiner Fragen bekommen, aber ich bin nicht sicher, ob ich dazu bereit bin.

Nach gefühlten Stunden hat Teddy seine Mahlzeit aufgegessen, und ich schicke ihn nach oben, damit er dort seine Ruhezeit verbringen kann. Dann eile ich ins Familienzimmer und schließe den Empfänger an. Teddys Zimmer ist direkt über mir, sodass Ton und Bild kristallklar übertragen werden. Die Kamera ist auf sein Bett gerichtet, und ich kann den größten Teil des Bodens sehen – die beiden Orte, an denen er am ehesten sitzen und malen dürfte.

Ich höre, wie sich die Tür zu seinem Zimmer öffnet und wieder schließt. Teddy kommt von rechts ins Bild, geht zu seinem Schreibtisch hinüber und schnappt sich sein Skizzenbuch und sein Stiftemäppchen. Dann hüpft er auf sein Bett. Ich höre das leise, dumpfe Knarren seiner Matratze durch den Empfänger *und* durch die Decke über meinem Kopf, als ob es in Stereo übertragen würde.

Teddy lehnt mit dem Rücken gegen das Kopfteil, hat

die Beine angewinkelt und stützt das Skizzenbuch auf den Knien ab. Er ordnet eine Reihe von Stiften auf dem Nachttisch neben seinem Bett. Dann greift er nach einem Miniatur-Bleistiftspitzer – die Art, bei der die Späne in einer durchsichtigen Plastikkuppel aufgefangen werden. Er steckt einen Bleistift hinein und dreht – *ratsch, ratsch, ratsch* –, zieht ihn wieder heraus, prüft die Spitze und entscheidet, dass sie noch nicht spitz genug ist. Er steckt den Stift wieder hinein – *ratsch, ratsch* – und befindet dann, dass der Stift einsatzbereit ist.

Ich schaue einen kurzen Moment weg – gerade lange genug, um einen Schluck Wasser zu trinken –, und als ich wieder hinschaue, ruckelt das Video, friert ein und überspringt Bilder, als ob es mit dem Ton nicht mithalten könnte. Ich vernehme immer noch das Geräusch, mit dem der Bleistift angespitzt wird, aber das Video bleibt stehen und zeigt immer noch ein Bild, auf dem Teddy nach einem Bleistift greift.

Dann ist ein einziges Wort zu hören, leise gesprochen, kaum mehr als ein Flüstern: »Hallo.«

Es folgt ein kurzes statisches Rauschen. Das Video springt vorwärts, friert dann aber wieder ein. Das Bild ist jetzt unscharf und hat nur noch eine niedrige Auflösung. Teddy blickt von seinem Skizzenblock auf und richtet seine Aufmerksamkeit auf die Tür seines Zimmers, auf jemanden oder etwas knapp außerhalb des Bildes.

»Ich bereite die Stifte vor«, sagt er und lacht dann. »Die Stifte zum Zeichnen.«

Anschließend ist ein längeres Rauschen zu vernehmen, das Geräusch schwillt an und ebbt ab in einem Rhythmus, der mich an Atmung erinnert. Etwas im Mikrofon knistert und knallt, und wieder springt das Bild vorwärts – jetzt schaut Teddy direkt in die Kamera, und sein Kopf scheint doppelt so groß. Er sieht aus wie in einem Zerrspiegel auf einem Rummelplatz; seine Gesichtszüge sind zu bizarren Proportionen gedehnt, seine Arme sind kurze, kleine Flossen, aber sein Gesicht ist riesig.

»Vorsichtig«, flüstert er. »Behutsam.«

Das Rauschen wird lauter. Ich will die Lautstärke herunterdrehen, aber der Drehknopf reagiert nicht; der Ton wird lauter, immer lauter, bis ich das Geräusch überall um mich herum höre, als wäre es aus dem Lautsprecher entflohen und hätte den ganzen Raum erfüllt. Das Bild springt vorwärts, und nun sehe ich Teddy, wie er mit ausgebreiteten Armen auf seiner Matratze liegt, sein Körper ist in Zuckungen versetzt, und ich höre an der Decke, wie sein Bett *bumm-bumm-bumm* macht.

Ich renne aus dem Familienzimmer durch die Diele und die Treppe hinauf ins Obergeschoss. Ich ergreife den Türknauf von Teddys Zimmer, aber er lässt sich nicht drehen. Er klemmt, die Tür ist verschlossen.

Oder etwas hält sie zu.

»Teddy!«

Ich hämmere mit den Fäusten gegen die Tür. Dann trete ich zurück und trete gegen sie, wie ich es bei Schauspielern in Filmen gesehen habe, aber dabei tue ich mir nur am Fuß weh. Ich ramme die Tür mit der Schulter, aber das schmerzt so sehr, dass ich zu Boden sinke und meine Seite umklammere. Dann erst merke ich, dass ich in Teddys Zimmer schauen kann – da ist ein winziger, kaum mehr als ein Zentimeter großer Spalt unter seiner Zimmertür. Ich lege mich auf die Seite, presse den Kopf gegen den Boden, kneife ein Auge zu und spähe unter dem Spalt durch. Ein giftiger Geruch von konzentriertem Ammoniak schlägt mir entgegen, strömt wie warme Auspuffgase aus dem Raum. Er dringt mir in den Mund, und ich rolle mich hustend und würgend zur Seite, während ich meine Kehle umklammere, als hätte mich jemand mit Pfefferspray besprüht. Tränen laufen mir über das Gesicht. Mein Herz schlägt wie wild.

Und noch während ich im Flur liege und mir den Rotz von der Nase wische, bemüht, mich zu erholen und die Kraft aufzubringen, mich einfach aufzusetzen, höre ich den winzigen Mechanismus im Türknauf klicken.

Ich rapple mich auf und öffne die Tür. Wieder erfasst mich der Gestank – es ist der Geruch von Urin, extrem konzentriert, der in der Luft schwebt wie Wasserdampf nach einer heißen Dusche. Ich ziehe meine Bluse hoch und presse mir den Stoff auf den Mund. Teddy hingegen scheint der Geruch nichts auszumachen, und auch mein Geschrei registriert er nicht. Er sitzt einfach nur auf dem Bett, hat einen Skizzenblock auf dem Schoß und einen Kohlestift in der rechten Hand. Mit raschen Handbewegungen zieht er dicke schwarze Linien über das Blatt.

»Teddy!«

Er blickt nicht auf, scheint mich nicht zu hören. Seine Hand bewegt sich weiter – schraffiert mit einem Stift einen Teil der Seite mit Dunkelheit, füllt den schwarzen Nachthimmel aus.

»Teddy, hörst du mich, ist alles in Ordnung?«

Er ignoriert mich nach wie vor. Ich trete näher an sein Bett heran, und dabei trete ich auf eines seiner Plüschtiere, ein Pferd, das daraufhin ein lautes, schrilles Wiehern von sich gibt.

»Teddy, sieh mich an.« Ich lege ihm eine Hand auf die Schulter, und nun endlich schaut er auf. Ich sehe, dass seine Augen ganz weiß sind und seine Pupillen sich nach hinten gedreht haben. Aber seine Hand bewegt sich immer noch; er zeichnet, ohne etwas zu sehen. Ich greife sein Handgelenk und bin schockiert, wie heiß seine Haut ist und welche Kraft sich in seinem Arm bündelt. Normalerweise ist sein Körper schlaff und locker wie eine Stoffpuppe. Weil er so wenig wiegt, dass er sich vom Boden abheben und im Kreis herumwirbeln kann, scherze ich oft, er habe Luft in den Knochen. Jetzt aber vibriert da eine seltsame Energie unter seiner Haut; er fühlt sich an, als wären all seine Muskeln verkrampft, wie ein kleiner, angriffslustiger Pitbull-Terrier.

Plötzlich rollen seine Augen wieder nach vorn.

Er blinzelt mich an. »Mallory?«

»Was machst du?«

Ihm wird bewusst, dass er einen Bleistift in der Hand hält, und er lässt ihn sofort fallen. »Ich weiß nicht.«

»Du hast gezeichnet, Teddy. Ich habe zugesehen. Du hast am ganzen Körper gezittert. Als ob du einen Anfall hättest.«

»Es tut mir leid …«

»Du brauchst dich nicht zu entschuldigen. Ich bin nicht wütend.«

Seine Unterlippe bebt. »Ich sagte, es tut mir leid!«

»Erzähl mir einfach, was passiert ist!«

Ich weiß, dass ich schreie, aber ich kann nicht anders. Ich bin total erschrocken von allem, was ich da sehe. Auf dem Fußboden liegen zwei Bilder, ein drittes ist auf dem Skizzenblock in Arbeit.

»Teddy, hör mir zu. Wer ist dieses Mädchen?«

»Ich weiß es nicht.«

»Ist sie die Tochter von Anya?«

»Ich weiß es nicht!«

»Warum malst du diese Dinge?«

»Das habe ich nicht, Mallory, ich schwöre es!«

»Warum sind sie dann in deinem Zimmer?«

Er holt tief Luft. »Ich weiß, dass Anya nicht echt ist. Ich weiß, sie ist nicht wirklich hier. Manchmal *träume* ich, dass wir zusammen malen, aber wenn ich dann aufwache, sind nie Bilder da.« Er schleudert den Skizzenblock quer durch das Zimmer, wie um seine Existenz zu verleugnen. »Es sollten keine Bilder da sein! Wir *träumen* sie nur!«

Mir wird klar, was hier vor sich geht: Anya muss die Bilder aus dem Zimmer entfernen, bevor Teddy aufwacht, damit er sie sich nicht ansehen muss. Jetzt gerade aber bin ich aufgetaucht und habe den üblichen Ablauf der beiden unterbrochen.

Das ist alles zu viel für Teddy; er bricht in Tränen aus, und ich nehme ihn in die Arme. Jetzt ist sein Körper wieder weich und locker; er fühlt sich wieder wie ein normaler Junge an. Mir geht auf, dass ich ihn auffordere, etwas zu erklären, das er selbst nicht begreift. Ich bitte ihn, das Unmögliche zu erklären.

Er legt seine rechte Hand in meine, und ich sehe, dass seine kleinen Finger mit schmutzig grauen Kohlestiftstrichen verschmiert sind. Ich halte ihn fest und beruhige ihn, versichere ihm, dass alles wieder gut werden wird.

Aber eigentlich bin ich mir da nicht so sicher.

Denn ich weiß ganz genau, dass der Junge Linkshänder ist.

14

An diesem Abend kommt Adrian vorbei, und wir sehen uns gemeinsam alle Zeichnungen an. Es sind insgesamt neun – die drei, die auf meiner Veranda unter dem Stein lagen, die drei, die an meinen Kühlschrank gepinnt worden waren, und die drei, die ich heute aus Teddys Zimmer mitgenommen habe. Adrian ordnet die Seiten immer wieder neu an, als versuche er, sie in die richtige Reihenfolge zu bringen, als gäbe es eine Art magische Reihenfolge, die eine Geschichte enthüllen könnte. Aber ich habe schon den ganzen Nachmittag darüber gerätselt und kann mir immer noch keinen Reim darauf machen.

Es dämmert schon, die Sonne ist fast untergegangen. Die Luft im Garten hinter dem Haus ist dunstig und grau. Der Wald ist voller blinkender Glühwürmchen. Auf der anderen Seite, am Haupthaus, kann ich durch die Küchenfenster sehen, wie Caroline die Spülmaschine einräumt; sie räumt das Geschirr vom Abendessen ab, während Ted oben ihren Sohn ins Bett bringt.

Adrian und ich sitzen Seite an Seite auf den Stufen des Cottage, so eng beieinander, dass sich unsere Knie fast berühren. Ich erzähle ihm von meinem Experiment mit dem Babyfon, dass ich beobachtet habe, wie Teddy zeichnete, ohne seine Augen oder seine dominante Hand zu benutzen. Eigentlich müsste Adrian mich für verrückt erklären – ich weiß, dass meine Geschichte verrückt *klingt.* Daher bin ich erleichtert, als er mich ernst nimmt. Er hält sich die Zeichnungen dicht vor das Gesicht und muss prompt husten.

»Mein Gott, die stinken ja wirklich.«

»So riecht es auch in Teddys Zimmer. Nicht immer, aber manchmal. Caroline sagt, er macht ins Bett.«

»Ich glaube nicht, dass das von Urin kommt. Letzten Sommer hatten wir einen Job in Burlington County, in der Nähe der Pine Barrens. Ein Typ hat uns angeheuert, sein leer stehendes Grundstück zu räumen. Das waren zweitausend Quadratmeter verwildertes Land, das Unkraut wuchs mehr als mannshoch, und wir hackten buchstäblich mit Macheten darauf ein. Und Müll, so viel, das kannst du dir nicht vorstellen – alte Klamotten, Bierflaschen, Bowlingkegel, einfach das seltsamste Gerümpel. Aber das Schlimmste, was wir fanden, war ein totes Reh. Mitten im Juli. Und weil wir beauftragt worden waren, das Grundstück zu räumen, mussten wir es in einen Müllsack packen und von dort wegschaffen. Ich werde nicht ins Detail gehen, Mallory, aber es war ekelhaft. Und was ich nie vergessen werde – man hört das immer wieder in Filmen, aber es ist wahr –, der Geruch war grauenhaft. Es roch wie diese Bilder hier.«

»Was soll ich jetzt tun?«

»Ich weiß es nicht.« Er nimmt den Stapel mit den Zeichnungen und legt sie in einiger Entfernung hin, als wäre es nicht sicher, so dicht neben ihnen zu sitzen. »Meinst du, Teddy geht es gut?«

»Ich habe keine Ahnung. Es war wirklich gruselig. Seine Haut war ganz heiß. Und als ich ihn berührte, fühlte er sich nicht wie Teddy an. Er fühlte sich an wie … jemand anders.«

»Hast du es seinen Eltern erzählt?«

»Ihnen was erzählt? ›Ich glaube, euer Sohn ist von Annie

Barretts Geist besessen?‹ Das habe ich schon mal versucht. Da sind sie ausgeflippt.«

»Aber jetzt ist es was anderes. Du hast Beweise. All diese neuen Zeichnungen. Es ist, wie du gesagt hast: Teddy kann sie nicht ohne Hilfe gemalt haben.«

»Aber ich kann nicht beweisen, dass Anya ihm geholfen hat. Und auch nicht, dass sie sich bei mir ins Cottage schleicht, um Zeichnungen an meinen Kühlschrank zu pinnen. Das klingt verrückt.«

»Das heißt aber nicht, dass es nicht wahr ist.«

»Du kennst seine Eltern nicht so gut wie ich. Sie werden mir nicht glauben. Ich muss tiefer bohren, ich brauche handfeste Beweise.«

Wir trinken Wasser und teilen uns eine große Schüssel Popcorn aus der Mikrowelle – die beste Stärkung, die ich so kurzfristig auf die Beine stellen konnte. Ich empfinde meine Gastgeberfähigkeiten als unzureichend, aber Adrian scheint das nicht zu stören. Er bringt mich auf den neuesten Stand, was die Situation in der Leihbücherei von Spring Brook angeht. Seine Mutter hat damit angefangen, das Archiv zu durchforsten, ist aber bis jetzt auf nichts gestoßen. »Sie sagt, die Akten sind ein einziges Durcheinander. Grundbucheinträge, alte Zeitungen, nichts ist geordnet. Sie meint, sie braucht noch eine Woche.«

»Ich kann aber nicht noch eine Woche warten, Adrian. Dieses Ding – dieser Geist oder das Gespenst, was auch immer es ist –, es dringt in mein Cottage ein. In manchen Nächten spüre ich, dass es mich beobachtet.«

»Wie meinst du das?«

Ich habe nie wirklich die richtigen Worte gefunden, um dieses Gefühl zu beschreiben; das seltsame, vibrierende Gefühl am

Rande meiner Wahrnehmung, manchmal begleitet von einem schrillen, heulenden Ton. Ich bin versucht, das Forschungsexperiment an der Universität von Pennsylvania zu erwähnen und Adrian zu fragen, ob er jemals von Begriffen wie »Blickwahrnehmung« gehört hat. Aber ich will nichts sagen, was das Gespräch in Richtung meiner Vergangenheit lenken könnte. Ich habe ihm schon zu viele Lügen aufgetischt und ringe immer noch damit, wie ich am besten reinen Tisch machen kann.

»Ich habe da eine Idee«, sagt er. »Meine Eltern haben eine kleine Wohnung über ihrer Garage. Im Moment wird sie von niemandem bewohnt. Vielleicht könntest du ein paar Tage bei uns wohnen. Arbeite hier, aber schlafe an einem sicheren Ort, bis wir herausfinden, was hier vor sich geht.«

Ich versuche mir vorzustellen, wie ich den Maxwells die Situation erkläre, dem fünfjährigen Teddy eröffne, dass ich ausziehe, weil ich zu viel Angst habe, im Garten hinter ihrem Haus zu wohnen.

»Ich ziehe nicht aus. Ich wurde angestellt, um auf Teddy aufzupassen, und ich werde hierbleiben und auf Teddy aufpassen.«

»Dann lass mich hierbleiben.«

»Du machst Witze.«

»Ich werde auf dem Fußboden schlafen. Das ist kein Scherz, nur eine zusätzliche Sicherheitsmaßnahme.« Ich schaue ihn an, und obwohl es fast schon dunkel ist, bin ich mir ziemlich sicher, dass er errötet. »Wenn sich der Geist von Annie Barrett ins Cottage schleicht, wird er über mich stolpern und mich aufwecken, und dann werden wir gemeinsam mit ihm reden.«

»Machst du dich über mich lustig?«

»Nein, Mallory, ich versuche zu helfen.«

»Ich darf niemanden hier übernachten lassen. So lautet eine der Hausregeln.«

Adrian senkt seine Stimme zu einem Flüstern: »Ich stehe morgens um 5:30 Uhr auf. Ich kann mich vor Sonnenaufgang rausschleichen. Bevor die Maxwells aufwachen. Sie würden nichts mitbekommen.«

Ich will Ja sagen. Ich würde liebend gerne mit Adrian bis spät in die Nacht reden. Ich will wirklich nicht, dass er nach Hause geht.

Das Einzige, was mich davon abhält, ist die Wahrheit. Adrian denkt immer noch, er hilft Mallory Quinn, College-Studentin und Crosslauf-Stipendiatin.

Er weiß nicht, dass ich Mallory Quinn bin, Ex-Junkie und eine totale Versagerin. Er weiß nicht, dass meine Schwester tot ist und meine Mutter nicht mehr mit mir spricht, dass ich die beiden Menschen verloren habe, die mir am meisten auf der Welt bedeutet haben. Und das kann ich ihm auf keinen Fall sagen. Ich kann mir diese Dinge kaum selbst gegenüber eingestehen.

»Komm schon, Mallory, sag Ja. Ich mache mir Sorgen um dich.«

»Du weißt doch gar nichts über mich.«

»Dann rede mit mir. Sag es mir. Was sollte ich wissen?«

Ich kann es ihm jetzt aber nicht sagen, nicht, wenn ich seine Hilfe mehr denn je brauche. Ich muss meine Vergangenheit noch ein paar Tage länger für mich behalten. Und dann, das schwöre ich, werde ich ihm alles erzählen.

Er legt seine Hand sanft auf mein Knie.

»Ich mag dich, Mallory. Lass mich dir helfen.«

Ich merke, dass er seinen Mut zusammennimmt, um die Initiative zu ergreifen. Es ist lange her, dass jemand versucht hat, mich zu küssen. Und ich *will* ja, dass er mich küsst, gleichzeitig aber auch nicht, also sitze ich wie erstarrt da, während er sich langsam zu mir vorbeugt.

Plötzlich öffnen sich auf der anderen Seite des Gartens, am Haupthaus, die Glasschiebetüren, und Caroline Maxwell tritt mit einem Buch, einer Weinflasche und einem langstieligen Glas heraus.

Adrian zieht sich zurück und räuspert sich.

»Tja, es ist schon spät.«

Ich stehe auf. »Ja.«

Wir gehen durch den Garten und um das Haupthaus herum und folgen dem Plattenweg zur Einfahrt, auf der die beiden Autos der Maxwells stehen. »Mein Angebot steht, wenn du deine Meinung änderst«, sagt Adrian. »Allerdings glaube ich nicht, dass du dir Sorgen machen musst.«

»Warum nicht?«

»Na ja, dieses Ding – dieser Geist oder dieses Gespenst, was immer es ist – hast du es jemals gesehen?«

»Nein.«

»Und hast du es jemals gehört? Seltsames Stöhnen oder Geräusche? Ein Flüstern mitten in der Nacht?«

»Nie.«

»Und macht es sich an deinen Sachen zu schaffen? Reißt es Bilder von der Wand, knallt Türen zu, schaltet das Licht bei dir an?«

»Nein, nichts dergleichen.«

»Genau. Sie hatte viele Gelegenheiten, dich zu erschrecken. Und entweder kann sie es nicht oder will es nicht. Ich glaube, sie versucht zu kommunizieren. Ich glaube, es werden noch mehr Zeichnungen auftauchen, und wenn wir sie alle beisammen haben, werden wir begreifen, was sie zu sagen versucht.«

Hat er recht? Keine Ahnung. Aber ich weiß die Ruhe und Zuversicht zu schätzen, die in seiner Stimme mitschwingen. Er lässt es so erscheinen, als wären all meine Probleme leicht zu bewältigen.

»Danke, Adrian. Danke, dass du mir glaubst.«

Als ich zum Cottage zurückkehre, ruft Caroline von der Veranda aus zu mir herüber: »Wie ich sehe, hast du einen neuen Freund gefunden. Ich hoffe, ich habe ihn nicht verscheucht.«

Ich gehe durch den Garten auf sie zu, damit ich nicht brüllen muss. »Er ist einer eurer Landschaftsgärtner. Er arbeitet für Lawn King.«

»Oh, ich weiß, ich habe Adrian vor ein paar Wochen kennengelernt. Kurz bevor du eingezogen bist. Teddy war wirklich beeindruckt von seinem Aufsitzrasenmäher.« Sie nimmt einen Schluck Wein. »Er ist süß, Mallory. Diese Augen!«

»Wir sind bloß Freunde.«

Sie zuckt mit den Schultern. »Es geht mich ja nichts an. Aber von hier aus sah es so aus, als hättet ihr ziemlich nah beieinander gesessen.«

Ich merke, dass ich rot werde. »Vielleicht ein *bisschen* nah?«

Sie klappt ihr Buch zu, legt es beiseite und lädt mich mit einer Geste dazu ein, mich zu ihr zu setzen. »Was wissen wir noch über ihn?«

Ich erkläre ihr, dass er drei Straßen weiter wohnt, für die Firma seines Vaters arbeitet und an der Rutgers University in New Brunswick Ingenieurwesen studiert. »Er liest gerne. Ich habe ihn im Buchladen getroffen. Und er kennt offenbar jeden und alle in Spring Brook.«

»Wie sieht es mit Warnzeichen aus? Was sind seine Schwächen?«

»Ich bin mir nicht sicher, ob ich schon welche gefunden habe. Er ist ein *Star Wars*-Freak? Ich meine, es würde mich nicht wundern, wenn er verkleidet zu diesen Treffen geht.«

Caroline lacht. »Wenn das seine größte Schwäche ist, würde ich mir ein Prinzessin-Leia-Kostüm anziehen und über ihn herfallen. Wann wirst du ihn wiedersehen?«

»Ich bin mir nicht sicher.«

»Vielleicht solltest du den nächsten Schritt machen. Lade ihn hierher ein. Ihr dürft gerne den Pool benutzen und zusammen picknicken. Bestimmt geht Teddy liebend gerne mit ihm ins Wasser.«

»Danke«, sage ich ihr. »Vielleicht tue ich das.«

Wir sitzen ein paar Augenblicke da, genießen das Schweigen, genießen die Stille der Nacht. Dann greift Caroline nach ihrem Buch – ein altes Taschenbuch, das Eselsohren hat und mit vielen Anmerkungen versehen ist. Der Einband zeigt eine nackte Eva, die im Garten Eden steht und nach dem Apfel greift, während die Schlange in der Nähe lauert.

»Ist das die Bibel?«

»Nein, das ist Poesie. *Das verlorene Paradies.* Auf dem College habe ich es geliebt, aber heute schaffe ich nicht einmal eine einzige Seite. Ich habe keine Geduld mehr. Es ist, als hätte die Mutterschaft meine Aufmerksamkeitsspanne zunichtegemacht.«

»Ich habe den ersten Harry-Potter-Band bei mir im Cottage. Ich habe ihn aus der Bücherei ausgeliehen, um ihn Teddy vorzulesen, aber du kannst ihn dir borgen, wenn du willst.«

Caroline lächelt, als ob ich etwas Lustiges gesagt hätte. »Ich denke, ich werde ins Bett gehen. Es ist schon spät. Gute Nacht, Mallory.«

Sie geht ins Haus, und ich mache mich auf den Weg durch

den Garten zum Cottage. Wieder einmal höre ich Schritte in Hayden's Glen – wieder Rehe, betrunkene Teenager oder wandelnde Leichen, wer weiß –, aber das Geräusch erschreckt mich nicht mehr.

Denn ich habe beschlossen, dass Adrian recht hat.

Ich brauche keine Angst vor Anya zu haben.

Sie versucht nicht, mich zu verletzen.

Sie versucht nicht, mich zu erschrecken.

Sie versucht mir etwas zu sagen.

Und ich denke, es ist an der Zeit, den Mittelsmann zu umgehen.

15

Am nächsten Morgen gebe ich Teddy Bescheid, dass Adrian mittags zu einer Poolparty rüberkommen wird. Daraufhin bereiten wir ein großes Picknick mit gegrillten Hähnchen-sandwiches, Nudelsalat, Obstsalat und frisch gepresster Limonade vor. Stolz trägt Teddy alles zum Pool, und ich spanne die Sonnenschirme auf der Terrasse auf, damit wir nachher im Schatten essen können.

Ich habe Adrian bereits in den Plan eingeweiht, und er hat sich bereit erklärt, auf Teddy aufzupassen, während Mitzi und ich versuchen, das Ouija-Board zu benutzen. Er kommt pünktlich um 12 Uhr, bekleidet mit Badeshorts und einem roten Scarlet Knights T-Shirt. Teddy rennt am Pool entlang, um ihn zu begrüßen. Obwohl er kaum mehr als einen Meter groß ist, hat er es irgendwie hinbekommen, das kindersichere Tor zu öffnen. Dann schlüpft er in seine Rolle als Oberkellner, heißt Adrian in unserem »Restaurant« willkommen und führt ihn zu unserem Tisch.

Adrian bestaunt das Essen, das wir aufgefahren haben. »Ich wünschte, ich könnte bleiben und den ganzen Tag essen! Aber El Jefe gibt mir nur eine Stunde frei. Danach würde er mich suchen, und das wäre für keinen von uns gut.«

»Wir werden schnell essen, damit wir hinterher noch schwimmen können«, erklärt Teddy. »Danach können wir Marco Polo spielen!«

Ich gebe Adrian jede Menge Anweisungen, erinnere ihn immer wieder daran, dass Teddy seine Schwimmflügelchen tragen muss und dass das Wasser selbst im flachen Teil zu tief für ihn ist. Ich bin zu nervös, um auch nur einen Bissen herunterzubekommen. Ich werfe immer wieder einen Blick hinüber zum Cottage, wo Mitzi seit etwa einer Stunde damit beschäftigt ist, »die Zusammenkunft« vorzubereiten. Sie ist sich nicht sicher, ob der Plan funktionieren wird. Unter idealen Umständen, sagt sie, würde Teddy neben uns am Ouija-Board sitzen. Aber sie meint, wenn Teddy sechs, sieben Meter entfernt ist, könnte das nahe genug sein, und das ist der einzige Versuch, auf den ich es ankommen lassen werde.

Teddy will unbedingt ins Wasser, mampft deswegen nur ein halbes Sandwich und behauptet dann, er habe keinen Hunger mehr. Adrian wiederum weiß, dass ich loslegen will, daher isst er hastig, schlingt danach einen Arm um Teddy und hebt ihn vom Boden auf.

»Bereit, Mr T?«

Teddy kreischt und schreit vor Freude.

Jetzt kommt der knifflige Teil:

»Teddy, macht es dir etwas aus, wenn Adrian ein Weilchen auf dich aufpasst? Ich muss etwas in meinem Cottage erledigen.«

Wie erwartet, flippt Teddy völlig aus, rennt zum anderen Ende des Pooldecks und fuchtelt wie ein Verrückter mit den Armen, weil er so begeistert ist, dass Adrian – Adrian!!! – auf ihn aufpassen wird.

»Bitte achte gut auf ihn. Du darfst ihn nicht aus den Augen lassen. Nicht mal eine Sekunde lang. Wenn ihm etwas zustößt …«

»Wir werden schon klarkommen«, verspricht Adrian. »Du bist es, um die ich mir Sorgen mache. Ist es das erste Mal, dass du ein Ouija-Board benutzt?«

»Das erste Mal seit der Mittelstufe.«

»Sei vorsichtig, okay? Ruf laut, wenn du etwas brauchst.«

Ich schüttle den Kopf. »Kommt nicht in die Nähe des Cottage, selbst wenn du uns schreien hörst. Ich will nicht, dass Teddy mitbekommt, was wir dort machen. Wenn er es seinen Eltern erzählt, rasten die aus.«

»Aber was, wenn es ein Problem gibt?«

»Mitzi sagt, sie hat so etwas schon hundertmal gemacht. Sie sagt, die Dinger sind völlig sicher.«

»Und was, wenn Mitzi sich irrt?«

Ich versichere ihm, dass alles gut gehen wird, bin mir jedoch nicht sicher, ob ich besonders zuversichtlich klinge. Mitzi hat mich heute schon sechsmal auf dem Handy angerufen, um mich auf wichtige Vorsichtsmaßnahmen und Einschränkungen aufmerksam zu machen. Sie hat mir untersagt, Schmuck oder Parfüm zu tragen. Kein Make-up, keine Kopfbedeckungen oder Schals, keine vorn offenen Schuhe. Mit jedem Gespräch klang sie manischer. Sie hatte mir erklärt, dass sie THC nimmt, um ihre Nervenbahnen »frei zu machen«, und ich mache mir Sorgen, dass das ganze Cannabis sie paranoid gemacht haben könnte.

Teddy kommt wieder auf uns zugerannt, rammt Adrians Knie und stößt ihn fast in den Pool. »Bist du fertig? Können wir jetzt schwimmen?«

»Viel Spaß, Jungs«, wünsche ich den beiden. »Ich bin gleich wieder da.«

Als ich im Cottage ankomme, hat Mitzi ihre Vorbereitungen abgeschlossen. Auf dem Küchentresen liegt ein Stapel Fachbücher, und sie hat schweren, schwarzen Stoff vor die Fenster gehängt, um jegliches Sonnenlicht fernzuhalten. Als ich die Tür öffne und die Augen zusammenkneife, um mich an die Dunkelheit zu gewöhnen, ertappe ich sie dabei, wie sie nach draußen späht und Adrian dabei beobachtet, wie er sein T-Shirt auszieht. »Sieh an, sieh an. Wo hast du denn diesen hübschen Studenten aufgetrieben?«

Ohne seine Arbeitskleidung und Ausrüstung scheint sie Adrian nicht wiederzuerkennen, begreift nicht, dass er derselbe Mann ist, den sie noch vor ein paar Wochen als potenziellen Vergewaltiger dargestellt hat.

»Er wohnt die Straße runter.«

»Und du vertraust ihm das Kind an? Wir werden nicht gestört werden?«

»Wir werden schon zurechtkommen.«

Ich schließe die Tür, und es ist, als schlösse ich mich in einer Gruft ein. In der Luft liegt ein hölzerner Geruch von Räucherstäbchen und verbranntem Salbei; Mitzi erklärt, dies reduziere die Dazwischenkunft unfreundlich gesinnter Geister. Sie hat ein halbes Dutzend Votivkerzen im Raum verteilt, die gerade genug Licht spenden, dass wir arbeiten können. Über meinem Küchentisch hat sie ein schwarzes Tuch drapiert, und das Ouija-Board aus Holz liegt in der Mitte, umgeben von einem Ring aus winzigen Granulatkristallen. »Meersalz«, erklärt Mitzi. »Das ist zwar eine übertriebene Vorsichtsmaßnahme, aber da es dein erstes Mal ist, gehe ich kein Risiko ein.«

Bevor wir anfangen, fragt Mitzi, ob sie alle Zeichnungen durchsehen kann, die ich bekommen habe. Mittlerweile habe ich eine Sammlung angelegt; am Morgen war ich aufgewacht und fand drei neue Zeichnungen auf dem Boden meines Cottage, so als hätte sie jemand unter der Eingangstür hindurchgeschoben.

Die letzte Zeichnung scheint Mitzi besonders zu beunruhigen, zeigt sie doch das Gesicht der Frau im Profil. Mitzi deutet auf die Silhouette am Horizont. »Wer ist diese Person, die auf sie zugeht?«

»Ich glaube, sie geht von ihr weg.«

Mitzi fröstelt, ein Schauer überläuft sie, dann schüttelt sie ihn ab. »Ich denke, wir müssen sie einfach fragen. Bist du bereit?«

»Ich weiß nicht.«

»Musst du noch mal auf die Toilette?«

»Nein.«

»Ist dein Handy ausgeschaltet?«

»Ja.«

»Dann bist du bereit.«

Wir nehmen an den gegenüberliegenden Enden des Tisches Platz. Zwischen uns steht ein dritter Stuhl – frei gelassen für Anya. In der Dunkelheit des Cottage fühlt es sich so an, als wäre Spring Brook ganz weit weg. Genauer gesagt, habe ich das Gefühl, als wäre ich gleichzeitig innerhalb und außerhalb von Spring Brook. Die Luft ist anders; sie ist dicker, das Atmen fällt schwerer. Ich höre immer noch Teddy lachen und Adrian »Arschbombe!« rufen und das Wasser im Schwimmbad plätschern, aber all diese Geräusche sind leicht verzerrt, als würde ich sie über eine schlechte Telefonverbindung wahrnehmen.

Mitzi legt eine kleine, herzförmige Planchette auf die Mitte des Bretts und fordert mich auf, meine Finger auf die eine Seite zu legen. Die Unterseite der Planchette ist mit drei kleinen Rädern auf winzigen Messingrollen ausgestattet; die kleinste Berührung lässt sie von mir wegrollen. »Sachte jetzt, du darfst sie nicht schieben«, mahnt Mitzi. »Lass das Werkzeug allein arbeiten.«

Ich dehne meine Finger, bemüht, sie wieder zu entspannen. »Tut mir leid.«

Mitzi legt ihre Finger auf der gegenüberliegenden Seite der Planchette ab. Dann schließt sie die Augen.

»Okay, Mallory, ich fange jetzt mit dem Gespräch an. Ich werde den Kontakt herstellen. Sobald wir eine gute Harmonie erreicht haben, lasse ich dich deine Fragen stellen. Schließe einfach erst mal die Augen, und entspanne dich. Atme tief und reinigend durch die Nase ein und durch den Mund wieder aus.«

Ich bin nervös und ein bisschen befangen, aber Mitzis Stimme wirkt beruhigend. Ich bemerke, wie ich es ihr gleichtue, mich an ihre Körperhaltung und Atmung anpasse. Der wohlriechende Rauch entspannt meine Muskeln und bringt meine Gedanken zur Ruhe. All meine alltäglichen Sorgen und Bedenken – Teddy, die Maxwells, das Joggen, das Cleansein –, das alles verblasst allmählich.

»Willkommen, Geister!«, verkündet Mitzi, und ich fahre in meinem Stuhl zurück, erschrocken durch ihr Stimmvolumen. »Dies ist ein sicherer Ort. Wir heißen eure Anwesenheit willkommen. Wir laden euch ein, mit uns ins Gespräch zu kommen.«

Draußen vor dem Cottage höre ich immer noch die Geräusche des Swimmingpools – die Geräusche von wildem Wassertreten und Planschen. Aber dann konzentriere ich mich stärker, und es gelingt mir, sie auszublenden. Ich entspanne meine Fingerspitzen und halte Kontakt mit der Planchette, ohne Druck auszuüben.

»Annie Barrett, wir möchten mit Annie Barrett sprechen«, sagt Mitzi. »Bist du da, Annie? Kannst du uns hören?«

Je länger ich auf dem harten Holzstuhl sitze, desto mehr werden mir all die Stellen bewusst, an denen er meinen Körper berührt – die Sitzfläche unter meinem Hintern, die Querstrebe, die mir gegen die Schulterblätter drückt. Ich betrachte die Planchette eingehend, bin gespannt auf die kleinsten Anzeichen einer Bewegung. Der brennende Salbei knistert und knackt.

»Was ist mit Anya? Ist eine Anya anwesend? Kannst du uns hören, Anya?«

Meine Augenlider fühlen sich schwer an, und ich gestatte mir, sie zu schließen. Mir ist, als würde ich hypnotisiert oder als hätte ich die letzten Momente am Ende des Tages erreicht, wenn ich in einem warmen Bett unter einer gemütlichen Decke liege, kurz bevor ich in den Schlaf gleite.

»Bist du da, Anya? Willst du mit uns sprechen?«

Keine Antwort.

Ich höre die Geräusche im Garten nicht mehr, nur noch Mitzis schweres Atmen.

»Lass uns dir helfen, Anya. Bitte! Wir hören zu.«

Mit einem Mal streift etwas meinen Nacken, so als ob jemand hinter meinem Stuhl entlang gegangen wäre. Ich drehe mich um. Dort ist niemand, aber als ich wieder auf das Ouija-Brett schaue, spüre ich, dass jemand hinter mir steht und sich über mich beugt. Weiches, langes Haar fällt mir über die Schulter und streift dabei meine Wange. Dann drückt ein unsichtbares Gewicht auf meine Hand – ein sanfter, stupsender Druck, der die Planchette vorwärtsgleiten lässt. Eines der Räder gibt ein ganz leises Geräusch von sich wie das leise Quieken einer Maus.

»Willkommen, Geist!« Mitzi lächelt mich an, und ich begreife, dass sie eigentlich keine Ahnung hat, was hier vor sich geht. Sie sieht oder spürt offensichtlich nicht, was hinter mir ist. »Danke, dass du unserem Ruf nachgekommen bist!«

Warmer Atem kitzelt mich im Nacken, und ich bekomme

eine Gänsehaut. Der Druck auf meine Hand und mein Handgelenk verstärkt sich und führt die Planchette in langsamen, weit ausholenden Kreisen über das Brett.

»Ist Anya hier?«, fragt Mitzi. »Sprechen wir mit Anya?«

Das Brett ist mit einem normalen Alphabet und den Zahlen von null bis neun bemalt, und in den oberen Ecken stehen die Worte JA und NEIN. Ich schaue passiv zu, wie die Planchette kurz beim Buchstaben I stehen bleibt und sich dann zurück auf G und schließlich E bewegt. Mitzi hält vier Finger auf der Planchette, hält aber in ihrer freien Hand einen Stift, um die Ergebnisse auf einen Notizblock zu transkribieren: I-G-E? Schweißperlen stehen ihr auf der Stirn. Sie blickt mich an und schüttelt unverdrossen den Kopf.

»Sprich langsam, Geist«, sagt sie. »Wir haben Zeit. Wir wollen dich verstehen. Bist du Anya?«

Die Planchette bewegt sich auf das N zu, dann auf das X und schließlich auf das O.

»Du lehnst dich nach vorne«, flüstert Mitzi irritiert. Mir geht auf, dass sie mich meint.

»Was?«

»Auf dem Tisch. Du drückst, Mallory.«

»Das bin nicht *ich*.«

»Setz dich zurück in deinen Stuhl. Setz dich aufrecht hin.«

Ich bin zu eingeschüchtert, um mit ihr zu streiten, um ihr die Wahrheit zu sagen. Ich will nicht unterbrechen, was auch immer da gerade vor sich geht.

»Geist, wir sehen deine Botschaft! Wir begrüßen jede Information, die du uns mitteilen möchtest.«

Der Druck auf meine Hand wird stärker, und die Planchette bewegt sich schneller, huscht über das Brett und kommt scheinbar wahllos bei einem Buchstaben nach dem anderen zum Stillstand, eine Kette spirituellen Rauschens: L-V-A-J-X-S. Mitzi schreibt immer noch alles auf, wirkt aber mehr und mehr genervt. Das Ergebnis sieht aus wie Buchstabensuppe.

Die hölzerne Planchette pulsiert vor Energie wie der rasende Herzschlag eines kleinen, verängstigten Tiers. Sie fliegt regelrecht über das ganze Brett, und Mitzi kommt mit ihren einhändig ausgeführten Notizen kaum nach. Die Luft ist so dick, dass sie erstickend wirkt. Meine Augen tränen, und ich verstehe nicht, warum mein Rauchmelder nicht anspringt. Dann hebt Mitzi ihre Finger, und die Planchette bewegt sich weiter. Meine Hand schiebt sie über das Brett hinaus, sie fliegt über die Tischkante und landet klappernd auf dem Boden. Wütend steht Mitzi auf. »Ich wusste es! Du hast geschoben! Die ganze Zeit hast du geschoben!«

Das Gewicht löst sich von meiner Hand, und plötzlich bin ich aus meiner Trance gerissen. Der Raum nimmt schlagartig wieder klare Konturen an. Es ist 12:45 Uhr am Mittwochnachmittag, und ich höre, wie Adrian draußen im Garten zählt: »Sechs Mississippi, Sieben Mississippi …«, und ich sehe, dass Mitzi mich zornig anstarrt.

»Das war Anya. Nicht ich.«

»Ich habe dich beobachtet, Mallory. Ich habe dich genau gesehen!«

»Acht Mississippi!«

»Anya hat meine Hand bewegt. Sie hat mich geführt.«

»Das hier ist keine Pyjamaparty. Es ist kein Spiel. Das ist mein Lebensunterhalt. Ich nehme das sehr ernst!«

»Neun Mississippi!«

»Du hast meine Zeit verschwendet. Du hast den ganzen Tag vergeudet!«

Plötzlich blinzle ich ins Tageslicht. Die Tür zum Cottage ist aufgeschwungen, und der kleine Teddy steht auf der Veranda und späht in die Dunkelheit. Er legt sich einen Finger an die Lippen, um uns zu bedeuten, leise zu sein. Draußen im Garten ruft Adrian: »Zehn Mississippi! Fertig oder nicht, ich komme!«

Teddy duckt sich hinein und schließt leise die Tür. Dann schaut er sich im Cottage um und bestaunt die Kerzen, die verdunkelten Fenster und meinen Küchentisch mit dem Ring aus Meersalz. »Was spielt ihr?«

»Schatz, das ist ein Ouija-Board«, erklärt Mitzi und ermutigt ihn, es sich genauer anzusehen. »In den richtigen Händen ist es ein Werkzeug zur Kommunikation. Man kann damit mit den Toten Kontakt aufnehmen.«

Um Bestätigung heischend, schaut Teddy mich an, als könne er nicht glauben, dass Mitzi die Wahrheit sagt. »Wirklich?«

»Nein, nein, nein.« Ich bin schon aufgestanden und begleite ihn zurück zur Tür. »Es ist nur ein Spielzeug. Nur ein Spiel.« Das Letzte, was ich brauche, ist, dass Teddy seinen Eltern von einer Séance erzählt. »Wir haben nur so getan. Es ist nicht echt.«

»Es ist sehr echt«, widerspricht Mitzi. »Wenn man seine Kräfte respektiert. Wenn man es ernst nimmt.«

Als ich die Tür öffne, sehe ich Adrian durch den Garten gehen und zwischen den Bäumen entlang Hayden's Glen nach Teddy suchen. »Hier drüben!«, rufe ich ihm zu.

Er kommt herübergejoggt, und Teddy, immer noch vertieft in ihrer beider Versteckspiel, sprintet an meinen Beinen vorbei über das Gras.

»Das tut mir leid«, sagt Adrian. »Ich habe ihm gesagt, er soll beim Pool bleiben. Ich hoffe, er hat nichts kaputt gemacht.«

»Es war vorher schon kaputt«, schimpft Mitzi. Sie packt ihre Sachen ein, löscht die Kerzen und sammelt die Räucherstäbchen ein. »Es gibt keine Geister in diesem Cottage. Es gab nie welche. Das ist nur eine Geschichte, die sie erfunden hat, um Aufmerksamkeit zu erheischen.«

»Mitzi, das ist nicht wahr!«

»Ich habe dieses Brett schon hundertmal benutzt. So hat es noch nie reagiert.«

»Ich schwöre dir …«

»Schwöre auf deinen Typ hier, okay? Heul dich an seiner Schulter aus, vielleicht hat er dann Mitleid mit dir. Aber verlange nicht mehr von mir, dass ich wieder meine Zeit vergeude.«

Sie stopft ihre Bücher in ihre Tasche und stürmt an mir vorbei, wobei sie fast stolpert, als sie die Stufen des Cottage hinuntergeht.

»Was ist denn gerade passiert?«, will Adrian wissen.

»Anya war hier, Adrian. Sie war im Cottage. Ich schwöre, ich konnte spüren, wie sie sich über mich gebeugt hat. Sie hat meinen Arm bewegt. Aber es kam nur eine Buchstabensuppe dabei heraus. Wir konnten uns keinen Reim darauf machen. Und dann, mittendrin, ist Mitzi ausgeflippt. Sie fing an, mich anzuschreien.«

Wir beobachten von der Veranda aus, wie Mitzi schwankend über den Rasen geht, erst nach links ausschert und dann überkompensierend nach rechts, nicht imstande, schnurgerade zu gehen.

»Geht es ihr gut?«, fragt Adrian.

»Tja, sie ist ziemlich high, aber das gehört wohl zu ihrem Vorgehen.«

Ein niedergeschlagener Teddy kommt durch den Garten

auf uns zu. Er scheint zu begreifen, dass etwas Ungutes passiert ist und die Erwachsenen verärgert sind. Mit hoffnungsvoller Stimme fragt er: »Möchte jemand mit mir Fangen spielen?«

Adrian entschuldigt sich dafür, dass er gehen muss, aber er sagt, es müsse sein. »Wenn ich nicht gleich zurückgehe, flippt El Jefe aus.«

»Ich kann mit dir Fangen spielen«, sage ich zu Teddy. »Gib uns nur noch eine Minute.«

Das ist eindeutig nicht das, was Teddy hören will. Unzufrieden mit uns beiden stapft er durch den Garten zur Terrasse.

»Kommst du zurecht?«, fragt Adrian.

»Ich bin okay. Ich hoffe nur, dass Teddy nichts zu seinen Eltern sagt…«

Allerdings bin ich mir ziemlich sicher, dass er es tun wird.

16

Nach der Poolparty geht Teddy hoch in sein Zimmer, um dort seine Ruhezeit zu verbringen. Ich bleibe unten im Familienzimmer. Was er oben anstellt, will ich lieber gar nicht wissen. Womöglich ist es besser für mich, wenn ich aufhöre, so viele Fragen zu stellen.

Am Nachmittag unternehmen wir einen langen Spaziergang durch den Zauberwald. Wir folgen der Gelben Backsteinstraße zum Drachenpass bis hinunter zum Königlichen Fluss. Dabei versuche ich eine neue Geschichte über Prinzessin Mallory und Prinz Teddy zu erfinden. Aber Prinz Teddy will nur über Ouija-Boards reden: Brauchen sie Batterien? Wie spüren sie die Toten auf? Können sie *jeden* Toten aufspüren? Können sie Abraham Lincoln aufspüren? Ich sage immer wieder »Ich weiß es nicht« und hoffe, dass er irgendwann das Interesse verliert. Stattdessen fragt er, wie viel so ein Brett kostet und ob man sich eines basteln kann.

Caroline kommt zur üblichen Zeit von der Arbeit nach Hause. Ich eile raus, um einen langen Lauf zu unternehmen, erpicht darauf, hier wegzukommen und Stress abzubauen. Es ist fast 19 Uhr, als ich nach Hause komme. Ted und Caroline erwarten mich auf der Veranda des Cottage, und als ich ihre Gesichter sehe, ist mir klar, dass sie Bescheid wissen.

»Gutes Training?«, fragt Ted.

Seine Stimme klingt unbeschwert, so als wolle er Schönwetter machen.

»Ganz gut. Fast neun Meilen.«

»Neun Meilen, wirklich? Das ist bemerkenswert.«

Caroline hingegen hat kein Interesse an Small Talk.

»Hast du uns etwas zu erzählen?«

Ich fühle mich wie eine Schülerin, die ins Büro des Rektors zitiert und dann gezwungen wird, ihre Taschen zu leeren. Mir fällt nichts anderes ein, als mich dumm zu stellen: »Was ist denn los?«

Sie drückt mir ein Blatt Papier in die Hand. »Vor dem Abendessen habe ich diese Zeichnung gefunden. Teddy wollte sie mir nicht zeigen. Er hat versucht, sie zu verstecken. Aber ich habe darauf bestanden. Jetzt schau dir das Bild an und sag mir, warum wir dich nicht auf der Stelle feuern sollten.«

Ted legt ihr eine Hand auf den Arm. »Lass uns nicht überreagieren.«

»Bevormunde mich nicht so, Ted. Wir bezahlen Mallory dafür, auf unser Kind aufzupassen. Und sie hat ihn mit dem Gärtner allein gelassen. Damit sie mit einem Ouija-Brett spielen konnte. Mit der Kifferin von nebenan. Inwiefern reagiere ich da über?«

Die Zeichnung sieht ganz anders aus als die dunklen, düsteren Bilder, die jemand auf meine Veranda gelegt hatte und die an meinen Kühlschrank gepinnt worden waren. Hier sind jetzt nur wieder Teddys Strichmännchen zu sehen – ich und eine wütende Frau, offensichtlich Mitzi, versammelt um ein Rechteck mit Buchstaben und Zahlen.

A BX03
14011

»Ich *wusste* es!«

Caroline kneift die Augen zusammen. »Wusstest was?«

»Anya war hier! Bei der Séance! Mitzi hat mir vorgeworfen, ich hätte den Zeiger geschoben. Aber es war Anya! Sie *hat* ihn bewegt. Teddy hat sie gesehen. Das Bild beweist es!«

Caroline ist perplex. Sie wendet sich Ted zu, der beschwichtigend die Hände hebt. »Lasst uns alle mal tief durchatmen, okay? Wir sollten das jetzt erst mal sacken lassen.«

Natürlich sind die beiden verwirrt. Sie haben auch nicht all das gesehen, was ich gesehen habe. Wenn sie nicht die Bilder sehen, werden sie mir nie im Leben glauben. Ich öffne die Tür zum Cottage und bitte die beiden herein. Ich hole den Stapel Zeichnungen und lege sie der Reihe nach auf mein Bett. »Seht euch die an. Das Papier erkennt ihr, oder? Von Teddys Skizzenblöcken? Die ersten drei habe ich letzten Montag auf meiner Veranda gefunden. Ich habe Teddy danach gefragt, aber er meinte, er hätte nichts damit zu tun. Am nächsten Abend war ich ausgegangen. Die Tür zum Cottage war verschlossen. Aber als ich nach Hause kam, hingen drei weitere Zeichnungen an meinem Kühlschrank. Deswegen habe ich eine Kamera in Teddys Zimmer versteckt …«

»Du hast *was* getan?«, fällt mir Caroline ins Wort.

»Euer Babyfon. Aus dem Keller. Ich habe die Kamera in seinem Zimmer postiert und ihn während seiner Ruhezeit beim Zeichnen beobachtet.« Ich deute auf die nächsten drei Bilder. »Ich habe beobachtet, wie er die hier gezeichnet hat. Er hat dabei seine rechte Hand benutzt.«

Caroline schüttelt den Kopf. »Entschuldige mal, Mallory, aber wir reden hier von einem fünf Jahre alten Jungen. Wir sind uns alle einig, dass Teddy begabt ist, aber er ist auf keinen Fall zu so etwas fähig …«

»Du verstehst mich nicht. Teddy hat diese Bilder nicht gemalt. Das war Anya. Der Geist von Annie Barrett. Sie sucht Teddy in seinem Zimmer heim. Sie benutzt ihn wie eine Marionette. Irgendwie erlangt sie die Kontrolle über seinen Körper, malt diese Bilder und deponiert sie dann bei mir im Cottage. Weil sie mir etwas mitteilen will.«

»Mallory, nun mach aber mal halblang«, mahnt Ted.

»Wir haben es mit einer Séance versucht, damit Anya Teddy in Ruhe lässt. Ich wollte mit ihr direkt kommunizieren und Teddy da raushalten. Aber etwas ist schiefgegangen. Es hat nicht geklappt.«

Ich halte inne, schenke mir ein Glas Wasser ein und stürze es hinunter. »Ich weiß, das klingt verrückt. Aber hier vor euren Augen liegen alle Beweise, die man braucht. Schaut euch diese Bilder an. Sie fügen sich zusammen, sie erzählen eine Geschichte. Helft mir bitte, sie zu verstehen.«

Caroline sinkt in ihrem Stuhl zusammen und vergräbt ihr Gesicht in den Händen. Ted gelingt es, die Fassung zu bewahren. Er erweckt den Eindruck, als wäre er fest dazu entschlossen, dieses Gespräch zu beenden. »Wir wollen dir wirklich helfen, Mallory. Ich bin froh, dass du offen und ehrlich zu uns bist. Aber bevor wir uns einen Reim auf diese Bilder machen können, müssen wir uns auf ein paar Fakten verständigen, okay? Und der wichtigste ist, dass es keine Geister gibt.«

»Du kannst nicht beweisen, dass sie nicht existieren.«

»Weil man eine Negation nicht beweisen kann! Betrachte es von der anderen Seite, Mallory: Du hast keinen Beweis dafür, dass der Geist von Annie Barrett real ist.«

»Diese Bilder sind mein Beweis! Sie sind auf dem Papier von Teddys Skizzenblock gezeichnet worden. Wenn er sie nicht gezeichnet hat – wenn Annie sie nicht auf magische

Weise in mein Cottage gebracht hat –, wie sind sie dann hierhergekommen?«

Ich bemerke, dass sich Carolines Aufmerksamkeit auf den kleinen Beistelltisch neben meinem Bett verlagert hat, auf dem ich Handy, Tablet, meine Bibel und den leeren Skizzenblock abgelegt habe, den Teddy mir vor einem Monat geschenkt hat, als ich meine Arbeit für die Maxwells aufnahm.

»Ach, komm schon«, sage ich zu ihr. »Du denkst doch nicht etwa, *ich* zeichne sie?«

»Das habe ich nicht behauptet«, gibt Caroline zurück, doch ich spüre, dass sie nachdenkt und der Theorie nachgeht.

Immerhin: War ich denn nicht anfällig für Gedächtnislücken?

Ist denn nicht letzte Woche eine Schachtel mit Teddys Kohlestiften verschwunden?

»Fragen wir euren Sohn«, sage ich. »Er wird nicht lügen.«

Wir brauchen nur eine Minute, um den Garten zu durchqueren und nach oben zu Teddys Zimmer zu gelangen. Er hat sich bereits die Zähne geputzt und seinen Feuerwehrauto-Schlafanzug angezogen. Er liegt auf dem Boden neben seinem Bett, baut mit Klötzen ein Haus und deponiert lauter Bauernhoftiere aus Plastik in dessen Zimmer. Auf diese Weise haben wir ihn noch nie zur Rede gestellt – zu dritt betreten wir sein Zimmer, allesamt aufgedreht und total gestresst. Er bekommt sofort mit, dass etwas nicht stimmt.

Ted geht zum Bett hinüber und zerzaust seinem Sohn die Haare. »Hey, mein Großer.«

»Wir müssen dich etwas Wichtiges fragen«, sagt Caroline. »Und du musst die Wahrheit sagen.« Sie nimmt die Bilder und breitet sie auf dem Boden aus. »Hast du die gemalt?«

Er schüttelt den Kopf. »Nein.«

»Er kann sich nicht daran *erinnern*, sie gemalt zu haben«, versichere ich ihr. »Weil er in eine Art Trance fällt. Wie bei einem Dämmerschlaf.«

Caroline kniet sich neben ihren Sohn, beginnt mit einer Plastikziege zu spielen und bemüht sich, einen unbeschwerten Tonfall zu bewahren. »Hat Anya dir geholfen, diese Zeichnungen zu machen? Hat sie dir gesagt, was du tun sollst?«

Ich starre Teddy an und versuche, Augenkontakt mit ihm herzustellen, aber der Junge sieht mich nicht an. »Ich weiß, dass Anya nicht echt ist«, sagt er zu seinen Eltern. »Anya ist bloß eine erfundene Freundin. Anya könnte nie echte Bilder malen.«

»Natürlich nicht«, bestätigt Caroline, legt ihm ihren Arm um die Schultern und drückt ihn fest. »Du hast absolut recht, Schatz.«

Allmählich habe ich das Gefühl, verrückt zu werden. Es ist, als würden wir alle absichtlich das Offensichtliche ignorieren, als wären wir uns plötzlich alle einig, dass zwei und zwei fünf ergibt.

»Aber ihr riecht doch alle etwas in diesem Zimmer, oder? Schaut euch um. Die Fenster sind offen, die Klimaanlage läuft, die Bettlaken sind sauber. Ich habe sie heute gewaschen, ich wasche sie jeden Tag, aber hier drinnen riecht es immer schlecht. Nach Schwefel, nach Ammoniak.« Caroline wirft mir einen warnenden Blick zu, aber sie begreift nicht, worauf ich hinauswill. »Es ist nicht Teddys Schuld! Es ist Anya! Ihr haftet dieser Geruch an! Es ist der Geruch von Verwesung, es ist …«

»Hör auf!«, weist Ted mich zurecht. »Hör einfach auf zu reden. Wir verstehen ja, dass du durcheinander bist. Wir haben dich verstanden, okay? Aber wenn wir dieses Problem lösen wollen, müssen wir uns mit den Fakten befassen. Mit reinen Wahrheiten. Und ich will ehrlich zu dir sein, Mallory: Ich nehme keinen Geruch in diesem Raum wahr. Ich finde, in Teddys Zimmer riecht es sehr gut.«

»Ich auch«, sagt Caroline. »Es ist nichts falsch an dem Geruch in seinem Zimmer.«

Jetzt bin ich überzeugt davon, dass ich verrückt werde.

Ich habe das Gefühl, dass Teddy meine einzige Hoffnung ist, kann ihn jedoch nach wie vor nicht dazu bringen, mich anzuschauen. »Komm schon, Teddy, wir haben doch darüber gesprochen. Du kennst den Geruch, und du hast mir gesagt, dass es Anya ist.«

Er schüttelt nur den Kopf, beißt sich auf die Unterlippe und bricht dann plötzlich in Tränen aus. »Ich weiß, dass sie nicht echt ist«, sagt er weinend zu seiner Mutter. »Ich weiß, dass sie nur geträumt ist. Ich weiß, dass sie nicht echt ist.«

Caroline legt ihren Arm um ihn. »Natürlich«, sagt sie, bemüht, ihn zu trösten. Dann wendet sie sich mir zu. »Ich denke, du solltest jetzt gehen.«

»Warte …«

»Nein. Wir haben genug geredet. Teddy muss jetzt ins Bett, und du gehst zurück in dein Cottage.«

Während Teddy weiter weint, wird mir klar, dass sie wahrscheinlich recht hat und ich nichts weiter für ihn tun kann. Ich sammle die Bilder ein und verlasse das Zimmer. Ted folgt mir die Treppe hinunter ins Erdgeschoss.

»Er lügt euch an«, beteuere ich Ted. »Er sagt das, was ihr hören wollt, damit er keinen Ärger bekommt. Aber er sagt nicht die Wahrheit. Er hat sich geweigert, mich anzuschauen.«

»Vielleicht hatte er Angst davor, dich anzuschauen«, sagt Ted. »Vielleicht hatte er Angst, du würdest wütend werden, wenn er ehrlich antwortet.«

»Und was passiert jetzt? Werdet ihr beide mich feuern?«

»Nein, Mallory, natürlich nicht. Ich denke, wir schlafen alle eine Nacht darüber, um wieder herunterzukommen. Um einen klaren Kopf zu bekommen. Hört sich das gut an?«

Ob sich das gut anhört? Ich weiß nicht. Ich glaube nicht, dass ich einen klaren Kopf bekommen will. Ich bin immer noch davon überzeugt, dass ich recht habe und die beiden im Unrecht sind, dass ich die meisten Puzzleteile beisammenhabe und sie jetzt nur noch in der richtigen Reihenfolge zusammensetzen muss.

Ted legt beide Arme um mich.

»Hör zu, Mallory: Du bist hier sicher. Du bist nicht in Gefahr. Ich werde nie zulassen, dass dir etwas Schlimmes passiert.«

Ich bin immer noch verschwitzt von meinem Lauf und rieche bestimmt schrecklich, aber Ted zieht mich näher an sich heran und streicht mir mit der Hand hinten durch die Haare. Innerhalb weniger Augenblicke schlägt es von tröstlich zu seltsam um; ich spüre, wie sein warmer Atem meinen Nacken kitzelt, spüre, wie er sich mit allem, was er hat, an mich presst, und ich weiß nicht, wie ich mich aus seiner Umarmung befreien soll.

Aber dann kommt Caroline in den Flur hinuntergestapft. Ruckartig löst sich Ted von mir, und ich gehe in die entgegengesetzte Richtung und schleiche mich durch die Hintertür hinaus, damit ich seine Frau nicht mehr sehen muss.

Keine Ahnung, was da gerade passiert ist, aber ich glaube, in einer Sache hat Ted recht.

Jemand braucht definitiv eine Nacht, um wieder herunterzukommen.

17

Als ich wieder im Cottage bin, sehe ich eine kurze Nachricht von Adrian auf meinem Handy: *gute Neuigkeiten.* Ich rufe ihn zurück, und er nimmt das Gespräch gleich nach dem ersten Klingeln an.

»In der Bibliothek hat sich etwas gefunden.«

»So etwas wie ein Foto von Annie Barrett?«

»Besser noch. Ein Buch mit ihren Bildern.« Ich höre im Hintergrund Stimmen von Männern und Frauen, die lachen, so als hätte ich Adrian in einer Bar erreicht.

»Sollen wir uns treffen?«

»Ja, aber du musst hierherkommen. Ins Haus meiner Eltern. Sie veranstalten ein Abendessen, und ich habe versprochen, gemeinsam mit ihnen und ihren Freunden zu essen. Aber wenn du rüberkommst, bin ich aus dem Schneider.«

Ich habe immer noch meine Laufklamotten an, habe noch keine meiner Dehnübungen gemacht, und nach 8,78 Meilen bin ich wahnsinnig durstig und hungrig wie ein Löwe. Trotzdem verspreche ich ihm, in einer halben Stunde bei ihm zu sein. Ein Tag ohne Dehnübungen wird mich nicht umbringen.

Ich kippe noch ein Glas Wasser in mich hinein, mache mir rasch ein Sandwich und springe unter die Dusche. Drei Minuten später steige ich in eines von Carolines hübschesten Outfits – ein minzgrünes Minikleid mit einem weißen Schleierkraut-Blumendruck. Dann eile ich hinüber zum Blumenschloss.

Ich bin erleichtert, als nicht seine Eltern, sondern Adrian selbst die Tür aufmacht. Er ist leger mit einem rosafarbenen Polohemd bekleidet, das in einer Khakihose mit Gürtel gesteckt ist.

»Perfektes Timing«, konstatiert er. »Wir haben gerade das Dessert serviert.« Dann beugt er sich zu mir vor und flüstert: »Übrigens, meine Eltern wollten wissen, warum wir uns so für Annie Barrett interessieren. Ich habe ihnen erzählt, du hättest in deinem Cottage Zeichnungen gefunden, unter den Dielen versteckt, und wolltest herausfinden, ob sie von Annie stammen. Eine kleine Notlüge schien mir einfacher, als mit der Wahrheit herauszurücken.«

»Ich verstehe«, sage ich zu ihm, und das tue ich wirklich, mehr, als er ahnt.

Das Blumenschloss ist viel größer als das Haus der Maxwells, fühlt sich drinnen aber kleiner, wärmer und gemütlicher an. Sämtliche Räume sind mit Holzmöbeln eingerichtet, an den Wänden hängen Familienporträts und Karten von Mittel- und Südamerika, und es hat den Anschein, als würde seine Familie schon seit Jahren hier leben. Wir kommen an einem Klavier und einem Dekoschrank mit Töpferwaren vorbei, und vor jedem Fenster wachsen blattreiche grüne Zimmerpflanzen. Am liebsten würde ich stehen bleiben und alles bewundern, aber Adrian marschiert in ein Esszimmer hinein, in dem ein Dutzend lautstark redende Menschen mittleren Alters um einen Tisch sitzen, der mit Weingläsern und Desserttellern gedeckt ist. Es finden zig verschiedene Gespräche gleichzeitig statt, und zunächst bemerkt niemand, dass wir eingetreten sind, bis Adrian eine ausladende Geste macht, mit der er um Aufmerksamkeit bittet.

»Das ist Mallory«, stellt er mich vor. »Sie arbeitet in diesem

Sommer als Kindermädchen bei einer Familie in der Edgewood Street.«

Am Kopfende des Tischs erhebt Ignacio schwungvoll sein Glas, wobei Rotwein auf seine Hand und sein Handgelenk schwappt. »Und sie ist Big-Ten-Athletin! Sie läuft Langstrecke für die Penn State!«

Diese Leute reagieren darauf so, als wäre ich Serena Williams und hätte soeben erneut ein Finale in Wimbledon gewonnen. Adrians Mutter Sofia geht mit einer Flasche Malbec um den Tisch, schenkt nach und legt mir mitfühlend eine Hand auf die Schulter. »Entschuldigen Sie meinen Mann«, sagt sie. »Er ist ein bisschen *achispado.*«

»Sie meint beschwipst«, übersetzt Adrian, deutet dann im Esszimmer herum und stellt mich allen vor. Es sind zu viele Namen, als dass ich sie mir merken könnte – der Chef der Feuerwehr von Spring Brook ist dabei, ein lesbisches Paar, das die Bäckerei in der Stadt betreibt, und einige Nachbarn aus dem Viertel.

»Ich habe gehört, dass du wegen eines Buchs aus der Bibliothek hier bist«, sagt Sofia.

»Ja, aber ich möchte nicht stören …«

»Also bitte, ich kenne diese Leute seit dreißig Jahren. Wir haben uns nichts Neues mehr zu erzählen!« Ihre Freundinnen lachen, und Sofia nimmt einen Aktenordner von der Anrichte. »Gehen wir in den Garten und unterhalten uns.«

Sie öffnet eine Glasschiebetür, und ich folge ihr nach draußen in den extravagantesten Garten, den ich je gesehen habe. Es ist mitten im Juli, und alles blüht: blaue Hortensien, leuchtend rote Zinnien, gelbe Taglilien und jede Menge exotische Blumen, die ich noch nie gesehen habe. Es gibt Bänke, Trittsteine und mit lilafarbenen Prachtwinden überwucherte Torbögen; Vogelbäder, gemauerte Wege und Reihen von Sonnenblumen, die mich überragen. Im Zentrum von allem steht ein offener Pavillon aus Zedernholz mit einem Tisch und Stühlen. Von dort aus blickt man auf einen Koiteich mit einem leise vor sich hin plätschernden Wasserfall. Ich wünschte, ich hätte mehr Zeit, um alles zu bewundern – mir ist, als würde ich durch Disneyland spazieren. Doch mir ist bewusst, dass es für Adrian und Sofia nur ihr Garten ist, also kein großes Ding.

Wir gehen in den Pavillon, und über eine App auf seinem Handy schaltet Adrian eine Kette Partylichter unter der Decke an. Dann nehmen wir Platz, und Sofia kommt zur Sache.

»Dieses Projekt ist schwierig zu recherchieren. Die erste Herausforderung besteht darin, dass die Geschichte schon sehr alt ist, es gibt darüber also nichts im Internet. Die zweite ist, dass Annie Barrett direkt nach dem Zweiten Weltkrieg gestorben ist, als alle Zeitungen noch total auf Europa fokussiert waren.«

»Wie sieht es mit Lokalnachrichten aus?«, frage ich. »Gab es in Spring Brook so etwas wie eine Tageszeitung?«

»Den *Herald*«, sagt sie und nickt. »Er erschien von 1910 bis 1991, aber die Mikrofilme gingen bei einem Lagerhausbrand verloren. Dabei ging alles in Flammen und Rauch auf.« Sie macht eine weit ausholende Geste, und ich entdecke ein kleines Tattoo auf ihrem linken Unterarm, eine schlanke, langstielige Rose, geschmackvoll und elegant, aber überrascht bin ich trotzdem. »Ich habe in der Bibliothek nach Printexemplaren gesucht, hatte aber kein Glück. Aus der Zeit vor 1963 ist nichts mehr erhalten. Ich dachte schon, ich sei in einer Sackgasse gelandet, aber dann hat mich einer meiner Mitarbeiter auf das Regal mit den lokalen Autoren hingewiesen. Wenn jemand aus der Stadt ein Buch veröffentlicht, bestellen wir in der Regel ein Exemplar. Einfach, um nett zu sein. Meistens sind es Krimis oder Memoiren, aber manchmal geht es auch um Heimatkunde. Und da habe ich dann das hier gefunden.«

Sie greift in die Mappe und holt einen sehr schmalen Band heraus, eher eine Druckschrift, etwa dreißig Seiten umfassend, mit einem Einband aus festem Karton und mit dicken, verrosteten Büroklammern gebunden. Die Titelseite sieht aus, als wäre sie mit einer altmodischen Schreibmaschine getippt worden:

Gesammelte Werke von
Anne C. Barrett
(1927–1948)

»Der Band war nicht in unserem Computersystem aufgeführt«, fährt Sofia fort. »Ich glaube nicht, dass dieses Buch in den letzten fünfzig Jahren jemals ausgeliehen worden ist.«

Ich schaue mir das Buch näher an. Er verströmt einen muffigen, stechenden Geruch, als vermoderten die Seiten. »Warum ist es so klein?«

»Ihr Cousin hat es selbst veröffentlicht, nur eine kleine Auflage für Freunde und die Familie. Ich schätze, jemand hat der Bibliothek sein Exemplar gespendet. Auf der ersten Seite steht eine Anmerkung von George Barrett.«

Der Einband fühlt sich alt und brüchig an wie eine getrocknete Schale und droht förmlich zwischen meinen Fingern zu zerbröseln. Ich öffne ihn vorsichtig und beginne zu lesen:

Im März 1946 verließ meine Cousine Anne Catherine Barrett Europa und kam hierher, um in den Vereinigten Staaten ein neues Leben zu beginnen. Als eine Geste christlicher Nächstenliebe luden meine Frau Jean und ich »Annie« ein, im Kreise unserer Familie zu leben. Jean und ich haben keine Geschwister, und wir freuten uns darauf, einen weiteren erwachsenen Verwandten in unserem Haushalt aufzunehmen – jemanden, der uns helfen konnte, unsere drei kleinen Töchter großzuziehen.

Annie war gerade mal neunzehn, als sie in die Vereinigten Staaten kam. Sie war wunderschön, aber wie viele junge Frauen auch sehr töricht. Jean und ich unternahmen unzählige Anstrengungen, um Annie in die Gesellschaft von Spring Brook einzuführen. Ich bin Mitglied der Gemeindeverwaltung und diene außerdem als Kirchenvorstand der St. Mark's Church. Meine Frau Jean ist aktiv im örtlichen Frauenkreis. Unsere engsten Freunde hießen meine Cousine mit vielen freundlichen und aufmerksamen Einladungen in der Gemeinde willkommen, aber Annie sagte stets ab.

Sie benahm sich kindisch, war eigenbrötlerisch und bezeichnete sich als Künstlerin. Sie verbrachte ihre Freizeit damit, in ihrem Cottage zu malen oder barfuß durch den Wald hinter unserem Haus zu wandeln. Manchmal sah ich, wie sie wie ein Tier auf allen vieren Raupen studierte oder an Blumen schnupperte.

Jean stellte eine kurze Liste mit täglichen Aufgaben zusammen, die Annie als Gegenleistung für Unterkunft und Verpflegung zu erledigen hatte. An den meisten Tagen blieben diese Aufgaben unerledigt. Annie zeigte keinerlei Interesse daran, Teil unserer Familie zu werden, Teil unserer Gemeinde oder auch nur Teil des großen amerikanischen Experiments.

Ich hatte viele Meinungsverschiedenheiten mit Annie, was ihr Verhalten anging. Oftmals warnte ich Annie, sie verhielte sich unverantwortlich oder sogar unmoralisch, und all ihre schlechten Entscheidungen würden ihr eines Tages auf die Füße fallen. Nun zu wissen, dass mir die Umstände recht gaben, bereitet mir keine Genugtuung.

Am 9. Dezember 1948 wurde meine Cousine überfallen und aus dem kleinen Cottage im hinteren Teil unseres Grundstücks entführt. Während ich diese Worte schreibe, fast ein ganzes Jahr später, wird Annie von der örtlichen Polizei für tot erklärt, und ich befürchte, dass ihre Leiche irgendwo auf den hundertzwanzig Hektar hinter meinem Haus verscharrt wurde.

Im Nachklang dieser Tragödie haben mir viele meiner Nachbarn aus Spring Brook ihre Verbundenheit ausgedrückt und angeboten, für sie zu beten. Ich habe dieses Büchlein als Zeichen der Anerkennung für ihre Unterstützung zusammengestellt. Trotz aller Differenzen mit meiner Cousine habe ich sie immer für einen kreativen Geist gehalten, und dieser Band soll an ihre geringen Leistungen erinnern. Er umfasst alle fertiggestellten Bilder, die Anne Catherine Barrett zum Zeitpunkt ihres Todes hinterlassen hat. Wo es möglich war, habe ich Titel und Datum des Werks angegeben. Mögen diese Bilder eine Huldigung an ein trauriges und tragisches Leben sein, das vorzeitig sein Ende fand.

George Barrett
November 1949
Spring Brook, New Jersey

Ich blättere die Seiten um. Das Buch ist voll mit verschwommenen Schwarz-Weiß-Fotos von Annies Werken. Auf Gemälden namens *Narzissen* und *Tulpen* sind verwackelt erscheinende Rechtecke zu sehen, die ganz und gar nicht wie Blumen aussehen. Und auf einem Bild mit dem Titel *Fuchs* verlaufen diagonale Linien quer über die Leinwand. In dem Buch findet sich nichts auch nur annähernd Realistisches – nur abstrakte Formen, Farbspritzer und Farbkleckse.

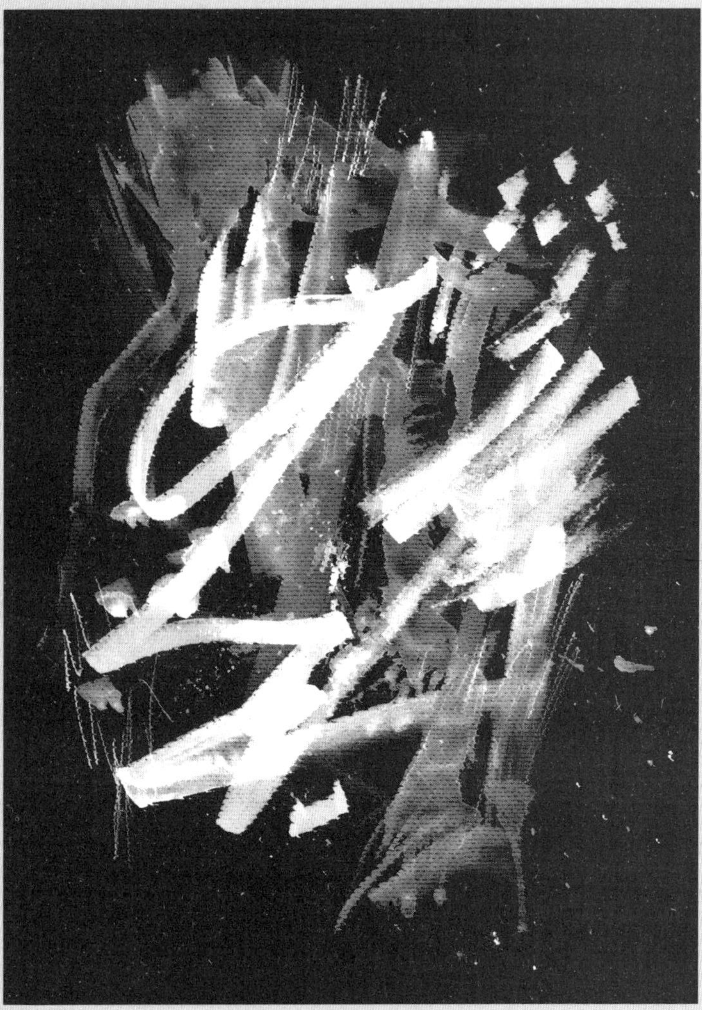

Es ist eine herbe Enttäuschung. »Die haben überhaupt keine Ähnlichkeit mit den Zeichnungen bei mir im Cottage.«

»Aber Malen ist eine Sache und Zeichnen eine andere«, wirft Sofia ein. »Manche Künstler setzen verschiedene Stile für verschiedene Medien ein. Oder sie vermischen sie einfach gerne. Einer meiner Lieblingskünstler, Gerhard Richter, verbrachte sein ganzes Schaffen damit, zwischen sehr abstrakten und sehr realistischen Bildern zu wechseln. Vielleicht mochte Annie beides.«

»Aber wenn das so ist, gibt das Buch überhaupt keine Antworten.«

»Ah, warte mal«, wirft Sofia ein. »Da ist noch etwas, das ich dir zeigen muss. Gestern bin ich zum Gerichtsgebäude gegangen, denn dort sind die historischen Testamente archiviert. Sie sind Bestandteil des öffentlich zugänglichen Archivs, jeder kann sie einsehen. Und du wärst erstaunt, was die Menschen nach ihrem Tod so alles offenbaren.« Sie öffnet den Ordner und holt zwei unscharfe Fotokopien heraus. »Ich hatte nicht erwartet, dass Annie Barrett ein Testament gemacht hat – sie ist viel zu jung gestorben –, aber dafür fand ich den letzten Willen von George Barrett. Er verstarb 1974 und hinterließ alles seiner Frau, Jean. Und jetzt wird es spannend. Jean zog als Rentnerin nach Florida und lebte dort bis 1991. Bei ihrem Tod hinterließ sie den größten Teil ihres Vermögens ihren Töchtern. Aber sie vererbte auch fünfzigtausend Dollar an eine Nichte, Dolores Jean Campbell aus Akron, Ohio. Weißt du, warum mich das überrascht?«

Mit einem Mal verstehe ich, warum das Buch eine solche Offenbarung ist. »Weil Jean und George gar keine Geschwister hatten. Das hat George in seiner Einleitung geschrieben.«

»Genau! Wer ist also diese geheimnisvolle Nichte, und

woher kommt sie? Ich fragte mich: Was, wenn Jean nur *denkt*, dieses Mädchen sei eine Nichte, es aber in Wirklichkeit das Kind einer Cousine ist? Was ist, wenn es eine Folge von Annies ›unverantwortlichem‹ und ›unmoralischem‹ Verhalten ist? Ich fragte mich: Vielleicht steckt mehr hinter der Geschichte, als George schreibt. Vielleicht fühlte Jean eine Verpflichtung, für das Mädchen zu sorgen.«

Ich rechne in meinem Kopf nach. »Wenn Dolores 1948 geboren wurde, wäre sie noch nicht so alt. Sie könnte noch am Leben sein.«

»Das könnte sie in der Tat.« Sofia schiebt mir einen kleinen Zettel über den Tisch zu. Auf dem stehen der Name »Dolores Jean Campbell« und eine zehnstellige Telefonnummer. »Das ist die Telefonnummer mit der Vorwahl für Akron, Ohio. Sie wohnt in einem Altersheim namens Rest Haven.«

»Sie haben mit ihr gesprochen?«

»Und dir den Nervenkitzel vorenthalten, diese Nummer selbst anzurufen? Auf keinen Fall, Mallory. Aber ich bin sehr neugierig, zu erfahren, wer da ans Telefon geht. Ich würde gerne erfahren, was du herausfindest.«

»Danke. Das ist unglaublich.«

Aus dem Inneren des Hauses ertönt das Geräusch von zerberstendem Glas, gefolgt von schallendem Gelächter. Sofia wirft einen Blick auf ihren Sohn. »Ich glaube, dein Vater erzählt wieder schmutzige Witze. Ich sollte reingehen, bevor er mich in Verlegenheit bringt.« Sie steht auf. »Aber erklärt mir doch noch einmal, warum ihr euch für all das interessiert.«

»Mallory hat Bilder in ihrem Cottage gefunden«, sagt Adrian. »Versteckt unter dem Fußboden. Darüber haben wir doch schon gesprochen.«

Sofia lacht. »*Mijo*, du warst schon mit vier ein lausiger Lügner, und das ist mit den Jahren nicht besser geworden. Heute Morgen hast du gesagt, Mallory hätte die Bilder in einem Schrank gefunden.«

»Unter dem Boden eines Schranks«, beharrt Adrian.

Sofia wirft mir einen Blick zu, der besagt: *Glaubst du etwa, was dieser Junge sagt?* »Wenn ihr mir das nicht erzählen wollt, ist das in Ordnung. Aber ich schlage vor, dass ihr vorsichtig seid. Wenn ihr anfangt, die Nase in Familiengeheimnisse zu stecken, könnte jemand sie abbeißen.«

Ich bin versucht, Dolores auf der Stelle anzurufen. Aber es ist schon spät, fast 10 Uhr, und Adrian meint, dass ich morgen früh größere Chancen haben werde. »Sie schläft wahrscheinlich schon.«

Mir ist klar, dass er recht hat, aber ich bin einfach ungeduldig. Ich brauche Informationen, und zwar schnell. Ich erzähle ihm von meiner jüngsten Auseinandersetzung mit den Maxwells. »Ich habe sie mit Anyas Zeichnungen konfrontiert. Ich habe ihnen erklärt, dass immer wieder Bilder bei mir im Cottage auftauchen. Aber sie glauben mir nicht, Adrian. Ich meine, natürlich glauben sie mir nicht! Es hört sich ja auch wirklich verrückt an. Ich weiß selbst, dass es sich verrückt anhört. Caroline hat so getan, als würde *ich* die Bilder malen, als würde ich mir die ganze Geschichte ausdenken, um damit um Aufmerksamkeit zu heischen.«

»Wir werden beweisen, dass du die Wahrheit sagst«, erklärt Adrian. »Aber vorher sollten wir wieder ins Haus gehen und uns ein paar Churros besorgen.«

»Warum?«

»Weil sie fantastisch schmecken und dich all deine Probleme vergessen lassen. Vertrau mir.«

Wir kehren ins Haus zurück und stellen fest, dass die Dinnerparty auf Touren gekommen ist. Aus der Stereoanlage ertönt Musik, alle sind ins Wohnzimmer umgezogen, und Ignacio scheint mehr *achispado* zu sein denn je. Er demonstriert gerade den Paso Doble, einen Tanz, den er in seiner Jugend erlernt haben will. Sofia spielt überraschenderweise als seine Partnerin mit, schüttelt ihren Rock und folgt seiner Führung. Ihre Gäste klatschen und jubeln, während Adrian nur verlegen und verärgert den Kopf schüttelt. »Das passiert jedes Mal, wenn sie Besuch haben«, sagt er. »Mein Dad ist so ein Amateur.«

Wir holen uns zwei Dosen Selterswasser aus dem Kühlschrank. Dann richtet Adrian einen Teller mit Churros an, beträufelt sie mit Schokoladensoße und führt mich nach draußen für einen Rundgang durch den Garten. Er erzählt, sein Vater arbeite seit dreißig Jahren daran und der Garten sei sein persönliches Versailles.

»Was ist ein Versailles?«

»Der Palast? In Frankreich?«

Er scheint überrascht zu sein, dass ich noch nie davon gehört habe. Aber was soll ich sagen? Die Leute in South Philly reden nicht viel über französische Königshäuser. Trotzdem will ich nicht wie ein Idiot dastehen, also häufe ich noch mehr Lügen an.

»Oh, *Versailles*«, sage ich und lache. »Ich hatte dich nicht richtig verstanden.«

Wir schlendern über die Pfade, und Adrian weiht mich in sämtliche Geheimnisse des Gartens ein. Die Kardinalvogelfamilie, die im Sauerkirschbaum nistet. Eine kleine Nische für private Gebete mit einem der Jungfrau Maria gewidmeten Schrein. Und eine Holzbank am Ufer des Koiteichs, direkt neben dem Wasserfall. Wir bleiben stehen und teilen unsere Churros mit den Fischen. Es müssen sieben oder acht von ihnen sein, die mit offenem Maul an der Wasseroberfläche dümpeln.

»Das ist ein ganz besonderer Ort.«

Adrian zuckt mit den Schultern. »Ein Swimmingpool würde mich glücklicher stimmen. So einen, wie die Maxwells haben.«

»Nein, das hier ist besser. Du kannst von Glück reden.«

Ich spüre seine Hand an meiner Taille, und als ich mich umdrehe, küsst er mich. Seine Lippen schmecken süß, nach Zimt und Schokolade, und ich möchte ihn näher an mich heranziehen, will ihn wieder küssen.

Aber zuerst muss ich ihm die Wahrheit sagen.

Ich lege ihm meine Hand auf die Brust.

»Warte.«

Er hält inne.

Er sieht mir in die Augen und wartet.

Zu meinem Leidwesen weiß ich nicht, wie ich es ihm eröffnen soll. Die ganze Szene ist einfach zu perfekt: All die zarten kleinen Lichter funkeln, der Wasserfall klingt wie Musik, und der Duft der Blumen ist berauschend – es ist wieder ein perfekter Moment, den zu ruinieren ich nicht über mich bringe.

Denn ich bin eindeutig über den Punkt hinaus, an dem es noch ein Zurück gibt. Adrian anzulügen, war schon übel genug. Aber jetzt habe ich auch noch seine Eltern und sogar die Freunde seiner Eltern belogen. Wenn diese Leute die Wahrheit erfahren, werden sie mich auf keinen Fall akzeptieren. Meine Beziehung zu Adrian hat keine Zukunft. Wir sind wie eine von Teddys Seifenblasen beim Spielen – magisch, heiter, leichter als Luft – und dazu verdammt, zu platzen.

Er merkt, dass etwas nicht stimmt, und zieht sich zurück.

»Entschuldige bitte. Ich habe die Situation wohl falsch eingeschätzt. Aber wenn ich lange genug und schnell genug rede, können wir einfach so tun, als wäre es nicht passiert, oder?« Er steht auf und schaut verlegen drein. »Wir haben eine Tischtennisplatte in der Garage. Hast du Lust zu spielen?«

Ich ergreife seine Hand und ziehe ihn wieder zurück auf die Bank. Diesmal küsse ich ihn. Ich lege meine Hand auf seine Brust und lehne mich an ihn, damit es eindeutig ist, was ich empfinde.

»Nein«, sage ich. »Ich will hier nicht weg.«

Aber schließlich gehe ich doch.

Die Dinnerparty löst sich gegen halb elf auf. Von unserer Bank im Schatten des Gartens aus hören wir, wie Autotüren zugeschlagen, Motoren gestartet werden und die Autos der Gäste aus der großen, kreisförmigen Einfahrt fahren.

Adrian und ich bleiben noch bis nach Mitternacht im Garten. Irgendwann gehen alle Lichter im Haus aus, und es scheint, dass seine Eltern zu Bett gegangen sind. Ich beschließe, dass ich wohl besser gehen sollte.

Adrian bietet mir an, mich nach Hause zu begleiten. Ich sage ihm, das sei nicht nötig, da es ja nur ein paar Blocks sind, aber er besteht darauf.

»Wir sind hier nicht in South Philly, Mallory. Auf den Straßen von Spring Brook geht es nach Einbruch der Dunkelheit ziemlich ruppig zu.«

»Ich habe einen Elektroschocker an meinem Schlüsselbund.«

»Damit kommst du nicht gegen eine betrunkene Mom am Steuer eines Minivans an. Ich würde mich viel besser fühlen, wenn ich dich bis zu dir nach Hause begleite.«

Im Viertel ist es still. Die Straßen sind menschenleer, die Häuser dunkel. Kaum sind wir aus dem Garten raus, habe ich das Gefühl, als wäre ein Bann gebrochen. Als das Haus der Maxwells in Sichtweite kommt, überwältigen mich all meine alten Probleme. Ich erinnere mich schmerzhaft an die Person, die ich in Wirklichkeit bin. Und wieder einmal fühle ich mich verpflichtet, ehrlich zu sein. Mag sein, dass ich nicht den Mut aufbringe, reinen Tisch zu machen – nicht heute Abend, noch nicht. Aber ich möchte ihm wenigstens eine Sache sagen, die der Wahrheit entspricht.

»Ich hatte schon eine ganze Weile keinen Freund mehr.«

Er zuckt mit den Schultern. »Ich hatte noch *nie* einen Freund.«

»Ich will damit nur sagen, wir sollten nichts überstürzen. Bis wir uns besser kennen. Lass es uns langsam angehen.«

»Was hast du morgen Abend vor?«

»Ich meine es ernst, Adrian. Du könntest ein paar Dinge über mich erfahren, die dir nicht gefallen.«

Er nimmt meine Hand und drückt sie. »Ich möchte alles über dich wissen. Ich möchte im Hauptfach Mallory Quinn belegen und so viel wie möglich lernen.«

Oh, du hast ja keine Ahnung, denke ich traurig. Du hast echt keine Ahnung.

Er fragt mich, ob ich schon mal bei Bridget Foy's gegessen habe, seinem Lieblingsrestaurant in Philadelphia. Ich erwidere, dass ich seit sechs Wochen nicht mehr in Philadelphia war und es auch nicht eilig damit habe, dorthin zurückzukehren. »Wie wäre es dann mit Princeton? Die Stadt, nicht die Uni. Dort gibt es ein richtig gutes Tapas-Lokal. Magst du Tapas? Soll ich uns einen Tisch reservieren?«

Inzwischen haben wir den Garten der Maxwells durchquert und stehen vor meinem Cottage. Natürlich sage ich zu und verspreche auch, dass ich um halb sechs startklar sein kann.

Dann küssen wir uns wieder, und wenn ich die Augen schließe, fällt es mir leicht, so zu tun, als wären wir wieder im Garten des Blumenschlosses, als wäre ich Mallory Quinn, Cross-Superstar mit verheißungsvoller Zukunft und ohne irgendwelche Sorgen. Ich lehne mich an die Wand des Cottage. Adrian hat eine Hand in meinem Haar und fährt mit der anderen mein Bein hinauf, gleitet unter mein Kleid. Ich weiß nicht, wie ich ihm die Wahrheit sagen soll, echt nicht.

»Das hier ist nicht gerade ›es langsam angehen zu lassen‹«, ermahne ich ihn. »Du musst jetzt nach Hause gehen.«

Er löst seine Hände von meinem Körper, tritt einen Schritt zurück und holt tief Luft.

»Ich bin dann morgen wieder da.«

»Um halb sechs«, bestätige ich.

»Bis dann. Gute Nacht, Mallory.«

Ich stehe auf der Veranda und schaue ihm hinterher, wie er durch den Garten geht und in der nächtlichen Dunkelheit verschwindet. Ich weiß, dass ich ihm die Wahrheit sagen muss, und beschließe, ihm morgen beim Abendessen in Princeton alles zu beichten. Dann wird er mich, selbst wenn er wütend ist, nicht einfach sitzen lassen können, sondern wird gezwungen sein, mich wieder nach Hause zu fahren. Und in dieser Zeit kann ich ihn vielleicht davon überzeugen, mir eine zweite Chance zu geben.

Dann schließe ich die Tür zu meinem Cottage auf, schalte das Licht an – und stelle fest, dass Ted Maxwell in meinem Bett liegt.

18

Er setzt sich auf und schirmt sich die Augen gegen das Licht ab. »Mein Gott, Caroline, kannst du das mal runterdimmen?« Seine Stimme klingt eine Oktave tiefer als sonst, heiser vom Schlaf.

Ich bewege mich nicht vom Türeingang weg.

»Ich bin's, Mallory.«

Er späht zwischen seinen Fingern hindurch und scheint verwirrt darüber zu sein, dass er bei mir im Cottage ist, in meinem Bett liegt und sich mit meiner Decke zugedeckt hat. »O Gott. Scheiße. Tut mir leid.« Er schwingt die Beine aus dem Bett, steht auf und verliert prompt das Gleichgewicht. Er stützt sich an der Wand ab und scheint darauf zu warten, dass der Raum aufhört, sich um ihn zu drehen. Ted ist dermaßen betrunken, dass er offenkundig nicht registriert, dass er keine Hose trägt und sich nur in schwarzer Retrounterwäsche und einem Polohemd gegen die Wand lehnt. Quer über dem Fußende des Betts liegt eine graue Khakihose, so als hätte er sie sich kurz vor dem Zudecken ausgezogen.

»Das ist nicht das, wonach es aussieht«, beteuert er.

So, wie Ted beide Beine gespreizt und beide Hände gegen die Wand gepresst hat, sieht es aus, als würde er gerade von einem Polizisten gefilzt.

»Soll ich Caroline holen?«

»Nein! Gott, nein.« Er wendet sich um und sieht mich an.

»Ich will nur, dass du – o Gott, o nein.« Er dreht sich wieder zur Wand und kommt allmählich wieder ins Gleichgewicht. »Kannst du mir einen Schluck Wasser bringen?«

Ich betrete das Cottage und schließe hinter mir die Tür. Ich gehe hinüber zum Waschbecken und fülle einen der kleinen, mit Eisbären und Pinguinen illustrierten Plastikbecher, die ich Teddy immer anbiete. Ich bringe ihn Ted und kann dabei den Alkohol an ihm riechen; er stinkt nach Scotch und säuerlichem Schweiß. Er trinkt aus dem Becher, wobei ihm ein Großteil über Hals und Brust schwappt. Also fülle ich den Becher nach, und diesmal gelingt es ihm, das meiste Wasser in den Mund zu schütten. Aber sein Körper ist immer noch wie an der Wand verankert, so als wäre er noch nicht wieder ganz bereit, es mit der Schwerkraft aufzunehmen.

»Ted, bleib du doch einfach hier. Ich gehe ins Haupthaus. Ich kann dort auf dem Sofa schlafen.«

»Nein, nein, nein, ich muss zurück.«

»Ich finde wirklich, ich sollte Caroline holen.«

»Es geht schon wieder besser. Das Wasser hilft. Sieh nur.«

Er richtet sich auf und macht einen wackeligen Schritt auf mich zu. Dann streckt er seine Hand aus und fuchtelt damit, verzweifelt um Hilfe bittend, in der Luft herum. Ich nehme sie und geleite ihn zum Fußende des Betts. Er sinkt auf der Matratze zusammen und lässt meine Hand erst los, als ich mich neben ihn setze.

»Fünf Minuten«, verspricht er. »Es wird schon besser.«

»Willst du noch Wasser?«

»Nein, ich muss mich sonst übergeben.«

»Wie wäre es mit einer Tylenol?«

Ich suche nach einem Vorwand, um aufzustehen und mich von ihm zu entfernen, also gehe ich ins Bad. Mit drei leichten Aspirin-Kautabletten komme ich zurück und lege sie Ted auf seinen verschwitzten Handteller. Er zermahlt sie pflichtbewusst zwischen den Zähnen.

»Caroline und ich hatten Streit. Ich brauchte einfach etwas Abstand, ein bisschen Freiraum, um einen klaren Kopf zu bekommen. Ich sah, dass bei dir kein Licht brannte. Ich dachte, du wärst die Nacht über weg. Ich hatte nicht vor, hier einzuschlafen.«

»Ich verstehe«, erwidere ich, obwohl das Gegenteil der Fall ist und ich keine Ahnung habe, warum er in mein Bett gestiegen ist.

»Natürlich verstehst du das. Du bist ein sehr einfühlsamer Mensch. Deshalb bist du auch so eine tolle Mutter.«

»Ich bin noch gar keine Mutter.«

»Du *wärst* eine tolle Mutter. Du bist nett, du bist fürsorglich und würdest das Kind an die erste Stelle setzen. Das erkennt jeder. Ist das Carolines Kleid, das du da anhast?«

Sein Blick wandert über meinen Körper, und ich trete hinter den Küchentresen, froh darüber, eine Barriere zwischen uns zu haben. »Sie hat mir letzten Monat ein paar Kleider geschenkt.«

»Aussortierte Sachen. Gebrauchte Klamotten. Du verdienst etwas Besseres, Mallory.« Er murmelt etwas, das ich bis auf den Schluss nicht verstehen kann: »Du steckst in diesem Drecksloch fest, dabei wartet da draußen die große weite Welt.«

»Mir gefällt es hier. Ich mag Spring Brook.«

»Weil du noch nirgendwo anders warst. Wärst du gereist, wärst du mal auf Whidbey Island gewesen, dann würdest du das verstehen.«

»Wo liegt das?«

Er erklärt, dass sie zu einer Inselkette im Nordwesten des Pazifiks gehört. »Ich habe dort mal während meiner Collegezeit einen Sommer verbracht. Es war der beste Sommer meines Lebens. Ich arbeitete auf einer Ranch, verbrachte den ganzen Tag in der Sonne, und abends saßen wir am Strand und tranken Wein. Kein Fernseher, keine Bildschirme. Nur nette Leute, Natur und die herrlichste Landschaft, die du je gesehen hast.«

Nun bemerkt er seine Khakihose auf der Tagesdecke. Er scheint zu begreifen, dass sie ihm gehört und dass er sie tragen sollte. Er schüttelt die Hose aus, will sie mit beiden Händen an seinen Beinen hochziehen und lässt sie dabei prompt auf den Boden fallen. Mir wird klar, dass ich ihm behilflich sein muss. Ich knie mich vor ihn und halte ihm die Hosenbeine hin, damit er hineinsteigen kann – zuerst mit dem einen Bein, dann mit dem anderen. Er zieht die Hose bis knapp über die Hüfte hoch und schaut mir dann in die Augen. »Ich schwöre dir, Mallory, wenn du Puget Sound sehen würdest, würdest du Spring Brook im Handumdrehen vergessen. Du würdest erkennen, dass Spring Brook ein Drecksloch ist, eine Falle.«

Ich höre ihm gar nicht richtig zu. Wenn man in South Philly aufwächst, begegnet man vielen Betrunkenen und lernt, dass die meisten ihrer Sprüche Unsinn sind. Nichts von dem hier bedeutet irgendetwas.

»Spring Brook ist wunderschön. Und du hast ein wunderbares Leben hier. Eine tolle Familie, eine wunderschöne Frau.«

»Sie schläft im Gästezimmer. Sie rührt mich nicht an«, murmelt Ted vor sich hin. Da er dabei auf seine Hose hinunterschaut, fällt es mir leicht, so zu tun, als hätte ich das jetzt nicht gehört.

»Ihr habt ein tolles Haus«, fahre ich fort.

»Sie hat es gekauft, nicht ich. Das ist der letzte Ort auf der Welt, an dem ich leben wollte.«

»Wie meinst du das?«

»Carolines Vater war sehr wohlhabend. Wir könnten es uns leisten, überall zu leben. Manhattan, San Francisco, wo auch immer wir wollten. Aber sie wollte nach Spring Brook, also wohnen wir jetzt hier in Spring Brook.« Er klingt so, als hätte er die Kontrolle über die Ereignisse verloren. »Versteh mich nicht falsch, Mallory. Sie ist ein guter Mensch. Sie hat ein großes Herz. Und sie würde alles für Teddys Wohl tun. Aber das hier ist nicht das Leben, das ich mir gewünscht habe. Ich habe mich nie für all das hier entschieden.«

»Soll ich dir noch mal Wasser bringen?«

Er schüttelt den Kopf, so als hätte ich etwas Entscheidendes nicht kapiert. »Ich bitte dich nicht darum, dich um mich zu kümmern. Ich sage, dass *ich* mich um *dich* kümmern würde.«

»Ich verstehe. Und ich werde darüber nachdenken. Aber jetzt sollten wir dich ins Haus bringen. Caroline macht sich bestimmt schon Sorgen.«

Ted redet immer wirrer – er faselt etwas von Seneca Lake und vom Weinland und dass er vor allem davonläuft. Es gelingt ihm, ohne meine Hilfe aufzustehen, dann zieht er sich die Khakihose hoch und knöpft sie zu. »Wir sollten die hier verbrennen.«

»Morgen«, sage ich ihm. »Lass sie uns morgen verbrennen.«

»Aber nicht im Cottage.« Er weist auf den Rauchmelder an der Wand. »Das ist hier eine Knopf-und-Rohr-Verkabelung und daher sehr empfindlich. Sehr brüchig. Rühr sie nicht an. Bitte mich um Hilfe.«

Ich öffne die Tür zum Cottage, und Ted stolpert auf die

Veranda hinaus. Irgendwie gelingt es ihm, die drei Stufen zum Rasen hinunterzusteigen, ohne vollends ins Straucheln zu geraten. Dann geht er in die Dunkelheit hinein Richtung Haupthaus.

»Gute Nacht!«, rufe ich ihm hinterher.

»Wir werden sehen«, ruft er zurück.

Ich schließe die Tür und verriegle sie. Auf dem Nachttisch neben meinem Bett sehe ich ein zerknülltes Taschentuch liegen. Ich hebe es mit einem Blatt Haushaltspapier auf und drücke es ganz nach unten in meinen Papierkorb. Dann ziehe ich Decken und Laken ab – und entdecke drei meiner BHs in dem ganzen Kuddelmuddel. Ich weiß nicht, wie sie in meinem Bett gelandet sind, und ich will es auch gar nicht wissen. Morgen werde ich die Sachen in die Waschmaschine stopfen und versuchen, diese ganze Angelegenheit zu vergessen.

Da ich kein anderes Laken habe, muss ich meine Badetücher auf der Matratze ausbreiten und mich auf sie legen. So unbequem, wie sich das anhört, ist es gar nicht. Ich muss nur die Augen schließen, und schon bin ich wieder in dem wunderschönen Garten im Blumenschloss mit seinen sanften Wasserfällen und lieblich duftenden, an Bögen emporrankenden Blumen. Nichts kann mir diese Nacht verderben – nicht mein Streit mit Caroline über die Séance und schon gar nicht der Schock, Ted in meinem Cottage zu entdecken. Bevor ich einschlafe, bitte ich noch Gott um Vergebung dafür, dass ich Adrian belogen habe. Ich bete, dass ich die richtigen Worte finden werde, wenn ich ihm die Wahrheit sage. Ich bete, dass Adrian über all die schrecklichen Dinge, die ich getan habe, hinwegsehen kann – dass er mich als die Person sieht, die ich jetzt bin, und nicht als die Katastrophenfrau, die ich einmal war.

19

Als ich am nächsten Morgen ins Haupthaus komme, sitzen Caroline und Ted fertig für die Arbeit angezogen in der Frühstücksecke. Caroline trinkt Tee, Ted nippt an schwarzem Kaffee. Die beiden starren einander wie versteinert stumm an, und ich merke, dass sie auf mich gewartet haben.

»Setzt du dich mal zu uns?«, fragt Caroline. »Ted möchte dir etwas sagen.«

Ted sieht furchtbar aus, hat eindeutig einen Kater. Der Mann gehört ins Bett. Oder auf die Knie ins Badezimmer, über die Toilettenschüssel gebeugt. »Ich möchte mich für mein Verhalten gestern Abend entschuldigen. Es war völlig inakzeptabel und ...«

»Ted, das ist schon in Ordnung. Ich hab's schon wieder vergessen.«

Caroline schüttelt den Kopf. »Nein, Mallory, wir werden nicht so tun, als wäre das nicht passiert. Wir müssen das, was letzte Nacht passiert ist, sehr ernst nehmen.«

Ted nickt und fährt pflichtbewusst fort, so als würde er eine Art auswendig gelernte öffentliche Erklärung abgeben. »Mein Verhalten war arrogant und respektlos. Ich schäme mich dafür und werde in mich gehen, um zu verstehen, warum ich mich dazu entschieden habe, Grenzen zu überschreiten.«

»Entschuldigung angenommen«, erkläre ich beiden. »Du

brauchst nichts weiter zu sagen. Ich würde mich besser fühlen, wenn wir einfach nach vorne schauen, okay?«

Ted sieht Caroline an, worauf diese mit den Schultern zuckt. Gut so.

»Danke für dein Verständnis, Mallory. Ich verspreche dir, es wird nicht wieder vorkommen.«

Er steht auf, ergreift seine Aktentasche und geht auf wackeligen Beinen Richtung Diele. Kurz darauf höre ich die Haustür zuschlagen und dann, wie der Motor seines Wagens auf der Einfahrt anspringt.

»Er hat Angst, dass du uns verklagst«, erklärt Caroline. »Erzählst du mir bitte, was passiert ist? Mit deinen eigenen Worten?«

»Caroline, ich versichere dir, es war nichts Dramatisches. Gestern Abend habe ich Adrian bei ihm zu Hause besucht. Seine Eltern feierten eine Party. Ich kam erst nach Mitternacht nach Hause, und da lag Ted in meinem Cottage. Er war sturzbetrunken. Er sagte, ihr beide hättet euch gestritten und er hätte einen ruhigen Ort gebraucht, um runterzukommen.«

»Ich dachte, er wäre hier unten und schliefe auf dem Sofa.«

»Als ich nach Hause kam, versicherte er mir sofort, es täte ihm leid, und dann hat er sich auch schon verzogen. Das war's.«

»Hat er dir von unserem Streit erzählt?«

»Nein, er hat nur gesagt, du seist ein guter Mensch. Mit einem guten Herzen. Er sagte, du würdest alles für deine Familie tun.«

»Und?«

»Und das war's. Was er sagte, ergab nicht viel Sinn. Er sprach von irgendeiner Insel. Auf der er zu Collegezeiten mal einen Sommer verbracht hat?«

»›In der Sonne arbeiten und unter den Sternen schlafen‹,« zitiert Caroline. Mir geht auf, dass sie ihren Mann parodiert, sich ein wenig über ihn lustig macht. »Wenn er betrunken ist, redet er immer von Whidbey Island.«

»Es hat mir nichts ausgemacht. Ich habe ihm Wasser und ein paar leichte Aspirin gegeben, dann habe ich ihm die Tür aufgemacht, und er ging raus. Schluss, aus, Ende.«

Sie mustert mein Gesicht, wie um es nach Hinweisen abzusuchen. »Die nächste Frage zu stellen, ist mir peinlich, aber da du eigentlich meine Angestellte bist, habe ich das Gefühl, dass ich sie stellen muss. Hat er Annäherungsversuche gemacht?«

»Nein. Überhaupt nicht.«

Ich meine, ich könnte womöglich erwähnen, dass er seine Hose ausgezogen und meine Schublade mit der Unterwäsche durchwühlt und weiß Gott was in meinem Bett getan hat, bevor ich kam. Aber was würde das bringen? Die arme Caroline sieht jetzt schon elend genug aus, und Ted hat sich entschuldigt. Ich sehe keinen Grund, diese Sache in die Länge zu ziehen. Ich werde wegen dem, was passiert ist, ganz sicher nicht kündigen.

»Caroline, ich schwöre dir, er hat mich nicht angefasst. Nicht einmal annähernd.«

Sie stößt einen tiefen, langen Seufzer aus. »Ted ist diesen Sommer dreiundfünfzig geworden. Bestimmt hast du schon von Männern und ihrer Midlife-Crisis gehört. Sie fangen dann an, alle Entscheidungen, die sie im Leben getroffen haben, infrage zu stellen. Und zu allem Überfluss hat er gerade auch noch beruflich zu kämpfen. Das belastet sein Ego. Er hatte gehofft, diesen Herbst neue Mitarbeiter einzustellen, aber das scheint jetzt fraglich.«

»Wie groß ist das Unternehmen?«

Sie wirft mir einen komischen Blick zu. »Er hätte gerne vierzig Mitarbeiter, aber im Moment ist es nur Ted allein. Es ist ein Ein-Mann-Betrieb.«

Nur Ted? Ich hatte den Eindruck gewonnen, dass er in einem großen Wolkenkratzer im Stadtzentrum arbeitet, mit vielen Sekretärinnen, schicken Computern und großen Glasfenstern mit Blick auf den Rittenhouse Square. »Er hat mir erzählt, dass er für Cracker Barrel arbeitet. Und Yankee Candle. Große Unternehmen.«

»Er hat sich mit deren Mitarbeitern getroffen«, erklärt Caroline. »Er klappert Unternehmen ab und bietet ihnen an, ihre Websites zu hosten, deren E-Commerce-Geschäfte zu tätigen. Aber es ist schwer, große Kunden zu gewinnen, wenn man bloß ein Einzelkämpfer ist.«

»Er hatte Kollegen erwähnt. Typen namens Mike und Ed. Er meinte, sie essen alle zusammen zu Mittag.«

»Das stimmt, sie arbeiten alle im selben WeWork. Das ist eine dieser Bürogemeinschaften, bei denen man Schreibtische pro Monat mietet. Ted braucht ja eine Postadresse in der Stadt. Ein großer Teil seiner geschäftlichen Tätigkeit besteht darin, einen guten Eindruck zu erwecken. Sich zu bemühen, wichtiger zu erscheinen, als man in Wirklichkeit ist. Er hat diesen Sommer großen Stress – und gestern Abend hast du wohl die ersten Risse in der Fassade zu sehen bekommen.«

Ihre Stimme bricht, und ich merke, dass sie sich nicht nur Sorgen um Ted macht, sondern auch um ihre Ehe, um ihre ganze Familie. Ich habe echt keine Ahnung, was ich ihr sagen soll, und bin erleichtert, als ich Teddy die Treppe herunterkommen höre. Caroline setzt sich aufrecht hin und tupft sich mit einer Serviette die Augen.

Teddy betritt die Küche mit einem iPad in der Hand. Er wischt mit dem Finger über die Oberfläche, worauf das Gerät laute, kreischende Explosionen erschallen lässt.

»Hallo, Teddybär! Was hast du denn da?«

Er blickt nicht vom Bildschirm auf. »Mami hat es mir gestern Abend geschenkt. Früher gehörte es Daddy, aber jetzt gehört es mir.« Er schnappt sich einen Plastikbecher und füllt ihn mit Wasser aus dem Hahn. Ohne ein weiteres Wort der Erklärung nimmt er den Becher und das iPad und geht ins Familienzimmer.

»Teddy nimmt sich eine Auszeit vom Zeichnen«, erklärt Caroline. »Angesichts des ganzen Durcheinanders finden wir, dass er neue Hobbys braucht. Und im App Store gibt es jede Menge Bildungshilfsmittel. Mathe-Spiele, Phonetik, sogar Fremdsprachen.« Sie geht durch die Küche und öffnet einen Schrank über dem Kühlschrank, weit außerhalb von Teddys Reichweite. »Ich habe seine ganzen Buntstifte und Marker eingesammelt und hier oben deponiert. Teddy ist derart begeistert von dem iPad, dass er es, glaube ich, gar nicht bemerkt hat.«

Ich weiß, die erste Regel beim Babysitten lautet, niemals die Mutter zu hinterfragen, aber ich werde einfach das Gefühl nicht los, dass dies ein Fehler ist. Teddy verspürte echte Freude beim Malen, und ich finde es falsch, ihm dieses Privileg zu nehmen. Schlimmer noch, ich habe das Gefühl, dass es wegen mir passiert, weil ich über Annie Barrett nicht den Mund halten konnte.

Caroline registriert meine Enttäuschung. »Es ist ein Experiment. Nur für ein paar Tage. Vielleicht hilft es uns, zu verstehen, was hier vor sich geht.« Sie schließt die Schranktür, als wäre die Sache damit erledigt. »Aber jetzt erzähl mir mal von der Party in Adrians Haus. Hattest du Spaß?«

»Viel Spaß.« Ich bin froh, das Thema zu wechseln, denn seit dem Aufstehen denke ich an unsere Verabredung zum Abendessen. »Wir gehen heute Abend aus. Er will mit mir nach Princeton fahren. In irgendein Tapas-Restaurant.«

»Oooh, wie romantisch.«

»Er holt mich um halb sechs ab.«

»Ich werde versuchen, früher nach Hause zu kommen. Dann hast du ein bisschen mehr Zeit, dich zurechtzumachen.« Sie schaut auf die Uhr. »Mist, ich muss los. Ich freue mich so für dich, Mallory! Du wirst heute Abend bestimmt viel Spaß haben!«

Nachdem Caroline gegangen ist, stoße ich im Familienzimmer auf Teddy, der dort sitzt und fasziniert auf dem iPad Angry Birds spielt. Er benutzt seinen Finger, um eine riesige Schleuder zu spannen und loszulassen; er katapultiert damit bunte Vögel in Richtung diverser Holz- und Stahlgebäude, die von Schweinen bewohnt werden. Bei jedem neuen Angriff kommt es zu wildem Kreischen, Explosionen, Krachen und pfeifenden Geräuschen der Schleuder. Ich setze mich Teddy gegenüber und klatsche laut in die Hände. »Also, was unternehmen wir heute Morgen? Ein kleiner Spaziergang durch den Zauberwald? Oder wie wär's mit einem Backwettbewerb?«

Er zuckt mit den Schultern und wischt wie wild auf dem Display herum. »Mir egal.«

Einer der Vögel verfehlt sein Ziel, und Teddy zieht frustriert von den Ergebnissen die Stirn in Falten. Er beugt sich tiefer zum Bildschirm hinunter, fast so, als wolle er darin verschwinden.

»Komm schon, Teddy. Leg das Ding weg.«

»Ich bin noch nicht fertig.«

»Deine Mommy sagt, dass es für die Ruhezeit gedacht ist. Sie will nicht, dass du es den ganzen Morgen benutzt.«

Er wendet sich von mir ab und schirmt das Tablet mit seinem Körper ab. »Nur noch ein Level.«

»Wie lange dauert ein Level?«

Wie sich herausstellt, dauert ein weiteres Level eine gute halbe Stunde. Als er fertig ist, bittet mich Teddy inständig, das iPad aufzuladen, damit es später genug Akkuleistung hat.

Wir verbringen den Vormittag damit, durch den Zauberwald zu stapfen. Ich versuche, mir eine neue Abenteuergeschichte für Prinz Teddy und Prinzessin Mallory auszudenken, aber Teddy will nur über die Strategie bei Angry Birds reden. Die gelben Vögel sind am besten dafür geeignet, Holzgebäude anzugreifen. Schwarze Vögel können Betonmauern zerstören. Weiße Vögel beschleunigen, nachdem sie ihre Bomben abgeworfen haben. Ein richtiges Gespräch ist das nicht; er rezitiert nur eine Reihe von Fakten und Daten, als bemühe er sich, die Regeln in seinem Kopf zu ordnen.

Ich entdecke etwas silbern Schimmerndes im Laub und knie mich hin, um es näher zu betrachten. Es ist die untere Hälfte eines Pfeils; der obere Teil mit den Federn fehlt, übrig geblieben sind nur der Aluminiumschaft und eine pyramidenförmige Spitze.

»Das ist eine magische Rakete«, erkläre ich Teddy. »Damit erlegt man Kobolde.«

»Das ist cool«, sagt Teddy. »Außerdem ist der grüne Vogel ein Bumerang-Vogel. Er richtet doppelten Schaden an, wenn er angreift. Deshalb spiele ich mit ihm gerne zuerst.«

Ich schlage vor, dass wir zur Riesenbohnenranke wandern und mit dem Pfeil unser Waffenarsenal erweitern. Teddy stimmt zu, ist aber nur halbherzig bei der Sache.

Es ist, als würde er nur abwarten, bis der Morgen vorbei ist und die Uhr Mittag anzeigt und wir endlich zum Haus zurückkehren können.

Ich biete Teddy an, ihm etwas zu kochen, worauf auch immer er Appetit hat, aber er erwidert nur, das sei ihm egal, also mache ich einfach Sandwich mit gegrilltem Käse. Während er es herunterschlingt, erinnere ich ihn daran, dass er das iPad während seiner Ruhezeit nicht benutzen muss. Stattdessen schlage ich ihm vor, es könnte doch auch Spaß machen, mit Lego- oder Bausteinen oder mit Bauernhoftieren zu spielen. Er schaut mich an, als würde ich versuchen, ihn zu betrügen, ihn um ein Privileg zu bringen, das er sich redlich verdient hat.

»Danke, aber ich werde mein Spiel spielen«, sagt er.

Er nimmt das Tablet mit in sein Zimmer, und nach ein paar Minuten steige ich die Treppe zum Obergeschoss hinauf und lege ein Ohr an seine Zimmertür. Dieses Mal ist weder Geflüster noch eine einseitige Unterhaltung zu vernehmen, nur ab und zu ein Lachen von Teddy und die Geräusche von gedehnten Schleudern, krächzenden Vögeln und implodierenden Gebäuden. Er klingt zwar quietschvergnügt, aber irgendetwas an seinem Glück stimmt mich traurig. Von einem Tag auf den anderen, als hätte man einen Schalter umgelegt, habe ich das Gefühl, dass etwas Magisches verloren gegangen ist.

Ich gehe nach unten, hole mein Handy und wähle die Nummer des Altersheims Rest Haven. Ich erkläre der Telefonistin, dass ich gern mit einer Bewohnerin namens Dolores Jean Campbell sprechen möchte. Das Telefon klingelt mehrere Male, bis der automatische Anrufbeantworter anspringt.

»Ähm, hallo, ich heiße Mallory Quinn. Wir kennen uns nicht, aber ich glaube, Sie könnten mir vielleicht helfen.«

Mir wird bewusst, dass ich keine Ahnung habe, wie ich meine Frage erklären soll, und dass ich mir vor dem Anruf hätte überlegen sollen, was ich sagen will. Aber jetzt ist es zu spät, und ich muss einfach drauflosplappern.

»Ich habe mich gefragt, ob Ihre Mutter vielleicht Annie Barrett hieß. Aus Spring Brook, New Jersey. Denn wenn ja, würde ich wirklich gerne mit Ihnen reden. Könnten Sie mich bitte zurückrufen?«

Ich hinterlasse meine Handynummer und beende den Anruf mit dem Gefühl, in einer Sackgasse festzustecken. Ich bin überzeugt, nie von ihr zu hören.

Ich räume das Geschirr des Mittagessens ab und gehe dann mit Schwamm und Seife durch die Küche, putze die Tresen und versuche mich nützlich zu machen. Mehr denn je fühle ich mich in meinem Job unsicher. Es ist, als liefere jeder Tag Caroline einen neuen Grund, mich zu ersetzen. Also erledige ich Arbeiten, die nicht zu meinem Aufgabenbereich gehören. Ich fege und wische die Böden und putze die Mikrowelle von innen. Ich öffne den kleinen Tischbackofen und leere seine kleine Schale mit den Krümeln. Ich fülle die Flüssigseifenspender auf, dann stelle ich mich auf einen Stuhl und wische den Staub vom Deckenventilator ab.

Dank all dieser kleinen Arbeiten fühle ich mich zwar besser, aber ich bin mir nicht sicher, ob Caroline meine Bemühungen überhaupt bemerken wird. Ich beschließe daher, dass ich ein größeres und ehrgeizigeres Projekt brauche, etwas, das sie auf keinen Fall übersehen kann. Ich gehe ins Familienzimmer, lege mich auf das Sofa und überlege, welche Möglichkeiten ich habe. Plötzlich kommt mir die perfekte Idee in den Sinn: Ich werde mit Teddy in den Supermarkt gehen, wir werden jede Menge Lebensmittel kaufen und ein Überraschungsabendessen für seine Eltern zubereiten. Ich werde das ganze Essen vorkochen und dann nur im Ofen warm halten, damit es fertig ist, wenn die beiden nach Hause kommen. Ich werde sogar den Tisch decken, damit sie keinen Finger krumm machen müssen. Sie können nach Hause kommen, sich hinsetzen, ein leckeres Essen genießen – und dankbar dafür sein, dass ich Teil ihrer Familie bin.

Aber bevor ich diesen Plan in die Tat umsetzen kann, bevor ich mich auch nur aufrichten und eine Einkaufsliste verfassen kann, überfällt mich der Schlaf.

Ich bin mir nicht sicher, wie das passieren konnte, denn ich war gar nicht besonders müde, wollte eigentlich nur kurz die Augen schließen. Aber ehe ich michs versehe, träume ich von einem Ort aus meiner Kindheit, einem kleinen Familien-Vergnügungspark namens Storybook Land. Er wurde in den Fünfzigerjahren gebaut, und in ihm werden Szenen aus den klassischen Märchen und Kindergeschichten nachgestellt. Die Kinder konnten auf eine riesige Bohnenstange klettern, die drei kleinen Schweinchen besuchen oder durch ein Fenster der alten Frau zuwinken, die in einem Schuh lebte, einer quietschenden, animierten Puppe mit toten Augen.

In meinem Traum gehe ich mit Teddy am Karussell vorbei; er ist hellauf begeistert und fleht mich an, alle seine Stifte und Buntstifte festzuhalten, damit er mit den Fahrgeschäften fahren kann. Er kippt den Inhalt einer ganzen Schachtel auf meine Handflächen, mehr, als ich tragen kann, und die Stifte fallen ringsum zu Boden. Ich versuche, sie mir in die Taschen zu stopfen, denn tragen kann ich sie unmöglich alle. Als ich alles aufgesammelt habe, ist Teddy verschwunden. Ich habe ihn in der Menge aus den Augen verloren. Mein Traum ist zum Albtraum geworden.

Ich renne durch den Vergnügungspark, dränge mich an den anderen Eltern vorbei, rufe Teddys Namen und suche überall nach ihm. Storybook Land ist voller fünfjähriger Kinder, und von hinten sehen alle gleich aus, jedes von ihnen könnte Teddy sein, aber ich kann ihn nirgends entdecken. Ich ziehe einige Eltern beiseite und flehe sie an, mir zu helfen. Bitte, bitte, helfen Sie mir! Sie sind entsetzt, sagen: »Aber das ist doch *deine* Verantwortung, warum sollten wir helfen?«

Mir bleibt keine andere Wahl, als die Maxwells anzurufen. Ich will ihnen nicht sagen, was passiert ist, aber es ist ein Notfall. Ich nehme mein Handy in die Hand und wähle gerade schon Carolines Nummer, als ich ihn plötzlich erspähe! Ganz hinten im Park hockt er auf den Stufen vor Rotkäppchens Hütte. Ich bahne mir einen Weg durch die Menschenmassen, bemüht, so schnell ich kann voranzukommen. Aber als ich die Hütte erreiche, ist es nicht mehr Teddy. Es ist meine Schwester, Beth! Sie trägt ein gelbes T-Shirt, verblichene Jeans und schwarz-weiß karierte Vans.

Ich renne zu ihr, umarme sie und hebe sie vom Boden hoch. Ich kann es nicht fassen, dass sie hier ist, dass sie lebt! Ich drücke sie so fest an mich, dass sie zu lachen anfängt, und das Sonnenlicht reflektiert auf ihrer Zahnspange. »Ich dachte, du wärst tot! Ich dachte, ich hätte dich umgebracht!«

»Sei kein Dummkopf«, sagt sie, und mein Traum ist so realistisch, dass ich sie riechen kann. Sie riecht nach Kokosnuss und Ananas, wie die Piña-Colada-Badekugeln, die sie und ihre Freundinnen immer bei Lush gekauft haben, dem überteuerten Seifenladen in der Mall.

Sie erklärt, der Unfall sei nur ein großes Missverständnis gewesen und ich hätte mir die ganze Zeit die Schuld für nichts gegeben.

»Bist du sicher, dass es dir gut geht?«

»Ja, Mallory, zum einmillionsten Mal, ich bin völlig okay. Können wir jetzt auf die Ballonhüpfburg gehen?«

»Ja, Beth, ja! Alles, was du willst! Alles!«

Dann ist Teddy auf einmal wieder da, er zieht mich am Arm und rüttelt mich sanft wach. Ich öffne die Augen und sehe, dass ich auf dem Sofa im Familienzimmer liege. Teddy hält mir das iPad entgegen.

»Es ist wieder ausgegangen.«

Ich bin mir sicher, dass er sich irrt. Ich habe das iPad gerade erst während des Mittagessens aufgeladen, und der Ladestand war bei hundert Prozent. Aber als ich mich aufsetze, stelle ich fest, dass es im Familienzimmer erheblich dunkler geworden ist; durch die nach Norden ausgerichteten Fenster fällt kein Sonnenlicht mehr ein. Die Uhr über dem Kaminsims zeigt 17:17 Uhr an. Aber das kann nicht stimmen, das ist unmöglich.

Ich greife nach meinem Handy und stelle fest, dass es tatsächlich schon 17:23 Uhr ist.

Ich habe vier Stunden geschlafen.

Und die Maxwells werden jeden Moment nach Hause kommen.

»Teddy, was ist passiert? Warum hast du mich nicht geweckt?«

»Ich bin bis Level dreißig gekommen«, sagt er stolz. »Ich habe acht neue Federn bekommen!«

Meine Hände sind schmutzig, meine Finger und Handflächen verschmiert mit dunklem, schwarzem Dreck, als ob ich draußen im Garten gegraben hätte. Auf meinem Schoß liegt ein abgenutzter Kohlestiftstummel – und verstreut auf dem Boden liegen weitere Bleistifte, Marker und Buntstifte.

Das ganze Bastel- und Malzubehör, das Caroline in der Küche versteckt hatte.

Teddy schaut sich staunend und mit großen Augen im Familienzimmer um.

»Mami wird richtig wütend sein.«

Ich schaue dorthin, wo er hinschaut – die Wände sind vom Boden bis zur Decke mit Skizzen bedeckt; viele, viele Skizzen, dicht gedrängt und detailliert.

»Teddy, warum hast du das getan?«

»Ich? Ich habe gar nichts getan!«

Natürlich war er das nicht. Er könnte es gar nicht, ist nicht groß genug dafür! Er ist auch nicht derjenige, der sich die Hände über und über mit Kohle und Grafit beschmiert hat. Ich gehe durch den Raum, um mir das genauer anzusehen. Das sind Anyas Zeichnungen, daran habe ich keinen Zweifel. Die Wände sind bedeckt damit, auf allen freien Stellen zwischen Fenstern, Thermostaten und Lichtschaltern.

»Mallory? Geht es dir gut?«

Er zerrt am Saum meines Shirts. Mir geht es nicht gut.

Mir geht es definitiv *nicht* gut.

»Teddy, hör zu. Wir müssen das in Ordnung bringen, bevor Mommy und Daddy nach Hause kommen. Hast du Radiergummis in deinem Zimmer? Große, rosa Radiergummis?«

Er schaut auf die ganzen Bleistifte, Buntstifte und Marker auf dem Boden. »Das ist alles, was ich habe. Aber ich darf sie nicht mehr benutzen. Nicht, bis wir der Sache auf den Grund gegangen sind, sagt Mami.«

Es ist sowieso zu spät. Ich höre, wie ein Auto auf die Einfahrt fährt. Ich schaue nach draußen und sehe nicht nur Ted und Caroline, sondern auch Adrian. Er parkt seinen Gartenbau-Lieferwagen vor dem Haus. In diesem Moment sollte ich eines von Carolines Sommerkleidern anziehen und mich für mein großes Dinner-Date in Princeton zurechtmachen.

»Geh nach oben, Teddy.«

»Warum?«

»Weil ich nicht will, dass du hier bist.«

»Warum nicht?«

»Bitte geh einfach nach oben, ja?« Auf dem Couchtisch liegt ein USB-Kabel, und ich reiche es ihm. »Geh und lade das iPad in deinem Zimmer auf.«

»Okay, cool.«

Teddy nimmt iPad und Ladekabel und rennt aus dem Zimmer, als ob er denkt, dass er gerade ungestraft mit etwas davonkommt. Ich kann das Stapfen seiner kleinen Füße auf den Stufen hinauf in sein Zimmer hören.

Und dann vernehme ich das Geräusch der sich öffnenden Haustür, das leise Rascheln des Türfegers über den Fliesenboden. Ich kann hören, wie Caroline mit Adrian spricht und ihn in ihrem Haus willkommen heißt. »Wohin fahrt ihr zum Essen?«

»In ein richtig gutes Tapas-Restaurant«, antwortet er. »Die machen die besten Patatas bravas.«

»Mmmm, was ist das?«, fragt Ted.

»Mr Maxwell, das sind die besten Pommes, die es auf der ganzen Welt gibt, das garantiere ich Ihnen.«

Mir ist klar, dass ich sie abfangen und irgendwie auf das vorbereiten muss, was ich angerichtet habe. Ich gehe in die Küche. Caroline fragt Adrian gerade, ob er etwas zu trinken haben möchte. Der Schrank über dem Kühlschrank steht noch offen, sein Inhalt wurde geplündert, aber Caroline hat es noch nicht bemerkt.

Und Adrian sieht so gut aus, dass es mir fast das Herz bricht. Er sieht aus, als hätte er gerade geduscht. Sein Haar ist noch ein wenig feucht, und er ist elegant gekleidet, trägt eine dunkle Jeans und ein frisch gebügeltes weißes Button-down-Hemd. Niemand sieht mich die Küche betreten, bis ich mich melde.

»Es ist etwas passiert.«

Caroline starrt mich an. »Mallory?«

»Was hast du denn an den Händen?«, fragt Ted.

Adrian eilt an meine Seite. »Geht es dir gut?«

Ich weiß, dass er meine einzige Hoffnung ist.

Er ist der Einzige, der mir glauben *könnte*.

»Das muss sich jetzt verrückt anhören, aber ich schwöre, dass ich die Wahrheit sage. Als Teddy nach oben gegangen war, um seine Ruhezeit zu verbringen, wurde ich müde. Ich habe mich aufs Sofa gelegt, um mich auszuruhen. Ich dachte, ich schließe bloß mal für ein paar Minuten die Augen. Und dann nahm irgendwie – ich weiß nicht, wie – Anyas Geist Besitz von meinem Körper.«

Caroline starrt mich an. »Was?«

»Ich weiß. Ich weiß, es klingt verrückt. Aber während ich schlief, hat sie mich sämtliche Bleistifte, Marker und Buntstifte herausholen lassen.« Ich deute auf den leeren Schrank über dem Kühlschrank. »Und da du das ganze Papier mitgenommen hast, ließ sie mich auf eure Wände malen. Weil sie Teddy nicht vereinnahmen konnte, hat sie mich benutzt.«

Adrian legt mir einen Arm um die Taille. »Hey, ist schon okay. Du bist jetzt in Sicherheit. Wir werden schon dahinterkommen.«

Caroline schiebt sich an mir vorbei und stürmt ins Familienzimmer, wir anderen folgen ihr.

Sie zieht hörbar den Atem ein, während sie ungläubig auf die Wände starrt.

»Wo ist Teddy?«

»In seinem Zimmer. Ihm geht es gut.«

Caroline schaut zu ihrem Mann herüber. Er eilt die Treppe hinauf.

Ich versuche, den Nachmittag für Caroline zu rekapitulieren. »Er ging um ein Uhr in sein Zimmer. Für die Ruhezeit. Ich habe ihm das iPad überlassen, genau wie du gesagt hattest. Er ist erst vor zehn Minuten wieder nach unten gekommen. Als ihr gerade nach Hause kamt.«

»Vier Stunden?«, fragt sie.

Ich zeige Adrian meine rechte Hand, die mit Grafit und Kohle bedeckt ist und an der ich Blasen habe. »Ich bin Linkshänderin, genau wie Teddy. Ich hätte das nicht alleine geschafft. Die sind genau wie die Bilder in meinem Cottage.«

»Ja, genau! Der Stil ist identisch!« Er holt sein Smartphone heraus, geht durch den Raum und macht Fotos von den verschiedenen Szenen. »Als Erstes sollten wir sie mit den anderen Bildern vergleichen. Schauen, wie sie in die Reihenfolge passen.«

»Nein«, entgegnet Caroline. »Als Erstes machen wir ein Tox-Screen. Und zwar sofort. Oder ich rufe die Polizei.«

Adrian starrt sie an. »Tox-Screen?«

»Ich kann nicht fassen, dass ich dich mit unserem Sohn allein gelassen habe. Ich kann nicht glauben, dass ich dir vertraut habe! Was, zum Teufel, habe ich mir dabei gedacht?«

»Ich nehme nichts«, versichere ich. Ich versuche dabei, leise zu sprechen, als ob es irgendwie möglich wäre, das Gespräch nebensächlich klingen zu lassen. Als ob Adrian nicht genau neben mir stehen und zuhören würde. »Ich schwöre dir, Caroline, ich bin clean.«

»Dann wirst du ja kein Problem mit dem Test haben. Als du hier angefangen hast, hast du zugestimmt, dich jede Woche stichprobenartig testen zu lassen. Freiwillig. An Tagen, die wir selbst bestimmen.« Sie nimmt mein Handgelenk und untersucht meinen Arm auf Einstichstellen. »Ich glaube, wir hätten schon viel früher damit anfangen sollen.«

Ted kommt aus dem Obergeschoss zurück und bedeutet Caroline mit einem kurzen Blick, dass es Teddy gut geht. Währenddessen versucht Adrian, Caroline davon zu überzeugen, dass sie die Situation völlig falsch einschätzt.

»Mrs Maxwell, ich weiß nicht, wovon Sie reden, aber Mallory ist nicht auf Drogen. Glauben Sie wirklich, sie hätte ein Sportstipendium, wenn sie Heroin nähme? Die Penn State würde sie augenblicklich aus dem Team werfen.«

Betretenes Schweigen breitet sich im Raum aus. Ich merke, dass Caroline mir gerade eine Chance gibt, alles selbst zu erklären. Ich spüre, wie mir die Tränen in die Augen steigen, denn so hatte ich mir das jetzt nicht vorgestellt. »Okay, warte«, sage ich zu ihm. »Die Sache ist nämlich die, dass ich nicht ganz ehrlich zu dir gewesen bin.«

Adrian hat immer noch seine Arme um mich gelegt, aber sein Griff lockert sich. »Was soll das heißen?«

»Ich wollte dir heute Abend die Wahrheit erzählen.«

»Wovon redest du?«

Ich kann es immer noch nicht.

Ich habe immer noch keine Ahnung, wie ich anfangen soll.

»Mallory geht nicht auf die Penn State«, erklärt Ted. »Sie hat die letzten achtzehn Monate in der Reha verbracht. In einer Einrichtung für Suchtkranke. Sie hat Missbrauch mit verschreibungspflichtigen Schmerzmitteln und mit Heroin betrieben.«

»Und andere Drogen genommen, an die sie sich nicht einmal mehr erinnern kann«, fügt Caroline hinzu. »Das Gehirn braucht Zeit, um zu heilen, Mallory.«

Jetzt hält mich Adrian gar nicht mehr fest. Jetzt klammere ich mich an seinen Körper wie ein großes, trauriges, erbärmliches Anhängsel, wie ein Parasit. Er schüttelt mich ab, damit er mir ins Gesicht sehen kann.

»Ist das wahr?«, fragt er.

»Ich nehme nichts«, sage ich ihm. »Ich schwöre dir, Adrian, ich bin nächsten Dienstag zwanzig Monate lang clean.«

Er weicht einen Schritt zurück, als hätte ich ihn geschlagen. Caroline legt ihm sanft eine Hand auf die Schulter. »Es muss schwer für dich sein, das zu erfahren. Wir hatten einfach angenommen, Mallory wäre ehrlich zu dir gewesen, was ihre Vergangenheit angeht. Wir dachten, sie hätte dir die Wahrheit gesagt.«

»Nein, ganz und gar nicht.«

»Adrian, ich arbeite mit vielen Süchtigen im Veteranenkrankenhaus. Es sind gute Menschen, und unser Hauptziel ist es, sie wieder in die Gesellschaft zu integrieren. Aber manchmal stimmt das Timing einfach nicht. Manchmal nehmen wir Menschen auf, bevor sie bereit dazu sind.«

Ich schaue Caroline wütend an. »Das ist NICHT das, was hier passiert! Ich bin nicht auf Drogen. Und ich bin keine verdammte Künstlerin! Das schwöre ich dir, Caroline. Mit diesem Haus stimmt etwas nicht. Der Geist von Annie Barrett sucht deinen Sohn heim, und jetzt sucht er mich heim, und das hier ist ihre Nachricht.« Ich deute auf die ganzen Wände im Raum. »Das ist ihre Geschichte!«

Ich weiß, dass ich verrückt aussehen und klingen muss, denn Adrian taxiert mich mit einer gewissen Verwirrung. Er wirkt so, als sähe er mich zum ersten Mal.

»Aber der Rest der Geschichte ist wahr?«, fragt er. »Du hast in einer offenen Einrichtung gelebt? Du hast *Heroin* genommen?«

Ich schäme mich zu sehr, um zu reagieren, aber er kann mir die Antwort am Gesicht ablesen. Adrian dreht sich um und verlässt das Zimmer. Ich will ihm folgen, aber Caroline stellt sich mir in den Weg. »Lass ihn gehen, Mallory. Mach es ihm nicht noch schwerer.«

Ich wende mich dem Fenster zu und sehe, wie Adrian den Plattenweg entlang geht. Sein Gesicht ist verzerrt vor Schmerz. Auf halber Strecke zur Einfahrt verfällt er in eine Art Trab, als könnte er es kaum erwarten, endlich Abstand zu mir zu gewinnen. Er steigt in seinen schwarzen Pick-up und fährt davon.

Als ich meinen Blick wieder Caroline zuwende, hält sie einen Plastikbecher in der Hand. »Komm, bringen wir das hier hinter uns.«

Sie begleitet mich zur Toilette. Ich gehe hinein und will die Tür schließen, aber Caroline hält sie auf und schüttelt den Kopf, als machte sie sich Sorgen, ich könnte meine Probe irgendwie manipulieren, als trüge ich Tag und Nacht Fläschchen mit sauberem Urin mit mir herum, nur für den Fall. Immerhin tut Caroline mir den Gefallen und wendet sich ab, während ich mir die Shorts runterziehe und mich über die Toilette hocke. Da ich schon Hunderte Male getestet wurde, bin ich geübt darin, Proben zu nehmen, ohne zu kleckern. Ich kann einen 120-Milliliter-Becher füllen, ohne dass auch nur ein Tropfen daneben geht. Ich stelle den Becher auf den Rand des Waschbeckens, ziehe mir die Shorts wieder hoch und wasche mir die Hände. Das Wasser färbt sich schwarz, und im Waschbecken sammeln sich körnige Rückstände. Mit einem Stück Seife reibe ich mir über Fingernägel und Handflächen, aber das Grafit klebt an meiner Haut wie Tinte, wie Flecken, die nie wieder abgehen.

»Ich warte im Familienzimmer auf dich«, erklärt Caroline. »Wir fangen erst an, wenn du da bist.«

Nach dem ganzen Händewaschen bleibt ein schmutzig grauer Ring in dem makellos weißen Waschbecken zurück. Wieder etwas, weshalb ich mich schuldig fühle. Ich versuche, es mit Toilettenpapier sauber zu machen, dann trockne ich mir die Hände an meinen Shorts ab.

Als ich ins Familienzimmer komme, sitzen Caroline und Ted auf dem Sofa; meine Probe haben sie auf ein Küchenpapier vor sich auf den Couchtisch gestellt. Caroline zeigt mir eine Dip-Karte, die noch in Zellophan eingewickelt ist, um zu beweisen, dass sie nicht manipuliert wurde. Dann packt sie die Karte aus und tunkt die fünf Teststreifen in den Becher. »Hör zu, ich verstehe ja, warum du das tust, aber das Ergebnis wird nicht positiv ausfallen. Das schwöre ich dir. Ich bin seit zwanzig Monaten clean.«

»Und wir wollen dir glauben«, erwidert Caroline und wirft dann einen Blick auf die Zeichnungen, die überall auf den Wänden prangen. »Aber wir müssen verstehen, was heute hier passiert ist.«

»Ich habe euch doch schon gesagt, was passiert ist. Anya hat Besitz von meinem Körper genommen. Sie hat mich wie eine Marionette benutzt. Ich habe keines dieser Bilder bewusst gemalt! Sie war es!«

»Wenn wir darüber reden wollen«, sagt Caroline, »müssen wir ruhig bleiben. Wir dürfen uns nicht gegenseitig anschreien.«

Ich atme tief durch. »Na gut. Okay.«

»Also, bevor du hier angefangen hast zu arbeiten, haben wir lange mit Russell über deine Vorgeschichte gesprochen. Er erzählte uns von deinen Problemen – den falschen Erinnerungen, den Gedächtnislücken …«

»Das hier ist anders. Ich habe diese Probleme nicht mehr.«

»Erinnerst du dich, vor ein paar Tagen hat Teddy seine Kiste mit Zeichenstiften verloren? Er kam weinend zu mir, war ganz aufgelöst, weil er sie nirgends finden konnte. Und kurz darauf tauchen dann wie durch ein Wunder all diese Bilder in deinem Cottage auf. Erscheint dir das nicht wie ein außergewöhnlicher Zufall?«

Ich schaue auf den Becher hinunter. Es ist erst eine Minute vergangen. Es ist noch viel zu früh für Ergebnisse.

»Caroline, ich kann kaum eine gerade Linie zeichnen. Ich habe in der Highschool einen Kunstkurs belegt und eine Drei plus bekommen. Diese Bilder habe ich auf keinen Fall gemalt, so gut bin ich nicht.«

»Meine Patienten sagen auch immer das Gleiche: ›Ich kann nicht zeichnen, und wenn es um mein Leben ginge!‹ Aber dann versuchen sie es mit Kunsttherapie, und die Ergebnisse sind außergewöhnlich. Sie zeichnen die erstaunlichsten Bilder, um ihr Trauma zu verarbeiten. Um Wahrheiten zu verarbeiten, denen sie sich nicht stellen wollen.«

»Darum geht es hier nicht.«

»Sieh dir die Frau auf deinen Bildern an. Sie ist jung, sie ist groß. Sie hat eine athletische Figur. Sie *läuft* sogar, Mallory. Erinnert sie dich an jemanden?«

Ich verstehe, worauf sie hinauswill, aber sie täuscht sich. »Das ist kein Selbstporträt.«

»Es ist eine symbolische Darstellung. Eine visuelle Metapher. Du hast deine jüngere Schwester verloren. Du bist verzweifelt, bist in Panik, willst sie unbedingt zurückholen – aber es ist zu spät. Sie ist im Tal des Todes.« Sie geht im Familienzimmer umher und lenkt meine Aufmerksamkeit von einem Bild zum nächsten. »Und dann kommt ein Engel, um ihr zu helfen – an dieser Metapher ist nichts allzu Subtiles, oder? Der Engel führt Beth zum Licht, und du kannst die beiden nicht aufhalten. Beth hat die Grenze überschritten, sie kommt nie wieder zurück. Du weißt das, Mallory. Es ist alles hier an der Wand zu sehen. Das ist nicht Anyas Geschichte. Es ist *deine* Geschichte. Es ist *Beths* Geschichte.«

Ich schüttle den Kopf. Ich will nicht, dass Beth da mit reingezogen wird. Ich will nicht einmal, dass Caroline ihren Namen ausspricht.

»Wir wissen, was passiert ist«, fährt sie fort. »Russell hat uns deine Geschichte erzählt, und es ist furchtbar, Mallory. Es tut mir so leid, dass das passiert ist. Ich weiß, du trägst eine Menge Schuldgefühle und eine Menge Trauer mit dir herum.

Aber wenn du diese Gefühle nicht rauslässt – wenn du sie einfach weiter unterdrückst ...« Sie macht weit ausholende Gesten in Richtung der Illustrationen. »Sie sind wie Dampf in einem Kessel, der unter Druck steht, Mallory. Sie werden nach Rissen suchen und einen Weg finden, um zu entweichen.«

»Was ist mit all den anderen Bildern? Die Frau, die erdrosselt wird?«

»Eine abstrakte Idee, die wörtlich genommen wurde«, erwidert Caroline. »Vielleicht Kummer, vielleicht Sucht. Der Würgegriff, den Drogen auf deinen Körper ausüben.«

»Und die Frau, die durch den Wald geschleift wird?«

»Vielleicht gibt es jemanden, der dich aus der Gefahr gezogen hat? Ein Sponsor oder Mentor? Wie Russell?«

»Warum verscharrt er mich dann?«

»Er verscharrt dich nicht, Mallory. Er *befreit* dich. Er gräbt dich aus einem Berg von Heroin aus und holt dich zurück in die Gesellschaft. Und schau dich jetzt an!«

Caroline dreht die Dip-Karte um, damit ich die Ergebnisse sehen kann. Alle fünf Registerkarten – die Indikatoren für THC, Opioide, Kokain, Amphetamine und Meth – sind negativ ausgefallen.

»Zwanzig Monate clean«, sagt Ted. »Das ist großartig!«

»Wir sind wirklich stolz auf dich«, erklärt Caroline. »Aber es liegt auf der Hand, dass du noch einen langen Weg vor dir hast, stimmt's?«

Ich weiß nicht, was ich sagen soll.

Ich muss zugeben, dass es sehr verwirrende Parallelen zwischen Anyas Zeichnungen und meiner eigenen Geschichte gibt.

Und ja, ich hatte mit Gedächtnislücken und falschen Erinnerungen zu kämpfen und all den anderen psychischen Folgen der Drogensucht.

Aber ich habe noch zwölf weitere Zeichnungen in meinem Cottage, die nach Tod stinken, und es gibt nur eine Person, die dafür verantwortlich ist.

»Anya hat sie gemalt. Nicht ich.«

»Anya ist eine imaginäre Freundin. Teddy weiß, dass sie erfunden ist. Er begreift, dass es sie nicht wirklich gibt.«

»Teddy ist verängstigt und verwirrt und wiederholt alles, was ihr ihm vorgebt. Ich weiß, ihr wart auf tollen Schulen, und ihr denkt, dass ihr wisst, wie das Leben läuft. Aber bei diesen Bildern irrt ihr euch, ihr irrt euch bei diesem Haus, und ihr irrt euch bei Teddy. Direkt vor eurer Nase passiert eine echt üble, schräge Scheiße, und ihr verschließt die Augen vor der Wahrheit!«

Mittlerweile schreie ich, ich kann nicht anders, aber Ted und Caroline sind nicht aus dem Konzept zu bringen. Ich merke, dass sie mir nicht länger zuhören, dass sie das Thema wechseln wollen.

»Ich denke, wir sollten uns einfach damit abfinden, dass wir uns nicht einig sind«, sagt Caroline. »Vielleicht ist sie ein Geist, oder vielleicht ist sie bloß ein Ausdruck von Schuld. Es spielt keine Rolle, Mallory. Der springende Punkt ist, dass du unseren Sohn vier Stunden lang unbeaufsichtigt gelassen hast, und ich traue dir nicht mehr zu, auf ihn aufzupassen.«

Ted stimmt zu, dass »sich etwas ändern muss«, und Caroline sagt, es sei gut, diesen Moment als Scheidepunkt zu betrachten, als eine Gelegenheit, die Dinge für alle zu verbessern.

Dabei klingen beide so positiv, so unterstützend und ermutigend, dass ich einen Moment brauche, um zu realisieren, dass ich soeben gefeuert werde.

20

Ich bin gerade mal zehn Minuten wieder im Cottage, als mein Handy klingelt.

Es ist Russell. Er ruft aus einem kleinen Motel an der Route 66 an, irgendwo in der Wüste zwischen Las Vegas und dem Grand Canyon. Die Verbindung ist schlecht, es knistert und knackt in der Leitung.

»Mallory! Was ist passiert?«

»Ich glaube, ich habe den Job verloren.«

»Den Job hast du *definitiv* verloren! Caroline hat mir Bilder von deinem verrückten Ausraster-Kunstprojekt geschickt. Was, zum Teufel, geht da bei euch vor?«

»In diesem Haus geht etwas vor, Russell. Da ist eine Art Präsenz. Erst war sie hinter Teddy her, und jetzt ist sie hinter mir her.«

»Präsenz?« Russell ist sonst eigentlich immer ein Quell grenzenloser Energie und Begeisterung, nun aber klingt er müde und ein klein wenig enttäuscht.

»Du meinst, wie ein Geist?«

»Ich nehme nichts. Caroline hat mich getestet.«

»Weiß ich.«

»Das ist etwas anderes. Das ist …«

Wir werden von einem statischen Rauschen unterbrochen, und einen Moment befürchte ich, die Verbindung verloren zu haben. Dann ist seine Stimme wieder zu hören.

»Du solltest zu einem Treffen gehen. Wie spät ist es bei euch? Halb sieben? Freitagabend? Versuch es in der Holy Redeemer. Die fangen um sieben an, glaube ich.«

»Ich brauche kein Treffen.«

»Gibt es Freunde, die du anrufen kannst? Jemanden, bei dem du übernachten kannst? Ich will nicht, dass du heute Nacht allein bist.« Ich schätze mal, er erkennt an meinem Schweigen, dass es niemanden hier gibt, der mir helfen könnte. »Also gut, hör zu. Ich komme nach Hause.«

»Nein!«

»Schon gut. Ich hasse es hier sowieso. Das Wetter ist unerträglich. Ich muss ständig drinnen auf Laufbändern laufen, denn wenn du auch nur zehn Minuten nach draußen gehst, sorgt die Hitze für einen Herzstillstand.«

Er erklärt mir, dass er zwei oder drei Tage braucht, um mich abzuholen. Er ist gerade auf dem Weg zum Grand Canyon und muss daher zurück nach Las Vegas fahren und einen früheren Rückflug buchen. »Also vielleicht Sonntag, spätestens aber Montag. Du musst nur bis Montag durchhalten, okay? Doreen und ich werden dich abholen. Du kannst ein paar Wochen bei mir bleiben, und wir lassen dich von einem Arzt auf Herz und Nieren untersuchen. Wir überlegen uns einen Plan B.«

»Danke, Russell.«

Ich lasse mein Handy zu Boden fallen und schließe die Augen. Ich weiß, ich sollte raus aus dem Bett, zu einem Treffen gehen oder mir wenigstens Abendessen zubereiten. Aber draußen hat es angefangen zu regnen, eines dieser plötzlichen Sommergewitter, die aus heiterem Himmel kommen. Der Wind rüttelt am Dach, und der Regen prasselt gegen meine Fenster. Ich bin im Cottage gefangen und wünschte, es gäbe jemanden, den ich anrufen könnte. Ich fürchte mich vor dem langen Wochenende, das vor mir liegt, vor dem langen, einsamen Warten, bis Russell kommt und mich abholt. Meine einzigen anderen Freunde sind im Safe Harbor, aber ich schäme mich zu sehr, als dass ich ihnen erzählen könnte, was ich getan habe.

Natürlich gibt es da auch noch meine Freunde aus der Zeit *vor* dem Safe Harbor. Ich habe ihre Namen und Telefonnummern aus meiner Kontaktliste gelöscht, aber es dürfte nicht schwer sein, sie ausfindig zu machen. Philadelphia ist eine dreißigminütige Zugfahrt von Spring Brook entfernt. Wenn ich es nur bis zur Kensington Avenue schaffe, würde ich viele Gesichter wiedererkennen. Alte Freunde, die sich freuen würden, mich zu sehen, und mich wieder willkommen heißen würden. Ich habe zwölfhundert Dollar auf meinem Konto. Ich kann einfach aufstehen und gehen, und niemand hier würde mich jemals vermissen.

Außer Teddy.

Teddy *würde* mich vermissen, da bin ich mir sicher.

Ich kann hier nicht weggehen, ohne mich vorher von ihm zu verabschieden.

Ich muss noch so lange hierbleiben, bis ich es ihm erklärt und ihm versichert habe, dass nichts von dem hier seine Schuld war.

Also bleibe ich in meinem perfekten kleinen Cottage, dem schönsten Ort, an dem ich je gewohnt habe, einer wunderschön eingerichteten Erinnerung an alles, was ich gerade verloren habe. Es gießt in Strömen, und das Summen in meinem Kopf ist schlimmer denn je – als ob mein Kopf voller Moskitos wäre. Ich presse mir ein Kissen vors Gesicht und schreie, aber nichts lässt das Geräusch verstummen.

In dieser Nacht schlafe ich zehn, zwölf, vierzehn Stunden lang. Jedes Mal, wenn ich aufwache, erinnere ich mich daran, was passiert ist, und dann vergrabe ich mich unter meiner Decke, bis ich wieder einschlafe.

Am Samstagmorgen um 10 Uhr stehe ich auf und schleppe mich unter die Dusche. Danach fühle ich mich ein bisschen besser. Als ich schließlich hinaustrete, liegt auf der Veranda ein Stein auf einem Blatt Papier.

O mein Gott, denke ich mir, *ich werde wirklich verrückt.*

Aber es ist nur ein Zettel von Caroline:

Liebe Mallory,
Ted und ich fahren mit Teddy an die Küste. Wir haben ihm gesagt, dass du ausziehen wirst, und das hat ihn natürlich aus der Fassung gebracht. Ein Tag am Strand und Karussellfahrten auf der Promenade werden ihn hoffentlich ablenken. Wir werden erst spät zurückkommen, du hast den Pool und den Garten also für dich allein.
Übrigens: Russell hat heute Morgen angerufen. Er hat für morgen Abend einen Nachtflug gebucht und wird Montagmorgen zwischen 10 und 11 Uhr hier ankommen.
Wir würden morgen Nachmittag gerne den Abschluss deiner Zeit bei uns feiern – mit Schwimmen, Abendessen, Nachtisch etc. So gegen 15:00 Uhr, wenn dir das passt. Bitte ruf an, wenn du etwas brauchst oder einfach nur reden willst. Ich bin für dich da, um dich in dieser Übergangszeit zu unterstützen.
Liebe Grüße, Caroline

Um mir Orangensaft zu holen, gehe ich rüber zum Haupthaus, aber als ich meinen Zutrittscode auf der Tastatur eingebe, tut sich nichts. Natürlich nicht. Ted und Caroline mögen mir ihren Garten anvertrauen, aber sie werden mich auf keinen Fall wieder ihr Haus betreten lassen. Nicht, nachdem ich die Wände vollgemalt habe.

Ich weiß, ich sollte joggen gehen. Ich weiß, ich würde mich besser fühlen, wenn ich draußen ein paar Kilometer liefe. Aber es ist mir zu peinlich, das Grundstück zu verlassen, ich bin zu beschämt, mich in der Nachbarschaft blicken zu lassen. Bestimmt hat sich mein Schwindel schnell herumgesprochen, und jetzt kennt jeder in Spring Brook mein Geheimnis. Ich kehre zurück zum Cottage, kippe Cheerios in eine Schüssel, und erst dann fällt mir wieder ein, dass ich keine Milch mehr habe. Ich esse sie trocken, mit den Fingern. Dann lege ich mich mit meinem Tablet aufs Bett, schalte den Hallmark Channel ein und überfliege die Auswahl an Filmen. Doch mit einem Mal wirken sie alle vorgetäuscht, schrecklich und furchtbar – voller falscher Versprechungen und schwachsinniger Happy Ends.

Ich schaue gerade zehn Minuten einen Film namens *Meine zauberhaften Weihnachtsschuhe*, als ich Schritte auf der Veranda und dann ein leises Klopfen an der Tür höre. Ich vermute, es könnte Mitzi sein, die sich für ihr Verhalten während der Séance entschuldigen will. Ich rufe »Ich bin beschäftigt!« und drehe die Lautstärke meines Tablets auf.

Vor dem Fenster taucht Adrians Gesicht auf.

»Wir müssen reden.«

Ich springe aus dem Bett und öffne die Tür. »Ja, das müssen wir wirklich, denn …«

»Nicht hier«, unterbricht er mich. »Ich habe meinen Lieferwagen draußen stehen. Lass uns ein bisschen rumfahren.«

Wohin wir fahren, sagt er nicht, aber als wir die Auffahrt zur 295 erreichen, weiß ich Bescheid. Wir fädeln uns in den schnell fließenden Verkehr ein, fahren auf die 76 West und überqueren die Walt Whitman Bridge, die hoch oben über die Werften und Hafenanlagen des Delaware River führt. Wir sind auf dem Weg nach South Philadelphia. Adrian fährt mich nach Hause.

»Du musst das nicht tun. Kehr wieder um.«

»Wir sind fast da«, sagt er. »Noch fünf Minuten.«

Es ist noch zu früh für Football, und die Phils haben wohl ein Auswärtsspiel, denn die Schnellstraße ist frei, es herrscht kaum Verkehr. Adrian nimmt die Ausfahrt zur Oregon Avenue. Er wirft immer mal wieder einen Blick auf sein Navi, aber von hier aus könnte ich ihn mit verbundenen Augen dirigieren. Ich kenne immer noch jede Straße, jedes Stoppschild und jede Ampel. Die ganzen alten Geschäfte sind noch immer da: die Fast-Food-Läden und die Sandwichläden, die asiatischen Supermärkte, die Handyshops, die Sportbar und der Stripclub, der zwei meiner Klassenkameradinnen direkt von der Highschool angeworben hat. Niemand würde mein altes Viertel je mit Spring Brook verwechseln. Die Straßen sind mit Schlaglöchern übersät, die Bürgersteige mit Glasscherben und Hühnerknochen. Immerhin haben viele der Reihenhäuser neue Aluminiumverkleidungen und sehen besser aus, als ich es in Erinnerung habe, als gäben sich die Leute Mühe, alles in Schuss zu halten.

Adrian hält an der Ecke von Eights und Shunk an. Ich vermute, er hat meine Adresse online herausgefunden, denn wir stehen direkt vor dem kleinen, gedrungenen Reihenhaus, das ich früher mein Zuhause nannte. Die Backsteine sind neu verfugt worden, die Fensterläden frisch gestrichen und wo sich unser »Garten« aus weißem Kies befand, wächst jetzt hellgrünes Gras. Neben der Eingangstür steht ein Mann auf einer Leiter; er trägt Arbeitshandschuhe und holt Laub aus den Regenrinnen.

Adrian stellt den Motor ab und schaltet den Warnblinker ein. Ich habe seit der Highschool keinen meiner Nachbarn mehr gesehen und befürchte nun, wiedererkannt zu werden. Die Häuser stehen alle dicht nebeneinander, und ich kann mir nur zu gut vorstellen, wie alle ihre Tür aufmachen und nach draußen strömen, um mich zu begaffen.

»Bitte fahr einfach.«

»Bist du hier aufgewachsen?«

»Das weißt du doch schon.«

»Wer ist der Mann auf der Leiter?«

»Ich weiß es nicht. Fahr einfach los, okay?«

Der Mann auf der Leiter dreht sich um und mustert uns. Er ist mittleren Alters, hat schütter werdendes Haar, ist nicht allzu groß und trägt ein Eagles-Trikot. »Kann ich Ihnen helfen?«

Ich habe ihn noch nie gesehen. Vielleicht hat meine Mutter einen Handwerker angeheuert. Wahrscheinlicher ist, dass sie das Haus verkauft hat und weggezogen ist und dass dieser Mann der neue Besitzer ist. Ich winke ihm entschuldigend zu und wende mich an Adrian. »Wenn du nicht sofort weiterfährst, steige ich aus und gehe zu Fuß zurück nach Spring Brook.«

Er startet den Wagen wieder, und wir fahren über die grüne Ampel. Ich lotse ihn durch den Verkehr zum Franklin Delano Roosevelt Park, South Phillys beliebtem Ort für Picknicks, Geburtstagsfeiern und Hochzeitsparty-Fotos. Früher nannten wir ihn alle »die Seen«, weil er mit Teichen und

Lagunen übersät ist. Der größte ist der Meadow Lake, und dort suchen wir uns eine Bank mit schönem Blick auf das Wasser. Am Horizont, vor dem grauen Himmel, sehen wir die erhöhte Trasse der Interstate 95 mit ihren sechs Fahrspuren, auf denen die Autos zum und vom Flughafen dahinrasen. Lange Zeit sagen wir kein Wort, weil keiner von uns weiß, wo er anfangen soll.

»Das mit dem Stipendium war nicht gelogen«, beginne ich schließlich. »In der zehnten Klasse habe ich einen Fünftausend-Meter-Lauf in fünfzehn Minuten und dreiundzwanzig Sekunden absolviert. Ich war die sechstschnellste Läuferin in Pennsylvania. Du kannst es googeln.«

»Ich habe es schon gegoogelt, Mallory. Am Tag, als wir uns kennenlernten, bin ich nach Hause gerannt und habe nach jeder Mallory Quinn in Philadelphia gesucht. Ich habe alle Daten aus deiner Highschool-Zeit gefunden. Gerade genug, damit mir deine Geschichte glaubwürdig erschien.« Er lacht. »Aber es gibt nichts von dir auf Twitter, nichts in den sozialen Medien. Das fand ich cool – diese Aura des Geheimnisvollen. Die Mädchen an der Rutgers sind rund um die Uhr auf Instagram, posten Fotos, gieren nach Likes. Aber du warst anders. Ich hielt dich für selbstbewusst. Ich hätte nie gedacht, dass du etwas verheimlichst.«

»Ich war meistens ehrlich.«

»*Meistens?* Was soll das denn heißen?«

»Ich habe nur gelogen, was meine Vergangenheit angeht. Sonst nicht. Nicht, was Anyas Zeichnungen angeht. Und schon gar nicht, was meine Gefühle für dich angeht. Gestern Abend hatte ich felsenfest vor, dir beim Essen die Wahrheit zu sagen, das schwöre ich.«

Er schweigt, starrt einfach nur auf den See hinaus. Einige

Kinder in unserer Nähe spielen mit einer Drohne; mit ihren acht rasend schnell rotierenden Propellern sieht sie aus wie ein Miniatur-UFO, und jedes Mal, wenn sie vorbeifliegt, hört sich das an wie ein Bienenschwarm. Ich merke, dass Adrian darauf wartet, dass ich fortfahre, dass er mir die Chance gibt, reinen Tisch zu machen. Ich atme tief durch.

»In Ordnung, also …«

21

All meine Probleme begannen mit einem banalen sakralen Spannungsriss, ein winziger Bruch in dem dreieckigen Knochen an der Basis meiner Wirbelsäule. Das war im September meines letzten Highschool-Jahrs, und die empfohlene Behandlung bestand aus acht Wochen Ruhe – genau zu Beginn der Cross-Saison. Das war zwar eine schlechte Nachricht, aber kein komplettes Desaster. Die Verletzung war unter jungen Läuferinnen verbreitet, leicht behandelbar, und die Penn State zog deswegen ihr Angebot nicht zurück. Die Ärzte verschrieben mir OxyContin gegen die Schmerzen – zweimal am Tag eine Vierzig-Milligramm-Tablette. Es hieß, im November würde ich wieder fit für die Wintersaison sein.

Ich besuchte nach wie vor alle Trainingseinheiten, schleppte Ausrüstung herum und half mit, die Ergebnisse der anderen festzuhalten. Aber es fiel mir schwer, meine Teamkolleginnen von der Seitenlinie aus zu beobachten, wissend, dass ich doch eigentlich neben ihnen laufen sollte. Da ich entsprechend mehr Zeit hatte, erwartete zudem meine Mutter von mir, dass ich mich öfter im Haus nützlich machte. Mehr kochen, putzen, einkaufen und mich um meine Schwester kümmern.

Mom zog uns allein auf. Sie war klein, übergewichtig und rauchte eine Packung Zigaretten am Tag – obwohl sie im Mercy Hospital arbeitete, als Sachbearbeiterin im Rechnungswesen, und daher alle Gesundheitsrisiken kannte. Beth und ich lagen ihr ständig in den Ohren, sie solle mit dem Rauchen aufhören, und wir versteckten ihre Zigaretten immer unter dem Sofa oder an anderen Stellen, wo sie nie nachschaute. Sie ging dann aber immer einfach raus und kaufte sich neue. Sie sagte, dies sei ihre Art, Stress zu bewältigen, und wir sollten ihr nicht ständig auf den Wecker gehen. Sie hat uns immer daran erinnert, dass wir weder Großeltern noch Tanten oder Onkel hatten und dass für sie definitiv kein zweiter Ehemann in Aussicht sei – also müssten wir drei füreinander da sein. Das war unser Mantra in der Kindheit: füreinander da sein.

An drei oder vier Samstagen im Jahr berief das Krankenhaus meine Mutter zu einer Besprechung über »unerwartet verpflichtende Überstunden« ein, um die ganzen offenen Abrechnungsstreitigkeiten durchzuackern, mit denen niemand etwas anfangen konnte. Eines Freitagabends bekam meine Mutter einen entsprechenden Anruf und teilte uns mit, sie müsse am nächsten Tag zur Arbeit. Dann eröffnete sie mir, ich müsse meine Schwester zum Storybook Land fahren.

»Ich? Warum ich?«

»Weil ich ihr den Besuch versprochen hatte.«

»Nimm sie am Sonntag mit. Sonntag hast du frei.«

»Beth will aber Chenguang mitnehmen, und die kann nur am Samstag.«

Chenguang war die beste Freundin meiner Schwester, ein schräges Mädchen mit rosafarbenen Haaren, das sich Katzenschnurrhaare auf die Wangen malte. Sie und Beth waren in so einem Anime-Club.

»Morgen ist eine Sportveranstaltung! Im Valley Forge. Ich werde nicht vor drei Uhr zurück sein.«

»Lass die Veranstaltung sausen«, sagte meine Mutter. »Du wirst ja gar nicht laufen. Die Mannschaft braucht dich nicht.«

Ich versuchte meiner Mutter zu erklären, dass meine Anwesenheit meinen Teamkameradinnen eine enorme psychologische Unterstützung wäre, aber sie ließ das nicht gelten. »Du fährst Beth und Chenguang!«

»Sie sind schon zu groß für Storybook Land! Das ist ein Kinderspielplatz!«

»Das ist ja der Witz an der Sache.« Meine Mutter öffnete die Hintertür, zündete sich eine Zigarette an und blies den Rauch durch das Fliegengitter nach draußen. »Ihnen ist *klar*, dass sie eigentlich zu groß dafür sind, und genau deshalb wollen sie dorthin.« Sie zuckte mit den Schultern, als wäre das eine vollkommen vernünftige Vorgehensweise.

Am nächsten Morgen – Samstag, 7. Oktober – kam Chenguang bei uns vorbei, bekleidet mit einem gelben Hemd, auf dem ein glitzerndes weißes Einhorn abgebildet war, und in verblichenen Jeans. Sie mampfte gerade eine Tüte saure Spaghetti-Fruchtgummis und bot mir welche an. Ich schüttelte den Kopf und sagte, lieber würde ich tot umfallen. Beth kam die Treppe herunter – und trug das gleiche Einhorn-T-Shirt und die gleiche Jeans. Offenbar hatten sie ein gemeinsames Outfit im Voraus abgesprochen und beschlossen, es gehöre alles zu unserem komischen Abenteuerausflug dazu.

Ich bestand darauf, um Punkt 9 Uhr loszufahren. Mein Plan war, auf dem Highway zu sein, während meine Teamkameradinnen liefen, und dann, sobald wir in Storybook Land ankamen, anzurufen, um die Ergebnisse zu erfahren. Aber Chenguang war von einer Spinne gebissen worden, und die Stelle hörte nicht auf zu jucken, also mussten wir bei einem Walgreens anhalten, um Benadryl zu besorgen. Das warf uns eine halbe Stunde zurück, und wir überquerten die Walt Whitman Bridge erst um halb zehn und fädelten uns erst um Viertel vor zehn in den Verkehr auf dem Atlantic City Expressway ein. Dort fuhren die Autos auf drei Fahrspuren mit einem Affenzahn von achtzig Meilen pro Stunde auf die Küste von Jersey zu. Ich hatte die Fensterscheiben runtergleiten lassen und das Radio laut aufgedreht, damit ich mir nicht das Gekichere von Beth und Chenguang auf dem Rücksitz anhören musste. Sie quasselten ununterbrochen, fielen sich ständig ins Wort und redeten über die andere hinweg. Mein Handy lag in der Konsole zwischen den Vordersitzen. Ich hatte es an den Adapter im Zigarettenanzünder angeschlossen, um es aufzuladen. Über die Musik hinweg hörte ich das Piepsen einer eingehenden Textnachricht – dann noch eine und wieder eine. Ich wusste, dass es wahrscheinlich meine Freundin Lacey war, weil die nie nur eine einzige Nachricht versendete, wenn es auch mit fünfen ging. Die Fahrbahn vor mir war frei. Ich schaute auf mein Handy und auf die eingehenden Benachrichtigungen, die auf meinem Bildschirm aufpoppten:

HEILIGE SCHEISSE
ACH DU HEILIGE SCHEISSE
!!!!!!!!
du wirst nicht glauben, wer auf Platz 3 gelandet ist

Die Uhr auf dem Armaturenbrett zeigte 9:58 Uhr an. Mir wurde klar, dass der Lauf der Mädchen beendet sein musste und Lacey mir pflichtbewusst die Ergebnisse schickte. Ich schaute noch einmal auf die Straße vor mir, hob dann das Handy mit einer Hand an, gab mein Passwort ein und tippte sorgfältig meine Antwort ein:

sag's mir

Drei blinkende Punkte an der Seite des Displays signalisierten, dass Lacey gerade eine Antwort tippte. Ich erinnere mich noch daran, dass Ed Sheeran im Radio *Castle on the Hill* sang. Und ich erinnere mich daran, dass ich in den Rückspiegel blickte. Ein SUV fuhr dicht hinter mir, der Kerl klebte mir förmlich an der Stoßstange, und ohne wirklich nachzudenken, beschleunigte ich, um ein wenig Abstand zwischen uns zu bringen. Im Rückspiegel sah ich, dass Beth und Chenguang sich einen einzelnen Strang eines Spaghetti-Fruchtgummis teilten. Sie knabberten ihn von beiden Enden ab wie die Hunde in *Susi und Strolch*. Dabei kicherten sie wie die Irren, und ich weiß noch, wie ich dachte: Was zur Hölle stimmt bloß mit denen nicht? Soll das etwa normales Teenieverhalten sein? Dann vibrierte das Telefon in meiner Handfläche und signalisierte mir, dass Lacey geantwortet hatte.

Und dann war es Mittwoch, und ich wachte in einem Krankenhaus in Vineland, New Jersey, auf. Mein linkes Bein war gebrochen, ich hatte drei gebrochene Rippen, und mein Körper war an ein halbes Dutzend Monitore und Maschinen angeschlossen. Meine Mutter saß neben meinem Bett und hielt ein spiralgebundenes Notizbuch in der Hand. Ich versuchte mich aufzusetzen, aber ich konnte mich nicht bewegen. Ich war total verwirrt. Sie fing an, Dinge zu sagen, die keinen Sinn ergaben. Da lag ein Fahrrad auf dem Expressway. Eine Familie transportierte ihre Ausrüstung für den Strand auf der Ladefläche ihres Geländewagens, dann löste sich ein Mountainbike aus dem Gepäck, und alle Autos scherten aus, um ihm auszuweichen. Ich fragte: »Wo ist Beth?«, und ihre Gesichtszüge entgleisten. In diesem Moment begriff ich.

Der Fahrer vor mir hatte sich das Schlüsselbein gebrochen. Alle Insassen in dem SUV hinter mir hatten diverse leichte Verletzungen. Chenguang überstand den Unfall ohne einen Kratzer. Meine Schwester war das einzige Todesopfer, und die Ärzte sagten, bei mir sei es knapp gewesen. Alle beeilten sich zu sagen, ich sollte nicht mir die Schuld geben, ich hätte nichts falsch gemacht. Alle gaben der Familie, die das Mountainbike verloren hatte, die Schuld. Ein paar Polizeibeamte suchten mich im Krankenhaus auf, aber zu einer richtigen Untersuchung kam es nie.

Irgendwann, während wir uns überschlugen, wurde mein Handy aus dem Fenster geschleudert. Entweder wurde es durch den Aufprall pulverisiert, oder es verschwand zwischen den hohen lilafarbenen Wildblumen, die am Rande der Autobahn wachsen. Ich habe nie erfahren, wer die Drittplatzierte war.

Nach zwei Wochen wurde ich mit einem neuen Rezept für OxyContin, das ich »bei Schmerzen« einnehmen sollte, aus dem Krankenhaus entlassen. Ich hatte aber rund um die Uhr Schmerzen, jeden Tag, von dem Moment an, an dem ich aufwachte, bis zu dem Moment, an dem ich ins Bett fiel. Die Tabletten linderten sie ein wenig, und ich flehte die Ärzte an, mir Anschlussrezepte auszustellen – nur damit ich Halloween überstand, Thanksgiving überstand, Weihnachten überstand. Im Februar ging es mir dann aber wieder langsam besser, und sie setzten die Tabletten ab.

Die Schmerzen waren schlimmer als alles, was ich je erlebt hatte. Das ist es, was die Leute an OxyContin nicht verstehen – oder zumindest verstanden wir es damals nicht wirklich. Über mehrere Monate hinweg hatte die Droge mein Gehirn komplett neu vernetzt und immer mehr Schmerzrezeptoren gekapert; jetzt brauchte ich OxyContin einfach, um leben zu können. Ich konnte nicht schlafen, essen oder mich im Unterricht konzentrieren. Niemand hatte mich vorgewarnt, dass so etwas passieren würde. Niemand hatte mir vorhergesagt, dass ich mich auf einen Kampf einstellen musste.

An diesem Punkt begann ich auf meine Mitschülerinnen und Mitschüler angewiesen zu sein. Ich bat sie, in ihren Badezimmern und in den Schlafzimmern ihrer Eltern herumzuschnüffeln, denn wie Mitzi haben die meisten Leute OxyContin bei sich zu Hause. Als diese Quellen schließlich versiegten, hatte ich eine Freundin, die einen Freund hatte, der einen Typen kannte. Oxy von einem Dealer zu kaufen ist ziemlich einfach zu bewerkstelligen. Immerhin waren es die gleichen Pillen, die mir die Ärzte verschrieben hatten. Ich kaufte Medizin, keine Drogen. Aber der Preisaufschlag war unverschämt hoch, und innerhalb eines Monats hatte ich meine gesamten Ersparnisse aufgebraucht. Ich durchlebte drei erbärmliche Tage mit Schweißausbrüchen und Übelkeit, bevor einer meiner neuen Pillenfreunde mich mit einer billigeren und zweckmäßigeren Alternative bekannt machte.

Heroin ist so ein großes, Furcht einflößendes Wort, aber es fühlt sich so an wie Oxy, und das zu einem Bruchteil des Preises. Man muss nur seine Scheu vor Nadeln überwinden. Zum Glück gab es jede Menge YouTube-Videos mit Anleitungen (vorgeblich für Diabetiker), die zeigten, wie man eine Vene findet und wie man den Kolben im richtigen Moment vorsichtig zurückzieht, um sicherzugehen, dass man den Blutkreislauf getroffen hat. Sobald ich diesen Dreh raus hatte, wurde alles nur noch schlimmer.

Dank mitfühlender Lehrer, die Mitleid mit mir hatten, schloss ich die Highschool mit Ach und Krach ab. Aber sämtliche Trainer begriffen, was Sache war, und die Penn State stahl sich irgendwie aus ihrem Angebot heraus. Sie machten den Autounfall und meine Verletzungen dafür verantwortlich. Sie sagten, auch noch so viel Physiotherapie würde mich nicht bis zum Herbst wieder fit machen, und ich kann mich nicht erinnern, enttäuscht gewesen zu sein. Ich kann mich nicht einmal daran erinnern, die Nachricht erhalten zu haben. Zu dem Zeitpunkt, als sie sich an meine Mutter wandten, verbrachte ich die Nächte bereits in Northern Liberties auf dem Sofa meines neuen Freundes Isaac, der achtunddreißig war.

Nach der Highschool gab es eine lange Phase, in der mein Leben hauptsächlich daraus bestand, Drogen zu nehmen und mir Geld zu beschaffen, um mehr Drogen zu kaufen – jede Art von Drogen. Wenn Oxy und Heroin nicht verfügbar waren, probierte ich alles, was sonst noch auf der Speisekarte stand. Meine Mutter investierte viel Zeit und Geld, um mir zu helfen, aber ich war jung und hübsch, und sie war alt, pleite und fett; sie hatte keine Chance. Eines Tages stieg sie in den 17er Bus und erlitt einen Herzinfarkt; sie wäre fast gestorben, bevor der Rettungswagen sie ins Krankenhaus brachte. Ich erfuhr erst sechs Monate später davon, als ich in der Reha gelandet war und meine Mutter anrufen wollte, um ihr die gute Nachricht zu überbringen. Sie nahm einfach an, ich wollte um Geld betteln, und legte auf.

Danach rief ich noch ein paarmal an, aber sie ging nie ran. Also hinterließ ich ihr lange, unzusammenhängende Sprachnachrichten, in denen ich ihr gestand, der Unfall sei ganz meine Schuld gewesen, und ich mich für alles entschuldigte. Zu diesem Zeitpunkt lebte ich bereits im Safe Harbor und war total clean, aber sie glaubte mir natürlich nicht. *Ich* hätte mir auch nicht geglaubt. Schließlich ging eines Tages ein Mann ans Telefon. Er sagte, er sei Tony und er sei ein Freund meiner Mutter, und sie wolle nichts mehr von mir wissen. Als ich dann das nächste Mal anrief, war die Nummer nicht mehr erreichbar.

Ich habe seit zwei Jahren nicht mehr mit meiner Mutter gesprochen. Ich bin mir nicht ganz sicher, was mit ihr passiert ist. Trotzdem weiß ich, dass ich viele, viele Gründe habe, dankbar zu sein. Ich bin dankbar, dass ich mich nie mit HIV oder Hepatitis angesteckt habe. Ich bin dankbar, dass ich nie vergewaltigt wurde. Ich bin der Uber-Fahrerin dankbar, die mich mit Narcan wiederbelebt hat, nachdem ich auf dem Rücksitz ihres Prius ohnmächtig geworden war. Ich bin dem Richter dankbar, der mich in die Reha geschickt hat statt ins Gefängnis. Und ich bin dankbar, dass ich Russell kennengelernt habe, dass er sich bereit erklärt hat, mein Sponsor zu sein, und mich motiviert hat, wieder mit dem Laufen anzufangen. Ohne seine Hilfe wäre ich nie so weit gekommen.

Adrian unterbricht meine Erzählung nicht mit Fragen. Er lässt mich einfach reden und weiterreden, bis ich endlich zu dem komme, was mich am meisten aufwühlt: »Ich werde mich immer schuldig fühlen wegen dem, was passiert ist. Alle machen den Fahrer mit dem Mountainbike auf der Ladefläche verantwortlich. Aber wenn ich aufgepasst hätte …«

»Das kannst du nicht wissen, Mallory. Vielleicht hättest du noch ausweichen können, vielleicht aber auch nicht.«

Aber ich weiß, dass ich Schuld habe.

Ich werde immer wissen, dass ich Schuld habe.

Könnte ich die Zeit zurückdrehen und alles noch einmal machen, würde ich einfach die Spur wechseln, das Lenkrad herumreißen oder auf die Bremse treten, und alles wäre noch in Ordnung.

»Wir haben uns ein Zimmer geteilt, habe ich das schon

erwähnt? Wir haben in Stockbetten geschlafen, und wir hassten es, beklagten uns ständig bei unserer Mutter. Wir jammerten ihr vor, wir seien die einzigen Kinder in unserem Block, die sich ein Zimmer teilen müssten, und dabei stimmte das nicht einmal! Jedenfalls, nach dem Unfall, an dem Tag, an dem ich aus dem Krankenhaus kam, fuhr mich meine Mutter nach Hause, und ich ging nach oben und …« Den Rest kann ich gar nicht beschreiben. Ich kann ihm nicht sagen, dass es im Zimmer ohne Beth zu leise war, dass ich ohne ihre Atemgeräusche und das Rascheln ihrer Laken nicht schlafen konnte.

»Das muss schwer sein«, sagt Adrian.

»Ich vermisse sie so sehr. Jeden Tag. Vielleicht habe ich dich deshalb angelogen, Adrian, ich weiß es nicht. Aber ich schwöre, dass ich nie bei etwas anderem gelogen habe. Das, was ich dir über meine Gefühle erzählt habe, war nicht gelogen, und auch das mit den Bildern war nicht gelogen. Ich habe keine Erinnerung daran, sie gemalt zu haben. Aber ich schätze, ich muss es wohl getan haben. Ich weiß, das ist die einzige logische Erklärung. Ich verlasse Spring Brook am Montag. Ich kann für ein paar Wochen bei meinem Sponsor wohnen. Ich werde versuchen, wieder einen klaren Kopf zu bekommen. Tut mir leid, dass ich so eine Spinnerin bin.«

Wir haben den Punkt des Gesprächs erreicht, an dem ich hoffe, dass Adrian etwas erwidern wird. Vielleicht nicht gerade »Ich vergebe dir«, ich weiß, das wäre zu viel verlangt. Aber er sollte wenigstens irgendwie anerkennen, dass ich mich ihm gerade geöffnet habe, dass ich ihm meine Geschichte gebeichtet habe, die ich außerhalb eines NA-Meetings noch nie jemandem erzählt habe.

Stattdessen steht er auf und sagt: »Wir sollten jetzt los.«

Wir gehen über die Wiese zurück zum Parkplatz. Dort spielen drei kleine Jungs neben Adrians Lieferwagen, machen Pistolengesten und feuern imaginäre Kugeln ab. Als wir näher kommen, sprinten sie alle über den asphaltierten Parkplatz, brüllen und schreien und fuchteln mit den Armen wie die Irren. Sie erinnern mich an die Jungs im Big Playground. Sie sind alle um die fünf oder sechs Jahre alt und so ganz anders als der ruhige und in sich gekehrte Teddy, der immer nach seinen Bilderbüchern und Skizzenblöcken greift.

Adrian bleibt stumm, bis wir in seinem Lieferwagen sitzen. Er startet den Motor und schaltet die Klimaanlage ein, fährt jedoch noch nicht los. »Hör zu, als ich gestern euer Haus verließ, war ich ziemlich sauer. Nicht weil du mich angelogen hast – das war schon schlimm genug. Aber du hast meine Eltern und all ihre Freunde belogen. Das ist wirklich peinlich, Mallory. Ich weiß nicht, wie ich ihnen das jemals beibringen soll.«

»Ich weiß, Adrian. Es tut mir leid.«

»Aber die Sache ist die: Nachdem ich gestern euer Haus verlassen habe, konnte ich nicht gleich nach Hause fahren. Meine Eltern wussten von unserem Date, und ich wollte sie nicht sehen, wollte ihnen nicht sagen, dass es ein Reinfall gewesen war. Also bin ich stattdessen ins Kino gegangen. Es lief dieser neue Marvel-Film, und das schien mir eine gute Möglichkeit, Zeit totzuschlagen. Ich bin sogar drin sitzen geblieben und habe ihn mir ein zweites Mal angesehen, damit ich erst nach Mitternacht nach Hause kommen würde. Und als ich schließlich nach oben in mein Zimmer kam, lag das hier auf meinem Schreibtisch.«

Er langt über den Vordersitz und öffnet das Handschuhfach, worauf ein mit dunklem Stift bemaltes Blatt Papier zum Vorschein kommt.

»Sollen wir jetzt mal darüber reden, dass du das Gefühl hast, verrückt zu werden? Ich schätze mal, es wäre möglich, dass du dich bei uns ins Haus geschlichen, mein Zimmer ausfindig gemacht und diese Zeichnung auf meinem Schreibtisch hinterlassen hast, während meine Eltern den ganzen Abend über zu Hause waren. Ich schätze, es wäre auch möglich, dass der fünfjährige Teddy sich in unser Haus geschlichen hat. Oder seine Eltern? Aber das glaube ich alles nicht, Mallory.« Adrian schüttelt den Kopf. »Ich glaube, die wahrscheinlichste Erklärung ist, dass du die ganze Zeit recht hattest. Anya *malt* diese Bilder. Und sie will *mich* wissen lassen, dass du die Wahrheit sagst.«

22

Wir fahren zurück nach Spring Brook und machen uns sofort an die Arbeit. Ich sammle sämtliche Zeichnungen zusammen, die ich bei mir im Cottage vorgefunden habe, dazu die drei, die ich aus Teddys Zimmer mitgenommen habe. Adrian steuert die eine Zeichnung bei, die auf seinem Schreibtisch gelegen hatte, dazu seine Fotos von den Wänden im Familienzimmer der Maxwells. Er hat sie bereits auf einem Tintenstrahldrucker ausgedruckt, damit wir sie der Reihe nach einfügen können. Es bleiben keine achtundvierzig Stunden mehr, bis Russell mich abholen kommt – und bevor das geschieht, bin ich entschlossen, die Maxwells davon zu überzeugen, dass wir die Wahrheit sagen.

Wir arrangieren alle Bilder auf dem Pooldeck im Garten der Maxwells und beschweren sie mit Steinen oder losem Kies, damit sie an Ort und Stelle bleiben. Dann verbringen wir eine halbe Stunde damit, sie hin und her zu schieben, um sie in die richtige Reihenfolge für eine plausible Erzählung zu bringen.

Nach unzähligen Versuchen und Fehlversuchen kommen wir zu folgendem Ergebnis:

»Das erste Bild ist das des Heißluftballons«, beginne ich. »Er schwebt über einer Art Park oder Feld. Ein Gebiet mit reichlich offener Landschaft und weitem Himmel.«

»Also definitiv nicht Spring Brook«, sagt Adrian. »Da gibt es zu viel Flugverkehr aus Philadelphia.«

»Hier sieht man eine Frau, die ein Bild von dem Heißluftballon malt. Nehmen wir mal für einen Moment an, dass das Anya ist. Nach ihrem ärmellosen Kleid zu urteilen, dürfte es Sommer sein. Oder es spielt sich alles in einer wärmeren Klimazone ab.«

»In der Nähe spielt ein kleines Mädchen mit Spielzeug. Womöglich Anyas Tochter. Teddy hat davon gesprochen, dass Anya ein kleines Mädchen hat. Es sieht nicht unbedingt so aus, als hätte Anya sie gerade im Blick.«

»Dann kommt ein weißes Kaninchen daher.«

»Das kleine Mädchen ist fasziniert. Sie spielt gerade mit einem Plüschkaninchen, und da kommt tatsächlich ein echtes vorbei.«

»Und sie folgt dem Kaninchen in ein Tal …«

»… aber Anya bemerkt nicht, dass das Mädchen weggeht. Sie ist zu vertieft in ihre Arbeit. Aber man kann das kleine Mädchen am Horizont sehen. Seine Spielsachen lässt es zurück. Ergibt das so weit alles Sinn?«

»Ich denke schon«, erwidert Adrian.

»Gut, denn ab jetzt wird es verwirrend. Irgendetwas geht schief. Das Kaninchen ist weg, das Mädchen wirkt verloren. Vielleicht ist es verletzt, vielleicht sogar tot. Denn auf dem nächsten Bild …«

»… tritt ein Engel auf sie zu.«

»Und der Engel führt das kleine Mädchen zum Licht.«

»Aber jemand versucht, die beiden aufzuhalten. Jemand ist hinter ihnen her.«

»Das ist Anya«, mutmaßt Adrian. »Die Frau trägt das gleiche weiße Kleid.«

»Genau. Sie rennt los, um ihr kleines Mädchen zu retten, um zu verhindern, dass es ihr weggenommen wird.«

»Aber Anya kommt zu spät. Der Engel will sie nicht zurückgeben.«

»Oder *kann* sie nicht zurückgeben«, wirft Adrian ein.

»Genau. Jetzt kommt eine Lücke.«

»Der Engel und das Kind sind weg. Man sieht sie nicht mehr. Und jetzt würgt jemand Anya. Das ist der einzige Teil des Puzzles, der uns noch fehlt.«

»Die Zeit vergeht. Es ist Nacht. Anyas Staffelei ist verwaist.«

»Ein Mann kommt in den Wald. Er hat Werkzeug bei sich. Es sieht aus wie eine Hacke und eine Schaufel.«

»Der Mann schleift Anyas Leiche durch den Wald …«

»Mit seiner Schaufel hebt er eine Grube aus ...«

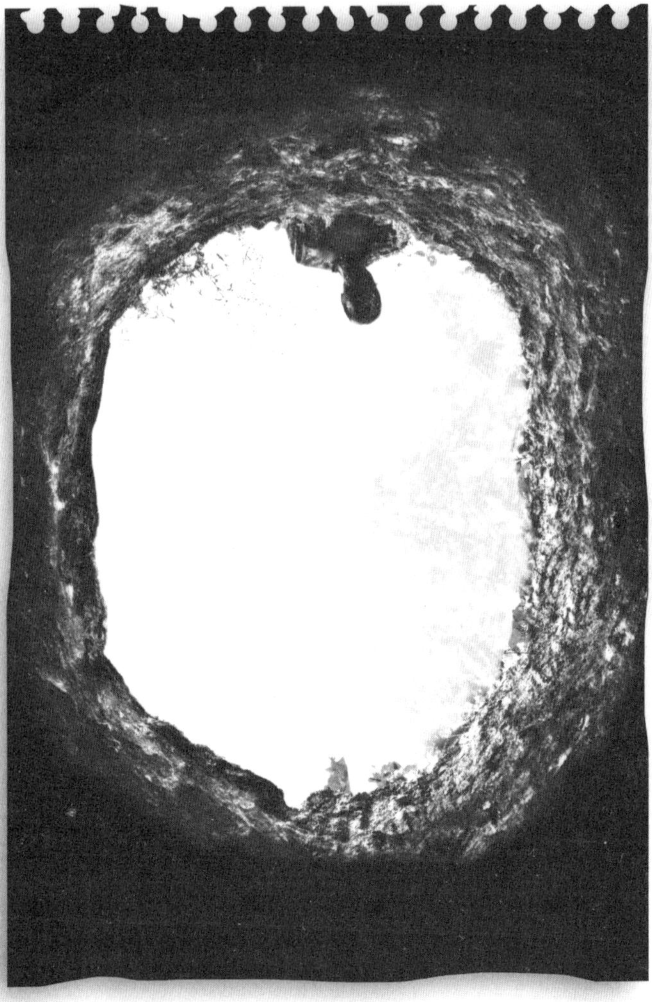

»Dann verscharrt er die Leiche.«

»Also hat der Mann Anya erwürgt«, stellt Adrian fest.

»Nicht unbedingt.«

»Er schleppt ihre Leiche weg. Dann verscharrt er sie.«

»Aber die Geschichte beginnt am Tag. Der Mann taucht erst später auf, nach Einbruch der Dunkelheit.«

Adrian fängt wieder damit an, die Bilder hin und her zu schieben und sie in einer anderen Reihenfolge anzuordnen. Aber ich habe alle möglichen Reihenfolgen ausprobiert, und diese ist die einzige, die halbwegs Sinn ergibt.

Doch irgendetwas fehlt noch. Es ist, als arbeite man sich durch ein Puzzle, um das ganze Bild zusammenzusetzen, nur um dann festzustellen, dass drei oder vier Teile fehlen, die alle in die Mitte gehören.

Adrian wirft die Hände in die Luft. »Warum erklärt sie es uns nicht einfach? Ohne die blöden Bilder, sondern mit Worten? ›Mein Name ist Rumpelstilzchen. Ich wurde vom Erzherzog ermordet.‹ Oder von wem auch immer. Warum ist sie so kryptisch?«

Er regt sich nur auf, aber mir wird klar, dass ich mir diese Frage noch nie gestellt habe: Warum *ist* Anya so kryptisch?

Warum nicht Worte verwenden, statt Teddy zu benutzen, um Bilder zu malen? Warum nicht einen Brief schreiben? Es sei denn …

Ich denke an all die einseitigen Gespräche zurück, die ich in Teddys Zimmer belauscht habe – an all die Ratespiele, die er während seiner Ruhezeit gespielt hat. »Teddy sagt, Anya redet seltsam. Er sagt, sie sei schwer zu verstehen. Was, wenn sie gar nicht Englisch spricht?«

Adrian scheint im Begriff zu sein, diese Idee zu verwerfen, greift dann aber nach dem Buch aus der Leihbibliothek: *Gesammelte Werke von Anne C. Barrett.* »Na gut, lass uns das mal einen Moment durchdenken. Wir wissen, dass Annie nach dem Zweiten Weltkrieg aus Europa einwanderte. Vielleicht spricht sie kein Englisch. Vielleicht ist Barrett nicht einmal ihr richtiger Name. Vielleicht ist das eine amerikanisierte Version von so etwas wie Baryshnikov, einer dieser langen, unaussprechlichen osteuropäischen Nachnamen, und die Familie hat ihn vereinfacht, um sich zu integrieren.«

»Genau«, sage ich und erwärme mich allmählich für diese Theorie. »George schreibt so, als lebe er schon lange in den Vereinigten Staaten. Er hat sich bereits assimiliert. Er ist Diakon in der Kirche, er sitzt im Gemeinderat. Doch dann taucht plötzlich seine böhmische Cousine in Spring Brook auf. Sie erinnert ihn daran, woher er stammt, und er schämt sich für sie. Sein Vorwort in dem Buch ist dermaßen herablassend, er redet nur über ihre geringen Leistungen und ihre Dummheit.«

Adrian schnippt mit den Fingern. »Und das erklärt das Ouija-Board! Du sagtest, ihre Antworten seien Kauderwelsch! Du hast sie Buchstabensuppe genannt. Aber was ist, wenn sie in einer anderen Sprache buchstabiert hat?«

Ich denke an die Zusammenkunft zurück, an das Gefühl, in dem Cottage eingeschlossen zu sein, während die Planchette unter meinen Fingerspitzen vibrierte.

Ich *wusste*, dass wir nicht allein waren.

Ich *wusste*, dass jemand meine Hand führte und jeden Buchstaben mit Bedacht auswählte.

»Mitzi hat alles aufgeschrieben«, erkläre ich.

Wir gehen durch den Garten zu Mitzis Haus. Ich klopfe an die Haustür, aber es gibt keine Reaktion. Dann gehen wir zur Rückseite des Hauses, zum Hintereingang, der von ihren Klienten benutzt wird. Die Hintertür steht offen, und wir können durch die Fliegengittertür in die Küche sehen, zu dem Tisch, an dem Mitzi mir den Kaffee serviert hat. Ich klopfe an die Fliegengittertür, während mich die Katzen-Wanduhr mit wedelndem Schwanz anstarrt. Ich höre den Fernseher im Haus plärren, auf dem gerade eine Werbung für Golddollar-Gedenkmünzen läuft: »Diese Münzen sind bei Sammlern sehr begehrt, und es ist sicher, dass sie ihren Wert behalten …«

Ich rufe Mitzis Namen, aber wegen der lauten Verkaufspräsentation kann sie mich unmöglich hören.

Adrian öffnet auch die Fliegengittertür, und wir könnten ins Wohnzimmer eintreten. »Was denkst du?«

»Ich denke, sie ist paranoid, und sie hat eine Waffe. Wenn wir uns an sie heranschleichen, besteht die reale Möglichkeit, dass sie uns beiden den Kopf wegpustet.«

»Es besteht auch die reale Möglichkeit, dass sie verletzt ist. Vielleicht ist sie in der Dusche ausgerutscht. Wenn ein älterer Mensch nicht an die Tür geht, sollte man nach ihm sehen.«

Ich klopfe erneut, wieder keine Reaktion.

»Lass uns später noch mal wiederkommen.«

Adrian beharrt jedoch darauf, die Tür zu öffnen, und ruft dann: »Mitzi, ist alles okay?«

Er tritt ein, und was soll ich anderes tun? Es ist bereits nach 15 Uhr, und der Tag vergeht viel zu schnell. Wenn Mitzi Informationen hat, die uns helfen können, brauchen wir sie so schnell wie möglich. Ich halte die Tür auf und folge ihm ins Haus.

In der Küche stinkt es. Es riecht so, als müsste der Müll rausgebracht werden. Vielleicht liegt es aber auch nur an dem ganzen schmutzigen Geschirr, das sich in der Spüle stapelt. Auf dem Herd steht eine Pfanne mit geronnenem Fett. Auf der Oberfläche sind vereinzelt winzige Tierspuren zu erkennen, und ich will gar nicht über das ganze Ungeziefer nachdenken, das sich hinter den Schränken tummeln könnte.

Ich folge Adrian ins Wohnzimmer. Der Fernseher ist auf

Fox News eingestellt, und die Moderatoren streiten sich mit einem Gast über die neuesten Bedrohungen der Sicherheit in Amerika. Sie schreien einander an, überbrüllen sich gegenseitig, also greife ich zur Fernbedienung und schalte den Ton ab.

»Mitzi? Ich bin's, Mallory. Kannst du mich hören?«

Immer noch keine Antwort.

»Vielleicht ist sie kurz rausgegangen«, sagt Adrian.

Und hat die Hintertür offen gelassen? Auf keinen Fall, nicht Mitzi. Ich gehe in den hinteren Bereich des Hauses und schaue im Badezimmer nach – nichts. Schließlich gelange ich zur Tür von Mitzis Schlafzimmer. Ich klopfe mehrmals und rufe ihren Namen. Schließlich öffne ich sie.

Im Schlafzimmer sind die Vorhänge zugezogen, das Bett ist nicht gemacht, und überall auf dem Boden liegt Kleidung herum. Die Luft riecht säuerlich und verbraucht, und ich habe Angst, irgendetwas anzufassen. Die Tür schlägt gegen einen Weidenpapierkorb und stößt ihn um, worauf zerknüllte Taschentücher herauspurzeln.

»Ist da was?«, fragt Adrian.

Ich knie mich auf den Boden und schaue unter das Bett, nur um sicherzugehen. Dort liegt noch mehr schmutzige Wäsche herum, aber keine Spur von Mitzi.

»Sie ist nicht zu Hause.«

Als ich aufstehe, fällt mir die Oberfläche von Mitzis Nachttisch ins Auge. Neben einer Lampe und einem Telefon erblicke ich eine Handvoll Wattebällchen, ein Fläschchen mit Franzbranntwein und eine Aderpresse.

»Was ist das?«, will Adrian wissen.

»Ich weiß es nicht. Wahrscheinlich nichts. Wir sollten gehen.«

Wir gehen zurück ins Wohnzimmer, und Adrian findet auf dem Sofa, verborgen unter dem schweren Ouija-Board, den Notizblock.

»Das ist er«, sage ich.

Ich blättere Einkaufs- und Besorgungslisten durch, bis ich auf der letzten beschriebenen Seite ankomme – ihre Notizen von der Séance. Ich reiße die Seite aus dem Block und zeige sie Adrian.

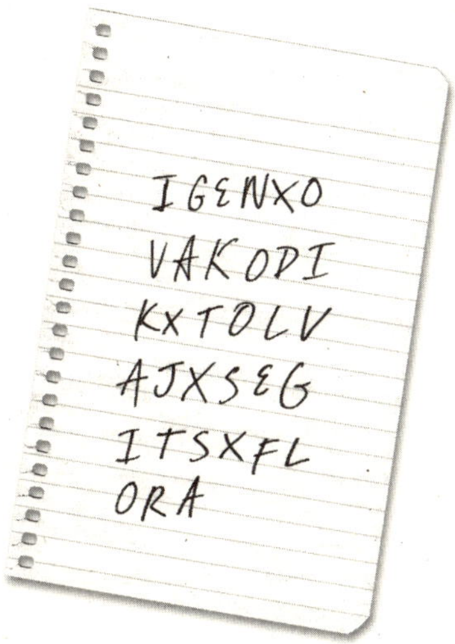

Ich hatte Spanisch auf der Highschool, und ich hatte Freunde, die Französisch und Mandarin belegten, aber diese Buchstaben kann ich keiner Sprache zuordnen, mit der ich es je zu tun bekommen habe. »Der Name Anya klingt russisch«, meint Adrian. »Ich bin mir aber ziemlich sicher, dass das hier kein Russisch ist.«

Ich zücke mein Handy und google IGENXO, nur um sicherzugehen. Das könnte das erste Mal gewesen sein, dass ich einen Begriff gegoogelt habe und keinen einzigen Treffer lande.

»Wenn Google es nicht kennt, ist es definitiv kein Wort.«

»Vielleicht ist es eine Art Kryptogramm«, mutmaßt Adrian. »Eines dieser Rätsel, bei denen jeder Buchstabe durch einen anderen ersetzt wird.«

»Wir haben gerade beschlossen, dass sie kein Englisch spricht«, halte ich ihm vor. »Glaubst du wirklich, dass sie sich Rätsel ausdenkt?«

»Sie sind gar nicht kompliziert, wenn man alle Tricks kennt. Gib mir mal einen Moment.« Er schnappt sich einen Bleistift und setzt sich auf Mitzis Sofa, fest entschlossen, den Code zu knacken.

Derweil fange ich an, im Wohnzimmer herumzustöbern, und rätsle, warum Mitzi das Haus bei laufendem Fernseher verlassen und die Hintertür offen gelassen hat. Plötzlich knirscht etwas unter meinen Sneakers. Es klingt, als wäre ich auf einen Käfer getreten, ein kleines Insekt mit einem harten, spröden Chitinpanzer. Ich hebe meinen Fuß an und sehe, dass es eine dünne, orangefarbene, zylindrische Plastikröhre ist, etwa sieben, acht Zentimeter lang.

Ich hebe sie vom Boden auf, und Adrian schaut von seiner Arbeit auf.

»Was ist das?«

»Eine Schutzkappe für eine Injektionsnadel. Ich glaube, sie injiziert sich etwas. Hoffentlich Insulin, aber wir reden hier von Mitzi, also wer weiß das schon.« Während ich durch das Zimmer streife, entdecke ich drei weitere Käppchen – auf einem Bücherregal, in einem Papierkorb und auf einer Fensterbank. Wenn man die Aderpresse mit einkalkuliert, können wir Diabetes ziemlich sicher ausschließen.

»Bist du fertig?«

Ich schaue auf Adrians Notizblock, und es sieht mir nicht danach aus, als hätte er Fortschritte gemacht.

»Das ist knifflig«, gibt er zu. »Normalerweise sucht man nach dem am häufigsten verwendeten Buchstaben und ersetzt ihn durch ein E. In diesem Fall gibt es vier X, aber wenn ich sie durch E ersetze, hilft das auch nicht weiter.«

Ich glaube, er verschwendet seine Zeit. Wenn ich richtigliege, was Anyas Sprachbarriere angeht – und ich bin mir ziemlich sicher, dass es so ist –, dann wäre eine Kommunikation auf Englisch Herausforderung genug. Sie würde nicht noch zusätzlich versuchen, verschlüsselt zu schreiben. Sie würde es uns leichter machen wollen, nicht noch schwieriger. Sie würde versuchen, ihre Botschaft deutlicher zu machen.

»Gib mir noch eine Minute«, sagt er.

Mit einem Mal klopft es an der Hintertür.

»Hallo? Jemand zu Hause?«

Es ist eine Männerstimme, die ich nicht kenne.

Vielleicht einer von Mitzis Klienten, der vorbeikommt, um seine Energie messen zu lassen?

Adrian stopft sich das Blatt Papier in die Tasche. Als wir die Küche betreten, sehe ich, dass der Mann an der Hintertür eine Polizeiuniform trägt.

»Sie müssen das Haus verlassen.«

23

Der Polizist ist jung, kann nicht älter als fünfundzwanzig sein. Er hat eine Stoppelhaarfrisur, trägt eine dunkle Sonnenbrille und hat muskulöse, tätowierte Arme. Zwischen Handgelenken und Hemdsärmeln ist kaum ein Zentimeter nicht tätowierte Haut – überall prangen Sternenbanner, Weißkopfseeadler und Zitate aus der Verfassung.

»Wir wollten nach Mitzi sehen«, erklärt Adrian. »Ihre Tür stand offen, aber sie ist nicht zu Hause.«

»Ihr habt also was getan? Seid einfach hineinspaziert? Dachtet, ihr könntet euch mal ein bisschen umsehen?« Er tut so, als wäre diese Theorie absurd, obwohl es genau so abgelaufen ist. »Ich will, dass ihr langsam nach draußen kommt. Habt ihr verstanden?«

Ich bemerke, dass zwei weitere Polizisten am Rande des Gartens hinter dem Haus stehen und lange Bänder aus gelbem Flatterband von Baum zu Baum spannen. Noch weiter draußen, tiefer im Wald, kann ich Bewegungen ausmachen, Jacken mit reflektierenden Oberflächen blitzen auf. Ich höre Männer, die sich mit Rufen mitteilen, was sie entdeckt haben.

»Was ist denn hier los?«, will Adrian wissen.

»Hände an die Wand«, befiehlt der Polizist.

»Ist das Ihr Ernst?«

Adrian ist schockiert – natürlich, das hier dürfte für ihn das erste Mal sein, dass er gefilzt wird.

»Tu es einfach«, sage ich ihm.

»Das ist doch Schwachsinn, Mallory. Du trägst Sportshorts! Du trägst nirgendwo eine Waffe versteckt.«

Allein schon die Erwähnung des Wortes »Waffe« scheint die Konfrontation anzuheizen. Die beiden Polizisten mit dem gelben Flatterband kommen jetzt mit besorgter Miene auf uns zu. Ich befolge einfach die Anweisungen und tue, was mir gesagt wird. Ich drücke die Handflächen gegen die Backsteinmauer, senke den Kopf und starre ins Gras hinunter, während der Polizist mir mit beiden Händen die Taille abklopft.

Adrian stellt sich widerwillig neben mich und presst seine Handflächen gegen die Wand. »Absoluter Schwachsinn.«

»Halt's Maul!«, fährt ihn der Cop an.

Wenn ich keine Angst hätte, den Mund aufzumachen, würde ich Adrian erklären, dass der Polizist vergleichsweise nett ist – ich kannte Bullen in Philadelphia, die dich in der Zeit, die du brauchst, um »Hallo« zu sagen, gegen die Wand pressen, in Handschellen legen und mit dem Gesicht nach unten auf den Schotter drücken. Adrian scheint zu glauben, er müsse nicht auf sie hören und stehe irgendwie über dem Gesetz.

Dann kommen ein Mann und eine Frau um die Ecke des Hauses herum. Der Mann ist groß, die Frau ist recht klein und Schwarz, und beide sind ein bisschen pummelig und aus der Form geraten. Sie erinnern mich an meine Highschool-Berater. Sie tragen Zivilkleidung, und sie haben beide Detective-Plaketten um den Hals hängen.

»Ach, Darnowsky, nun komm schon«, ruft der Mann. »Was machst du da mit dem Mädchen?«

»Sie war in dem Haus! Ihr habt gesagt, das Opfer hätte allein gelebt.«

»Opfer?«, fragt Adrian. »Geht es Mitzi gut?«

Anstatt unsere Fragen zu beantworten, trennen sie uns. Der männliche Detective führt Adrian durch den Garten, während die Frau mich dazu auffordert, an einem rostigen schmiedeeisernen Terrassentisch Platz zu nehmen. Sie öffnet den Reißverschluss ihrer Gürteltasche, holt eine Dose Altoids heraus und steckt sich eine in den Mund. Dann hält sie mir die offene Dose entgegen, aber ich lehne ab.

»Ich bin Detective Briggs, und mein Partner ist Detective Kohr. Unser junger Kollege mit den Zirkustattoos ist Officer Darnowsky. Ich entschuldige mich für seinen Übereifer. Das ist unsere erste Leiche seit langer Zeit, deshalb sind wir hier alle nervös.«

»Mitzi ist tot?«

»Ich fürchte ja. Kinder haben sie vor einer Stunde gefunden. Sie lag im Wald.« Sie deutet in die entsprechende Richtung. »Man könnte sie von hier aus sehen, stünden diese Bäume dort nicht im Weg.«

»Was ist passiert?«

»Fangen wir mit deinem Namen an. Wer bist du, wo wohnst du, und woher kennst du Mitzi?«

Ich buchstabiere meinen Namen, zeige ihr meinen Führerschein und deute dann durch den Garten auf mein Cottage. Ich erkläre ihr, dass ich für die Familie nebenan arbeite. »Ted und Caroline Maxwell. Ich bin ihre Babysitterin und wohne im ihrem Gästehäuschen.«

»Hast du letzte Nacht dort im Cottage geschlafen?«

»Ich schlafe jede Nacht dort.«

»Hast du etwas Ungewöhnliches gehört? Irgendwelche Geräusche?«

»Nein, aber ich bin früh ins Bett gegangen. Und es hat

stark geregnet, das weiß ich noch. Bei dem ganzen Wind und dem Donner konnte ich nichts hören. Wann, glauben Sie, ist Mitzi …« Ich kann mich nicht dazu durchringen, das Wort »gestorben« auszusprechen, kann immer noch nicht glauben, dass sie wirklich tot ist.

»Wir fangen hier gerade erst an«, sagt Briggs. »Wann hast du sie das letzte Mal gesehen?«

»Nicht gestern, sondern vorgestern. Donnerstagmorgen. Sie kam gegen halb zwölf zu mir ins Cottage.«

»Weshalb?«

Es klingt peinlich, wenn ich es laut ausspreche, aber ich sage ihr trotzdem die Wahrheit. »Mitzi war medial veranlagt. Sie hatte die Theorie, dass es bei mir im Cottage spukt. Deswegen hat sie ihr Ouija-Board mitgebracht. Und wir haben versucht, Kontakt aufzunehmen.«

Briggs wirkt amüsiert. »Hat es funktioniert?«

»Ich bin mir nicht sicher. Wir haben ein paar Buchstaben zusammenbekommen, aber sie ergeben keinen Sinn.«

»Hat sie dir etwas berechnet?«

»Nein, sie hatte angeboten, kostenlos zu helfen.«

»Und um wie viel Uhr wart ihr fertig?«

»Um eins. Da bin ich mir sicher, denn Adrian war auch hier. Während seiner Mittagspause. Er musste dann wieder los, zurück zur Arbeit. Und das war das letzte Mal, dass ich sie gesehen habe.«

»Weißt du noch, was sie anhatte?«

»Graue Hose, lilafarbenes Oberteil. Lange Ärmel. Alles sehr locker und wallend. Und jede Menge Schmuck – Ringe, Halsketten, Armbänder. Mitzi trägt immer viel Schmuck.«

»Das ist interessant.«

»Warum?«

Briggs zuckt mit den Schultern. »Jetzt trägt sie keinen. Sie hat nicht einmal Schuhe an. Nur ein Nachthemd. War Mitzi die Art Frau, die im Nachthemd nach draußen geht?«

»Nein, ich würde eher sagen, sie ist das Gegenteil davon. Sie hat viel Wert auf ihr Äußeres gelegt. Sie trug einen seltsamen Look, aber es war eben *ihr* Look, wenn Sie wissen, was ich meine.«

»Könnte sie Demenz gehabt haben?«

»Nein. Mitzi machte sich über vielerlei Dinge Sorgen, aber sie hatte einen scharfen Verstand.«

»Und weshalb warst du vorhin in ihrem Haus?«

»Das hört sich jetzt vielleicht blöd an, aber ich hatte eine Frage zu der Séance. Wir haben überlegt, ob der Geist vielleicht eine andere Sprache benutzt hat und die Buchstaben deshalb keinen Sinn ergaben. Wir wollten Mitzi fragen, ob das eine Möglichkeit wäre. Die Hintertür stand offen, von daher wusste ich, dass sie zu Hause sein musste. Adrian dachte, sie könnte gestürzt sein, und wir gingen ins Haus, um zu sehen, ob es ihr gut geht.«

»Hast du etwas angefasst? Bist du mit etwas in Berührung gekommen, was ihr gehört?«

»Ich habe ihre Schlafzimmertür geöffnet. Um zu sehen, ob sie schläft. Und ich habe wohl auch ihren Fernseher stumm geschaltet. Sie hatte ihn so laut gestellt, dass wir nichts anderes hören konnten.«

Briggs schaut an meiner Taille herunter, und mir geht auf, dass sie meine Taschen ins Auge fasst. »Hast du irgendetwas aus dem Haus mitgenommen?«

»Nein, natürlich nicht.«

»Würdest du dann bitte mal deine Taschen umdrehen? Ich glaube dir zwar, aber es ist für alle besser, wenn ich nachsehe.«

Ich bin froh, dass Adrian die Notizen von der Séance eingesteckt hat und ich jetzt deswegen nicht lügen muss.

»Das wären dann im Moment alle meine Fragen«, sagt sie. »Hast du sonst irgendwelche Informationen, die uns helfen könnten?«

»Ich wünschte, ich hätte welche. Wissen Sie, was passiert ist?«

Sie zuckt mit den Schultern. »Es gibt keine Anzeichen für Gewalteinwirkung. Ich glaube nicht, dass jemand ihr etwas angetan hat. Wenn man die Leiche einer älteren Person im Freien findet, im Nachthemd, dann handelt es sich meistens um eine Art Medikationsfehler. Die Leute haben ihre Tabletten verwechselt oder versehentlich eine doppelte Dosis genommen. Hat sie jemals etwas von verschreibungspflichtigen Medikamenten gesagt?«

»Nein«, antworte ich wahrheitsgemäß. Ich bin versucht, die Nadelkappen, die Aderpresse und den stechenden Geruch nach Verbranntem, der Mitzi wie eine Wolke umgab, zu erwähnen. Aber bestimmt wird Briggs das alles nach einem Rundgang durch das Haus selbst herausfinden.

»Also, danke für das Gespräch. Und würdest du bitte die Maxwells zu uns rüberschicken? Ted und Caroline? Ich möchte mit allen Nachbarn sprechen.«

Ich erkläre ihr, dass sie heute einen ganztägigen Ausflug zum Strand unternehmen, gebe ihr aber ihrer beider Handynummern weiter. »Sie kannten Mitzi nicht gut, aber ich bin sicher, dass sie behilflich sein werden, wenn sie können.«

Sie wendet sich zum Gehen, überlegt es sich dann anders und bleibt wieder stehen. »Diese letzte Frage gehört jetzt nicht ganz zum Thema, aber ich bin neugierig: Wer ist der Geist, den zu erreichen ihr versucht habt?«

»Ihr Name war Annie Barrett. Angeblich hat sie mein Cottage bewohnt. Damals, in den Vierzigerjahren. Die Leute sagen …«

Briggs nickt mehrmals. »Oh, ich weiß alles über Annie Barrett. Ich bin von hier, bin in Corrigan aufgewachsen, auf der anderen Seite dieses Waldes. Mein Dad hat allerdings immer gesagt, diese Geschichte wäre ein Ammenmärchen. Das war seine Art, eine erfundene Geschichte zu beschreiben.«

»Annie Barrett gab es wirklich. Ich habe ein Buch mit ihren Bildern. In Spring Brook weiß jeder von ihr.«

Detective Briggs scheint geneigt, mir zu widersprechen, lässt es dann aber. »Ich werde eine gute Geschichte nicht verderben. Vor allem, wenn es da draußen im Wald gerade ein noch größeres Geheimnis gibt.« Sie gibt mir eine Visitenkarte. »Wenn dir noch etwas einfällt, ruf mich an.«

Adrian und ich verbringen die nächste Stunde damit, am Pool zu sitzen, das rege Treiben in Mitzis Garten zu beobachten und auf neue Entwicklungen zu warten. Es ist eindeutig eine große Sache für Spring Brook, denn im Garten wimmelt es von Polizisten, Feuerwehrleuten, Sanitätern und einem Mann, den Adrian als den Bürgermeister identifiziert. Niemand tut wirklich etwas; es sind einfach nur viele Leute da, die sich unterhalten und herumstehen. Schließlich aber treten vier düster dreinblickende Rettungssanitäter aus dem Wald. Sie tragen einen mit Reißverschluss verschlossenen Polyvinylsack auf einer Trage, und bald darauf lichtet sich die Menge allmählich.

Caroline ruft von der Küste aus an, um zu fragen, wie es mir geht. Sie sagt, sie habe es schon von Detective Briggs gehört und sei »am Boden zerstört« von der Nachricht. »Ich meine, ich konnte die Frau natürlich nicht besonders gut leiden. Aber einen solchen Tod wünsche ich niemandem. Hat man schon herausgefunden, was passiert ist?«

»Sie glauben, es könnte sich um einen Medikationsfehler handeln.«

»Willst du wissen, was das Seltsamste ist? Wir haben Mitzi tatsächlich Donnerstagabend schreien gehört. Ted und ich saßen draußen am Pool. Wir stritten uns gerade ein wenig, was du wahrscheinlich schon weißt. Plötzlich hörten wir, wie Mitzi jemanden in ihrem Haus anschrie. Sie rief, die Person solle ihr Haus verlassen, sei nicht willkommen. Wir konnten alles hören, was sie sagte.«

»Was habt ihr dann gemacht?«

»Ich wollte schon die Polizei anrufen. Ich hatte sogar den Notruf gewählt und hörte schon das Freizeichen. Aber dann kam Mitzi nach draußen. Sie trug ihr Nachthemd, und ihre Stimme klang mit einem Mal völlig verändert. Sie rief der Person hinterher und bat sie, auf sie zu warten. ›Ich will mit dir mitkommen‹, sagte sie. Und es schien, als wäre alles wieder in Ordnung, also legte ich auf und vergaß die Sache.«

»Hast du die andere Person gesehen?«

»Nein, ich habe angenommen, dass es ein Klient von ihr war.«

Das kommt mir unwahrscheinlich vor. Ich kann mir nicht vorstellen, dass Mitzi noch nach Einbruch der Dunkelheit Klienten in ihrem Haus empfangen hat. Das erste Mal, als ich sie besuchte, war es erst 19 Uhr, und sie fragte mich, warum ich so spät noch an ihre Tür klopfe.

»Hör mal, Mallory, sollen wir früher nach Hause kommen? Ich habe ein schlechtes Gefühl, weil du allein bist und dich um alles kümmern musst.«

Ich beschließe, nicht zu erwähnen, dass Adrian neben mir am Pool sitzt und gerade die Notizen studiert, die wir aus Mitzis Haus mitgenommen haben. Wir sind immer noch entschlossen, sie zu entschlüsseln.

»Mir geht es gut«, versichere ich ihr.

»Wirklich?«

»Bleibt, so lange ihr wollt. Hat Teddy Spaß?«

»Er ist traurig, dass du gehst, aber das Meer ist eine gute Ablenkung.« Ich höre Teddy im Hintergrund ganz aufgeregt über etwas schreien, das er in seinem Sandeimerchen gefangen hat. »Warte mal kurz, Schatz, ich rede gerade mit Mallory ...«

Ich sage ihr, sie solle sich amüsieren und sich nicht um mich sorgen und lege auf. Dann gebe ich Adrian das ganze Gespräch weiter – besonders den Teil mit Mitzis mysteriösem spätabendlichen Besucher.

An seiner Reaktion erkenne ich, dass wir beide zu demselben Schluss kommen, aber zu nervös sind, um es laut auszusprechen.

»Denkst du, es war Anya?«, fragt er.

»Mitzi würde sich niemals im Nachthemd und ohne ihren Schmuck mit einem Klienten treffen. Dafür war sie viel zu eitel.«

Adrian schaut zu den Polizisten und Sanitätern hinüber, die immer noch im Wald herumlaufen. »Und was denkst du, was passiert ist?«

»Ich habe keine Ahnung. In meinen Augen war Anya gewaltfrei, eine Art wohlwollender Geist, aber das ist nur Spekulation. Alles, was ich mit Sicherheit weiß, ist, dass sie brutal ermordet wurde. Jemand hat ihre Leiche durch einen Wald geschleift und in einer Grube verscharrt. Vielleicht ist sie wütend und will sich an allen rächen, die in Spring Brook leben. Und Mitzi ist die Erste, auf die sie es abgesehen hatte.«

»Okay, aber warum jetzt? Mitzi wohnt seit siebzig Jahren hier. Warum hat Anya diese ganze Zeit gewartet, um ihren Rachefeldzug zu starten?«

Das ist eine berechtigte Frage. Ich habe keine Ahnung. Adrian kaut auf der Spitze seines Bleistifts herum und wendet seine Aufmerksamkeit wieder dem Buchstabensalat zu, als ob der Antworten auf all unsere Fragen liefern könnte. Der Rummel im Nachbarhaus ebbt ab. Die Feuerwehr ist weg, und alle Nachbarn haben sich wieder verzogen. Es sind nur noch einige wenige Polizisten vor Ort, und als letzte Amtshandlung versiegeln sie die Hintertür mit zwei langen Streifen gelben Absperrbands mit der Aufschrift BETRETEN VERBOTEN. Sie kreuzen sich in der Mitte und bilden ein riesiges X, eine Barriere zwischen dem Haus und der Außenwelt.

Schließlich werfe ich einen Blick auf Mitzis Notizen, und auf einmal liegt die Lösung auf der Hand.

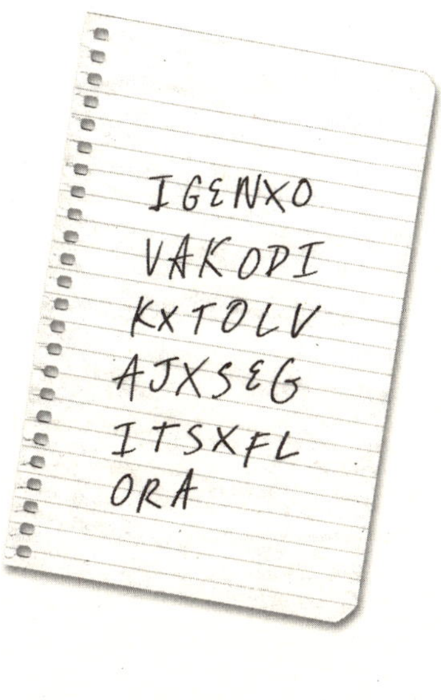

»Die Xe«, sage ich Adrian. »Das sind gar keine Xe.«

»Wovon redest du?«

»Anya wusste, dass wir ihre Sprache nicht sprechen. Deswegen hat sie ein X zwischen den einzelnen Wörtern eingefügt. Wie Barrieren. Das sind Leerzeichen, keine Buchstaben.«

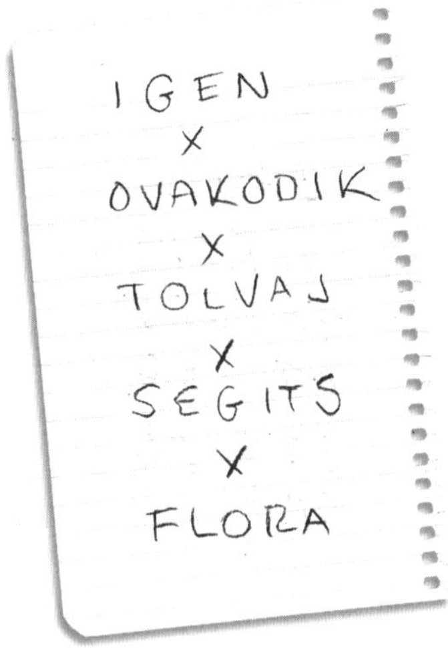

»Wo?«

Ich nehme ihm den Stift ab und schreibe die Buchstaben neu ab, wobei ich jedes Wort auf eine eigene Zeile platziere.

»*Das* sieht jetzt nach einer Sprache aus«, erkläre ich ihm. »Irgendwas Slawisches. Russisch? Polnisch vielleicht?«

Adrian klappt sein Handy auf und gibt das erste Wort in den Google-Übersetzer ein. Das Ergebnis lässt nicht lange auf sich warten: *Igen* ist das ungarische Wort für »ja«. Von da an ist es ein Kinderspiel, die gesamte Nachricht zu übersetzen: JA X HÜTE DICH X DIEB X HILF X BLUME.

»Hilf Blume?«, fragt Adrian. »Was soll das denn bedeuten?«

»Ich weiß es nicht.« Ich denke wieder an die Zeichnungen,

die ich aus der Wertstofftonne herausgefischt hatte – war nicht eine Seite mit blühenden Blumen dabei gewesen? »Das erklärt auf jeden Fall, warum sie Bilder benutzt. Ihre Muttersprache ist Ungarisch.«

Adrian klappt die Hülle seines Handys erneut auf und macht einen Schnappschuss. »Das musst du per SMS an Caroline schicken. Das ist der Beweis, dass du dir nichts ausdenkst.«

Ich wünschte, ich könnte mir seine Zuversicht zu eigen machen. »Das beweist gar nichts. Es ist nur ein Haufen Buchstaben, die jeder zu Papier gebracht haben könnte. Sie wird mir vorwerfen, ein ungarisches Wörterbuch gekauft zu haben.«

Adrian lässt sich nicht den Wind aus den Segeln nehmen. Er liest die Wörter immer wieder, darauf hoffend, eine tiefere, zweite Bedeutung zu erfassen. »Man soll vorsichtig sein, muss sich vor einem Dieb in Acht nehmen. Aber wer ist der Dieb? Und was hat er gestohlen?«

Es gibt so viele Teile in diesem Puzzle, dass es mir Kopfschmerzen bereitet. Mir ist, als versuchten wir, einen eckigen Pflock in ein rundes Loch zu treiben – oder eine sehr einfache Lösung für ein sehr kompliziertes Problem zu erzwingen. Ich versuche so sehr, mich zu konzentrieren und nachzudenken, dass es mich ärgert, als mein Handy klingelt und meine Konzentration zunichtemacht.

Aber dann sehe ich den Namen auf dem Display.

Das Altersheim Rest Haven in Akron, Ohio.

24

»Ist da Mallory?«

»Ja?«

»Hallo. Hier ist Jalissa Bell vom Rest Haven in Akron. Sie haben gestern hier angerufen und wollten Mrs Campbell sprechen?«

»Genau. Kann ich mit ihr sprechen?«

»Nun, das ist kompliziert. Ich könnte Mrs Campbell ans Telefon holen, aber Sie beide würden dann nicht wirklich ein Gespräch führen. Sie hat Demenz im Endstadium. Ich bin seit fünf Jahren ihre Pflegerin, und an den meisten Tagen erkennt sie mich nicht. Ich bezweifle ernsthaft, dass sie Ihre Fragen beantworten kann.«

»Ich benötige nur ein paar grundlegende Informationen. Kennen Sie zufällig den Namen ihrer Mutter?«

»Tut mir leid, Liebes, den kenne ich nicht. Aber selbst wenn, dürfte ich es Ihnen nicht einfach weitergeben.«

»Hat sie jemals eine Erbschaft erwähnt? Hat sie einen großen Geldbetrag von einer Tante Jean erhalten?«

Sie lacht. »Das ist jetzt etwas, das ich Ihnen *auf keinen Fall* sagen darf. Wegen der Datenschutzgesetze! Ich würde meinen Job verlieren.«

»Natürlich. Tut mir leid.«

Ich schätze, sie hört mir meine Verzweiflung an, denn sie bietet einen Kompromiss an: »Morgen von 12 bis 16 Uhr ist bei uns Besuchszeit. Wenn Sie wirklich mit Frau Campbell sprechen wollen, können Sie vorbeikommen, und ich stelle Sie vor. Besucher sind gut für die Patienten. So etwas hält ihr Gehirn aktiv und bringt die Neuronen in Gang. Aber schrauben Sie Ihre Erwartungen nicht allzu hoch, okay?«

Ich danke ihr, dass sie sich Zeit genommen hat, und lege auf. Akron ist gute sechs Stunden entfernt, und ich habe nur noch heute Abend und morgen Zeit, die Maxwells davon zu überzeugen, dass ich die Wahrheit sage. Ich erkläre Adrian alles, und auch er ist der Meinung, dass ich keine Zeit damit verschwenden sollte, weiter Spekulationen nachzugehen.

Wenn es eine Lösung für mein Problem gibt, dann muss ich sie genau hier finden, in Spring Brook.

Als der Tag sich dem Ende zuneigt, gehen wir zu Fuß in die Stadt zum Bistro. Es ist ein kleines Restaurant, in dem das gleiche Essen serviert wird wie in einem guten Lokal in Jersey, nur dass es hier eine gedämpfte Innenbeleuchtung, eine richtige Bar und ein Jazz-Trio gibt, sodass alles doppelt so viel kostet, wie man erwarten würde. Nach dem Essen spazieren wir noch ziellos durch das Viertel, denn uns beiden ist nicht danach, schlafen zu gehen. Adrian beharrt darauf, dass er mich bei Russell besuchen kommen wird, und er sagt, ich könne natürlich gerne so oft in Spring Brook abhängen, wie ich will. Mir ist allerdings klar, dass es sich ohne den Job anders anfühlen wird – ich werde mir wie eine Außenseiterin vorkommen, so als ob ich nicht mehr hierher gehöre. Ich wünschte bloß, es gäbe einen Weg, die Maxwells davon zu überzeugen, dass ich die Wahrheit sage.

Adrian nimmt meine Hand und drückt sie.

»Vielleicht gibt es neue Bilder, wenn wir wieder im Cottage sind«, sagt er. »Neue Hinweise, die uns helfen, uns einen Reim auf alles zu machen.«

Aber da Teddy den ganzen Tag am Strand war, halte ich das für unwahrscheinlich. »Anya kann nicht malen, ohne dabei einen Körper zu benutzen«, erwidere ich. »Sie braucht Hände. Sie muss mit einem Medium arbeiten.«

»Dann solltest du dich vielleicht zur Verfügung stellen. Gib ihr eine Chance, die Serie zu beenden.«

»Wie soll das funktionieren?«

»Wir gehen zurück zum Cottage, du machst die Augen zu und lädst sie dazu ein, zu übernehmen. Gestern hat das doch funktioniert, oder?«

Allein der Gedanke an den Vorfall im Familienzimmer lässt mich erschaudern. »So etwas möchte ich lieber nicht noch einmal erleben.«

»Ich bleibe in der Nähe und passe auf dich auf.«

»Du willst mir beim Schlafen zusehen?«

Er lacht. »Wenn du es so ausdrückst, klingt es gruselig. Ich biete an, bei dir zu bleiben und dafür zu sorgen, dass dir nichts passiert.«

Die Idee gefällt mir nicht wirklich, aber die Zeit rennt davon, und mir gehen die Möglichkeiten aus. Adrian scheint davon überzeugt zu sein, dass in der Serie ein oder mehrere Bilder fehlen – und da Teddy den ganzen Tag weg war, muss jemand seine Zeit und seine Hände zur Verfügung stellen, damit Anya ihre Geschichte zu Ende erzählen kann.

»Was ist, wenn ich einschlafe und nichts passiert?«

»Ich könnte eine Stunde warten und mich dann aus der Tür schleichen. Wenn es dir lieber ist, kann ich auch …«

Er zuckt mit den Schultern. »Ich könnte bis zum Morgen bleiben.«

»Ich will heute Nacht nicht mit dir schlafen. Das ist noch zu früh.«

»Ich weiß, Mallory. Ich will bloß helfen. Ich schlafe auf dem Fußboden.«

»Außerdem darf ich keine Übernachtungsgäste beherbergen. Das ist eine der Hausregeln.«

»Du wurdest doch sowieso schon gefeuert«, ruft mir Adrian in Erinnerung. »Ich glaube, wir müssen uns nicht mehr an ihre Regeln halten.«

Am Walgreens legen wir einen Halt ein, damit sich Adrian eine Zahnbürste kaufen kann. Der Laden hat eine kleine Schreibwarenabteilung, also kaufen wir auch einen Skizzenblock, eine Schachtel Stifte und einen dicken Marker. Vielleicht ist es nicht das, was Anya am liebsten benutzen würde, aber sie wird damit auskommen müssen.

Als wir im Cottage sind, fühle ich mich verpflichtet, Adrian eine Führung zu geben, die gerade mal drei Sekunden in Anspruch nimmt.

»Es ist schön hier«, kommentiert er.

»Ich weiß. Ich werde es vermissen.«

»Gib die Hoffnung noch nicht auf. Ich glaube, dieser Plan hat gute Aussichten auf Erfolg.«

Ich lege Musik auf, und dann unterhalten wir uns eine gute Stunde lang, denn das, was wir vorhaben, fühlt sich unangenehm an. Hätte ich Adrian mit nach Hause genommen, um mit ihm zu schlafen, wüsste ich genau, was ich tun muss. Stattdessen bereiten wir uns darauf vor, etwas zu unternehmen, das sich sogar noch intimer und persönlicher anfühlt.

Um Mitternacht habe ich endlich den Mut gesammelt, ins Bett zu gehen. Vorher gehe ich ins Bad und ziehe mir eine flauschige Sporthose und ein altes Central High School T-Shirt an. Ich benutze Zahnseide und putze mir die Zähne, wasche mir das Gesicht und trage Feuchtigkeitscreme auf. Bevor ich die Tür aufmache, zögere ich, weil ich mir ein bisschen albern vorkomme, als würde ich mich in Unterwäsche präsentieren. Ich wünschte, ich hätte einen schöneren Schlafanzug, etwas Hübscheres als ein zerfleddertes Highschool-T-Shirt mit kleinen Löchern rund um den Halsausschnitt.

Als ich aus dem Bad komme, sehe ich, dass Adrian schon die Bettdecke für mich umgeschlagen hat. Alle Lichter sind ausgeschaltet, bis auf eine kleine Lampe neben dem Bett. Skizzenblock und Stifte liegen auf dem Nachttisch – in Reichweite, falls mich eine Inspiration oder so etwas überkommt.

Adrian steht mit dem Rücken zu mir in der Kochnische und greift in den Kühlschrank, um sich eine Dose Sprudelwasser zu nehmen. Er bemerkt mich erst, als ich direkt hinter ihm stehe. »Ich glaube, ich bin bettfertig.«

Er dreht sich um und lächelt. »Du siehst bettfertig aus.«

»Ich hoffe, das ist jetzt nicht zu langweilig für dich.«

Er deutet auf sein Handy. »Ich habe Call of Duty auf dem Handy. Ich werde gleich Geiseln in Usbekistan retten.«

Ich stelle mich auf die Zehenspitzen und gebe ihm einen Kuss. »Gute Nacht.«

»Viel Glück«, wünscht er mir.

Ich gehe ins Bett und schlüpfe unter die Decke, und Adrian lässt sich auf einem Stuhl gegenüber dem Bett nieder. Da sich der Deckenventilator dreht und die Grillen lautstark vor meinem Fenster zirpen, nehme ich Adrians Anwesenheit kaum wahr. Ich drehe mich auf die Seite und schaue die Wand an. Nach zwei langen und anstrengenden Tagen ist mir klar, dass ich keine Probleme haben werde, einzuschlafen. Sobald ich das Gesicht auf das Kissen sinken lasse, spüre ich, wie der ganze Stress von mir abfällt; ich spüre, wie sich meine Muskeln entspannen und mein Körper loslässt. Und obwohl Adrian nur ein paar Meter entfernt sitzt, habe ich zum ersten Mal seit Langem nicht das Gefühl, dass ich beobachtet werde.

Ich erinnere mich nur an einen meiner Träume. Ich bin im Zauberwald, liege auf einem Trampelpfad und schaue in den schwarzen Nachthimmel hinauf. Meine Beine berühren nicht mehr den Boden. Eine schattenhafte Gestalt zieht mich an den Knöcheln und schleift meinen Körper durch ein Bett aus trockenem Laub. Meine Arme sind über meinen Kopf ausgestreckt. Ich spüre, wie meine Finger über Steine und Wurzeln streifen, aber ich bin nicht in der Lage, sie zu greifen; es ist, als wäre ich gelähmt und nicht imstande, das, was gerade passiert, zu beeinflussen.

Dann schaue ich vom Grund eines Erdlochs auf; es ist, als wäre ich auf die Sohle eines Brunnenschachts gefallen. Mein Körper hat sich unnatürlich verdreht. Mein linker Arm ist unter meinem Rücken eingeklemmt, und meine Beine sind weit gespreizt. Ich weiß, dass es eigentlich mehr wehtun müsste, aber irgendwie befinde ich mich gleichzeitig in meinem Körper und außerhalb von ihm. Hoch über mir schaut ein Mann in das Erdloch hinunter. Etwas Weiches und Kleines prallt mir gegen die Brust. Dann fällt es beiseite, und ich erkenne, dass es ein Spielzeug ist, ein Plüschkaninchen für Kinder. Ihm folgen ein Plüschbär und ein kleiner Plastikball. »Tut mir leid«, sagt der Mann. Seine Stimme klingt hohl, als würde er unter Wasser sprechen. »Es tut mir soo leid.«

Dann trifft ein Erdklumpen mein Gesicht. Ich höre das leise Stechen einer Schaufel, die in einen Erdhügel dringt – und dann fallen noch mehr Erde und Steine auf mich herab.

Ich höre den Mann ächzen; ich spüre, wie das Gewicht auf meiner Brust zunimmt, spüre den wachsenden Druck auf meinem Körper, und dann kann ich nichts mehr sehen. Es herrscht einfach nur Dunkelheit.

Ich schlage die Augen auf und bin wieder im Cottage. Alle Lichter sind aus, und die kleine Uhr auf meinem Nachttisch zeigt 3:03 Uhr an. Ich liege im Bett und halte einen Bleistift mit abgebrochener Spitze umklammert. Trotz der Dunkelheit kann ich erkennen, dass niemand auf den Stühlen in meiner Kochnische sitzt; ich kann nur vermuten, dass Adrian es leid war, darauf zu warten, dass etwas passiert, und nach Hause gegangen ist.

Ich stehe auf, um mich zu vergewissern, dass die Tür verschlossen ist. Ich schlage die Decke zurück und schwinge meine Beine aus dem Bett, und erst jetzt sehe ich, dass Adrian mit nacktem Oberkörper parallel zu meinem Bett auf dem Boden schläft und dabei seine Armbeuge und sein zusammengerolltes Hemd als Kopfkissen benutzt.

Ich lange nach unten und schüttle sanft seine Schulter. »Hey.«

Augenblicklich setzt er sich auf. »Was ist passiert?«

»Hat es funktioniert? Habe ich etwas gezeichnet?«

»Nun, ja und nein.« Er schaltet die kleine Lampe ein und schlägt den Skizzenblock auf der ersten Seite auf. Sie ist fast vollständig mit Kritzeleien bedeckt; die Oberfläche des Papiers ist vollständig mit Grafit verwischt worden. Auf ihr sind nur zwei kleine weiße Flecken – zwei Stellen, an denen sich die Bleistiftspitze durch das Papier gebohrt und die unbemalte Seite darunter freigelegt hat.

»Es war kurz nach 1 Uhr«, erklärt Adrian. »Du hattest schon ungefähr eine Stunde geschlafen. Ich war kurz davor, aufzugeben und mich schlafen zu legen. Also habe ich das Licht ausgemacht und mich auf den Fußboden gelegt. Dann hörte ich, wie du dich umgedreht und nach dem Block gegriffen hast. Du hast dich nicht einmal aufgesetzt. Du hast das hier im Dunkeln liegend gemalt.«

»Das ist nicht wirklich ein Bild.«

»Vielleicht will Anya uns damit mitteilen, dass sie fertig ist. Es gibt keine Bilder mehr, Wir haben schon alles, was wir brauchen.«

Das kann nicht sein. Irgendetwas fehlt noch, da bin ich mir sicher. »Ich habe geträumt, ich läge auf dem Grund eines Erdlochs. Ein Mann hat Erde auf mich geschaufelt. Vielleicht ist dieses Bild die Erde.«

»Mag sein, aber wie soll uns das weiterbringen? Was sagt uns ein Bild mit Erde?«

Ich stehe auf, um die anderen Zeichnungen zu holen. Ich will sie auf dem Boden ausbreiten und sehen, wie sich die ganz schwarzen Kritzeleien in die Serie einfügen könnten. Adrian bittet mich inständig, ein wenig zu schlafen. »Du musst dich ausruhen, Mallory. Morgen ist unsere letzte Chance, das Rätsel zu lösen. Leg dich einfach wieder ins Bett.«

Er zerknüllt sein T-Shirt wieder zum armseligsten Kissen der Welt um und legt sich erneut auf den Hartholzboden. Er macht die Augen zu, und ich höre lange genug auf, an Anya zu denken, um seinen Oberkörper wahrzunehmen. Er ist braun gebrannt und hat straffe Muskeln, ein natürlicher Nebeneffekt seiner Arbeit im Freien den ganzen Sommer über. Wenn ich jetzt eine Münze auf seinen Bauch werfen würde, würde sie wahrscheinlich abprallen. Er ist immer freundlich und hilfsbereit und hat womöglich die tollste Figur, die ich je bei einem Mann gesehen habe, und ich Dummerchen lasse ihn auf dem Boden schlafen.

Adrian macht die Augen auf und bemerkt, dass ich ihn immer noch anschaue. »Machst du das Licht aus?«

Ich lange nach unten, lasse meine Finger über seine Brust gleiten und nehme seine Hand.

»Okay«, sage ich zu ihm. »Aber zuerst möchte ich, dass du zu mir hochkommst.«

25

Als ich aufwache, duftet es nach Butter und Zimt. Adrian ist bereits angezogen und läuft in der Küche herum. Er hat die Äpfel im Vorratsschrank gefunden, steht mit einem Pfannenwender in der Hand vor dem Herd und wendet Pfannkuchen. Ich schaue auf die Uhr: Es ist kurz nach halb acht.

»Wieso bist du schon aufgestanden?«

»Ich fahre nach Akron, um Dolores Campbell zu besuchen. Wenn ich jetzt losfahre, komme ich laut Google um 14 Uhr dort an.«

»Das ist Zeitverschwendung. Du fährst vierhundert Meilen weit, um eine Frau zu treffen, die nicht einmal ihre eigene Pflegerin wiedererkennt.«

»Es ist unsere letzte Spur. Ich werde die Zeichnungen und das Buch aus der Bibliothek mitnehmen. Ich werde sie ihr zeigen und dann sehen, ob sie irgendeine Reaktion auslösen.«

»Werden sie aber nicht.«

»Wahrscheinlich hast du recht. Versuchen werde ich es trotzdem.«

Er ist so fest entschlossen, dass ich mich verpflichtet fühle, ihn zu begleiten, aber ich habe mich schon bereit erklärt, den Nachmittag mit Teddy zu verbringen. »Ich muss hierbleiben. Sie planen eine Party für mich.«

»Ich komme schon klar. Ich habe mir gerade ein neues Hörbuch heruntergeladen, *Der Erbe der Jedi-Ritter.* Das reicht bis nach Akron und zurück.« Er bringt mir einen Becher Tee und einen Teller mit Apfel-Zimt-Pfannkuchen und bedeutet mir, mich im Bett aufzusetzen. »Probier mal, was du von denen hier hältst. Ich habe sie nach dem Rezept meines Vaters gemacht.«

Ich setze mich auf, nehme einen Bissen, und ja, sie sind wirklich beachtlich – süßsauer, butterig und köstlich, sogar noch leckerer als die Churros.

»Sie sind der Hammer.«

Er beugt sich vor und küsst mich. »Es sind noch mehr auf dem Herd. Ich rufe dich von unterwegs an und berichte dir, was ich herausgefunden habe.«

Ich bin ein bisschen traurig, dass er geht. Ich habe noch fast den ganzen Tag vor mir, bevor um 15 Uhr die Poolparty beginnt. Aber ich spüre, dass sich Adrian diese Fahrt nicht ausreden lassen wird, dass er jede Spur bis ans Ende der Welt verfolgen würde, um zu verhindern, dass ich Spring Brook verlassen muss.

Ich verbringe den Morgen damit, meine Sachen zu packen. Lange dauert das nicht. Vor sechs Wochen kam ich in Spring Brook mit einem gebrauchten Koffer und einer Handvoll Outfits an. Dank Carolines Großzügigkeit habe ich jetzt zwar eine viel umfangreichere Garderobe, aber nichts, um all meine neuen Kleider zu transportieren. Deshalb falte ich ihre Fünfhundert-Dollar-Kleider sehr sorgfältig und staple sie in Müllsäcke, die meine Freundinnen im Safe Harbor immer »Koffer für Cleane« nannten.

Dann ziehe ich mir Sneakers an und laufe ein letztes Mal durch das Viertel. Ich versuche, nicht daran zu denken, wie sehr ich Spring Brook vermissen werde, all die kleinen

Geschäfte und Restaurants, die kunstvoll verzierten Häuser, die penibel gepflegten Rasenflächen und Gärten. Ich war mal in Russells Wohnung in Norristown, und sein Viertel ist nicht annähernd so schön. Er wohnt in der neunten Etage eines Hochhauses, das neben einem Büropark und einem Amazon Logistikzentrum steht. Der Komplex ist von Highways umgeben, viele Meilen dampfender Asphalt und Beton. Eine in keinerlei Hinsicht schöne Gegend, aber anscheinend ist es mir bestimmt, dort zu wohnen.

Die Poolparty ist eine nette Geste, finde ich. Caroline hängt ein paar Luftschlangen auf der Terrasse auf, und Teddy und sie spannen ein selbst gebasteltes Banner mit der Aufschrift »*Danke, Mallory*« auf. Ted und Caroline leisten ganze Arbeit, um so zu tun, als wäre ich nicht gefeuert worden. Wir tun alle so, als würde ich aus freien Stücken gehen, was den Nachmittag weniger unangenehm werden lässt. Caroline bleibt in der Küche und bereitet das Essen vor, während ich mit Ted und Teddy im Pool plansche. Wir drei liefern uns eine Reihe alberner Wettbewerbe, bei denen es Teddy immer gelingt, zu gewinnen. Ich frage laut, ob Caroline Hilfe braucht, ob sie vielleicht selbst gerne mal schwimmen würde. Dann wird mir klar, dass ich sie noch nie im Pool gesehen habe.

»Im Wasser muss sie sich immer kratzen«, erklärt Teddy.

»Das liegt am Chlor«, erklärt Ted. »Ich habe versucht, den pH-Wert auszugleichen, aber es hat nicht funktioniert. Sie hat sehr empfindliche Haut.«

Um 16 Uhr habe ich immer noch nichts von Adrian gehört. Ich überlege, ihm eine Nachricht zu senden, aber dann ruft Caroline von der Terrasse herüber, dass das Essen fertig ist. Sie hat Krüge mit eiskaltem Wasser und frisch gepresster Zitronenlimonade auf den Tisch gestellt, dazu einer Fülle von gesunden Lebensmitteln – gegrillte Garnelenspieße, ein Zitrus-Meeresfrüchtesalat und Schüsseln mit frisch gedünstetem Kürbis, Spinat und Maiskolben. Sie hat sich eindeutig sehr viel Mühe gegeben, und ich habe das Gefühl, sie hat ein schlechtes Gewissen, weil sie mich in die Wüste schickt. Ich frage mich, ob sie sich meine Zukunft noch einmal hat durch den Kopf gehen lassen und ob es vielleicht doch noch eine Chance gibt, dass sie mich bleiben lässt. Teddy berichtet mit lebhafter Stimme von dem Tagesausflug zum Strand und zur Uferpromenade. Er erzählt mir alles vom Gruselkabinett, dem Autoscooter und der Krabbe im Meer, die ihn in seine kleinen Zehen gezwickt hat. Seine Eltern fügen ihre eigenen Geschichten hinzu, und es fühlt sich an, als ob wir alle ein tolles Familiengespräch führen, als wäre alles wieder in Ordnung.

Zum Nachtisch serviert Caroline Schoko-Lavavulkane – kleine Biskuittörtchen, gefüllt mit warmer, weicher, klebriger Ganache und einer Kugel Vanilleeis. Sie sind perfekt gebacken, und als ich den ersten Bissen nehme, ringe ich buchstäblich nach Luft.

Alle lachen über meine Reaktion.

»Tut mir leid, aber das ist das Beste, was ich je gegessen habe«, versichere ich ihnen.

»Oh, das ist wunderbar«, sagt Caroline. »Ich bin froh, dass wir den Sommer auf einem Höhepunkt beenden können.«

Da wird mir klar, dass sich gar nichts geändert hat.

Ich biete an, beim Abwasch zu helfen, aber Ted und Caroline bestehen darauf, das Aufräumen allein zu übernehmen. Sie erinnern mich daran, dass ich der Ehrengast bin, und ermuntern mich, mit Teddy zu spielen. Also kehren er und ich zum Pool zurück und gehen ein letztes Mal all unsere Lieblingsspiele durch. Wir spielen Castaway, Titanic und Zauberer von Oz. Danach liegen wir eine ganze Weile Seite an Seite nebeneinander auf dem Floß und lassen uns treiben.

»Wie weit ist es bis Norristown?«, fragt Teddy.

»Nicht weit. Weniger als eine Stunde.«

»Du kannst also immer noch zu Poolpartys kommen?«

»Ich hoffe es«, versichere ich ihm. »Ich bin mir nicht sicher.«

In Wahrheit bezweifle ich, dass ich ihn jemals wiedersehen werde. Ted und Caroline werden kein Problem haben, ein neues Kindermädchen zu finden, und natürlich wird sie hübsch und klug und charmant sein, und Teddy wird jede Menge Spaß mit ihr haben. Ich werde als eine seltsame Fußnote in ihrer Familiengeschichte in Erinnerung bleiben – die Babysitterin, die nur sieben Wochen geschafft hat.

Was am meisten schmerzt: Ich weiß, dass mein Name in vielen Jahren, wenn Teddy seine College-Freundin zum Thanksgiving-Essen nach Hause bringt, eine Pointe am Esstisch sein wird. Ich werde als die verrückte Babysitterin in Erinnerung bleiben, die die Wände vollgeschmiert hat, die geglaubt hat, Teddys imaginäre Freundin wäre echt.

Er und ich machen es uns auf dem Floß gemütlich und betrachten den herrlichen Sonnenuntergang. Alle Wolken sind rosa und violett gefärbt; der Himmel sieht aus wie ein Gemälde, das in einem Museum hängen könnte. »Wir können auf jeden Fall Brieffreunde bleiben«, verspreche ich. »Du kannst mir Bilder schicken, und ich schreibe dir Briefe.«

»Das fände ich toll.«

Er deutet auf ein Flugzeug, das über den Himmel gleitet und lange Schlieren aus weißem Wasserdampf hinterlässt. »Fliegt man mit dem Flugzeug nach Norristown?«

»Nein, Teddybär, da gibt es keinen Flughafen.«

Er ist enttäuscht.

»Eines Tages werde ich in einem Flugzeug fliegen«, sagt er. »Mein Daddy sagt, die großen schaffen fünfhundert Meilen pro Stunde.«

Ich lache und erinnere Teddy daran, dass er schon einmal in einem Flugzeug gesessen hat. »Als ihr aus Barcelona nach Hause geflogen seid.«

Er schüttelt den Kopf. »Wir sind von Barcelona aus gefahren.«

»Nein, ihr seid zum Flughafen gefahren. Aber dann seid ihr in ein Flugzeug gestiegen. Kein Mensch fährt von Barcelona nach New Jersey.«

»Wir schon. Wir haben die ganze Nacht gebraucht.«

»Das liegt auf einem anderen Kontinent. Da ist ein riesiger Ozean im Weg.«

»Sie haben einen Unterwassertunnel gebaut«, sagt er. »Mit superdicken Wänden, um dich vor Seeungeheuern zu schützen.«

»Jetzt erzählst du aber Unsinn.«

»Frag meinen Dad, Mallory! Es stimmt!«

Drüben auf dem Pooldeck höre ich mein Handy klingeln. Ich hatte die Lautstärke voll aufgedreht, damit ich Adrians Anruf nicht verpasse. »Bin gleich wieder da!«, verspreche ich Teddy. Ich gleite vom Floß herunter und schwimme zum Beckenrand, bin aber nicht schnell genug. Als ich beim Telefon angekommen bin, ist der Anruf bereits auf der Mailbox eingegangen.

Ich sehe, dass Adrian mir ein Foto geschickt hat. Darauf ist eine betagtere Schwarze Frau zu sehen, die eine dünne rote Strickjacke trägt und in einem Rollstuhl sitzt. Ihre Augen blicken leer, aber ihre Frisur ist ordentlich und gepflegt. Sie sieht gut gepflegt und behütet aus.

Dann kommt ein zweites Foto an – dieselbe Frau, jetzt neben einem Mann in seinen Fünfzigern posierend. Er hat seinen Arm um sie gelegt, lenkt ihre Aufmerksamkeit auf die Kamera und ermutigt sie, in die Linse zu schauen.

Adrian ruft erneut an.

»Hast du meine Fotos bekommen?«

»Wer sind diese Leute?«

»Das sind Dolores Jean Campbell und ihr Sohn Curtis. Annie Barretts Tochter und Enkel. Ich habe gerade zwei Stunden mit ihnen verbracht. Curtis kommt jeden Sonntag, um seine Mutter zu besuchen. Und wir haben voll danebengelegen.«

Das scheint mir unmöglich.

»Annie Barrett war Schwarz?«

»Nein, aber definitiv keine Ungarin. Sie wurde in England geboren.«

»Sie war Britin?«

»Ihr Enkel steht gerade direkt neben mir. Ich gebe dir jetzt Curtis, damit er es dir aus erster Hand erzählen kann, okay?«

Teddy schaut vom Pool aus zu mir herüber; er langweilt sich und wartet gespannt darauf, dass ich zurückkomme und weiter mit ihm spiele. Ich forme mit den Lippen »fünf Minuten«, worauf er das Floß erklimmt und anfängt, es mit Strampeln seiner kleinen Füßen auf dem Wasser zu bewegen.

»Hey, Mallory, ich bin's, Curtis. Wohnst du wirklich in Oma Annies Cottage?«

»Ich … ich glaube schon.«

»Spring Brook, New Jersey. Hinter Hayden's Glen, richtig?

Dein Freund Adrian hat mir Bilder gezeigt. Du musst dir aber keine Sorgen machen, meine Oma sucht dich nicht heim.«

Ich bin total verwirrt. »Woher wollen Sie das wissen?«

»Folgendes ist passiert: Sie siedelte nach dem Zweiten Weltkrieg von England nach Spring Brook über, okay? Um bei ihrem Cousin George zu leben. Sie wohnten auf der östlichen Seite von Hayden's Glen, die damals sehr Weiß und wohlhabend war. Mein Opa Willie wohnte auf der westlichen Seite von Hayden's Glen, in einem Viertel namens Corrigan. Das Viertel der People of Color. Er arbeitete als Tankwart bei einer Texaco-Tankstelle und ging nach Feierabend immer runter zum Bach, um sich sein Abendessen zu angeln. Opa angelte für sein Leben gern. Er aß Forellen und Barsche, wenn sie denn anbissen. Eines Tages sah er dieses hübsche Mädchen, das barfuß spazieren ging. Sie hatte einen Skizzenblock bei sich. Sie ruft ihm ›Hallo‹ zu, und Opa erzählte, er habe zu viel Schiss gehabt, um sie auch nur anzusehen. Denn wie gesagt, das war 1948, verstehst du? Wenn du Schwarz bist, und eine Weiße Frau lächelt dich an, dann schaust du lieber in die entgegengesetzte Richtung. Oma Annie aber kam aus Cresscombe, im Vereinigten Königreich. Ein Küstenstädtchen voller karibischer Einwanderer. Sie hatte keine Angst vor People of Color und grüßte Opa jeden Nachmittag. Im Laufe des nächsten Jahres freunden sich die beiden an, und schnell waren sie mehr als nur Freunde. Bald schlich sich Opa mitten in der Nacht durch den Wald, um Oma in eurem Cottage zu besuchen. Verstehst du, worauf ich hinauswill?«

»Ich glaube schon.« Ich schaue zum Pool hinüber, um nach Teddy zu sehen. Er treibt immer noch auf dem Floß im Kreis herum, und ich fühle mich schuldig, weil ich ihn an meinem letzten Tag ignoriere, aber ich muss den Rest der Geschichte auch noch hören. »Was ist passiert?«

»Also, eines Tages geht Annie zu Cousin George und eröffnet ihm, sie sei schwanger. Nur dass sie damals dieses Wort wohl noch nicht benutzt hat. Wahrscheinlich hat sie gesagt, sie sei ›in anderen Umständen‹. Sie gesteht George, dass Willie der Vater ist und dass sie mit ihm durchbrennen wird. Dass die beiden nach Westen, nach Ohio ziehen und auf der Farm von Willies Familie leben wollen, wo niemand sie behelligen wird. Und Annie ist so stur, dass George weiß, dass er sie nicht wird aufhalten können.«

»Was also ist passiert?«

»Nun, George ist natürlich stinkwütend. Er sagt ihr, das Kind werde eine Schande sein und ihre Ehe werde in den Augen Gottes nicht zählen. Er sagt, für ihn sei Annie gestorben und die Familie werde sich weigern, ihre Existenz weiter anzuerkennen. Daraufhin sagt sie, das sei schon in Ordnung, sie habe sich sowieso nie etwas aus ihnen allen gemacht. Dann packt sie ihre Sachen und verschwindet. Dadurch ist George in einer höchst peinlichen Situation. Er ist eine Säule der Gemeinde. Er ist Diakon in der Kirche. Er kann den Leuten nicht einfach sagen, dass seine Cousine mit einem Mann durchgebrannt ist, der Schwarz ist. Lieber würde er sterben, als dass die Wahrheit ans Licht kommt. Also erfindet er eine Geschichte. Er geht in eine Metzgerei und kauft zwei Eimer mit Schweineblut. Damals gab es noch keine forensischen Untersuchungen, Blut war Blut. Er verteilt es in der ganzen Hütte, wirft die Möbel um und lässt es so aussehen, als hätte jemand das Cottage durchwühlt. Dann rief er die Polizei. Die ganze Stadt beteiligte sich an der Suche, und sie zogen Netze durch den Bach, fanden aber keine Leiche, weil es ja nie eine Leiche gab. Großmutter nannte es die Große Flucht. Sie verbrachte die nächsten sechzig Jahren auf einer Farm in der Nähe von Akron. Sie brachte 1949 meine Mutter Dolores zur Welt und 1950 meinen Onkel Tyler. Als sie starb, hatte sie vier Enkel und drei Urenkel. Sie wurde einundachtzig Jahre alt.«

Curtis erzählt die Geschichte mit Zuversicht und Überzeugung, aber ich kann es immer noch nicht glauben. »Und niemand hat je die Wahrheit erfahren? Die Leute in Spring Brook glauben immer noch, sie wäre ermordet worden. Sie ist die Gruselgeschichte des Ortes. Die kleinen Kinder behaupten, sie spuke im Wald herum.«

»Ich schätze mal, Spring Brook hat sich seit den Vierzigerjahren kaum verändert. Damals war es ein wohlhabender Ort, heute nennt man das sicher ›vermögend‹. Unterschiedliche Worte für dieselbe Sache. Aber wenn du rüber nach Corrigan fährst, wirst du genug Leute finden, die die Wahrheit kennen.«

Mir fällt mein Gespräch mit Detective Briggs ein. »Ich glaube, eine habe ich schon getroffen. Ich habe ihr bloß nicht geglaubt.«

»Nun, ich hoffe, das beruhigt dich jetzt«, sagt Curtis. »Meine Frau wartet im Auto auf mich, also gebe ich dir jetzt wieder deinen Freund.«

Ich danke Curtis dafür, dass er sich Zeit genommen hat, und er reicht das Handy Adrian zurück. »Unglaublich, oder?«

»Dass wir total danebenlagen?«

»Annie Barrett wurde gar nicht ermordet. Sie ist nicht unser Geist, Mallory. All diese Bilder müssen von jemand anderem stammen.«

»Teddy?« Ich schaue auf und sehe Caroline Maxwell am

Rand des Pools stehen. Sie ruft ihrem Sohn zu: »Es ist schon spät, Schatz. Zeit, dich zu duschen.«

»Nur noch fünf Minuten?«, bettelt er.

Ich winke Caroline zu und signalisiere ihr, dass ich mich um ihn kümmern werde. »Ich muss Schluss machen«, sage ich Adrian. »Willst du noch vorbeikommen, wenn du zu Hause bist? Es ist doch mein letzter Abend.«

»Wenn es dir nichts ausmacht, lange aufzubleiben. Laut GPS bin ich nicht vor Mitternacht zurück.«

»Ich werde auf dich warten. Fahr vorsichtig.«

In meinem Kopf dreht sich alles. Mir ist, als wäre ich gegen eine Mauer gelaufen. Mir wird klar, dass ich die letzten Wochen damit verbracht habe, eine Sackgasse entlangzujagen – und jetzt muss ich alles, was ich über Anya weiß, neu überdenken.

Aber zuerst muss ich Teddy aus dem Pool holen.

»Komm schon, Teddybär. Wir stecken dich jetzt mal unter die Dusche.«

Wir schnappen uns unsere Handtücher und gehen durch den Garten zur Außendusche. Vor der Kabine steht eine kleine Bank, auf die Caroline Teddys Feuerwehrauto-Pyjama und saubere Unterwäsche gelegt hat. Ich greife durch die Tür, um das Wasser aufzudrehen, und stelle die Hähne so ein, dass die Temperatur des Wassers warm ist. Dann geht Teddy hinein und verriegelt die Tür, während ich draußen warte und sein Handtuch halte. Seine Badeshorts kommt mit einem klatschenden Geräusch auf dem Betonboden auf, und dann tritt er sie mit seinen winzigen Füßen zu mir hinaus. Ich verdrehe den Polyesterstoff in meinen Händen und wringe das Wasser aus. Dann werfe ich einen Blick durch den Garten auf Mitzis Haus. Das Licht in der Küche ist an, Detective Briggs ist an den Tatort zurückgekehrt. Sie läuft mit einer Art Metallstange durch den Garten hinter dem Haus, stochert in der Erde herum und nimmt Messungen vor. Als ich ihr zuwinke, kommt sie zu mir herüber.

»Mallory Quinn«, sagt sie. »Ich habe gehört, du verlässt Spring Brook morgen.«

»Es hat nicht geklappt.«

»So hat sich Caroline auch ausgedrückt. Ich war allerdings etwas überrascht, dass du es nicht erwähnt hast.«

»Es hat sich nicht ergeben.«

Sie wartet darauf, dass ich näher darauf eingehe, aber was soll ich denn ihrer Meinung nach sagen? Es ist ja nicht so, als wäre ich stolz darauf, gefeuert worden zu sein. Ich versuche, das Thema zu wechseln.

»Ich habe gerade mit Annie Barretts Enkel telefoniert. Einem Mann namens Curtis Campbell. Er lebt in Akron, Ohio. Er behauptet, seine Oma Annie habe dort bis zu ihrem einundachtzigsten Lebensjahr gelebt.«

Briggs grinst. »Ich sagte dir ja, dass die Geschichte eine faustdicke Lüge ist. Mein Großvater wuchs mit Willie auf. Sie haben immer zusammen geangelt.«

Teddy unterbricht uns und ruft aus der Duschkabine: »Hey, Mallory?«

»Ich bin direkt hier, Kumpel.«

Er klingt verängstigt. »Da krabbelt ein Käfer über die Seife.«

»Was für ein Käfer?«

»Ein großer. Ein Tausendfüßler.«

»Schütte ein bisschen Wasser drauf.«

»Ich traue mich nicht. Du musst das machen.«

Er entriegelt die Tür, zieht sich in die hinterste Ecke der

Kabine zurück und macht mir Platz. Ich greife nach dem Seifenstück und erwarte eine Art fieses, gleitendes Silberfischchen, aber da ist nichts.

»Wo ist er denn?«

Teddy schüttelt den Kopf, und ich begreife, dass das Ungeziefer nur ein Trick war, eine Ausrede, um mich dazu zu bringen, die Tür zu öffnen. »Werden wir verhaftet?«, fragt er flüsternd.

»Wer?«

»Die Polizistin. Ist sie böse auf uns?«

Ich starre Teddy fassungslos an. Nichts an diesem Gespräch ergibt Sinn. »Nein, Kumpel, es ist alles in Ordnung. Keiner wird verhaftet. Sieh einfach zu, dass du fertig wirst, okay?«

Ich schließe die Tür, und er verriegelt sie hinter mir.

Detective Briggs wartet immer noch.

»Alles in Ordnung?«

»Ihm geht es gut.«

»Ich meine dich, Mallory. Du siehst aus, als hättest du gerade ein Gespenst gesehen.«

Ich lasse mich in einen Stuhl sinken, um meine Gedanken zu ordnen. Dann erkläre ich, ich sei immer noch total verwirrt von dem Telefonat. »Ich hatte mir eingeredet, Annie Barrett wäre ermordet worden. Ich kann nicht glauben, dass die Leute diese Geschichte seit siebzig Jahren verbreiten.«

»Nun, die Wahrheit lässt Spring Brook nicht in gutem Licht erscheinen. Wäre die Stadt ein wenig toleranter gewesen, hätten Willie und Annie vielleicht gemeinsam hier leben können. Vielleicht hätte George es dann nicht für nötig befunden, einen Tatort zu inszenieren.« Briggs lacht. »Weißt du, es gibt immer noch Leute in meinem Department, die glauben, der Mord wäre wirklich passiert. Ich erzähle denen die Wahrheit, und sie tun so, als wollte ich, die Schwarze Polizistin, alles aufmischen.« Sie zuckt mit den Schultern. »Wie dem auch sei, ich will dich nicht länger aufhalten. Ich habe nur noch eine kurze Frage. Wir haben Mitzis Handy in ihrer Küche gefunden. Der Akku war leer, aber wir haben das Ladegerät gefunden und es wieder zum Laufen gebracht. Anscheinend war sie gerade dabei, dir eine Nachricht zu schreiben. Für mich ergibt sie keinen Sinn, aber vielleicht sagt sie dir ja etwas.« Sie blickt auf ihren Notizblock und blinzelt über den Rand ihrer Lesebrille hinweg. »Hier steht es: ›Wir müssen reden. Ich hatte mich geirrt. Anya ist kein Name, sondern‹« – Briggs hält inne und sieht zu mir herüber. »Weiter ist sie nicht gekommen. Sagen dir diese Worte etwas?«

»Nein.«

»Was ist mit *Anya*? Ist das vielleicht ein Tippfehler?«

Ich nicke in Richtung der Duschkabine. »Anya ist der Name von Teddys unsichtbarer Freundin.«

»Unsichtbare Freundin?«

»Er ist fünf. Er hat eine lebhafte Fantasie.«

»Ich weiß, dass sie nicht echt ist«, ruft er. »Ich weiß, dass ich sie mir nur einbilde.«

Briggs runzelt die Stirn, verwirrt von der kryptischen Nachricht. Dann blättert sie ein paar Seiten in ihrem Notizblock vor.

»Gestern habe ich mit Caroline Maxwell gesprochen, und sie sagt, sie habe gehört, dass Mitzi Donnerstagabend mit jemandem gestritten hat. Sie hat gesehen, wie Mitzi ihr Haus gegen 22:30 Uhr im Nachthemd verlassen hat. Du hast nicht zufällig etwas gehört?«

»Nein, aber ich war auch nicht hier. Ich war bei Adrian zu Hause. Drei Blocks entfernt. Seine Eltern haben eine Party gefeiert.« Um 22:30 Uhr am Donnerstagabend saß ich in den Gartenanlagen des Blumenschlosses und vertrieb mir die Zeit mit *Gesammelte Werke von Anne C. Barrett.* »Hat der Gerichtsmediziner schon herausgefunden, wie Mitzi ums Leben gekommen ist?«

Briggs senkt ihre Stimme, damit Teddy sie nicht hören kann. »Leider scheint es Drogenmissbrauch zu sein. Akutes Lungenversagen infolge einer Überdosis. Irgendwann am Donnerstagabend oder am frühen Freitagmorgen. Aber poste das jetzt nicht auf Facebook. Behalte es noch ein paar Tage für dich.«

»War es Heroin?«

Sie ist überrascht. »Woher wusstest du das?«

»Nur eine Vermutung. Ich habe ein paar Dinge in ihrem Haus gesehen. Überall im Wohnzimmer lagen Nadelkappen herum.«

»Nun, du hast richtig geraten«, sagt Briggs. »Man hört nie, dass ältere Menschen harte Drogen nehmen, aber in den Krankenhäusern von Philadelphia sieht man sie jede Woche. Das kommt häufiger vor, als man denkt. Vielleicht war ihr Besucher ja ihr Dealer. Vielleicht haben sie Krach miteinander bekommen. Wir sind noch dabei, das Puzzle zusammenzusetzen.« Sie reicht mir erneut eine Visitenkarte, aber ich sage ihr, dass ich die erste noch habe. »Wenn dir noch etwas einfällt, ruf mich an, okay?«

Nachdem Briggs gegangen ist, öffnet Teddy die Tür der Duschkabine, blitzsauber und in seinem Feuerwehrauto-Pyjama. Ich nehme ihn in den Arm und sage ihm, dass ich ihn morgen früh noch einmal treffen werde, um mich von ihm zu verabschieden. Dann begleite ich ihn auf die Veranda und schicke ihn ins Haus.

Es gelingt mir, die Fassung zu bewahren, bis ich wieder im Cottage bin und meine Tür verschlossen habe. Dann falle ich vornüber aufs Bett und vergrabe mein Gesicht im Kissen. In den letzten dreißig Minuten gab es so viele granatenmäßige Enthüllungen, dass ich sie gar nicht alle verarbeiten kann. Es ist zu überwältigend. Die Teile des Puzzles scheinen immer weniger zusammenzupassen.

Aber eines weiß ich ganz sicher:

Die Maxwells haben mich angelogen.

26

Ich warte, bis es dunkel ist und ich sicher sein kann, dass Teddy im Bett liegt und schläft, bevor ich ins Haus gehe, um mit Ted und Caroline zu sprechen. Sie sitzen auf den einander gegenüberliegenden Enden des Sofas im Familienzimmer, um sich herum meine ganzen durchgeknallten Skizzen von dunklen Wäldern, verirrten Kindern und geflügelten Engeln. In einer Ecke des Zimmers liegen eine Abdeckplane und Streichutensilien – Rollen, Spachtelmasse, ein Zehn-Liter-Eimer weiße Farbe. Als hätten sie vor, gleich morgen früh zu streichen, nachdem Russell mich abgeholt hat.

Caroline nippt an einem Glas Wein, und in ihrer Reichweite steht eine Flasche Merlot. Ted hält einen Becher mit heißem Tee in der Hand und bläst vorsichtig über die Oberfläche, während die beiden auf ihrem Alexa-Lautsprecher irgendeinen Radiosender hören. Sie scheinen sich zu freuen, als sie mich sehen.

»Wir hatten gehofft, dass du noch mal vorbeikommst«, sagt Caroline. »Fertig mit Packen?«

»So gut wie.«

Ted hält mir seinen Becher entgegen, damit ich daran schnuppern kann. »Ich habe gerade Wasser gekocht für Ginkgo-Biloba-Tee. Soll ich dir welchen einschenken?«

»Nein, danke.«

»Ich glaube, er wird dir schmecken, Mallory. Er ist gut

gegen Entzündungen. Nach einer langen Übungseinheit. Ich hole dir mal welchen.« Jetzt habe ich nicht mehr wirklich eine Wahl, denn er flitzt schon in die Küche. Ich bin mir sicher, in Carolines Augen Verärgerung aufflackern zu sehen.

Aber sie sagt nur: »Ich hoffe, dir hat das Essen geschmeckt?«

»Ja. Es war wirklich lecker. Danke.«

»Ich bin froh, dass wir dich gebührend verabschieden konnten. Ich glaube, es war auch gut für Teddy, ihm das Gefühl eines Abschlusses zu geben. Das ist wichtig für Kinder.«

Eine unangenehme Pause schließt sich an. Ich weiß, welche Fragen ich stellen muss, aber ich will damit warten, bis Ted zurück ist, damit ich ihrer beider Reaktionen beobachten kann. Ich lasse meinen Blick durch den Raum schweifen, und er bleibt an zwei Zeichnungen hängen, die ich bisher irgendwie übersehen haben muss – klein und ziemlich nah am Boden. Kein Wunder, dass sie Adrian und mir entgangen sind. Die Bilder befinden sich in der Nähe einer Steckdose, genauer gesagt ist eine Zeichnung sogar *um* die Steckdose herum entstanden, als würde der Strom aus der Steckdose ins Bild fließen. Auf ihr hält der Engel eine Art Zauberstab in der Hand und drückt ihn gegen Anyas Brust – er umgibt sie mit einem Energiefeld und lähmt sie.

»Ist das ein Vipertek-Elektroschocker?«

Caroline lächelt mich über ihr Glas Wein hinweg an. »Wie bitte?«

»Auf diesen Zeichnungen dort. Am Freitag hatte ich sie gar nicht bemerkt. Sieht ihr Zauberstab nicht genauso aus wie deine Viper?«

Caroline greift nach der Weinflasche und füllt ihr Glas wieder auf. »Wenn wir versuchen, sämtliche Symbole in diesen Bildern zu deuten, wird es ein langer Abend werden.«

Allerdings weiß ich mit Sicherheit, dass auf diesen Bildern keine Symbole sind. Sie sind ein Teil der Sequenz, es sind die fehlenden Puzzlestücke. Adrian hatte recht, was die kryptischen schwarzen Kritzeleien angeht. *Anya will uns damit sagen, dass sie fertig ist*, hatte er vermutet. *Es gibt keine Bilder mehr. Wir haben schon alles, was wir brauchen.*

Ted ist in weniger als einer Minute mit einem dampfenden Becher mit einer gräulichen Flüssigkeit zurück.

Sie sieht aus wie schmutziges Wischwasser und riecht wie eine Tierhandlung. Ich greife nach einem Untersetzer und stelle ihn auf dem Couchtisch ab. »Er muss nicht ziehen«, sagt Ted. »Du kannst ihn trinken, sobald er ein wenig abgekühlt ist.«

Dann setzt er sich neben seine Frau und macht sich an seinem Laptop zu schaffen, wechselt die Musik von Marvin Gaye zu Joni Mitchell, dem Lied über fließendes Engelshaar und Eiscremeschlösser in der Luft.

»Ich habe etwas Interessantes über Mitzi erfahren«, erzähle ich den beiden. »Sie war kurz vor ihrem Tod gerade dabei, mir eine Nachricht zu schicken. Sie wollte mich wissen lassen, dass Anya gar kein Name ist. Es ist wirklich seltsam. Detective Briggs konnte sich keinen Reim darauf machen.«

»Nun, es ist definitiv ein Name«, sagt Ted. »Es ist die russische Verkleinerungsform von Anna. Es ist ein in ganz Osteuropa beliebter Name.«

»Nun ja, ich habe ihn in Google Translate eingegeben. Anscheinend ist es ein Wort aus dem Ungarischen. Es bedeutet ›Mama‹. Nicht Mutter, sondern Mama. Wie ein Kind es sagen würde. Ist das nicht seltsam?«

»Ich weiß nicht«, sagt Caroline. »Ist es das?«

»Warm schmeckt der Tee besser«, wirft Ted ein. »Er löst den Schleim in den Nebenhöhlen auf.«

»Wisst ihr, was auch seltsam ist? Teddy sagt, er ist noch nie mit einem Flugzeug geflogen. Und das, obwohl ihr doch vor drei Monaten alle von Barcelona aus hierher geflogen seid. Laut American Airlines ist das ein achtstündiger Flug. Ich hab's überprüft. Wie kann ein kleiner Junge die größte Flugreise seines Lebens vergessen?«

Caroline macht Anstalten, etwas zu erwidern, aber Ted redet hastig über sie hinweg. »Das ist eigentlich eine lustige Geschichte. Teddy war nervös wegen der Reise, also beschloss ich, ihm eine Benadryl zu geben. Man sagt, dass es Kindern beim Einschlafen hilft. Ich hatte nur keine Ahnung, dass Caroline ihm *auch schon* eine Benadryl gegeben *hatte*. Also bekam er die doppelte Dosis. Er hat den ganzen Tag über tief und fest geschlafen. Er ist erst wieder aufgewacht, als wir in unserem Mietwagen saßen.«

»Ernsthaft, Ted? Das ist deine Erklärung?«

»Es ist die Wahrheit.«

»Eine doppelte Dosis Benadryl?«

»Was willst du damit andeuten, Mallory?«

Er ringt sich ein Lächeln ab und fleht mich zugleich mit seinem Blick an, mit der Fragerei aufzuhören.

Aber ich kann jetzt nicht aufhören.

Ich muss noch die eine große Frage stellen.

Die Frage, die alles erklären wird.

»Warum habt ihr mir nicht gesagt, dass Teddy ein Mädchen ist?«

Ich beobachte Carolines Reaktion sehr genau. Wenn ihr Gesichtsausdruck etwas offenbart, dann ist es eine Art selbstgerechte Entrüstung. »Nun, zunächst einmal finden wir es beleidigend, wie du deine Frage formulierst. Verstehst du, warum?«

»Ich habe ihn unter der Dusche gesehen. Nach dem Schwimmen. Habt ihr geglaubt, ich würde es nie herausfinden?«

»Um ein Haar hättest du es nicht«, sagt Ted traurig.

»Es ist kein Geheimnis«, sagt Caroline. »Wir schämen uns ganz sicher nicht für seine Identität. Wir wussten nur nicht, ob du damit umgehen kannst. Offensichtlich wurde Teddy als Mädchen geboren. Und drei Jahre lang haben wir ihn auch wie ein Mädchen aufgezogen. Aber dann machte er deutlich, dass er sich als Junge identifiziert. Also ja, Mallory, wir lassen ihn sein Geschlecht mit seiner Kleidung und seiner Frisur ausdrücken. Und natürlich ließen wir ihn einen männlicheren Namen wählen. Er wählte den Namen seines Vaters.«

»Es gibt eine Menge interessante Forschungen über Transgender-Kinder«, erklärt Ted. Nach wie vor fleht er mich mit seinem Blick an, bitte bitte *bitte* meine verdammte Klappe zu halten. »Ich habe ein paar Bücher darüber in meinem Arbeitszimmer, falls du Interesse daran hast.«

Das Verrückte ist: Ich glaube, sie erwarten ernsthaft, dass ich so tue, als wäre das alles normal. »Ihr wollt mir weismachen, euer fünfjähriges Kind ist transgender, und aus irgendwelchen Gründen *ist das nie zur Sprache gekommen?*«

»Wir wussten, dass du so reagieren würdest«, sagt Caroline. »Wir wussten, dass du starke religiöse Überzeugungen hast…«

»Ich habe kein Problem mit Transgender…«

»Warum machst du dann jetzt so einen Wirbel?«

Ich höre ihr gar nicht mehr zu. Meine Gedanken überschlagen sich bereits. Denn jetzt geht mir auf, dass Teddys ganze Macken und seltsame Verhaltensweisen plötzlich Sinn ergeben. Dass er den kleinen Jungs auf dem Spielplatz aus dem Weg geht. Seine Schreiattacken, wenn Ted ihn zum Friseur schleift. Seine Besessenheit, immer das gleiche lila gestreifte T-Shirt zu tragen. Es ist ein sehr helles Lila, fast schon Lavendel, die femininste Farbe in seinem Kleiderschrank.

Und all die lästigen Fragen seitens der Schule wegen der Vorschul-Anmeldung…

»Ihr habt keinen Impfpass«, begreife ich plötzlich. »Vielleicht habt ihr eine Geburtsurkunde. Wenn man genug Geld hinlegt, gibt es sicher eine Möglichkeit, sich eine Fälschung zu besorgen. Aber was Impfungen angeht, nehmen die Schulen in Spring Brook das sehr ernst. Sie wollen diese Formulare direkt von einem Arzt zugeschickt bekommen. Und ihr bekommt sie nicht. Deshalb ruft die Schule ständig hier an.«

Ted schüttelt den Kopf. »Das ist nicht wahr. Wir hatten einen hervorragenden Kinderarzt in Barcelona…«

»Hör doch auf, von Barcelona zu reden, Ted. Ihr wart nie in Barcelona. Dein Spanisch ist grauenhaft. Du kanntest nicht einmal das Wort für Kartoffel! Ich weiß nicht, wo ihr euch die letzten drei Jahre herumgetrieben habt, aber es war nicht in Barcelona.«

Wäre ich nicht so aufgebracht, hätte ich vielleicht bemerkt, dass Caroline plötzlich sehr still geworden ist. Sie nimmt nicht mehr an dem Gespräch teil, sondern schaut und hört nur noch zu.

»Ihr habt ein kleines Mädchen entführt. Ihr habt es wie einen Jungen gekleidet. Ihr habt die Kleine so erzogen, dass sie glaubt, sie wäre ein Junge. Und ihr kommt damit durch, weil sie erst fünf Jahre alt ist, weil ihre Welt so klein ist. Aber was passiert, wenn sie zur Schule geht? Wenn sie Freundschaften schließt? Wenn sie älter ist, wenn ihre Hormone Wirkung zeigen? Wie stellen sich zwei Menschen mit Collegeabschluss ernsthaft vor, das könnte funktionieren? Ihr seid doch …«

An dieser Stelle verstumme ich, denn das Wort, das mir auf der Zunge liegt, lautet »verrückt«.

Mir wird klar, dass ich aufhören muss zu reden, denn ich teile meine Schlussfolgerungen den falschen Leuten mit. Habe ich wirklich erwartet, dass die Maxwells mir zustimmen? Dass sie reinen Tisch machen und alles Unrecht zugeben, was sie getan haben? Ich muss auf der Stelle raus hier, ich muss Detective Briggs ausfindig machen und ihr alles erzählen.

»Ich sollte jetzt packen«, sage ich blöderweise.

Ich stehe auf, als ob sie mich einfach so gehen lassen würden.

»Ted«, sagt Caroline mit ruhiger Stimme.

Ich bin auf halbem Weg zur Tür, als Glas an meiner Schläfe zerbirst. Ich stürze vornüber und lasse dabei mein Handy fallen. Etwas Nasses rinnt mir über Gesicht und Nacken. Ich greife nach oben an meinen Kopf, um die Blutung zu stoppen, und meine Hand wird rot. Ich bin übergossen mit Merlot.

Hinter mir höre ich, wie sich die Maxwells streiten.

»Er liegt in der Küche.«

»Ich habe in der Küche nachgesehen.«

»In der großen Schublade. Wo ich die Briefmarken aufbewahre!«

Auf dem Weg aus dem Familienzimmer steigt Ted vorsichtig über mich hinweg, sorgsam darauf bedacht, nicht auf mich zu treten, obwohl er mir gerade erst eine Flasche über den Schädel gezogen hat. Er geht direkt an meinem Smartphone vorbei, das mit dem Display nach unten auf dem Teppich liegt. Auf meinem Startbildschirm gibt es eine Notruftaste – eine App, die über einen einzigen Tastendruck die Adresse der Maxwells an eine Notrufzentrale weiterleitet. Aber ich bin nicht nah genug dran, um es ergreifen zu können, und ich bin zu verletzt, um mich aufzurichten. Ich kann gerade mal die Schuhspitzen meine Sneakers auf den Boden stemmen und mich von ihm abstoßen, um mich zentimeterweise auf dem Bauch über den Boden zu schieben.

»Sie kriecht«, sagt Caroline. »Sie versucht es jedenfalls.«

»Eine Sekunde!«, ruft Ted zurück.

Ich lange nach meinem Handy und merke dabei, dass etwas mit meiner Tiefenwahrnehmung nicht stimmt. Es liegt nicht mehr nur wenige Zentimeter von mir entfernt – plötzlich ist es auf halbem Weg zur Diele, gefühlt in einer Entfernung von der Länge eines Footballfelds. Ich höre, wie Caroline hinter mir hergeht, höre ihre Schuhe über Glasscherben knirschen. Ich erkenne sie nicht mehr. Sie ist nicht mehr die nette, fürsorgliche Mutter, die mich in ihrem Haus willkommen hieß und mich ermutigte, an mich zu glauben. Sie hat sich in … etwas anderes verwandelt. Ihre Augen blicken kalt und berechnend. Sie sieht mich an, als wäre ich ein Fleck auf dem Boden, ein Schandfleck, der ausradiert werden muss.

»Caroline, bitte!«, flehe ich, kann aber die Worte nicht richtig artikulieren. Meine Aussprache ist völlig undeutlich.

Ich erhebe meine Stimme und versuche es erneut, aber ich kann die Lippen nicht richtig bewegen. Ich klinge wie ein Spielzeug, dessen Batterie schlappmacht.

»Pssst«, sagt sie und legt sich einen Finger auf die Lippen. »Wir wollen doch Teddy nicht aufwecken.«

Ich drehe mich auf die Seite und spüre, wie mir dabei spitze Glassplitter in die Hüfte stechen. Caroline versucht, um mich herumzugehen, ohne mir dabei zu nahe zu kommen, aber ich liege quer über dem Flur und versperre ihr den Weg. Ich beuge mein rechtes Knie, und Gott sei Dank bewegt es sich so, wie es soll. Ich ziehe den rechten Oberschenkel ganz nah an meinen Körper heran, und als Caroline endlich den Mut aufbringt, über mich hinwegzusteigen, trete ich aus und stoße ihr mit der Ferse gegen das Schienbein. Ein knackendes Geräusch ertönt, und sie stürzt mit voller Wucht auf mich.

Ich weiß, dass ich sie besiegen kann. Ich weiß, dass ich stärker bin als sie und Ted zusammen. Ich habe die letzten zwanzig Monate damit verbracht, mich auf diesen Moment vorzubereiten. Ich bin gelaufen, geschwommen und habe mich gesund ernährt. Ich habe jeden zweiten Tag fünfzig Liegestütze gemacht, während Ted und Caroline herumgesessen, Wein getrunken und sich körperlich kaum betätigt haben. Ich werde mich also nicht einfach zurücklehnen und aufgeben. Carolines Unterarm landet dicht vor meinem Gesicht, und ich beiße, so fest ich kann, zu. Sie schreit überrascht auf, verdreht ihren Arm und tastet nach meinem Telefon. Ich packe die Rückseite ihres Kleids, und die weiche Baumwolle reißt wie Papier, worauf ihr Hals und ihre Schultern entblößt werden. Nun endlich kann ich ihr viel geschmähtes Tattoo aus Collegezeiten sehen, das aus ihrer künstlerischen Phase stammt, als sie von John Milton und *Das verlorene Paradies* besessen war.

Es ist ein Paar großer gefiederter Flügel, genau zwischen ihren Schulterblättern.

Engelsflügel.

Ted kommt aus der Küche zurückgehastet. Er hat die Viper in der Hand und schreit Caroline an, sie solle ihm aus dem Weg gehen. Ich ziehe mein Bein erneut zurück, wohl wissend, dass dies jetzt meine einzige Chance ist. Wenn ich ihn zu Boden bringe, lässt er vielleicht die Viper fallen, vielleicht kann ich …

27

Ich wache auf und blinzle mehrmals. Um mich herum ist alles düster.

In der Dunkelheit kann ich vertraute Formen erkennen: mein Bett, mein Nachttisch, ein stillstehender Deckenventilator, die dicken Holzsparren über mir.

Ich befinde mich im Cottage.

Ich sitze aufrecht auf einem Stuhl mit harter Rückenlehne, und meine Nebenhöhlen brennen. Es fühlt sich an, als wären sie mit Chlor ausgespült worden.

Ich versuche aufzustehen, muss aber feststellen, dass ich meine Arme nicht bewegen kann; meine Handgelenke sind hinter meinem Rücken verschränkt, schmerzhaft verdreht und am Stuhl festgebunden.

Ich bewege die Lippen, will um Hilfe rufen, aber in meinem Mund ist ein Knebel aus Stoff, ein nasser Ball von der Größe eines Apfels, der mit einem Riemen fest um meinen Kopf gebunden wurde. Der Druck auf meinen Kiefer ist unerträglich.

Meine Muskeln spannen sich an, und mein Herz rast, als mir bewusst wird, was ich alles nicht kann: Ich kann mich nicht bewegen, kann nicht sprechen, nicht schreien. Ich kann mir nicht einmal die Haare aus dem Gesicht wischen. Da Kampf oder Flucht wegfallen, bleibt nur noch Panik. Ich bin so verängstigt, dass ich mich fast übergeben muss – aber es ist gut, dass ich das nicht tue, denn dann würde ich wahrscheinlich ersticken.

Ich schließe die Augen und spreche ein kurzes Gebet. *Bitte, Gott, hilf mir. Sag mir, was ich tun kann.* Dann hole ich tief und anhaltend durch die Nase Luft und fülle meine Lunge, so gut es nur geht, bevor ich den Atem wieder ausstoße. Das ist eine Entspannungsübung, die ich in der Reha gelernt habe und die mir hilft, Ängste in den Griff zu bekommen. Mein Puls verlangsamt sich, und meine Nerven beruhigen sich.

Ich wiederhole die Übung dreimal.

Dann zwinge ich mich dazu, nachzudenken.

Ein paar Möglichkeiten bleiben mir noch. Meine Beine sind nicht gefesselt. Womöglich kann ich aufstehen – aber wenn ich das tue, wird der Stuhl wie ein Schildkrötenpanzer an meinen Rücken gebunden sein. Ich werde mich nur langsam und umständlich fortbewegen können, aber es ist vielleicht nicht völlig ausgeschlossen.

Ich kann den Kopf nach links und rechts drehen. Ich kann gerade weit genug in die Kochnische sehen, um die leuchtende LED-Uhr an der Mikrowelle abzulesen: 23:07 Uhr. Adrian müsste gegen Mitternacht zurück sein. Er hat versprochen, noch bei mir vorbeizuschauen. Aber was, wenn er an die Tür des Cottage klopft und niemand öffnet? Besteht die Möglichkeit, dass er versuchen würde, hineinzukommen?

Nein, das glaube ich nicht.

Es sei denn, ich kann ihm ein Zeichen geben.

An meine Taschen komme ich nicht, aber ich bin mir auch ziemlich sicher, dass sie leer sind. Kein Handy. Keine Schlüssel. Kein Elektroschocker. Aber in meiner Kochnische gibt es eine Schublade voller Messer. Wenn ich irgendwie an ein Messer käme und die Fesseln durchschneiden könnte,

könnte ich mich aus dem Stuhl befreien und besäße eine Waffe.

Ich stemme beide Füßen fest auf den Boden, lehne mich nach vorne und versuche aufzustehen, aber mein Gleichgewichtssinn sendet Warnsignale. Mir wird klar, dass meine einzige Hoffnung darin besteht, mich mit genug Schwung nach vorne zu werfen, um mich aufzurichten. Ich habe bloß Angst, dass ich zu weit nach vorne kippe und zu Boden stürze.

Ich habe immer noch nicht den Mut aufgebracht, es darauf ankommen zu lassen, als ich draußen vor dem Cottage Schritte höre. Jemand steigt die abgetretenen Holzstufen hinauf. Dann geht die Tür auf, und Caroline schaltet das Licht ein.

Sie trägt noch das gleiche, hinten eingerissene Kleid mit Rundhalsausschnitt wie vorhin, hat jetzt aber blaue Latexhandschuhe an. Sie trägt eine dieser hübschen Einkaufstaschen, die man ins Lebensmittelgeschäft mitnimmt, um seinen Teil dazu beizutragen, dass die Ozeane nicht mit Plastik zugemüllt werden. Sie scheint überrascht zu sein, mich bei Bewusstsein vorzufinden. Sie stellt die Einkaufstasche auf den Küchentresen und beginnt sie zu auszupacken: ein Grillfeuerzeug, ein Teelöffel aus Metall, eine winzige Spritze und eine Nadel mit einer orangefarbenen Plastikkappe.

Die ganze Zeit über flehe ich sie an, kann jedoch keine Worte hervorbringen, nur Geräusche. Sie versucht, mich zu ignorieren und sich auf ihre Arbeit zu konzentrieren, aber ich spüre, dass ich sie trotzdem irritiere. Schließlich greift sie hinter meinen Kopf, und der Riemen erschlafft; ich huste den nassen Lappen aus, er rollt auf meinen Schoß und landet mit einem platschenden Geräusch auf dem Boden.

»Nicht schreien«, ermahnt sie mich. »Benutze deine Drinnen-Stimme.«

»Warum tust du mir das an?«

»Ich wollte dir einen schönen Abschied bereiten, Mallory. Ich habe Meeresfrüchtesalat zubereitet. Ich habe Luftschlangen aufgehängt. Ted und ich haben sogar ein Abfindungspaket geschnürt. Ein Monatsgehalt. Wir wollten dich morgen früh mit einem Scheck überraschen.« Sie schüttelt traurig den Kopf und holt dann aus der Einkaufstasche einen kleinen Plastikbeutel mit weißem Pulver heraus.

»Was ist das?«

»Das ist das Heroin, das du aus Mitzis Haus gestohlen hast. Du hast es gestern Nachmittag eingesteckt, nachdem du in ihrem Schlafzimmer herumgeschnüffelt hattest.«

»Das ist nicht wahr …«

»Und ob es das ist, Mallory. Du hast eine Menge unbewältigten Kummer. Du hast dich als College-Studentin ausgegeben, als Leichtathletikstar, und das erzeugt all diese Ängste. Und dann noch der Druck, deinen Job zu verlieren, kein Gehalt mehr zu bekommen *und* deine Unterkunft zu verlieren; all diese Belastungen haben dich rückfällig werden lassen.«

Mir ist klar, dass sie das nicht wirklich glaubt, sondern nur eine Geschichte probt. »Du warst verzweifelt auf der Suche nach einem Schuss, und da du wusstest, dass Mitzi Drogen nimmt, bist du in ihr Haus geschlichen und hast ihren geheimen Vorrat geplündert«, fährt sie fort. »Du wusstest nur nicht, dass das Heroin mit Fentanyl gestreckt war. Zweitausend Mikrogramm, genug, um ein Pferd zu töten. Das hat deine Opioidrezeptoren überflutet und einen Atemstillstand verursacht.«

»Das wirst du der Polizei erzählen?«

»Das ist es, was sie schlussfolgern werden. Aufgrund deiner Vorgeschichte. Und der Autopsie. Morgen früh werde ich an deine Tür klopfen, um zu fragen, ob du Hilfe beim Packen brauchst. Wenn du nicht öffnest, werde ich meinen Schlüssel benutzen, um reinzukommen. Ich werde dich im Bett liegend und mit einer Nadel im Arm vorfinden. Ich werde schreien und nach Ted rufen. Er wird eine Herzdruckmassage vornehmen, um dich wiederzubeleben. Wir werden den Notruf wählen, aber die Sanitäter werden feststellen, dass du schon seit Stunden tot bist. Sie werden uns versichern, dass wir nichts hätten unternehmen können. Und weil wir so gute Menschen sind, werden wir dafür sorgen, dass du ein ordentliches Begräbnis und einen Grabstein bekommst. Neben deiner Schwester. Andernfalls würde Russell auf der Rechnung sitzen bleiben, und das wäre nicht fair.«

Caroline bricht das Siegel des Beutels auf, hält ihn über den Löffel und füllt diesen mit weißem Pulver. Während sie sich über den Tresen lehnt und sich auf ihre Arbeit konzentriert, sehe ich erneut das Tattoo, das knapp unter ihrem Hals beginnt.

»Du bist der Engel auf den Zeichnungen. Du hast Anya mit deiner Viper gelähmt und sie dann erwürgt.«

»Es war Notwehr.«

»Man erwürgt niemanden in Notwehr. Du hast sie ermordet. Du hast ihre kleine Tochter entführt. Wie alt war sie da? Zwei? Zweieinhalb?«

Der Löffel rutscht Caroline aus den Fingern und landet klappernd auf dem Tresen. Das Pulver verteilt sich überall, und sie schüttelt genervt den Kopf.

»Tu nicht so, als ob du die Situation verstehen würdest. Du hast keine Ahnung, was ich durchgemacht habe.«

Sie greift nach einem Plastikspatel, zieht ihn langsam über

den Tresen und schiebt das ganze Pulver zu einem winzig kleinen Haufen zusammen.

»Ich weiß, dass Ted dir dabei geholfen hat«, sage ich. »Ich weiß, er ist der Mann auf den Bildern. Du hast Anya getötet und ihre Tochter entführt. Und dann hast du Ted losgeschickt, damit er ihre Leiche verscharrt. Wann ist das passiert, Caroline? Wo habt ihr gelebt?«

Sie schüttelt den Kopf und lacht. »Ich kenne das Spiel, das du versuchst zu spielen. Wir wenden es in der Therapie immer wieder an. Aber du kannst dich nicht aus dieser Sache herausreden.«

»Du und Ted hattet Probleme. Er sagte, ihr habt jahrelang versucht, ein Kind zu bekommen. War das der letzte Ausweg? Ein Kind zu entführen?«

»Ich habe dieses Kind *gerettet.*«

»Was soll das heißen?«

»Es spielt keine Rolle. Was geschehen ist, ist geschehen, und wir müssen nach vorne schauen. Es tut mir leid, dass du nicht länger Teil unserer Familie sein wirst.«

Caroline schiebt das Pulver sorgfältig zurück auf den Löffel und greift nach dem Grillfeuerzeug. Sie muss mehrmals auf den Knopf drücken, bevor es eine kleine blaue Flamme erzeugt, und ich sehe, dass ihre Hände zittern.

»Erinnert sich Teddy an irgendetwas?«

»Was glaubst du denn, Mallory? Wirkt er traumatisiert? Wirkt er traurig oder unglücklich? Nein, tut er nicht. Er erinnert sich an nichts. Er ist ein glückliches, ausgeglichenes Kind, und ich habe sehr hart dafür gearbeitet, um ihn an diesen Ort zu bringen. Er wird nie erfahren, wie viel ich für ihn geopfert habe. Und das ist auch gut so.«

Während Caroline spricht, steigt von dem Pulver im Löffel Rauch auf, es wird schwarz und verflüssigt sich schließlich. Das Heroin von der Ostküste hat keinen ausgeprägten Geruch, aber mir schlägt der Hauch von etwas Chemischem entgegen – vielleicht das Fentanyl, vielleicht ein anderer tödlicher Zusatzstoff. Ich habe mal von einem Drogendealer in Camden gehört, der seine Ware mit Ajax-Scheuermittel gestreckt haben soll. Caroline legt das Feuerzeug beiseite und nimmt die Spritze in die Hand. Sie taucht die Nadel in die Vertiefung des Löffels, zieht dann langsam den Kolben zurück und füllt die Spritze mit widerwärtigem braunem Matsch.

»Er erinnert sich an das Kaninchen«, sage ich zu ihr.

»Wie bitte?«

»Auf Anyas Bildern ist ein kleines Mädchen zu sehen, das einem Kaninchen hinterherjagt. Das Mädchen folgt einem weißen Kaninchen in ein Tal hinunter. Erinnerst du dich an mein Vorstellungsgespräch, Caroline? Am ersten Tag, als ich hierherkam, war eine von Teddys Zeichnungen an euren Kühlschrank gepinnt. Ein Bild von einem weißen Kaninchen. Vielleicht erinnert er sich an mehr, als dir bewusst ist.«

»Die Bilder sind Lügen. Man kann ihnen nicht trauen.«

»Es war schwer, aus ihnen schlau zu werden. Aber ich glaube, schlussendlich habe ich sie in die richtige Reihenfolge gebracht. Sie sind in dem Ordner auf meinem Nachttisch. Sie illustrieren genau, was passiert ist.«

Caroline greift nach einer Aderpresse in ihrer Tasche. Sie dehnt sie zwischen ihren Händen, als sei sie bereit, mir sie gleich um den Arm zu binden. Doch dann gewinnt ihre Neugierde die Oberhand. Sie geht hinüber zu meinem Nachttisch, öffnet den Ordner und fängt an, die Zeichnungen durchzusehen. »Nein, nein, versteh doch, diese Zeichnungen sind so ungerecht! Das ist *ihre* Version der Ereignisse. Aber wenn du meine Seite erlebt hättest, das große Ganze, dann würdest du es besser verstehen.«

»Was ist das große Ganze?«

»Ich behaupte ja nicht, dass ich mich nicht schuldig fühle. Ich *fühle* mich schuldig. Ich empfinde Reue. Ich bin nicht stolz auf das, was passiert ist. Aber sie hat mir keine Wahl gelassen.«

»Zeig mir, was du meinst.«

»Wie bitte?«

»In der Schublade des Nachttischs liegen ein Block und ein Bleistift. Zeichne, was passiert ist. Zeig mir deine Version der Geschichte.«

Denn ich brauche so viel Zeit, wie ich nur herausschinden kann.

Genug Zeit, damit Adrian zurück nach Spring Book fahren und hierherkommen, an die Tür klopfen und feststellen kann, dass hier etwas nicht stimmt, ganz und gar nicht stimmt.

Und Caroline erweckt tatsächlich den Eindruck, als wolle sie es tun! Sie scheint erpicht darauf zu sein, mir ihre Sicht der Geschichte zu erzählen. Aber sie ist auch klug genug, um zu erkennen, dass sie manipuliert wird. »Du versuchst mich dazu zu bringen, mich selbst zu belasten. Du willst, dass ich ein Geständnis ablege, mittels Bildern, damit die Polizei sie findet und mich verhaftet. Ist das dein Plan?«

»Nein, Caroline, ich versuche nur zu verstehen, was passiert ist. Warum musste Teddy gerettet werden?«

Sie schnappt sich erneut die Aderpresse und tritt hinter meinen Stuhl, aber es gelingt ihr nicht, sie um meinen Arm zu knoten, denn ihre Hände zittern zu stark. »Manchmal drängt sie sich in meine Gedanken, und es fühlt sich an wie eine Panikattacke. Nach ein, zwei Minuten geht das wieder weg.« Sie setzt sich auf die Bettkante und vergräbt ihr Gesicht in den Händen. Sie atmet mehrmals tief ein, füllt ihre Lunge mit Luft. »Ich erwarte kein Mitleid von dir, aber das alles war wirklich schwer für mich. Es ist wie ein nicht enden wollender Albtraum.«

Ihre Atmung geht stoßweise. Sie packt ihre Knie und drückt fest zu, als könne sie sich damit zur Ruhe zwingen. »Ted und ich lebten früher in Manhattan. Riverside Heights, Upper West Side. Ich arbeitete für das Mount Sinai Hospital, war fünfunddreißig und bereits ausgebrannt. Meine Patienten hatten jede Menge Probleme. Es gibt einfach so viel Schmerz auf der Welt, so viel Elend. Und Ted hatte einen langweiligen IT-Job, den er hasste. Ich schätze, wir waren zwei todunglückliche Menschen, die versuchten, ein Kind zu bekommen, und das gelang uns nicht. Dieser Misserfolg machte uns dann noch unglücklicher. Wir haben alle üblichen Methoden ausprobiert: IUI, IVF, Clomidzyklen. Kennst du dich damit aus?« Caroline schüttelt den Kopf. »Spielt keine Rolle. Nichts davon hat funktioniert. Wir haben beide wahnsinnig viel gearbeitet, aber wir brauchten das Geld gar nicht, denn mein Vater hatte mir ein Vermögen hinterlassen. Also sagten wir uns schließlich: Scheiß drauf, lass uns unsere Jobs kündigen und ein Sabbatjahr einlegen. Wir kauften uns eine Hütte im Norden des Bundesstaats New York am Seneca Lake. Die Idee war, dass wir vielleicht in einer entspannteren Gemütsverfassung ein Kind bekommen könnten. Das Problem ist nur, dass wir dort ankommen und keine Freunde haben. Wir kennen keine Menschenseele. Ted und ich hocken den ganzen Sommer über in dieser Hütte. Ted beginnt sich immer mehr für Weinherstellung zu begeistern. Er lernt bei einem örtlichen Winzer. Aber ich langweile mich dort zu Tode, Mallory. Ich weiß nicht, was ich mit mir anfangen soll. Ich versuche es mit Schreiben, Fotografieren, Gartenarbeit, Brotbacken, aber nichts davon ist von Dauer. Und mich trifft die schreckliche Erkenntnis, dass ich einfach kein besonders kreativer Mensch bin. Ist das nicht furchtbar, so etwas über sich herauszufinden?«

Ich versuche, mitfühlend zu wirken und sie dazu zu ermutigen, fortzufahren. So wie sie redet, könnte man meinen, wir wären Mutter und Tochter, die sich bei Kaffee und Scones in einem Café unterhalten. Als säße ich nicht mit hinter dem Rücken gefesselten Armen auf einem Stuhl, während Caroline mit einer aufgezogenen Spritze herumfuchtelt und hektisch den Zylinder zwischen ihren Fingern dreht.

»Das Einzige, was mir Freude bereitet, ist Spazierengehen. Es gibt einen Park mit schönen, schattigen Wegen am Seneca Lake, und dort habe ich dann Margit kennengelernt. Das ist Anyas richtiger Name: Margit Baroth. Ich sah sie immer im Schatten eines Baumes sitzen und Landschaften malen. Sie war sehr talentiert, und ich schätze, ich war ein bisschen neidisch auf sie. Und sie kam immer in Begleitung ihrer Tochter. Sie hatte ein zweijähriges Mädchen namens Flora. Margit legte sie einfach auf eine Decke und ignorierte sie. Zwei oder drei Stunden am Stück. Sie drückte dem Kind ein Smartphone in die Hand und überließ es dann völlig sich selbst. Und das nicht nur einoder zweimal, Mallory. Ich habe die beiden jedes Wochenende gesehen! Das war bei ihnen Normalität! Es machte mich jedes Mal wütend, wenn ich an ihnen vorbeiging. Ich meine – da ist dieses perfekte Kind, dieses wunderschöne kleine Mädchen, das sich nach Aufmerksamkeit sehnt, und die Mutter beschäftigt sie mit YouTube-Videos! Als wäre sie eine Belastung! Ich habe viele Studien über Bildschirmzeit gelesen, Mallory. Sie ist Gift für die Fantasie eines Kindes.

Daher beschloss ich nach ein paar Malen, einzugreifen. Ich ging hinüber zu dem Kind auf der Decke und wollte mich vorstellen, aber Margit verstand nur Bahnhof. Ich begriff, dass sie gar kein Englisch konnte. Also versuchte ich, mich durch Gebärden auszudrücken, versuchte ihr zu *zeigen*, dass sie eine schreckliche Mutter war. Und ich glaube, sie hat das in den falschen Hals bekommen. Sie wurde wütend, ich wurde wütend, und bald schrien wir einander an. Ich auf Englisch, sie auf Ungarisch, bis schließlich Leute kamen und sich buchstäblich zwischen uns stellen mussten.

Danach ging ich in andere Parks und auf anderen Wanderwegen. Aber ich musste ständig an das kleine Mädchen denken. Ich fühlte mich, als hätte ich sie im Stich gelassen, als hätte ich die eine Chance gehabt, einzugreifen, und hätte es vermasselt. Eines Tages, vielleicht zwei Monate nach dem Streit, fuhr ich wieder an den See. Es war Samstagmorgen, und es fand ein riesiges Heißluftballonfest statt. Es wird jeden September veranstaltet, und der Himmel ist voll von diesen großen, bunten Ballons. Perfekt für die Fantasie eines Kindes, verstehst du? Und Margit malt einen der Ballons, aber die kleine Flora starrt nur auf ein Handydisplay. Sie liegt auf der Decke und bekommt einen Sonnenbrand auf Armen und Schultern.

Und während ich da stand und immer wütender wurde, bemerkte ich etwas. Ich sah ein Kaninchen aus seinem Bau schlüpfen, der ganz in der Nähe gewesen sein muss. Es sprang aus dem Gras und schüttelte sich. Flora sah es und rief: ›*Anya, Anya*‹, wies auf das Kaninchen und lachte, aber Margit drehte sich gar nicht um. Sie war zu sehr in die Herstellung ihres Kunstwerks vertieft. Sie bemerkte nicht, dass ihr kleines Mädchen aufgestanden und weggegangen war, dass Flora ein Feld überquerte und in ein Tal hinunterging. Auf einen Bach zu, Mallory. Also musste ich etwas unternehmen, oder? Ich konnte doch nicht ignorieren, was da passierte. Ich folgte Flora in das Tal, und als ich sie erreichte, hatte sie sich völlig verlaufen. Sie heulte, war hysterisch. Ich kniete mich neben sie und sagte ihr, alles sei in Ordnung. Ich sagte, ich wüsste, wo ihre Mama wäre, und bot ihr an, sie zurückzubringen. Und das wollte ich *wirklich*, Mallory. Ich wollte Flora wirklich zurückbringen.«

Fast geht mir der rote Faden der Geschichte verloren, weil ich mich gerade an das Ouija-Board und seine kryptische Botschaft erinnere und mir aufgeht, dass ich zu sehr auf Google Translate vertraut habe. Die automatische Übersetzungssoftware hatte aus dem ungarischen Original HELP FLOWER gemacht, HILF BLUME, statt HELP FLORA, also HILF FLORA, hilf meiner Tochter.

»Ich wollte nur ein bisschen Zeit mit ihr verbringen«, fährt Caroline fort. »Einen kurzen Spaziergang machen und ihr etwas Aufmerksamkeit schenken. Ich dachte, ihre Mutter würde nichts dagegen haben. Sie würde nicht einmal mitbekommen, dass das Mädchen nicht mehr da war. Es gab in der Nähe einen kleinen Pfad, der in ein Waldstück führte, und so gingen wir dorthin. In den Wald. Aber Margit bemerkte *doch*, dass Flora nicht mehr da war. Sie suchte überall nach ihr. Und irgendwie hat sie uns gefunden. Sie war uns in den Wald gefolgt. Und als sie mich wiedererkannte, wurde sie fuchsteufelswild. Sie fing an zu schreien und mit den Armen zu fuchteln, als wollte sie mich schlagen. Aber ich habe ja immer meine Viper dabei, ich trage sie zur persönlichen Sicherheit. Also habe ich sie benutzt, um mich zu verteidigen. Ich habe sie nur einmal damit getasert, nur damit sie zurückweicht.

Aber ich vermute, sie hatte eine Art neurologische Erkrankung, denn sie sank zu Boden und konnte nicht mehr aufstehen. Sie bekam einen Anfall. Sie nässte ihr Kleid ein, und ihre Muskeln zitterten. Die arme Flora bekam schreckliche Angst. Und ich wusste, dass ich den Notdienst anrufen sollte, wusste aber auch, wie schlimm das aussehen würde. Ich wusste, wenn Margit ihre Version der Vorgänge erzählte, würden die Leute das missverstehen.

Also nahm ich Flora an der Hand und führte sie hinter einen Baum. Ich sagte ihr, sie solle sich hinsetzen und die Augen schließen. Sie sollte nicht sehen, was als Nächstes passiert. An den Rest erinnere ich mich eigentlich gar nicht mehr, wenn du es genau wissen willst. Das ist das Schöne am menschlichen Verstand. Er blendet all die schrecklichen Dinge aus. Du weißt, wovon ich spreche, oder?«

Sie wartet auf eine Antwort von mir, und als ich nichts erwidere, fährt sie fort: »Wie auch immer. Ich bedeckte ihre Leiche mit Laub. Ich nahm Flora in meinem Auto mit nach Hause. Ich erzählte Ted, was passiert war, und er wollte die Polizei anrufen, aber ich überzeugte ihn davon, dass wir alles wieder in Ordnung bringen könnten. Wir befanden uns im Norden des Bundesstaats, mitten im Nirgendwo. Die Frau war Immigrantin, konnte kein Englisch. Ich vermutete, dass sie wahrscheinlich die Putzfrau von jemandem war. Ich dachte, wenn wir ihre Leiche versteckten und das Kind behielten, würde niemand ihr Verschwinden bemerken. Oder die Leute würden denken, dass sie mit ihrer Tochter einfach abgehauen war. Frauen machen so etwas ständig. Also schickte ich Ted in den Park. Er holte die Staffelei, die Decke und alle Spielsachen von Flora und vergrub alles im Wald. Mit der Leiche, meine ich. Er war die ganze Nacht damit beschäftigt. Er hat ewig dafür gebraucht, kam erst bei Sonnenaufgang wieder zurück.

An diesem Punkt hätte es enden müssen – nur dass Margits Bruder eine große Nummer am Seneca-Lake ist. Ihm gehört diese blöde Ziegenfarm, die die ganzen Sommergäste so heiß und innig lieben. Er hatte Margit und ihren Mann József finanziell unterstützt, damit sie aus Ungarn in die Vereinigten Staaten ziehen und für ihn arbeiten. Und schlimmer noch: Mir war nie in den Sinn gekommen, dass Margit mit einem Fahrzeug zum See gefahren sein musste – mit einem Chevy Tahoe mit Kindersitz, wie sich herausstellte. Die Polizei fand den Wagen auf einem Parkplatz und schickte dann eine K9-Einheit mit Hunden raus. Innerhalb von zwei Stunden hatten sie ihre Leiche gefunden.

Und plötzlich sucht die ganze Gemeinde nach einem vermissten zweijährigen Kind – dem Mädchen, das sich schreiend und weinend in meiner Hütte befindet. Also renne ich zum Target und kaufe ihr einen Haufen Jungenkleidung. Sporttrikots. Shirts mit Footballspielern darauf. Dann besorge ich eine Haarschneidemaschine und verpasse Flora einen Igelschnitt. Und ich schwöre, es war, als würde ich einen Schalter umlegen – ich habe bloß ihre Frisur verändert, aber man hätte schwören können, dass sie ein Junge wäre.«

Carolines Atmung ist jetzt nicht mehr abgehackt, und ihre Hände haben aufgehört zu zittern. Je mehr sie redet, desto besser sieht sie aus, als befreie sie dadurch ihr Gewissen von einer schrecklichen Last.

»Dann stiegen wir in unser Auto und fuhren los. So etwas wie einen Plan hatten wir nicht. Wir mussten einfach nur weg, je weiter, desto besser. Erst in West Virginia hielten wir an, in einer Stadt namens Gilbert. Sie hat vierhundert Einwohner, alles Rentner und Rollstuhlfahrer. Ich schickte unseren Freunden eine E-Mail und informierte sie darüber, dass wir nach Barcelona gezogen wären; Ted hätte ein Angebot bekommen, das er nicht ausschlagen konnte. Dann mieteten wir ein Haus auf einem vier Hektar großen Grundstück, ohne Nachbarn, einfach ein schöner ruhiger Ort, an dem wir uns auf unser kleines Kind konzentrieren konnten.

Und Mallory, ich schwöre dir, das war das härteste Jahr in meinem ganzen Leben. Sechs Monate lang weigerte sich Teddy, zu sprechen. So verängstigt war er! Aber ich war geduldig. Ich habe jeden Tag mit ihm gearbeitet. Ich schenkte ihm Liebe, Aufmerksamkeit und Zuneigung. Im ganzen Haus gab es Bücher, Spielzeug und gesunde Lebensmittel, und wir machten Fortschritte. Er kam allmählich aus seinem Schneckenhaus heraus. Er lernte, uns zu akzeptieren und uns zu vertrauen, und jetzt liebt er uns, Mallory. Als er das erste Mal Mami zu mir sagte, fing ich an zu weinen.

Am Ende unseres ersten gemeinsamen Jahres hatten wir wirklich erstaunliche Fortschritte gemacht. Nach und nach gingen wir mit Teddy hinaus in die Öffentlichkeit. Nur kleine Wanderungen oder Fahrten ins Lebensmittelgeschäft. Normale Familienausflüge. Und es funktionierte wie im Bilderbuch. Du kannst dir nicht vorstellen, was wir alles noch durchgemacht haben.« Ihre Stimme klingt, als erinnere sie sich wehmütig an eine Zeit zurück, in der sie noch Hoffnung hatte.

»Was ist passiert?«

»Ich hätte mir nicht im Traum vorstellen können, dass Margit uns ausfindig macht. Ich war immer schon Atheistin, habe nie an irgendeine Art von Geisterwelt geglaubt. Aber nach unserem ersten Jahr in West Virginia bekam Teddy immer mal Besuch. Von einer Frau in einem weißen Kleid. Sie wartete in seinem Zimmer während des Mittagsschlafs.«

»Hast du sie gesehen?«

»Nein, nie. Sie zeigt sich nur Teddy. Aber ich konnte sie spüren, konnte ihre Anwesenheit wahrnehmen, konnte ihren ekelhaften Verwesungsgestank riechen. Wir sagten Teddy, sie sei eine imaginäre Freundin, sie sei nicht real, aber es sei okay, so zu tun, als wäre sie echt. Er war noch so klein, dass er es nicht besser wusste.«

»War sie jemals hinter dir her? Aus Rache?«

»Oh, das würde sie liebend gerne. Sie würde mich umbringen, wenn sie könnte. Aber ihre Kräfte sind wirklich begrenzt. Ich schätze, sie kann ein Ouija-Brett bedienen und einen Bleistift bewegen, aber das ist es dann auch schon.«

Ich versuche mir vorzustellen, wie langweilig es sein muss, in einem einsamen Haus auf vier Hektar Land mitten im ländlichen West Virginia zu leben – ohne Gesellschaft außer einem Ehemann, einem entführten Kind und einem rachsüchtigen Geist. Ich weiß nicht, wie lange ich das durchgehalten hätte, ohne den Verstand zu verlieren.

»Mir war klar, dass wir nicht ewig in ›Barcelona‹ bleiben konnten. Wir mussten alle unser Leben weiterleben. Ich wollte in einer hübschen Stadt mit guten Schulen wohnen, damit Teddy eine normale Kindheit verleben konnte. Also zogen wir im April hierher. Aber am Muttertag war Anya erneut in Teddys Zimmer und sang ungarische Schlaflieder.«

»Sie ist euch gefolgt?«

»Ja. Wie, weiß ich nicht. Ich weiß nur, dass es sinnlos ist, vor ihr wegzulaufen. Wohin wir auch ziehen, Anya wird uns folgen. Und da hatte ich meine bahnbrechende Idee, nämlich eine dritte Partei mit ins Spiel zu bringen. Einen neuen Spielkameraden, der mit Anya um Teddys Aufmerksamkeit wetteifert. Du warst die perfekte Kandidatin, Mallory. Jung, sportlich, energiegeladen. Klug, aber auch nicht zu klug. Und deine Vergangenheit mit dem Drogenmissbrauch war ein großes Plus. Ich wusste, dass du unsicher bist. Ich wusste, dass, wenn du verrückte Dinge sehen würdest, du an deinem eigenen Urteilsvermögen zweifeln würdest. Zumindest für ein Weilchen. Ich hatte bloß nicht mit diesen verfluchten Zeichnungen gerechnet. Ich hätte nie gedacht, dass sie einen Weg finden würde, um zu kommunizieren.«

Caroline wirkt erschöpft, so als hätte sie gerade noch einmal die letzten drei Jahre ihres Lebens durchlebt. Verstohlen werfe ich noch einmal einen Blick auf die Uhr: Es ist erst 23:37 Uhr. Ich muss sie dazu bringen, weiterzureden. »Was ist mit Mitzi? Was ist mit ihr geschehen?«

»Das Gleiche, was mit dir geschieht. Letzten Donnerstag, ein paar Stunden nach eurer Séance, klopfte Mitzi panisch an unsere Haustür. Sie sagte, ihr Ouija-Board ließe sich nicht mehr ausschalten. Sie behauptete, die Planchette bewege sich ständig im Kreis und buchstabiere immer wieder das gleiche Wort: *ovakodik, ovakodik, ovakodik*. Mitzi führte uns in ihr Haus und zeigte es uns. Sie fand heraus, dass es ›Vorsicht‹ bedeutete. Sie sagte, du hättest die ganze Zeit recht gehabt, Mallory, unser Haus würde heimgesucht und wir bräuchten Hilfe. Ted und ich stritten zu Hause darüber, was wir unternehmen sollten. Schließlich überzeugte ich ihn, er solle Mitzi festhalten, während ich ihr eine Überdosis verabreichte. Dann schleppte er ihre Leiche in den Wald hinaus, und ich deponierte all diese Nadelkappen in ihrem Wohnzimmer und legte die Aderpresse auf ihren Nachttisch. Gerade genug für die Polizei, um die Verbindung herzustellen. Dann haben wir die

Geschichte über Mitzis spätabendlichen Besucher erfunden, damit die Geschichte nicht allzu gradlinig daherkommen würde.«

Ich schaue abermals auf die Uhr – nur eine einzige weitere Minute ist vergangen –, und dieses Mal ertappt mich Caroline dabei.

»Was machst du da? Warum schaust du auf die Uhr?«

»Einfach so.«

»Du lügst. Aber das spielt keine Rolle.« Sie steht auf und greift nach der Aderpresse. Ihre Hände sind jetzt ruhig, und sie bewegt sich mit neuer Zuversicht und kontrolliert, legt mir die Aderpresse um den Arm und verknotet sie fest. Schon nach wenigen Augenblicken fangen meine Muskeln an zu kribbeln.

»Bitte tu das nicht.«

»Tut mir leid, Mallory. Ich wünschte, es wäre anders gelaufen.«

Ich spüre, wie sie mit ihren weichen, behandschuhten Fingern auf meine Armbeuge klopft, damit meine Venen anschwellen und mitspielen. Ich merke, dass sie es ernst meint, sie will das durchziehen. »Du wirst dich für den Rest deines Lebens schuldig fühlen«, sage ich und gerate dabei vor lauter Angst ins Stottern. »Du wirst dich dafür hassen. Du wirst nicht mehr in den Spiegel schauen können.«

Keine Ahnung, warum ich glaube, dass ich sie dazu bringen kann, ihre Meinung zu ändern. Meine Warnung scheint sie nur wütend zu machen. Ich verspüre einen schmerzhaften Stich, als die Nadel meine Haut durchbohrt und in die Vene eindringt. »Sieh es doch mal positiv«, sagt sie. »Vielleicht siehst du ja deine Schwester bald wieder.«

Dann drückt sie den Kolben runter und injiziert mir zweitausend Mikrogramm Heroin und Fentanyl, genug, um ein Pferd zu töten. Mein ganzer Körper verkrampft sich, als ich das vertraute erste Kribbeln spüre – als hätte jemand einen Eiswürfel auf die Injektionsstelle gelegt. Das Letzte, was ich sehe, ist Caroline, wie sie aus der Tür eilt und das Licht löscht. Sie bleibt nicht einmal, um mir beim Sterben zuzusehen. Ich schließe die Augen und flehe Gott an, mir zu vergeben, bitte, bitte vergib mir. Mir ist, als fiele ich in meinem Stuhl zurück, als wären mein Stuhl und mein Körper durch den Boden gekracht und als wäre ich nun schwerelos, im Raum schwebend. Intravenös verabreichtes Heroin wirkt blitzschnell, und ich weiß gar nicht, wieso ich noch bei Bewusstsein bin. Wieso kann ich noch atmen? Aber dann mache ich die Augen auf und sehe Margit im Schatten stehen. Und mir wird klar, dass ich bereits von der Überdosis halluziniere.

28

Sie schwebt in einer Art Nebel, eine Frau in Weiß mit langen, in der Mitte gescheitelten schwarzen Haaren. Ihr Kleid ist gesprenkelt mit kleinen Partikeln von Laub und Erde. Ihr Gesicht ist in der Dunkelheit verborgen und ihr Kopf so schräg geneigt, als ob sie nicht in der Lage ist, ihn gerade zu halten. Aber ich bin nicht mehr verängstigt. Wenn überhaupt, bin ich erleichtert.

Ich versuche aufzustehen und zu ihr zu gehen, aber ich sitze immer noch auf dem Stuhl, und meine Handgelenke sind immer noch hinter meinem Rücken gefesselt.

Plötzlich kommt mir ein schrecklicher Gedanke:

Ist das mein Leben nach dem Tod?

Ist das meine Strafe für die Zeit, die ich auf Erden verbracht habe? Eine Ewigkeit allein in einem verwaisten Cottage, gefesselt an einen Holzstuhl mit harter Rückenlehne zu verbringen?

»Ich weiß nicht, was ich tun soll«, flüstere ich. »Kannst du mir bitte helfen?«

Margit kommt näher, ohne dabei wirklich zu gehen. Ich nehme ihren Geruch wahr, diese giftige Mischung aus Schwefel und Ammoniak, aber er stört mich nicht mehr. Ich bin so dankbar für ihre Anwesenheit, dass der Geruch beinahe beruhigend ist. Als Margit am Fenster vorbeigeht, beleuchtet das Mondlicht ihr Gesicht und ihren Körper. Ich erkenne, dass sie bei all ihren Kratzern und blauen Flecken und ihrem gebrochenen Genick und trotz der Löcher und Risse in ihrem Kleid eine bildschöne Frau ist.

»Du musst mir helfen, Margit. Du bist die Einzige, die mir helfen kann. Bitte!«

Mühsam hebt sie den Kopf, als versuche sie, aufmerksamer zuzuhören – aber er sackt einfach wieder nach unten wie eine Blume mit gebrochenem Stiel. Sie legt mir eine Hand auf die Schulter, aber ich spüre weder eine Berührung noch Druck. Stattdessen überkommt mich ein überwältigendes Gefühl von Traurigkeit und Schuld. Vor meinem inneren Auge sehe ich einen Ort, an dem ich noch nie war – eine Wiese neben einem See, eine Leinwand auf einer Staffelei, ein Kind auf einer Decke. Mir wird klar, dass ich diesen Ort von Bildern kenne – von einer Zeichnung, die Margit auf meiner Veranda hinterlassen hat, und von einem Bild aus dem Stapel von Teddys Werken, die Caroline im Familienzimmer aufbewahrt. Ich kann beide Bilder aus dem Gedächtnis abrufen, die gleiche Szene, dargestellt von zwei verschiedenen Künstlern.

Und als ich die Frau und das Kind betrachte, kann ich Margits Kummer so deutlich spüren wie meinen eigenen: *Ich hätte besser aufpassen müssen. Ich hätte nicht so abgelenkt sein dürfen. Wäre ich nur ein bisschen vorsichtiger gewesen, wäre noch alles in Ordnung.* Vielleicht ist es aber auch *mein* Kummer, denn ich höre Margit auch sagen *Du trägst keine Schuld, schließe Frieden mit der Vergangenheit, vergib dir.* Ich bin mir nicht sicher, ob ich sie tröste oder sie mich tröstet. Ich kann nicht sagen, wo meine Schuld endet und ihre beginnt. Vielleicht ist es die Art von Trauer, die wir nie werden abschütteln können, nicht einmal nach unserem Tod.

Plötzlich geht die Tür auf, und Ted macht das Licht an.

Er sieht, dass meine Augen tränen, und seine Gesichtszüge entgleisen. »O Gott«, sagt er. »Es tut mir so leid, Mallory. Bleib einfach ruhig sitzen.«

Ich schaue mich nach Margit um, aber sie ist verschwunden.

Ich befinde mich immer noch im Cottage.

Ich bin nicht in irgendeinem verschwommenen, entrückten Jenseits, sondern nach wie vor in Spring Brook, New Jersey, gefesselt an einen Holzstuhl, mit den Füßen auf dem Boden, und die Uhr an der Mikrowelle zeigt 23:52 Uhr.

Ich spüre immer noch ein eisiges Frösteln in meiner Armbeuge, dort, wo Caroline mir die Flüssigkeit injiziert hat – aber ich bin quicklebendig und kein bisschen high.

»Sie hat mich unter Drogen gesetzt. Deine Frau …«

»Es war nur Babypuder«, unterbricht mich Ted. »Ich habe das Heroin mit Babypuder ausgetauscht. Dir geht es gut.« Er tritt hinter mich und zerrt an den Stoffriemen, mit denen meine Handgelenke an den Stuhl fixiert sind. »Meine Güte, sie hat es wirklich übertrieben mit diesen Knoten. Ich brauche ein Messer.« Er geht in die Kochnische und kramt in der Besteckschublade.

»Was hast du vor?«

»Dich beschützen, Mallory. Ich habe dich immer beschützt. Erinnerst du dich nicht mehr an dein Vorstellungsgespräch? All diese unhöflichen und gemeinen Fragen über deine Qualifikationen? Ich habe versucht, dich abzuschrecken. Ich habe versucht, alle Kandidatinnen zu vergraulen. Aber du warst hartnäckig. Du wolltest den Job hier wirklich haben. Und Caroline hielt dich für die Lösung all unserer Probleme.«

Er kommt mit einem gezackten Messer zu meinem Stuhl und schneidet rasch meine Fesseln durch. Meine Arme fallen zur Seite, und ich kann sie wieder frei bewegen. Langsam und vorsichtig presse ich meine Finger auf die pochende Beule an meinem Kopf und spüre, dass sich winzige Glassplitter in meine Kopfhaut gebohrt haben.

»Es tut mir so leid, dass ich dich niedergeschlagen habe. Wir werden an einer Tankstelle anhalten und dir Eis besorgen.« Ted öffnet die Tür meines Kleiderschranks und ist erfreut, die vielen leeren Kleiderbügel zu sehen. »Du hast ja schon gepackt! Das ist perfekt. Meine Tasche liegt gepackt im Wagen, also können wir gleich losfahren. Ich denke, wir werden die ganze Nacht durchfahren und dann ein Hotel ansteuern, um zu verschnaufen. Danach fahren wir weiter Richtung Westen. Ich habe ein tolles Haus auf Airbnb gefunden. Nur, damit wir aneinander eingewöhnen können. Es wird dir sehr gefallen, Mallory, die Aussicht auf den Puget Sound ist großartig.«

»Ted, nun mal langsam. Wovon sprichst du?«

Er lacht. »Sicher, sicher, ich habe schon so lange geplant, dass ich darüber ganz vergessen habe, dass wir es noch gar nicht bis ins Detail durchgesprochen haben. Aber ich weiß, was du für mich empfindest, Mallory. Mir geht es genauso, und ich bin bereit, diese Gefühle auszuleben.«

»Wirklich?«

»Ich habe mein Rentenversicherungskonto aufgelöst und habe achtzig Riesen auf einem Bankkonto, auf das Caroline keinen Zugriff hat. Das ist genug für einen Neuanfang. Wir bauen uns ein neues Leben im Staat Washington auf. Whidbey Island. Aber wir müssen sofort aufbrechen. Bevor sie zurückkommt, um aufzuräumen.«

»Warum hast du solche Angst vor ihr?«

»Sie hat den Verstand verloren! Hast du das noch immer nicht gemerkt? Sie hat vorhin versucht, dich umzubringen. Sie wird auch nicht zögern, mich zu töten. Und wenn ich alles der Polizei erzähle, wandere ich ins Gefängnis. Also müssen wir fliehen. Und zwar sofort. Wenn wir das Kind zurücklassen, wird sie uns nicht verfolgen.«

»Du willst Teddy zurücklassen?«

»Tut mir leid, Mallory. Ich weiß, dass du ihn liebst. Ich liebe ihn ja auch. Er ist wirklich süß. Aber er kann nicht mitkommen. Ich will nicht, dass Caroline und Margit uns überall hinterherjagen. Der Junge bleibt hier bei seinen beiden Mamis. Sie können sich streiten, sich meinetwegen bis auf den Tod bekämpfen. Mir egal. Ich ertrage diese Scheiße nicht mehr. Ich will keine Minute länger hier sein. Dieser ganze Albtraum endet heute Nacht, verstehst du?«

Draußen vor dem Cottage vernehmen wir das Knacken eines kleinen Zweigs. Ted geht zum Fenster und schaut hinaus. Dann schüttelt er den Kopf, um mir zu versichern, dass es falscher Alarm ist. »Jetzt musst du bitte versuchen aufzustehen. Soll ich dir helfen?« Er bietet mir seine Hand an, aber ich winke ab, und es gelingt mir, eigenständig aufzustehen. »So ist es gut, Mallory. Großartig! Musst du noch mal auf die Toilette gehen? Die meisten Lokale haben nach Mitternacht nämlich geschlossen.«

Ich *muss* auf die Toilette gehen, aber nur als Rückzugsort, um meine Gedanken zu sammeln. »Ich brauche nur eine Minute.«

»Mach, so schnell du kannst, okay?«

Ich schließe die Badezimmertür, drehe den Wasserhahn auf und spritze mir kaltes Wasser ins Gesicht. Was, zum Teufel, soll ich tun? Ich taste meine Taschen ab, aber die sind natürlich leer. Ich durchstöbere den Medizinschrank und schaue mich in der Duschkabine um, aber da ist nichts, was ich benutzen könnte, um mich zu verteidigen. Was einer Waffe am nächsten kommt, ist eine Pinzette.

Im Badezimmer gibt es nur ein winziges Fenster zur Belüftung mit Fliegengitter, kaum zehn Zentimeter hoch, in der Nähe der Decke angebracht. Ich klappe die Klobrille herunter und stelle mich darauf. Das Fenster geht nach Süden, in Richtung Hayden's Glen, und gewährt einen Blick auf die dunklen Brombeersträucher des Waldes. Es gelingt mir, das Fliegengitter aus dem Fensterrahmen zu drücken, sodass es hinaus auf den Waldboden fällt. Aber selbst wenn ich die Kraft aufbringen würde, um mich hochzuhieven, passe ich auf keinen Fall hindurch.

Ted klopft an die Tür. »Mallory? Bist du bald fertig?«

»Fast!«

Ich muss mit ihm gehen. Eine andere Wahl habe ich nicht. Ich werde in seinen Prius steigen, werde lächeln, wenn er mir den Bundesstaat Washington und Whidbey Island beschreibt, und werde versuchen, begeistert zu klingen, was unser neues gemeinsames Leben angeht.

Aber sobald wir anhalten, um zu tanken, zu essen oder zu trinken, werde ich einen Police Officer ausfindig machen und schreien wie am Spieß.

Ich drehe das Wasser ab und trockne mir die Hände an einem Handtuch ab.

Dann öffne ich die Tür.

Ted steht schon da und wartet. »Fertig?«

»Ich glaube schon.«

»Du *glaubst* es?«

Sein Blick wandert an mir vorbei. Er schaut ins Badezimmer, und ich frage mich, was er sieht. Habe ich Fußabdrücke auf dem Toilettendeckel hinterlassen? Hat er bemerkt, dass das Fliegengitter fehlt?

Ich werfe ihm die Arme um den Hals, lege meinen Kopf an seine Brust und umarme ihn so fest, wie ich kann. »Danke, Ted. Danke, dass du mich gerettet hast. Du kannst dir gar nicht vorstellen, wie sehr ich mir das gewünscht habe.«

Er ist über diesen Ausbruch von Zuneigung erschrocken. Er zieht mich noch näher an sich heran, beugt sich dann herunter und drückt mir einen Kuss auf die Stirn. »Ich verspreche dir, Mallory, ich werde dich niemals im Stich lassen. Ich werde jeden Tag alles dafür geben, um dich glücklich zu machen.«

»Dann lass uns von hier verschwinden.«

Ich will meinen Koffer und meinen Müllsack mit den Klamotten hochheben, aber Ted besteht darauf, sie zu tragen, eine in jeder Hand. »Bist du sicher, dass das alles ist, was du brauchst?«

»Ted, das ist alles, was ich besitze.«

Wieder lächelt er mich voll echter Liebe und Zuneigung an, und er erweckt den Eindruck, als wolle er gerade etwas total Süßes sagen, als plötzlich ein lauter Knall ertönt und eine Kugel seine linke Schulter durchschlägt, ihn aus dem Gleichgewicht bringt und die Wand mit Blut bespritzt. Ich schreie laut auf, es ertönen drei weitere Schüsse, und ich schreie immer noch, als Ted auf dem Koffer zusammensackt, die Hände an seine Brust gepresst, während ihm Blut zwischen den Fingern hervorquillt.

Caroline schaut durch das offene Fenster im Cottage, Mitzis Waffe auf mich gerichtet. Sie befiehlt mir, still zu sein, aber ich erfasse ihre Worte erst beim vierten oder fünften Mal. Sie öffnet die Tür und bedeutet mir mit einer kleinen, ruckartigen Bewegung des Laufs der Pistole, dass ich mich wieder auf den Stuhl setzen soll.

»War das dein Ernst?«, fragt sie. »Wolltest du wirklich mit ihm weg?«

Ich höre die Fragen gar nicht, starre immer noch auf Ted, der auf dem Boden liegt und darum ringt, Worte hervorzubringen, aber nur ein Stammeln von sich gibt. Seine Lippen beben, als versuche er gerade, ein schwieriges Wort auszusprechen, während ihm Blut aus dem Mund rinnt und sein Kinn und Hemd rot färbt.

»Weißt du, *ich glaube*, du hast gelogen«, fährt Caroline fort. »Ich glaube, du würdest wahrscheinlich alles sagen, um sofort hier rauszukommen. Aber ich kann dir garantieren, dass Ted es absolut ernst gemeint hat. Er hat vom ersten Tag an ein Auge auf dich geworfen.« Sie deutet auf den weißen Rauchmelder, der an der Decke der Küchennische angebracht ist. »Hast du dich nie gefragt, warum der Feueralarm nie losging? Nicht einmal, wenn dir das Abendessen angebrannt ist?«

Als ich keine Antwort gebe, klopft sie dreimal laut mit dem Kolben der Pistole auf den Küchentresen. »Mallory, ich habe dich etwas gefragt. Hast du bemerkt, dass dein Rauchmelder nicht funktioniert?«

Was, zum Teufel, will sie von mir hören? Sie fuchtelt mir mit der Pistole vor der Nase herum, und ich habe zu viel Angst, um zu antworten; ich befürchte, dass sie bei meinem ersten falschen Wort den Abzug betätigt. Ich muss auf den Boden schauen, um den Mut aufzubringen, etwas zu sagen. »Ted meinte, die Verkabelung im Cottage sei sehr alt. Er sagte, es liege an so etwas, das man ›Knopf und Rohr‹ nennt.«

»Das ist eine Webcam, Dummerchen. Ted hat sie gleich nach deinem Vorstellungsgespräch installiert. Und einen Verstärker, damit die Signale von unserem Wi-Fi-Netzwerk empfangen werden. Er sagte, er wolle kontrollieren, ob du Drogen nimmst. Eine Vorsichtsmaßnahme. Aber ich bin ja nicht blöd. Manchmal blieb er abends noch stundenlang in seinem Arbeitszimmer und hoffte inständig darauf, dass du duschen würdest. Ich habe mich immer gefragt, ob du es wusstest, ob du das Gefühl hattest, beobachtet zu werden.«

»Ich dachte, es wäre Anya.«

»Nein, Mama bleibt nachts bei ihrem Baby. Es war immer Mr Family Man hier. Der Vater des Jahres.«

Ted schüttelt den Kopf, als wolle er ihr widersprechen, als wolle er unbedingt, dass ich die Wahrheit erfahre. Aber wenn er den Mund aufmacht, quillt nur noch mehr Blut heraus, das ihm über Kinn und Brust läuft.

Ich wende mich Caroline zu, die noch immer die Waffe auf mich gerichtet hält.

Am liebsten würde ich zu Boden sinken, mich zusammenkauern und um Gnade betteln.

»Bitte«, sage ich und hebe die Hände hoch. »Ich werde es niemandem sagen.«

»Ich weiß, dass du das nicht tun wirst. Du hast Ted mit der Waffe getötet, die du aus Mitzis Haus gestohlen hast. Dann haben wir beide miteinander gekämpft, und es gelang mir, dir die Pistole zu entreißen. Du hast ein Messer aus der Küchenschublade genommen, also musste ich dich erschießen. Es war Notwehr.« Sie schaut sich im Cottage um, als versuche sie, den genauen Ablauf der Ereignisse auszuarbeiten. »Du musst dich näher an den Kühlschrank stellen. Gleich neben die Besteckschublade.« Sie richtet die Waffe auf mich. »Komm schon, lass mich nicht noch einmal bitten.«

Sie kommt näher – die Pistole kommt näher –, und ich weiche vor ihr zurück und bewege mich in die Kochnische.

»In Ordnung, so ist es besser. Jetzt greif nach unten, und öffne die Schublade. Zieh sie ganz heraus. So ist es gut.« Sie geht auf die gegenüberliegende Seite des Küchentresens und beugt sich dann vor, um den Messerblock zu begutachten. »Ich denke, du solltest das Kochmesser benutzen. Das ist das große, ganz hinten. Greife nach unten und halte den Griff fest. Nimm es schön fest in die Hand.«

Ich bin so verängstigt, dass ich mich kaum rühren kann.

»Caroline, bitte …«

Sie schüttelt den Kopf. »Komm schon, Mallory. Du hast es fast geschafft. Greif nach unten, und nimm das Messer in die Hand.«

In meinem peripheren Blickfeld, direkt über ihrer Schulter, sehe ich immer noch Blut an der Wand heruntertropfen. Aber Ted kauert nicht mehr dort. Er ist verschwunden.

Ich greife nach unten, lege meine Hand auf das Messer, umschließe den Griff mit meinen Fingern. Es ist so schwer, etwas zu tun, wenn dir gesagt wurde, dass es das Letzte ist, was du jemals tun wirst.

»So ist es gut«, sagt sie. »Jetzt hebe es hoch.«

Plötzlich schreit sie auf und stürzt zu Boden – Ted hat ihre Beine umklammert, und mir ist klar, dass jetzt mein großer Augenblick gekommen ist. Dummerweise lasse ich das Messer los, weil ich keine Zeit damit verschwenden will, es aus der Schublade zu ziehen.

Ich renne einfach los.

Ich reiße die Tür auf. Hinter mir ertönt ein Knall – ein Schuss, dessen Krachen von den Wänden des Cottage widerhallt. Ich springe von der Veranda herunter und sprinte über den Rasen. Drei schreckliche Sekunden bin ich völlig ohne Deckung, eine Silhouette, die sich über die offene Rasenfläche bewegt, und ich mache mich auf den nächsten Schuss gefasst.

Aber er fällt nicht. Ich husche durch die Schatten an der Seite des Haupthauses, vorbei an den Mülleimern und Wertstofftonnen. Ich laufe durch den Vorgarten und halte am Ende der Einfahrt, auf der die beiden Autos stehen, an. Alle Nachbarhäuser liegen im Dunkel. Alle schlafen tief und fest. Kein Mensch geht nach Mitternacht auf der Edgewood Street entlang. Und ich traue mich nicht, an der Tür eines Nachbarn zu klopfen, da ich keine Ahnung habe, wie lange es dauern wird, bis jemand die Treppe herunterkommt. Im Moment ist Schnelligkeit mein größter Trumpf – den Abstand zwischen mir und Caroline zu vergrößern. Wenn ich jetzt lossprinte, kann ich in drei Minuten am Blumenschloss sein, dort an die Tür klopfen und Adrians Eltern schreiend um Hilfe anflehen.

Doch dann werfe ich einen Blick zurück zum Haus der Maxwells, und mir wird klar, dass Teddy immer noch tief und fest im Obergeschoss schläft. Er hat keine Ahnung von dem Chaos um ihn herum.

Was wird passieren, wenn Caroline merkt, dass ich endgültig weg bin?

Wird sie dann Teddy mitnehmen, ihn ins Auto bugsieren und nach West Virginia fliehen? Oder nach Kalifornien? Nach Mexiko?

Wie weit wird sie gehen, um ihr Geheimnis zu schützen?

Im Cottage fällt ein weiterer Schuss. Ich will das Beste hoffen, will glauben, dass es Ted irgendwie gelungen ist, seiner Frau die Waffe zu entreißen. Vielleicht hat er mir und Teddy in seinen letzten Atemzügen eine Chance zur Flucht verschafft.

Aber wenn nicht – nun ja, mir bleibt immer noch Zeit, die Sache wieder ins Lot zu bringen. Ich bin eine schnelle Läuferin. Ich war einmal die sechstschnellste in Pennsylvania. Ich stürze um das Haus herum in den Garten, und Gott sei Dank ist die Glasschiebetür zur Küche nicht verschlossen.

Ich betrete das Haus und schließe die Tür hinter mir ab. Im Erdgeschoss brennt kein Licht. Ich eile durch das Esszimmer und nehme die hintere Treppe zum oberen Stockwerk. Ich stürze in Teddys Schlafzimmer, schalte aber das Licht nicht ein. Ich ziehe ihm einfach die Decke weg und rüttle ihn wach. »Steh auf, Teddy, wir müssen los!« Er stößt mich weg und vergräbt sein Gesicht in seinem Kissen, aber ich habe keine Zeit, ihn wie ein Kleinkind zu bemuttern. Ich ziehe ihn aus dem Bett, worauf er murrt, nach wie vor im Halbschlaf.

»Mallory!«

Caroline ist bereits im Haus und ruft mir aus der Diele zu. Ich höre, wie sie die Holzstufen hinaufsteigt. Ich laufe in die andere Richtung und nehme die hintere Treppe zurück in die Küche. Teddy wiegt sicher nicht mehr als zwanzig Kilo, aber ich lasse ihn trotzdem um ein Haar fallen; ich lege ihn mir über die Schultern, halte ihn gut fest und renne nach draußen auf die Terrasse.

Im Garten herrscht Totenstille. Ich vernehme lediglich das sanfte Plätschern des Wassers im Swimmingpool, das gelegentliche Trillern einer Zikade und meinen eigenen schweren Atem. Aber ich weiß, dass Caroline mir nachsetzt. Entweder durchkämmt sie gerade das Innere des Hauses, oder sie läuft schon um eine der beiden Seiten des Hauses herum. Mein sicherster Weg ist der nach vorne, Richtung Zauberwald.

Es ist ein langer Sprint durch den Garten, aber ich glaube nicht, dass Caroline auf mich schießen wird, solange ich Teddy trage. Und wenn wir erst einmal die Bäume erreicht haben, können wir entkommen.

Teddy und ich haben den ganzen Sommer damit verbracht, diesen Wald zu erkunden. Wir kennen alle Wege, Abkürzungen und Sackgassen, und das Mondlicht reicht gerade aus, um uns den Weg zu weisen. Ich verstärke meinen Griff um seinen Körper und stürze mich in die Brombeersträucher, schiebe mich durch Zweige, Rankengewächse und Dornengestrüpp, bis wir uns auf dem vertrauten Terrain der Gelben Backsteinstraße befinden. Der Weg verläuft in Ost-West-Richtung, parallel zu allen Gärten hinter den Häusern der Edgewood. Wir folgen ihm bis zu dem großen, grauen Drachenei, dann biege ich auf den Drachenpfad ab. Hinter mir höre ich hektische Schritte, habe jedoch in der Dunkelheit jegliches Gefühl für Entfernungen verloren, vermag nicht zu sagen, ob Caroline mir im Nacken sitzt oder noch hundert Meter entfernt ist. Ich höre auch das leise Heulen von Polizeisirenen, viel zu spät. Wenn ich auf direktem Weg zum Blumenschloss gelaufen wäre, wäre ich jetzt in Sicherheit.

Aber ich halte Teddy fest in meinen Armen, und nur das zählt. Ich werde nicht zulassen, dass ihm etwas zustößt.

Das Rauschen des Königlichen Flusses klingt in der Dunkelheit durchdringender, und ich bin dankbar dafür, dass es meine Schritte übertönt. Aber dann gelangen wir zur Moosbrücke, und ich glaube nicht, dass ich es schaffen kann, sie zu überqueren. Der Stamm ist zu schmal und mit Moos bedeckt. Ich kann Teddy nicht hinübertragen.

»Teddybär, hör zu. Du musst selbst rübergehen.«

Er schüttelt den Kopf und presst sich fester an mich. Er versteht zwar nicht, was los ist, aber er hat große Angst. Ich will ihn absetzen, aber er schlingt seine Arme fest um meinen Hals. In der Ferne heulen immer mehr Polizeisirenen. Sie müssen inzwischen das Haus der Maxwells erreicht haben. Wahrscheinlich hat ein Nachbar die Schüsse gehört und die Polizei alarmiert. Aber sie sind zu weit entfernt, um mir helfen zu können.

Ein schmaler, weißer Lichtstrahl durchschneidet den Wald. Der Lichtstrahl der Taschenlampe an Carolines Viper. Ich weiß nicht, ob sie mich entdeckt hat, aber ich muss weiter. Ich verstärke meinen Griff um Teddy und mache vorsichtig einen Schritt auf die Brücke, dann noch einen. Ich kann genug sehen, um die Konturen des Baumstamms auszumachen, nicht aber die Details auf seiner Oberfläche. Ich kann nicht erkennen, welche Teile verrottet oder mit glitschigem Moos bewachsen sind. Fünfzig, sechzig Zentimeter unter uns rauscht das Wasser schnell dahin. Bei jedem Schritt nach vorne bin ich sicher, abzurutschen, doch irgendwie gelingt es mir, mein Gleichgewicht zu bewahren. Ich klettere den Pfad zum Fuß der Riesenbohnenstange hinauf, bevor mir meine Arme den Dienst versagen. Ich kann Teddy nicht länger tragen. »Kumpel, du musst das jetzt alleine hinkriegen.« Ich deute hinauf zu unserem Versteck in den Ästen des Baumes. »Los, du musst klettern!«

Er ist wie gelähmt, nicht imstande, sich zu bewegen. Mit letzter Kraft schiebe ich ihn auf den Baum, und zum Glück bekommt er einen Ast zu fassen. Dann schiebe ich ihn am Po hoch, worauf er langsam und zögerlich hinaufklettert.

Der Lichtstrahl der Taschenlampe streift über den Fuß des Baumes – Caroline ist am Fluss und kommt näher. Ich greife nach dem untersten Ast und ziehe mich an ihm hoch, folge Teddy von Ast zu Ast, bis hinauf zu einem kräftigen Ast, den wir Wolkendecke nennen. Ich wünschte, wir könnten noch höher klettern, aber dafür haben wir keine Zeit mehr, und ich wage es auch nicht, durch irgendwelche Geräusche womöglich auf uns aufmerksam zu machen. »Das reicht!«, flüstere ich ihm zu. Ich lege meine Arme um seine Taille, halte ihn fest und raune ihm dicht vor seinem Ohr zu: »Jetzt müssen wir bloß noch mucksmäuschenstill sein, okay? Alles in Ordnung mit dir?«

Er sagt kein Wort. Sein Körper zittert, er hat sich zusammengerollt wie eine Schnecke. Er scheint zu begreifen, dass hier etwas gar nicht in Ordnung ist, dass etwas sehr, sehr falsch läuft. Während ich auf den Waldboden unter uns starre, wünsche ich mir, wir wären noch höher geklettert. Wir befinden uns nur drei, vielleicht dreieinhalb Meter über dem Pfad, und wenn Caroline auf dem Weg bleibt, wird sie direkt unter uns entlang gehen. Und wenn Teddy dann auch nur ein Wimmern von sich gibt …

Ich greife in die Aushöhlung und durchwühle unser Arsenal von Steinen und Tennisbällen, bis ich den abgebrochenen Pfeil finde, den kurzen, gesplitterten Schaft mit der pyramidenförmigen Klingenspitze. Ich weiß, dass er als Waffe nicht taugt, aber es ist tröstlich, etwas, irgendetwas in der Hand zu halten.

Plötzlich sehe ich sie kommen. Caroline hat die Moosbrücke überquert und hält auf uns zu, während sie mit der Taschenlampe den Weg entlang leuchtet. Ich flüstere Teddy zu, dass wir ganz leise sein müssen, sage ihm, dass er seine Mami sehen wird, mir aber versprechen muss, keinen Mucks von sich zu geben. Zum Glück stellt er keine Fragen, denn sie steigt den Pfad hinauf und bleibt direkt unter dem Baum stehen, auf dessen Ästen wir uns versteckt haben. In der Ferne sind Stimmen zu hören, Stimmen von Männern, die schreien. Ein Hund bellt. Caroline schaut sich zu ihnen um. Sie scheint zu begreifen, dass ihr die Zeit davonläuft. Ich bin dermaßen verängstigt, dass ich den Atem anhalte. Und mein Griff um Teddy ist so fest, dass er instinktiv einen kleinen Protestschrei ausstößt.

Caroline blickt hoch. Sie richtet den Lichtstrahl ihrer Taschenlampe auf die Baumkrone; er ist so hell, dass ich mir die Augen abschirmen muss. »Oh, Teddy, Gott sei Dank, da bist du ja! Mami hat dich schon überall gesucht! Was machst du denn da oben?«

Ich sehe, dass sie in der anderen Hand immer noch die Pistole hält, ganz beiläufig, als wäre es ein iPhone oder eine Wasserflasche.

»Bleib hier!«, sage ich zu Teddy.

»Nein, Teddy, bitte, da oben ist es nicht sicher«, säuselt Caroline. »Mallory irrt sich. Du musst runterkommen, dann bringen wir dich zurück nach Hause. Du gehörst ins Bett!«

»Bleib, wo du bist«, beschwöre ich ihn. »Du bist sicher, genau hier.«

Ich spüre jedoch, wie er sich auf sie zubewegt, instinktiv, angezogen vom Klang ihrer Stimme. Ich verstärke meinen Griff um seine Taille und bin schockiert über die Wärme, die sein Körper verströmt. Er brennt, als hätte er Fieber.

»Teddy, hör mir zu«, sagt Caroline. »Du musst dich von Mallory lösen. Sie ist sehr krank. Sie hatte etwas, was man einen psychotischen Schub nennt. Deshalb hat sie die Wände vollgemalt. Sie hat Mitzi diese Waffe gestohlen und damit deinem Daddy wehgetan. Jetzt versucht sie dich ganz für sich zu behalten. Die Polizei ist bei uns zu Hause und sucht schon nach uns. Also komm jetzt runter da. Erzählen wir ihnen, was passiert ist. Lass Mallory auf dem Baum zurück, und lass uns die Sache in Ordnung bringen.«

Auf keinen Fall wird Caroline mich auf dem Baum zurücklassen. Sie hat mir schon zu viel erzählt, hat mir den Namen von Teddys leiblicher Mutter preisgegeben. Die Frau hieß Margit Baroth und wurde in der Nähe des Seneca Lake ermordet. Wenn die Polizei meine Geschichte auch nur oberflächlich überprüft, wird sie schnell feststellen, dass ich die Wahrheit sage. Caroline bleibt keine andere Wahl, als mich zu erschießen, sobald sie Teddy vom Baum heruntergelockt hat. Danach wird sie versuchen, die ganze Sache wie Notwehr aussehen zu lassen. Und ich werde nie erfahren, ob sie damit durchkommt, weil ich dann nämlich tot sein werde.

»Komm schon, Schatz. Wir müssen los. Sag Tschüss und komm runter.«

Er befreit sich aus meinem Griff und schlängelt sich den Baumstamm hinunter.

»Teddy, nein!«

Als er sich zu mir umschaut, kann ich das Weiße in seinen Augen sehen. Seine Pupillen haben sich nach hinten gedreht.

Seine rechte Hand greift nach dem Pfeil und entreißt ihn meiner Umklammerung, dann springt er vom Baum hinunter. Caroline streckt ihm die Arme entgegen, glaubt, dass sie ihn tatsächlich auffangen könnte. Stattdessen taumelt sie zurück und bricht unter seinem Gewicht zusammen. Schusswaffe und Taschenlampe gleiten ihr aus den Händen und verschwinden im Gebüsch. Mit einem übel klingenden, dumpfen Geräusch landet sie auf dem Rücken und presst sich Teddy beschützend an ihre Brust.

»Geht es dir gut? Teddy, mein Schatz, geht es dir gut?«

Er setzt sich auf, sodass sein Körper auf Carolines Taille ruht. Sie fragt ihn immer noch, ob es ihm gut geht, als er ihr den Pfeil seitlich in den Hals rammt.

Ich glaube, sie merkt erst, dass sie erstochen wird, als er ihn herauszieht und erneut damit zusticht, drei weitere Male, *hack-hack-hack*.

Als sie zu schreien versucht, kann sie es bereits nicht mehr und bekommt nur noch ein feuchtes, gurgelndes Geräusch heraus.

Ich schreie »Nein!«, aber Teddy hört nicht auf – genauer gesagt, Margit hört nicht auf. Sie vermag zwar nur die Bewegungen der rechten Hand und des rechten Arms ihres Kindes zu koordinieren – aber das Überraschungsmoment hat ihr einen Vorteil verschafft, und Caroline würgt und erstickt schließlich an ihrem eigenen Blut. Die Hunde bellen lauter, werden angelockt durch die Geräusche. Die Männer dringen tiefer in den Wald ein und kommen immer näher. Sie rufen, dass sie auf dem Weg sind, um uns zu helfen, rufen uns zu, wir sollen lauter auf uns aufmerksam machen. Ich klettere vom Baum herunter und zerre Teddy von Caroline herunter. Seine Haut fühlt sich heiß an, wie ein Kochtopf auf dem Herd.

Caroline liegt zuckend auf dem Rücken, umklammert mit beiden Händen das, was von ihrem Hals übrig geblieben ist. Teddy ist blutüberströmt. Ihr Blut klebt ihm in den Haaren, überall auf dem Gesicht und tropft von seinem Schlafanzug. Und irgendwie gelingt es mir, klar zu denken, zu begreifen, was gerade passiert ist. Ich weiß, dass Margit mir das Leben gerettet hat. Und wenn ich jetzt nicht sehr schnell handle, wird Teddy den Rest seines Lebens in einer Anstalt verbringen.

Er umklammert nach wie vor den Pfeil mit seiner rechten Hand. Ich hebe ihn hoch, ziehe ihn zu mir heran und drücke ihn ganz fest an mich, sodass sich das Blut von seiner Kleidung auf meine verteilt. Dann trage ich ihn den Pfad hinunter zum Ufer des Königlichen Flusses. Ich wate ins Wasser, und mein Fuß versinkt in dem moosigen, quatschigen Schlamm. Ich mache noch einen Schritt, dann noch einen, wate immer tiefer, bis mir das Wasser bis zur Hüfte reicht. Nun rüttelt der Schock der Kälte Teddy wach. Seine Pupillen drehen sich wieder nach vorne, sein Körper erschlafft in meinen Armen. Der Pfeil entgleitet seiner Hand, aber ich kann ihn auffangen, bevor er auf der Wasseroberfläche aufkommt und versinkt.

»Mallory? Wo sind wir?«

Teddy ist verängstigt, er ist gerade aus einer Trance aufgewacht und befindet sich mitten in einem dunklen Wald bis zum Hals in einem kalten Wasserlauf.

»Ist schon gut, Teddybär.«

Ich spritze ihm Wasser auf die Wangen und schrubbe ihm die meisten Blutspuren ab. »Es wird alles wieder gut. Alles wird gut.«

»Träumen wir?«

»Nein, Kumpel, tut mir leid. Das hier passiert wirklich.«

Er zeigt auf das Ufer des Flusses. »Warum steht da ein Hund?«

Es ist ein großer Hund, ein Schwarzer Retriever, der heftig schnüffelt und wie verrückt bellt. Männer kommen aus dem Wald gerannt, sie tragen reflektierende Kleidung und fuchteln mit Taschenlampen herum.

»Wir haben sie gefunden!«, ruft einer von ihnen. »Frau und Kind, unten am Bach!«

»Miss, sind Sie verletzt? Ist das Ihr Blut?«

»Geht es dem Kind gut?«

»Sie sind jetzt in Sicherheit, Miss.«

»Lassen Sie uns Ihnen helfen.«

»Komm schon, Kumpel, reich mir deine Hand.«

Doch Teddy schlingt seine Arme nur noch fester um meine Taille und schmiegt sich an meine Hüfte. Vom anderen Ufer des Wasserlaufs nähern sich weitere Polizisten mit Hunden. Sie kommen jetzt von allen Seiten auf uns zu.

Dann ertönt eine Frauenstimme und ruft aus einiger Entfernung: »Hier ist noch jemand! Erwachsene Frau, kein Puls, keine Atmung, mehrere Stichverletzungen!«

Mittlerweile haben sie uns umzingelt, ein Ring aus Taschenlampen rückt aus allen Richtungen vor. Es ist nicht eindeutig, wer von ihnen das Sagen hat, denn alle reden gleichzeitig: Es ist alles in Ordnung, ihr seid in Sicherheit. Aber dann sehen sie unsere blutverschmierte Kleidung, und ich merke, dass ihre Nerven blank liegen. Teddy ist in Angst und Schrecken versetzt. »Schon gut, Teddybär«, flüstere ich ihm ins Ohr. »Sie sind hier, um uns zu helfen.« Dann trage ich ihn ans Ufer und lasse ihn behutsam zu Boden sinken.

»Sie hat da etwas in der Hand.«

»Miss, was haben Sie in der Hand?«

»Können Sie uns das bitte zeigen?«

Einer der Polizisten packt Teddys Arm und bringt ihn in Sicherheit, und dann fangen alle erneut an zu schreien. Alle wollen, dass ich langsam aus dem Wasser steige und den Pfeil auf den Boden lege, und wollen wissen, ob ich noch andere Waffen trage. Aber ich höre gar nicht mehr zu, denn ich habe in der Ferne eine andere Gestalt ausgemacht, außerhalb des Rings der Polizisten. Das Mondlicht reflektiert glitzernd auf ihrem weißen Kleid, und ihr Kopf hängt schlaff zu einer Seite. Ich hebe meine linke Hand und zeige allen den abgebrochenen Pfeil.

»Ich war's«, sage ich. »Ich hab's getan.«

Dann strecke ich meinen Arm aus und lasse den Pfeil auf den Boden fallen. Und als ich das nächste Mal aufschaue, ist Margit verschwunden.

EIN JAHR SPÄTER

Es war schwer, diese Geschichte zu Papier zu bringen, und ich bin sicher, es war noch schwerer für dich, sie zu lesen. Viele Male war ich drauf und dran, das Schreiben an den Nagel zu hängen, aber dein Vater bat mich inständig darum, weiterzumachen, solange ich die Details noch frisch in Erinnerung hatte. Er war überzeugt, dass du eines Tages, vielleicht in zehn oder zwanzig Jahren, die Wahrheit darüber erfahren willst, was in jenem Sommer in Spring Brook wirklich passiert ist. Und er wollte, dass du die Geschichte von mir erfährst und nicht von so einem blöden True-Crime-Podcast.

Denn es gab schon weiß Gott wie viele Podcasts. Es gab Sondermeldungen, Clickbaiting-Titel, Late-Night-Talkshow-Witze und Memes in Hülle und Fülle. In den Wochen nach deiner Rettung traten *Dateline, Good Morning America, Vox, TMZ, Frontline* und Dutzende andere Sender an mich heran. Keine Ahnung, wie all diese Produzenten an meine Handynummer kamen, aber sie versprachen mir alle das Gleiche: Ich solle meine Version der Geschichte erzählen und meine Taten mit meinen eigenen Worten rechtfertigen, bei minimaler Einmischung ihrerseits. Sie stellten mir zudem viel Geld in Aussicht, wenn ich einem exklusiven Interview zustimmen würde.

Nach einem langen Gespräch mit deinem Vater beschlossen wir dann aber beide, uns von den Medien fernzuhalten.

Wir veröffentlichten eine gemeinsame Erklärung, in der wir verlautbarten, dass du wieder mit deiner Familie vereint bist und Zeit brauchst, um die Ereignisse zu verarbeiten, und wir jetzt einfach in Ruhe gelassen werden wollten. Dann legten wir uns neue Telefonnummern und E-Mail-Adressen zu und hofften, wir würden in Vergessenheit geraten. Es dauerte ein paar Wochen, aber es kam so. Irgendwann gab es spannendere Geschichten. Ein Irrer in San Antonio ballerte in einem Lebensmittelladen um sich. Die Müllabfuhr in Philadelphia streikte acht Wochen lang. Eine Frau in Kanada brachte Achtlinge zur Welt. Und die Erde drehte sich weiter.

Meine ersten Versuche, diese Geschichte niederzuschreiben, führten zu nichts. Ich kann mich noch erinnern, wie ich mich mit einem leeren Block hinsetzte und eine totale Schreibblockade hatte. Bis dahin war das Längste, was ich je geschrieben hatte, eine fünfseitige Highschool-Semesterarbeit über *Romeo und Julia* gewesen. Die Vorstellung, ein Buch zu schreiben, ein echtes Buch in voller Länge, so wie einen Harry-Potter-Band, erschien mir total *episch*. Dann aber sprach ich mit Adrians Mutter über meine Probleme, und sie gab mir einige gute Ratschläge. Sie meinte, ich solle nicht versuchen, ein Buch zu schreiben, sondern mich einfach an meinen Laptop setzen und *die Geschichte erzählen*, einen Satz nach dem anderen, und das in der gleichen Sprache, die ich gegenüber einem Freund bei einer Tasse Kaffee verwenden würde. Sie sagte, es sei in Ordnung, wenn ich mich nicht wie J.K. Rowling anhörte. Es sei in Ordnung, wenn ich mich wie Mallory Quinn aus Philadelphia anhörte. Und sobald ich mich mit dieser Vorstellung angefreundet hatte, flossen die Worte ziemlich schnell nur so aus mir heraus. Ich kann nicht fassen, dass ich gerade an einer Datei mit über neunzigtausend davon arbeite.

Aber herrje, ich greife mir selbst vor!

Ich sollte wahrscheinlich da weitermachen, wo ich mit der Geschichte aufgehört habe, und ein paar Dinge erklären.

Ted Maxwell erlag auf dem Boden des Cottage seinen Schussverletzungen. Seine Frau Caroline starb nur eine halbe Stunde später am Fuß der Riesenbohnenstange. Ich legte ein Geständnis ab, demzufolge ich sie in Notwehr mit dem abgebrochenen Pfeil (der eigentlich ein Bolzen für eine Armbrust war), erstochen hatte, den wir ein paar Wochen zuvor im Wald gefunden hatten. Sie hätte es vielleicht sogar überlebt, aber die Pfeilspitze riss ihr die Halsschlagader auf, und als die Sanitäter eintrafen, war es schon zu spät.

Du und ich wurden zur Polizeiwache in Spring Brook gebracht. Dort gingst du mit einer übernächtigten Sozialarbeiterin und einem Korb voller Plüschtiere in die Kantine, während ich in einer fensterlose Zelle mit einer Videokamera, Mikrofonen und eine Reihe von zunehmend feindseligen Detektiven landete. Um dich zu schützen, habe ich nur eine Teilversion meiner Geschichte erzählt. Von den Zeichnungen deiner Mutter habe ich nichts erwähnt. Ich habe nicht beschrieben, wie sie mir Hinweise lieferte, die mir halfen herauszufinden, was passiert war. Um genau zu sein, habe ich deine Mutter überhaupt nicht erwähnt. Ich tat so, als wäre ich ganz allein hinter die Geheimnisse der Maxwells gekommen.

Detective Briggs und ihre Kollegen waren skeptisch. Sie spürten, dass ich etwas verschwieg, aber ich blieb bei meiner Version der Ereignisse. Auch wenn ihre Stimmen lauter und ihre Fragen immer feindseliger wurden, gab ich ihnen immer wieder die gleichen unwahrscheinlichen Antworten. Ein paar Stunden lang war ich davon überzeugt, ich würde wegen Doppelmordes angeklagt werden und den Rest meines Lebens im Gefängnis verbringen.

Aber als am nächsten Tag die Sonne aufging, war klar, dass meine Geschichte zumindest einige Körnchen Wahrheit enthielt:

Eine Sozialarbeiterin bestätigte, dass Teddy Maxwell tatsächlich die Anatomie eines fünfjährigen Mädchens hatte.

Ein Mädchen namens Flora Baroth war beim Nationalen Zentrum für vermisste und ausgebeutete Kinder registriert, und Teddy Maxwell wies alle körperlichen Merkmale auf, die sie identifizierten.

Eine Internetrecherche von Grundstücksdaten bestätigte, dass die Maxwells nur sechs Monate vor Floras Verschwinden eine Hütte am Seneca Lake erworben hatten.

Ein kurzer Blick in die Pässe von Ted und Caroline (die in einer Kommode in ihrem Schlafzimmer lagen) bestätigte, dass sie nie in Spanien gewesen waren.

Und als man ihn telefonisch erreichte, bestätigte dein Vater, József, einige wichtige Details meiner Geschichte – darunter Marke und Modell des Chevy Tahoe seiner Frau, Informationen, die nie an die Öffentlichkeit gelangt waren.

Um halb acht am nächsten Morgen ging Detective Briggs zum Starbucks nebenan, um mir einen Kräutertee und ein Käse-Sandwich mit Ei zu holen. Außerdem ermunterte sie Adrian, sich zu uns in den Verhörraum zu setzen. Er hatte die ganze Nacht im Empfangsbereich auf einer unbequemen Metallbank ausgeharrt. Er umarmte mich so fest, dass er mich dabei vom Boden anhob. Und nachdem wir beide aufgehört hatten zu weinen, musste ich ihm die ganze Geschichte noch einmal von vorne erzählen.

»Es tut mir leid, dass ich nicht früher da war«, sagte er.

Wie sich herausstellte, war Adrian derjenige gewesen, der den Notruf gewählt hatte – nachdem er im Cottage angekommen war und Ted Maxwell tot auf dem Boden liegend vorgefunden hatte.

»Ich hätte nie nach Ohio fahren sollen«, fuhr er fort. »Wenn ich bei dir in Spring Brook geblieben wäre, wäre das alles nicht passiert.«

»Oder wir wären jetzt beide tot. Du darfst dich nicht in Was-wäre-wenn-Szenarien hineinsteigern, Adrian. Du darfst nicht dir die Schuld geben.«

Die Fahrt vom Seneca Lake nach Spring Brook dauert eigentlich etwa fünf Stunden, aber an diesem Morgen schaffte dein Vater die Strecke in dreieinhalb. Ich kann nur ahnen, was ihm durch den Kopf ging, während er die Interstate entlangraste. Adrian und ich befanden uns noch immer auf dem Polizeirevier und versorgten uns mit zuckerhaltigen Snacks, um wach zu bleiben, bis dein Vater eintraf. Ich kann mich noch genau an den Moment erinnern, als Detective Briggs ihn in den Raum führte. Er war groß und abgemagert, hatte zerzaustes Haar, einen ungepflegten Bart und tief eingesunkene, wässrige Augen. Zuerst dachte ich, er wäre womöglich ein Krimineller aus einer Nachbarzelle. Aber er war gekleidet wie ein Farmer, trug schwere Arbeitsschuhe, eine Funktionshose und ein Flanellhemd. Er kniete nieder, nahm meine Hand und fing an zu weinen.

Ich könnte ein ganzes Buch über alles schreiben, was danach passierte, aber ich will versuchen, mich kurzzufassen. Du und dein Vater fuhrt zurück zum Seneca Lake, und Adrian fuhr zurück nach New Brunswick, um sein letztes Jahr an der Rutgers zu beenden. Er lud mich ein, mit ihm zu kommen, um mietfrei in seiner Wohnung zu wohnen und mir dort Gedanken über die nächsten Schritte in meinem Leben zu machen. Aber meine ganze Welt war auf den Kopf gestellt, und ich hatte Angst, in einer labilen Phase große Verpflichtungen einzugehen. Daher zog ich ins Gästezimmer meines Sponsors in Norristown.

Einen Achtundsechzigjährigen stellt man sich vielleicht nicht als idealen Mitbewohner vor, aber Russell war ruhig und clean und bewahrte immer zahllose Sorten von Proteinpulver in seiner Vorratskammer auf. Ich nahm einen Job in einem Sportgeschäft für Laufschuhe an, um ein bisschen Geld zu verdienen. Die anderen Angestellten hatten sich zu einem kleinen, zwanglosen Laufclub zusammengetan, und ich fing an, zwei-, dreimal die Woche morgens mit ihnen zu joggen. Ich fand eine passende Kirchengemeinde mit reichlich Gemeindemitgliedern in den Zwanzigern und Dreißigern. Ich besuchte wieder NA-Meetings und teilte meine Geschichten und Erfahrungen mit dem Ziel, anderen zu helfen.

Ich wollte dich im Oktober zu deinem sechsten Geburtstag besuchen, aber deine Ärzte rieten mir davon ab. Sie meinten, du seist noch zu labil und verletzlich und erst noch dabei, deine wahre Identität »zusammenzusetzen«. Wir dürften telefonieren, aber nur, wenn du das Gespräch veranlasst hattest, und du zeigtest kein Interesse daran, mit mir zu sprechen.

Nichtsdestotrotz rief mich dein Vater ein- oder zweimal im Monat an, um mich über deine Entwicklung auf dem Laufenden zu halten, und wir schrieben einander viele E-Mails. Ich erfuhr, dass du und dein Vater mit deiner Tante, deinem Onkel und deinen Cousins ein großes Bauernhaus bewohntet und dass du, statt die Vorschule zu besuchen, an jeder Menge Therapieprogrammen teilnahmst: Kunsttherapie, Gesprächstherapie, Musiktherapie, Puppen- und Rollenspiele und dergleichen. Deine Ärzte waren erstaunt darüber, dass du dich nicht daran erinnern konntest, dass du aus dem Bett geholt, in den Wald geschleppt und auf einen Baum hochgeschoben worden warst. Sie kamen zu dem Schluss, dass dein Gehirn diese Erinnerungen als Reaktion auf das Trauma verdrängt hatte.

Dein Vater war der Einzige, der wusste, was in dieser Nacht im Wald wirklich passiert war. Ihm habe ich die ganze Geschichte erzählt, und natürlich klingt sie verrückt, aber als ich ihm Kopien der Zeichnungen deiner Mutter in ihrem unnachahmlichen Stil schickte, hatte er keinen Zweifel mehr daran, dass ich die Wahrheit sagte.

Deine Ärzte teilten dir eine sehr verkürzte Version der Fakten mit. Du erfuhrst, dass du als Mädchen namens Flora geboren worden warst und deine leiblichen Eltern József und Margit waren. Du erfuhrst, dass Ted und Caroline sehr kranke Menschen gewesen waren, die viele Fehler gemacht hatten, und dass es ihr größter Fehler gewesen war, dich deinen Eltern wegzunehmen. Ihr zweitgrößter Fehler war es gewesen, dich in Jungenkleidung zu stecken und deinen Namen von Flora in Teddy zu ändern. Von nun an, so erklärten die Ärzte, könntest du dich entscheiden, ob du Flora oder Teddy heißen oder irgendeinen ganz neuen Namen annehmen wolltest. Du könntest dich eher maskulin oder feminin anziehen oder ein bisschen von beidem. Niemand drängte dich dazu, irgendwelche raschen Entscheidungen zu treffen. Du wurdest ermutigt, dir Zeit zu nehmen und das zu tun, was sich für dich richtig anfühlte. Die Ärzte mutmaßten, du würdest wahrscheinlich Jahre damit verbringen, dich mit deiner Geschlechtsidentität auseinanderzusetzen, aber sie täuschten sich. Innerhalb von acht Wochen liehst du dir Kleider von deiner Cousine aus, flochtest dir das Haar und hörtest auf den Namen »Flora«, sodass eigentlich keine große Verwirrung aufkam. Ich glaube, tief in deinem Inneren wusstest du schon immer, dass du ein Mädchen warst.

Ein paar Tage vor Halloween klingelte das Telefon, und ich war geschockt, als ich die Stimme meiner Mutter vernahm. Sie sagte meinen Namen und brach sofort in Tränen aus. Offenbar hatte sie unsere Geschichte in den Nachrichten verfolgt und dann wochenlang versucht, mich zu erreichen. Allerdings hatte ich es aufgrund meiner Bemühungen, die Medien zu meiden, auch für sie fast unmöglich gemacht, mich aufzuspüren. Sie sagte, sie sei stolz auf mich, weil ich clean geworden sei, und sie vermisse mich und ob ich nicht bitte mal zum Abendessen nach Hause kommen könne? Ich bewahrte meine Fassung gerade lange genug, um noch zu fragen: »Wann?«, und sie sagte: »Was machst du jetzt gerade?«

Meine Mutter hatte endlich mit dem Rauchen aufgehört und sah toll aus, und ich war überrascht zu erfahren, dass sie wieder geheiratet hatte. Ihr neuer Mann, Tony – der Mann, den ich auf der Leiter gesehen hatte, als er die Dachrinnen von Laub befreite – war ein Schatz. Sie hatten sich in einer Selbsthilfegruppe kennengelernt, nachdem Tony seinen Sohn durch Methamphetamin-Missbrauch verloren hatte. Er hatte einen guten Job als Geschäftsführer eines Ladens für Malerbedarf und nutzte seine überschüssige Energie für Heimwerkerarbeiten. Er hatte sämtliche Zimmer im Haus gestrichen und die Backsteinfassade neu verfugt. Das Badezimmer war komplett renoviert worden, es gab eine neue Duschwanne, und in meinem alten Zimmer war ein Fitnessraum mit Heimtrainer und

Laufband eingerichtet worden. Aber die größte Überraschung für mich war, dass meine Mutter mit dem Laufen angefangen hatte! Während der ganzen Highschoolzeit konnten Beth und ich sie nie von der Couch loseisen, jetzt aber schaffte sie eine Meile in neun Minuten. Jetzt hatte sie Laufhosen, eine Sportuhr und so weiter.

Meine Mutter und ich setzten uns in die Küche und unterhielten uns den ganzen Nachmittag bis spät in den Abend. Ich war bereit, ihr die ganze Geschichte der Maxwells zu erzählen, aber die meisten Details kannte sie bereits. Sie hatte einen riesigen Ordner mit ausgedruckten Artikeln angelegt, die sie im Internet gefunden hatte. Sie hatte jeden Artikel aus dem *Inquirer* ausgeschnitten und in ein Sammelalbum geklebt. Sie sagte, sie sei eine kleine Berühmtheit geworden und alle meine alten Nachbarn seien total stolz auf mich. Sie führte eine Liste mit allen Leuten, die in der Hoffnung angerufen hatten, wieder mit mir Kontakt aufzunehmen: Freunde aus der Highschool, ehemalige Teamkameradinnen und Trainer, meine Mitbewohnerinnen im Safe Harbor. Mom hatte pflichtbewusst sämtliche Namen und Telefonnummern notiert. »Du solltest diese Leute anrufen, Mallory. Erzähle ihnen, wie es dir geht. Oh! Und fast hätte ich die seltsamste Nachricht vergessen!« Sie ging durch die Küche zu ihrem Kühlschrank und nahm einen Magneten ab, um eine Visitenkarte hervorzuziehen: Dr. Susan Lowenthal von der University of Pennsylvania Perelman School of Medicine. »Diese Frau hat tatsächlich an meine Tür geklopft! Sie sagt, sie habe dich bei einem Forschungsprojekt kennengelernt. Und sie habe jahrelang versucht, dich ausfindig zu machen. Wovon redet sie da?«

Ich antwortete, das wüsste ich auch nicht so genau, steckte die Karte in meine Brieftasche und wechselte das Thema. Ich habe noch immer nicht den Mut aufgebracht, diese Telefonnummer zu wählen. Ich bin mir aber auch nicht sicher, ob ich hören will, was Dr. Lowenthal mir zu sagen hat. Auf keinen Fall will ich noch mehr öffentliche Aufmerksamkeit oder Berühmtheit.

Im Moment will ich einfach nur ein normales Leben führen.

Ende Juli, ein ganzes Jahr nachdem wir Spring Brook verlassen hatten, bereitete ich mich darauf vor, in ein Wohnheim für abstinent Lebende an der Drexel University zu ziehen. Ich war mittlerweile dreißig Monate clean und fühlte mich großartig, was meine Genesung anging. Nachdem ich ein Jahr gründlich über meine nächsten Schritte nachgedacht hatte, hatte ich mich dazu entschlossen, aufs College zu gehen und Lehramt zu studieren. Ich wollte an der Grundschule unterrichten, am liebsten eine Vorschulklasse. Ich wandte mich zum x-ten Mal an deinen Vater und fragte, ob ein Besuch im Sommer infrage käme. Und dieses Mal, wie durch ein Wunder, gaben deine Ärzte grünes Licht. Sie hatten den Eindruck, dass du dich gut in dein neues Leben eingefunden hattest, und befanden, es könne uns beiden guttun, wieder zusammenzutreffen.

Adrian schlug vor, aus dem Besuch einen Urlaub zu machen – unsere erste große Reise zusammen. Wir waren das ganze Jahr über in Kontakt geblieben, während er seine Kurse an der Rutgers absolvierte. Im Mai machte er seinen Abschluss und bekam einen Job bei Comcast, in einem der großen Wolkenkratzer im Zentrum von Philadelphia. Adrians Idee war, dich oben im Bundesstaat New York zu besuchen und dann weiter Richtung Norden zu fahren, zu den Niagarafällen und bis nach Toronto. Er packte eine große Kühlbox voller Snacks und stellte eine Playlist zusammen mit Liedern für die Fahrt, und ich packte eine Tasche mit Geschenken für dich ein.

Ihr wohntet westlich vom Seneca Lake in einer Stadt namens Deer Run, und deine neue Umgebung war völlig anders als Spring Brook. Es gab keinen Starbucks, keine Einkaufszentren und keine großen Geschäfte – nur ausgedehnte Waldgebiete und Ackerland mit vereinzelten Häusern dazwischen. Die letzte Meile unserer Reise führte uns eine kurvenreiche Schotterstraße entlang, die zum Tor der Baroth Farm führte. Dein Vater und dein Onkel züchteten Ziegen und Hühner, und deine Tante verkaufte Milch, Eier und Käse an wohlhabende Touristen an den Finger Lakes. Dein neues Zuhause war ein verwinkeltes, zweistöckiges Blockhaus mit einem grünen Schindeldach. Die Ziegen weideten in einem nahe gelegenen Gehege, und ich hörte die Hühner in der Scheune gackern. Alles kam mir seltsam bekannt vor, obwohl ich mir sicher war, noch nie an einem solchen Ort gewesen zu sein.

»Bist du bereit?«, fragte Adrian.

Ich war zu nervös, um zu antworten. Stattdessen schnappte ich mir meine Tasche mit den Geschenken, ging die Stufen hinauf zur Haustür und klingelte. Ich holte tief Luft und machte mich auf den Moment gefasst, dich als kleines Mädchen zu sehen. Ich befürchtete, eine komische Reaktion zu zeigen, etwas, das dir oder mir oder uns beiden peinlich sein könnte.

Aber es war dein Vater, der die Tür öffnete. Er trat nach draußen auf die Veranda und nahm mich zur Begrüßung in die Arme. Zum Glück hatte er etwas zugenommen, vielleicht fünfzehn oder zwanzig Pfund. Er trug eine eng sitzende

Denim-Jeans, ein weiches Flanellhemd und schwarze Stiefel. Zuerst machte er Anstalten, Adrian die Hand zu schütteln, umarmte dann aber auch ihn.

»Kommt rein, kommt rein!«, sagte er und lachte. »Schön, dass ihr hier seid.«

Das Haus war mit warmem Holz und rustikalen Möbeln eingerichtet; große Fenster gewährten einen Blick auf saftig grüne Weiden. Dein Vater führte uns in einen offenen Raum mit hoher Decke, eine Art Wohn-, Koch- und Esszimmer mit einem massiven Steinkamin und einer in das Obergeschoss hinaufführenden Treppe. Überall verstreut auf den Möbeln lagen Spielkarten und Puzzleteile. Dein Vater entschuldigte sich für die Unordnung; er sagte, deine Tante und dein Onkel seien wegen eines geschäftlichen Notfalls unterwegs und hätten ihn mit allen Kindern allein gelassen. Ich konnte sie alle oben spielen, kreischen und lachen hören, fünf junge Stimmen, die durcheinanderplapperten. Dein Vater wirkte genervt, aber ich versicherte ihm, das sei schon in Ordnung. Ich sagte, es sei schön zu wissen, dass du Freunde hättest.

»Ich rufe Flora gleich«, sagte er. »Kommt erst einmal in Ruhe an.« Er holte Kaffee für Adrian und einen Becher Kräutertee für mich. Außerdem stellte er einen Teller mit kleinen, mit Aprikosen gefüllten Teigtaschen hin. »Das sind Kolaches«, erklärte er. »Bitte, bedient euch.«

Sein Englisch hatte sich im Lauf des letzten Jahrs enorm verbessert. Er hatte zwar immer noch einen unverwechselbaren Akzent – »these« klang wie »deese« und »we'll« kam als »vill« heraus –, aber für jemanden, der erst seit ein paar Jahren im Land war, schlug er sich erstaunlich gut. Ich bemerkte ein großes Gemälde, das über dem Kamin hing: ein stiller See an einem friedlichen, sonnigen Tag. Ich fragte ihn, ob das ein Werk deiner Mutter sei, und dein Vater bejahte es. Dann führte er uns in dem großen Zimmer herum und zeigte uns ihre anderen Werke. Sie hingen in der Küche, im Esszimmer, im Treppenhaus – eigentlich im ganzen Haus. Deine Mutter war sehr talentiert gewesen, und dein Vater war mächtig stolz auf sie.

Ich fragte, ob du immer noch zeichnen würdest, dich immer noch für Kunst interessieren würdest, was dein Vater verneinte. »Die Ärzte reden von Teddys Welt und Floras Welt. Und es gibt da nicht viele Überschneidungen. In Teddys Welt gab es Swimmingpools, in Floras Welt die Finger Lakes. In Teddys Welt gab es viele Zeichnungen, in Floras Welt gibt es viele Cousins und Cousinen, die helfen, Tiere großzuziehen.«

Ich hatte ein bisschen Angst davor, meine nächste Frage zu stellen, aber ich wusste, dass ich es bereuen würde, wenn ich es nicht getan hätte.

»Was ist mit Anya? Ist sie ein Teil von Floras Welt?«

Dein Vater schüttelte den Kopf. »Nein, *Anya* erscheint Flora nicht mehr.« Ich glaube, er klang einen kleinen Moment enttäuscht. »Aber das ist natürlich besser so. So sollten die Dinge sein.«

Ich wusste nicht so recht, was ich darauf erwidern sollte, also schaute ich nach draußen auf ein halbes Dutzend Ziegen, die auf der Wiese weideten. Ich konnte immer noch deine Cousins oben spielen hören, und plötzlich erkannte ich die Tonlage und den Rhythmus deiner Stimme wieder. Du klangst noch genauso, wie ich es in Erinnerung hatte. Deine Cousins und Cousinen spielten gerade Szenen aus *Der Zauberer von Oz* nach. Du spieltest Dorothy, und eine deiner Cousinen war Bürgermeister von Munchkinland und inhalierte gerade Helium aus einem Ballon, damit ihre Stimme lustig verzerrt klang. »Gehe den Weg zum Zauberer!«, krächzte sie, worauf ihr alle in Kichern und Lachen ausgebrochen seid.

Dann seid ihr alle fünf die Treppe hinuntermarschiert und habt dabei gesungen »Wir gehen den Weg zum Zauberer von Oz«. Dein ältester Cousin war zwölf oder dreizehn, das jüngste Mädchen war noch ein Kleinkind, und der Rest lag irgendwo dazwischen. Und obwohl deine Haare länger waren und du ein hellblaues Kleid trugst, habe ich dich sofort erkannt. Dein Gesicht war noch genau dasselbe. Alles um dein Gesicht herum war anders – aber die weichen, lieblichen Züge waren noch da. Du hast den Taktstock eines Tambourmajors erhoben und ihn hoch über dem Kopf geschwenkt.

»Flora, Flora, warte mal!«, rief dein Vater. »Da sind Besucher. Mallory und Adrian. Sie kommen aus New Jersey, erinnerst du dich?«

Die anderen Kinder blieben stehen und starrten uns an, aber du hast keinen Augenkontakt hergestellt.

»Wir gehen nach draußen«, verkündete der Älteste. »Wir gehen in die Smaragdstadt, und sie ist Dorothy.«

»Flora kann bleiben«, sagte József. »Jemand anders kann Dorothys Rolle übernehmen.«

Sie fingen an zu protestieren und zählten alle möglichen Gründe auf, warum das ungerecht und unpraktisch war, aber József scheuchte sie zur Tür hinaus. »Flora bleibt hier. Ihr anderen kommt später wieder. In einer halben Stunde. Geht draußen spielen.«

Du hast dich neben deinem Vater auf die Couch gesetzt, hast mich aber immer noch nicht angesehen. Es war wirklich bemerkenswert, wie ein blaues Kleid und etwas längere Haare das Gesamtbild von dir veränderten. Nur ein paar subtile Hinweise, und mein Gehirn übernahm den Rest und legte sämtliche Schalter um. Du warst einmal ein Junge. Jetzt warst du ein Mädchen.

»Flora, du siehst wunderschön aus«, sagte ich.

»*Muy bonita*«, sagte Adrian. »Du erinnerst dich auch an mich, oder?«

Du hast genickt, aber dein Blick blieb weiter auf den Boden gerichtet. Das erinnerte mich an unsere erste Begegnung, während meines Vorstellungsgesprächs. Da hattest du auf deinem Skizzenblock gezeichnet und dich auch geweigert, Blickkontakt herzustellen. Und ich hatte mich ein wenig anstrengen müssen, um dich dazu zu bringen, ein Gespräch mit mir zu führen. Nun fühlte es sich so an, als wären wir wieder zwei Fremde, als würden wir neu anfangen müssen.

»Ich habe gehört, du wirst nächsten Monat eingeschult. Bist du schon aufgeregt?«

Du hast nur mit den Schultern gezuckt.

»Ich fange auch mit einer Schule an. Ich werde Studienanfängerin am College sein. An der Drexel University. Ich werde Pädagogik studieren und Kindergärtnerin oder Grundschullehrerin werden.«

Dein Vater schien sich aufrichtig für mich zu freuen. Er sagte: »Das sind gute Nachrichten!« und erzählte dann ein paar Minuten lang von seinem Landwirtschaftsstudium, damals in Ungarn, an der Universität von Kaposvár. Ich hatte das Gefühl, dass er überkompensierte und versuchte, die peinlichen Gesprächspausen zu überspielen.

Also versuchte ich es mit einem anderen Ansatz.

»Ich habe dir Geschenke mitgebracht.« Ich reichte meine Tasche quer über den Tisch, und ich schwöre dir, ich habe noch nie ein Kind gesehen, das so verängstigt dreinblickte, wenn es Geschenke bekam. Du bist sogar vor der Tasche zurückgewichen, als befürchtetest du, es könnten lauter Schlangen darin sein.

»Flora, das ist etwas Schönes«, sagte dein Vater. »Mach bitte die Tasche auf.«

Du hast das Geschenkpapier von dem ersten Paket abgezogen – eine Schachtel mit Aquarellstiften in verschiedenen Farben. Ich erklärte dir, dass sie wie normale Stifte funktionierten, dass man aber, wenn man einen Tropfen Wasser hinzufügt, die Farbe verwischen kann und der Effekt dann ein bisschen wie beim Malen ist. »Die Frau im Bastelgeschäft sagte, dass es wirklich Spaß macht, damit zu malen. Falls du mal wieder malen willst.«

»Und schöne Farben«, fügte dein Vater hinzu. »Was für ein nettes, aufmerksames Geschenk!«

Du hast gelächelt und »Danke« gesagt und dann das Papier vom nächsten Geschenk gerissen – sechs wachsartige gelbe Früchte, eingebettet in einer Schachtel mit weißem Seidenpapier.

Du hast mich nur angestarrt und auf eine Erklärung gewartet.

»Erinnerst du dich nicht mehr, Flora? Das sind Sternfrüchte. Aus dem Lebensmittelladen. Erinnerst du dich an den Tag, an dem wir eine Sternfrucht gekauft haben?« Ich wandte mich deinem Vater zu. »An manchen Tagen gingen wir als morgendliche Aktivität zu Fuß zum Supermarkt, und ich ließ Flora alles kaufen, was sie wollte. Ein beliebiges Lebensmittel, aber es musste eines sein, das wir noch nie probiert hatten, und es durfte höchstens fünf Dollar kosten. Eines Tages suchte sie sich also eine Sternfrucht aus. Und wir fanden sie unglaublich! Es war das Beste, was wir je probiert hatten!«

Erst dann hast du genickt, als käme dir die Geschichte bekannt vor, aber ich war mir nicht sicher, ob du dich wirklich erinnert hast. Und von da an fühlte ich mich fehl am Platz. Ich wollte die Einkaufstasche wieder an mich nehmen – ich wollte wirklich nicht, dass du das letzte Geschenk öffnest, aber es war schon zu spät. Du hast das Papier abgerissen und ein kleines Büchlein mit dem Titel »Mallorys Rezepte« zum Vorschein gebracht, das ich in einem Copyshop ausgedruckt hatte. Darin befanden sich die Zutaten und Anleitungen für sämtliche Nachspeisen, die wir zusammen gemacht hatten – die Muffins und die Käse-Sahne-Brownies, die magischen Keksriegel und den selbst gemachten Schokoladenpudding. »Für den Fall, dass du sie noch mal essen und eines unserer alten Lieblingsgerichte nachkochen möchtest.«

Du hast dich sehr höflich bedankt, aber ich ahnte, dass das Buch in ein Regal gestellt und nie angerührt werden würde.

Plötzlich wurde mir schmerzlich bewusst, warum deine Ärzte nicht gewollt hatten, dass ich dich besuche. Es lag daran, dass *du* nicht wolltest, dass ich dich besuche. Du wolltest mich vergessen. Du wusstest nicht wirklich, was in Spring Brook vorgefallen war – aber du wusstest, dass es etwas Schlimmes war und dass das Thema dazu führte, dass sich Erwachsene unbehaglich fühlten; du wusstest, dass die Leute lieber über andere Dinge redeten. Du hast also nach vorne geschaut und dich an dein neues Leben gewöhnt. Und mit erschreckender Klarheit wurde mir bewusst, dass ich nie ein Teil davon sein würde.

Die Haustür schwang auf, und deine Cousins und Cousinen kamen zurück ins Haus marschiert und sangen triumphierend »Ding Dong! Die Hexe ist tot!«, während sie die Treppe ins Obergeschoss hinaufstapften. Du hast dich mit einem flehenden Blick an deinen Vater gewandt, und sein Gesicht wurde scharlachrot. Er war verärgert. »Das ist sehr unhöflich«, flüsterte er. »Mallory und Adrian haben einen weiten Weg auf sich genommen, um uns zu besuchen. Sie haben dir sehr großzügige Geschenke mitgebracht.«

Aber ich beschloss, dich vom Haken zu lassen.

»Das ist in Ordnung«, sagte ich. »Es macht mir nichts aus. Ich bin froh, dass du so viele Spielkameraden hast, Flora. Das macht mich wirklich glücklich. Geh ruhig nach oben und spiele mit ihnen. Und viel Glück in der ersten Klasse, okay?«

Du hast gelächelt und »Danke« gesagt.

Ich hätte mich über eine Umarmung gefreut, aber ich musste mich mit einem kurzen Winken von der anderen Seite des Raums zufriedengeben. Dann bist du die Treppe hinaufgesprungen und deinen Cousins hinterhergejagt, und ich konnte hören, wie du beim letzten Gedicht fröhlich mitgesungen und über all ihre Stimmen hinweg geschrien hast: »Ding Dong, die böse Hexe ist tooooot!« Dann seid ihr alle wieder in Lachen und Geschrei ausgebrochen, während euer Vater auf seine Stiefel gestarrt hat.

Er bot uns dann noch mehr Tee und Kaffee an und sagte, er hoffe, wir würden noch zum Mittagessen bleiben. Er erklärte, deine Tante Zoe habe *paprikas* gemacht, eine Art Ziegeneintopf, der mit Eiernudeln serviert wird. Aber ich sagte, wir sollten lieber losfahren. Ich erklärte ihm, dass wir unterwegs nach Kanada waren, um die Niagarafälle und Toronto zu besuchen. Adrian und ich blieben gerade noch lange genug, um höflich zu sein, und packten dann unsere Sachen zusammen.

Dein Vater merkte, dass ich enttäuscht war. »Wir können es in ein paar Jahren noch einmal versuchen«, versprach er.

»Wenn sie älter ist. Wenn sie die ganze Geschichte kennt. Ich weiß, dass sie Fragen haben wird, Mallory.«

Ich bedankte mich bei ihm dafür, dass ich zu Besuch hatte kommen dürfen. Dann drückte ich ihm einen Kuss auf die Wange und wünschte ihm alles Gute.

Sobald wir draußen waren, legte Adrian seinen Arm um meine Taille.

»Es ist okay«, sagte ich ihm. »Mir geht's gut.«

»Es scheint ihr toll zu gehen, Mallory. Sie sieht glücklich aus. Sie lebt auf einer wunderschönen Farm mit ihrer Familie und in der Natur. Es ist toll hier.«

Ich wusste, dass das alles stimmte, aber trotzdem.

Ich schätze, ich hatte mir etwas anderes erhofft.

Wir folgten der gewundenen Schotterauffahrt zurück zu Adrians Lieferwagen.

Er ging auf die Fahrerseite und schloss die Türen auf. Ich streckte gerade meine Hand nach dem Griff aus, als ich leise Schritte hinter mir hörte und spürte, wie du dich mit ganzer Kraft gegen meine Hüften gelehnt hast. Ich drehte mich um, und da hast du deine Arme um meine Taille geschlungen und dein Gesicht an meinem Bauch vergraben. Du hast kein Wort gesagt, aber das brauchtest du auch gar nicht. Ich war noch nie im Leben so dankbar für eine Umarmung.

Dann hast du dich von mir gelöst und bist zurück in euer Haus gerannt, aber nicht, bevor du mir ein gefaltetes Blatt Papier in die Hände gedrückt hast – eine letzte Zeichnung, um mir Lebewohl zu sagen. Das war das letzte Mal, dass ich dich jemals gesehen habe.

Aber ich weiß, dass dein Vater recht hat.

Irgendwann einmal, in zehn oder zwanzig Jahren, wirst

du neugierig auf deine Vergangenheit werden. Du wirst den Wikipedia-Artikel über deine Entführung lesen, du wirst alle Gerüchte entdecken, die sich um deinen Fall ranken, und vielleicht entdeckst du sogar die eine oder andere Ungereimtheit im offiziellen Polizeibericht. Vielleicht wirst du dich fragen, wie die Maxwells so viele Menschen so lange täuschen konnten oder wie eine einundzwanzigjährige Suchtkranke das ganze Puzzle zusammensetzen konnte. Du wirst Fragen darüber haben, was in Spring Brook wirklich passiert ist.

Und wenn dieser Tag kommt, wird dieses Buch auf dich warten.

Auch ich werde warten.

DANK

Ich bin heilfroh, dass Will Staehle und Doogie Horner sich bereit erklärt haben, die Bilder zu diesem Buch zu zeichnen – lange bevor ich einen Vertrag oder ein Manuskript oder auch nur eine klare Vorstellung davon hatte, was die Bilder darstellen könnten. Danke, Leute, für euer Vertrauen in dieses Projekt, für die tollen Bilder und dafür, dass ihr mir während des Lockdowns Gesellschaft geleistet habt.

Dr. Jill Warrington gab mir wertvolle Informationen über Sucht, Genesung und verschreibungspflichtige Schmerzmittel weiter, und ihre Tochter Grace machte mich auf den einen oder anderen peinlichen Fehler im ersten Entwurf aufmerksam. Rick Chillot und Steve Hockensmith gaben mir wertvolle Lektüretipps und brachten mich auf gute Ideen. Nick Okrent half bei der Märchenrecherche, Deirdre Smerillo bei rechtlichen Fragen. Jane Morley versorgte mich mit Informationen über Langstreckenläufe. Und Ed Milano verhalf mir zu einer weiteren Perspektive über Sucht und Genesung.

Doug Stewart ist ein toller Typ und ein fantastischer Literaturagent. Er stellte mich Zack Wagman vor, einem großartigen Lektor, der mir viele clevere Änderungen vorschlug, um dieses Buch zu verbessern. Vielen Dank auch an Maxine Charles, Keith Hayes, Shelly Perron, Molly Bloom, Donna Noetzel und allen bei Flatiron Books; Darcy Nicholson bei Little Brown UK; Brad Wood und den Rest des Macmillan-

Verkaufspersonals; Szilvia Molnar, Danielle Bukowski und Maria Bell bei Sterling Lord Literistic; Rich Green und Ellen Goldsmith-Vein bei der Gotham Group; Caspian Dennis bei Abner Stein; Dylan Clark, Brian Williams und Lauren Foster bei Dylan Clark Productions; Mandy Beckner und Liya Gao bei Netflix.

Vor allem bin ich meiner Familie dankbar, insbesondere meiner Mutter (die als Kindermädchen gearbeitet hat), meinem Sohn Sam (einem Cross-Läufer) und meiner Tochter Anna (die zeichnet, seit sie einen Bleistift halten kann). Ohne all diese Menschen hätte ich dieses Buch nicht schreiben können. Oder ohne meine Frau, Julie Scott, der ich dieses Buch widme und die ich sehr liebe. XOXOXO.